도플갱어 살인사건

Dark Mode

도플갱어 ⚜ 살인사건

애슐리 칼라지언 블런트 지음 배효진 옮김

BOOK PLAZA

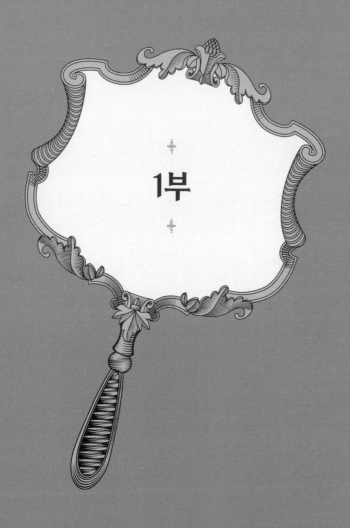

1부

일러두기

────────

본문의 각주는 모두 옮긴이 주입니다.

프롤로그

2017년 1월 15일 일요일

길모퉁이를 돌자 보이지 않는 거미줄이 레이건의 얼굴에 달라붙었다. 그녀는 거미줄을 떼어내느라 눈을 비비며 자신도 모르게 가까이 다가갔다. 알몸이 드러난 여자의 상반신이 아침 햇살에 비쳐 축축하고 창백한 피부 안쪽의 핏줄까지 훤히 보일 정도로 가까이.

마네킹이다. 마네킹이어야만 했다. 인간의 몸이 그렇게 반으로 깔끔하게 쪼개질 리 없었다.

레이건은 앞으로 조금씩 움직였다. 좁은 깁스 레인 거리는 깔끔했고, 보이는 것이라고는 아스팔트 길에 그라피티가 그려진 콘크리트 벽, 벽돌 담, 대형 쓰레기 컨테이너 두 개뿐이었다. 민들레 한 송이, 이끼 한 덩이조차 없어 생명이라고는 전무했다. 손목시계가 오전 5시 57분을 가리켰다. 해가 이제 겨우 지평선에서 떠오르고 있었지만, 시드니의 1월 중순 더위가 이미 피부에 끈적하게 들러붙었다.

햇빛이 드는 곳에 둘로 나뉜 몸의 상반신과 하반신이 50센티미터 가량 떨어져 있었다.

마네킹이라면 몸속이 저렇게 축축하진 않았을 것이다. 더 가까이 다가가니 피부 위를 기어 다니는 파리들이 보였다.

내장에서 나는 역한 냄새가 풍겨왔다. 어느 날 엄마가 저녁 식사로 간 요리를 해주었던 기억이 떠올랐다.

이건 시체다. 레이건은 양손의 손가락으로 입술을 누른 채 몸이 굳어 가만히 서 있었다. 머리 위로 가면물떼새들이 경고음처럼 날카로운 울음소리를 내며 정적을 깼다.

이상하게도 피가 없었다. 길 위에도, 시체에도 피가 하나도 없었다.

사람이 저렇게 반으로 갈라져 죽었다면 피가 정말 많이 났을 것이다.

시체꽃이라고 불리는 아모르포팔루스 티타눔의 냄새가 다시 코를 찔렀다. 이 식물의 거대한 꽃은 육식 곤충을 유혹하기 위해 땀 냄새나 좀약 같은 고약한 썩은 내를 풍긴다.

여자는 오른쪽 유방이 사라지고 없었다. 그 자리에는 가장자리가 거칠게 잘린 원 모양의 붉은 분홍빛 살덩이만 남아 있었다. 왼쪽 허벅지도 깊게 베여 살의 일부가 사라진 상태였다. 입은 조커의 기괴한 미소처럼 양쪽이 찢겨 있었다. 양팔은 머리 위로 쭉 편 자세였고, 다리는 마치 다른 사람의 것이라도 되는 듯 상반신 오른쪽에 벌려진 채 놓여 있었다. 그녀는 눈가를 둘러싼 주름도 없고, 20대 정도로 보여 레이건보다 어린 것 같았다. 피부는 분필처럼 희었다. 다리가 접히는 부분을 따라 빨간 뾰루지가 나 있고,

발톱에는 청록색 매니큐어가 군데군데 벗겨진 채 칠해져 있었다. 옷은 전부 벗겨져 있었고 문신이나 장신구, 핸드백도 없었다. 얼굴은 동쪽을 향해 기울어져 있었다. 해바라기처럼.

헝클어진 그녀의 어두운 머리칼이 가벼운 바람에 나부끼는 바람에 레이건은 놀라서 숨이 멎을 뻔 했다.

레이건은 몸을 일으켜 고개를 돌리며 좌우를 살폈다. 사람이 한 명도 안 보였다. 길에는 벽돌 담장과 금속 셔터만 늘어서 있을 뿐 창문 하나 보이지 않았다. 평일에는 사람이 더 많았겠지만, 일요일 새벽에는 거리가 버려진 것처럼 보였다.

파리 한 마리가 죽은 여자의 입술을 따라 기어 다니다가 입 속으로 사라졌다.

경찰에 신고해야 한다.

하지만 그녀는 그럴 수가 없다.

그때, 검을 눈을 하고 살금살금 걸어 다니는 따오기 한 마리가 날개를 퍼덕이며 시체를 향해 다가왔다.

레이건이 발을 쿵쿵 굴렀지만, 새는 그녀를 무시하고, 길고 검은 발가락을 여자의 창백한 팔목 피부에 감았다.

"저리가!" 레이건이 가까이 다가가 발로 차자, 따오기가 깡총 뛰어내리더니 날개를 펄럭이며 종종걸음으로 달아났다.

휴대폰이 주머니에 있었다. 하지만 휴대폰으로 전화하면 발신번호를 표시하지 않도록 설정하더라도 추적이 가능했다.

당장 이곳을 벗어나야 했다.

건물들을 둘러보았다. 골목 끝에 있는 공원 한편에 한 커플과 개 한마리가 무화과나무 뒤로 얼핏 보였다. 만약 그들이 달아나는 레이건을 본다면 괜한 오해를 살 수 있다. 하지만 그녀가 자리를 떠나지 않고 있으면, 경찰은 그녀의 이름과 진짜 생년월일, 그리고 단순한 우편 번호가 아닌 실제 주소를 물어볼 것이다. 그들은 질문 수백 개를 던지며 날카로운 눈빛과 무정한 목소리로 묻고 또 물을 것이다.

레이건은 등을 돌리고 얼굴을 찌푸리며 발걸음을 내딛기를 주저하면서도 앞으로 내디뎠다. 그리고 이내 성큼성큼 걸어갔다.

엔모어 로드에는 공중전화가 있었다. '익명으로 신고하면 돼.'

하지만 요즘엔 익명성을 유지하기 어려웠다. 경찰이 그녀의 이름을 찾으려 하면 어떻게든 알아낼 것이다.

그때 레이건 앞으로 자전거 탄 사람이 하늘색 레깅스를 입고 땀으로 범벅이 된 채 몸을 숙여 구부러진 핸들을 잡고 지나갔다. 하지만 레이건은 그때까지도 그를 보지 못했다.

그가 방향을 틀면서 자전거가 일으킨 바람이 그녀의 탱크톱을 휙 스쳤다. 본능적인 경고가 온몸에 울려 퍼졌다. 헬멧. 그의 헬멧에는 무언가가 어색하게 튀어나와 있었다. 뒤를 돌아보니 헬멧에 붙은 카메라가 분명하게 보였다.

하늘 위에서 까마귀가 신음했다. 그녀는 따오기가 시체를 밟고 다니는 상상을 하며 걸음을 더욱 재촉했다.

레이건은 십대 이후로 공중전화를 사용한 적이 없었다. 앞이 트여있는 이 공중전화 부스는 오줌 냄새가 났고, 수화기도 더러웠다. 그녀의 맥박이 귀에서 고동치듯 뛰었다. '신고하고 바로 전화를 끊자.'

하지만 그녀는 도저히 다이얼을 누를 수 없었다.

레이건의 시계는 6시 3분을 가리켰다. 다른 누군가가 곧 그 여자를 발견할 것이다. 이곳은 센트럴 역에서 멀지 않아 유동 인구가 많은 동네였다.

여자의 죽음이 뉴스에 보도되면, 자전거 타던 사람은 자신이 근처를 지나갔다는 사실을 깨닫고 영상을 돌려본 뒤 경찰에 넘길 것이다. 영상을 통해 레이건을 알아보는 데까지 며칠이 걸릴까, 아니면 몇 시간?

그런데 만약 그가 영상을 찍지 않았다면?

레이건은 자신이 그 시체를 보지 못하고 지나쳤다면 얼마나 좋았을지 생각하며 수화기를 내려놨다.

"미안해요. 난 도저히 못 하겠어요." 자신도 모르게 시체를 향해 속삭이듯 말이 나왔다.

그녀는 발소리를 죽이려 애쓰며 빠르게 뛰었다.

가로수들이 그녀가 사는 거리 좌우에 늘어서 있었다. 이웃들은 갈색으로 시들어가는 듬성듬성한 잔디밭 옆에 거베라와 콜레우스를 키웠다. 타는 듯이 뜨거운 여름 더위 속에서 비가 오지 않은 지 34일이 지났다. 과학자들은 물이 부족한 식물들이 인간의 청각 범위를 훌쩍 뛰어넘는 고주파의 고통 신호를 보낸다는 사실을 밝혀냈다. 그녀는 식물들이 지르는 비명을 들을 수 없었지만, 그 고통을 느낄 수 있다고 확신했다.

레이건은 이날 아침 설레는 미소를 지으며 운동복을 갖춰 입었다. 크리스마스 선물로 받은 복숭아색 새 탱크톱을 입었다. 오래되어 시드니 올림픽 로고의 색깔이 바래졌어도 그녀가 여전히 가장 좋아하는 모자도 썼다. 어쩌면 오늘 완전히 새로운 삶이 시작될지도 모른다고 생각했다.

하지만 이제 그 죽은 여자의 얼굴이 그녀의 머릿속을 떠나지 않았다. 창백한 계란형 얼굴, 넓은 이마와 분명한 입술 선, 얇고 곧은 눈썹, 통통한 코가 계속해서 떠올랐다. 그리고 그 검고 풍성한 곱슬머리.

레이건의 쌍둥이 동생이라 해도 믿을 것 같았다.

우연이다. 아주아주 미친 우연일 것이다.

하지만 또 다른 가능성이 있었다.

그 사람….

—

2017년 1월 15일

몇 년 동안의 계획을 거쳐, 드디어 이 날이 왔습니다. 지금쯤이면 뉴스를 보셨겠죠. 세부적인 부분을 자세히 설명해서 감동을 드릴 수도 있겠지만, 저희는 늘 시각 자료를 선호하니까요.

02-1024x685hax.jpg
07-830x719hax.jpg
11-577x900hax.jpg

여기서 끝이 아닙니다.

01

2017년 1월 17일 화요일

레이건은 열쇠를 찾아 가방 속을 뒤적이며 희미한 불이 켜진 아파트 복도에 서서 피곤한 발걸음을 내디뎠다.

일요일 내내 여자의 시체가 머릿속에 맴도는 통에 영업 시작 직전에야 겨우 화원에 도착한 데다가, 이후에도 일에 집중이 안 돼서 하루가 어떻게 지나가는지 모를 지경이었다. 전화벨이 울리거나 출입문에 달린 종소리만 들려도 날카로운 숨을 들이마셨고, 심장이 덜컥 내려앉는 듯했다. 그럴 확률이 얼마나 될까? 작은 체구에 도드라진 광대뼈, 어두운 곱슬머리를 가진 여자가 몇 명이나 될까? 아마 꽤 흔할 것이다.

하지만 그 여자는 그녀와 거의 쌍둥이처럼 닮은 모습이었다. 마치 자신의 시체를 내려다보는 것 같았다.

월요일에는 불길한 생각을 애써 억눌렀다. 죽은 여자는 그녀와 아무 관계도 없다고. 그저 우연의 일치로 닮은 사람일 뿐이라고.

이미 평소보다 늦었는데 열쇠가 가방 밑바닥에 있어서 잘 찾아지지 않았다. 서둘러 열쇠를 꺼내 문을 잠그려는데, 헉하고 숨이 막혔다.

흰 레이스 슬립이 얼룩진 올리브색 아파트 복도 위에 놓여 있었다.

레이건은 황급히 다시 집 안으로 뛰어 들어가 현관문을 쾅 닫고 잠금장치 세 개를 철컥철컥 돌려 문을 잠갔다.

그가 돌아왔다.

그녀는 잘못 본 것이었길 바라며 현관문 렌즈 구멍으로 밖을 내다보았다. 잘못 본 게 아니었다. 가슴 부분 위로 얇은 어깨끈 두 개가 달린, 구겨지긴 했지만 틀림없는 속옷 한 장이 복도에 놓여 있었다. 선물처럼 포장이라도 하려는 듯 커다란 리본이 양쪽 브라 컵 사이에 달려 있었다.

그가 복도 끝에서 기다리고 있는 것은 아닐까? 렌즈 구멍으로는 문밖 몇 미터밖에 보이지 않았다. '제길.' 그녀는 현관문에 귀를 가까이 대보았지만, 잔뜩 긴장한 자신의 거친 숨소리 외에는 아무것도 들리지 않았다.

그녀는 한쪽 눈을 렌즈 구멍에 댄 채 가방 안을 더듬어 자그마한 휴대폰을 꺼낸 뒤, 재빨리 화면에서 '민'의 이름을 찾고는 다시 바깥으로 시선을 고정하며 통화 버튼을 꾹 눌렀다.

"민 리 샤스입니다. 지금은 전화를 받을 수 없으니 메시지를 남겨주세요."

"민." 그녀는 두려움에 찬 갈라진 목소리로 말했다. '그 사람이야, 그 사람. 그 사람, 그 사람이 다시 돌아왔다고.' "전화해 줘."

겁에 질려 움직일 수 없었던 그녀는 두 손으로 휴대폰을 꽉 쥔 채 현관문에 등을 대고 섰다. 복도 저편에서 문이 쾅 닫혔다. 레이건은 신경을 곤두세웠다. 하지만 아무도 나타나지 않았다.

몇 분이 더 지났지만, 레이건은 미동도 하지 않았다. 재다이얼을 눌러 보아도 음성메시지가 흘러나올 뿐이었다.

어쩌면 그가 페인트가 벗겨진 벽면에 몸을 바짝 붙이고 아슬아슬하게 보이지 않는 집 안 어딘가에 숨어서 그녀를 기다리고 있을지도 모른다. 아니면 복도 모퉁이나 계단 위에 있을 수도 있었다. 만약 가스계량기를 점검한다거나 택배를 배달하러 왔다고 했다면, 이웃들은 그를 건물 안으로 들여보내 주었을 것이다. 아무도 조심하지 않으니까. 아무도 불안해하지 않으니까.

경찰을 부르고 싶었다.

밖에서 아이들이 큰소리로 티격태격하고 있었다. 레이건은 경계를 늦추지 않고 계속해서 문 밖을 주시했다. 처음엔 슬립이 흰색인 줄 알았지만, 눈을 찡그리고 보니 연한 카페라테 색에 가까웠다. 무슨 의미일까?

복도에서 발소리가 들려왔다. 그녀는 숨죽이며 긴장했다. 경찰이 문을 부술 때 쓰는 금속망치라도 들고 오지 않는 이상 이 문을 뚫고 들어올 수 없을 것이다. 그런데도 그녀는 소파를 밀어다 현관 앞에 놓고, 방 저편에 있는 책상까지 끌어와 문을 막을 생각을 하고 있었다.

어떤 여자가 옆구리에 빈 플라스틱 세탁 바구니를 낀 채 다른 한 손으로 휴대폰을 만지작거리며 어슬렁어슬렁 다가왔다. 슬립에 발이 걸려 넘어질 듯싶었으나, 이내 걸음을 멈추고 슬립을 집어 올린 뒤 다시 몸을 돌려 계단으로 향했다.

1층 세탁실로 가는 모양이었다.

레이건은 머리를 감싸 쥐고 현관문에 몸을 기대며 그대로 풀썩 주저앉았다. '이런 말도 안 되는 생각은 그만하자.'

벌써 5년이 지났다. 다시는 외출할 때마다 전쟁이라도 치르는 듯한 괴로운 시간을 보내고 싶지 않았다.

당연히 그럴 필요도 없었다. 그가 아니었으니까. 복도에 떨어져 있던 회색빛이 도는 연한 베이지색 속옷은 그녀와 아무 상관이 없었다.

그리고 골목길에 있던 시체 역시 그녀와 아무 상관이 없었다.

"엔모어에서 난도질당한 여자 시체가 발견되었다는 이야기 들었어요?"

여전히 좋은 하루와는 거리가 먼 화요일이었다. 레이건은 입술을 꽉 다문 채 꽃집 계산대 앞에 서 있었다. 거래처 직원인 에드와 말을 섞지 않을수록 그가 팔다 남은 알뿌리를 포장하는 일을 더 빨리 마치고 자리를 뜨지 않을까 하는 생각이 들었다. 하지만 그가 '난도질'을 유독 강조해서 말한 탓에 다시 불안이 밀려왔다. 레이건은 연체된 청구서들을 뒤적이는 척 고개를 들지 않았다.

"뉴스에 온통 그 얘기라니까요." 대답은 필요 없다는 듯 그가 말을 이었다. 레이건은 벙어리 식물을 떠올렸다. 그 열대 식물은 수액에 독성이 있어 입에 닿으면 혀와 목구멍이 부풀어 올라 말을 할 수 없게 된다. "어떤 노인이 아침에 먹을 에그롤인가 뭔가를 사러 가다가 그 죽은 여자를 발견했대요. 노인이 어찌나 놀랐던지 심장마비라도 일으킨 줄 알고 경찰이 구급차까지 불렀다더라고요."

그녀도 알고 있었다. 이미 관련 기사를 빠짐없이 읽었다. 보도에 따르면 골목길에 시체가 있다는 신고가 경찰에 접수된 시각은 6시 22분이었다. 레이건이 그곳을 빠져나오고 20분이나 지난 시각이었다.

에드는 이제 알뿌리로 넘어가 망 주머니를 두꺼운 종이 상자 안에 쌓기 시작했다. 그의 겨드랑이에 땀자국이 배어나오고 있었다. "제가 일요일에 그쪽으로 가고 있었거든요. 방송국 사람들이랑 호기심 많은 구경꾼들이 현장으로 들어가려고 난리를 치는 통에 레드펀까지 길이 완전히 막혀버렸죠. 그렇게 클리블랜드에 갇혔는데 차 에어컨마저 고장 나지 뭡니까. 꼬챙이에 꽂혀 구워지는 양고기처럼 꼼짝없이 땀을 뻘뻘 흘렸어요."

날씨가 사흘 연속 37도를 넘으면서 또다시 예보된 최고 기온을 넘어섰다. 화요일은 대체로 한산하고, 특히 이런 더위에 정원을 가꾸는 사람은 거의 없었다. 에드를 제외하면 가게 안에는 남색 재킷을 입은 채 깁스한 한쪽 다리를 달랑이며 목발을 짚고 절룩거리는 남자 한 명뿐이었다. 이 남자는 최근 몇 주 동안 가게에 자주 오고 있었지만, 무언가를 구입한 적은 없었다.

손목시계를 내려다보니 4시 17분이었다. 민은 어디에 있는 거지? 그녀는 아직도 연락이 없었다. 레이건은 다시 전화를 걸었다. 여전히 받지 않았다. 불안했다. 민은 늘 휴대폰을 손에 쥐고 살다시피 했다.

"뭐라고 했더라…" 에드가 코를 훌쩍이며 띄엄띄엄 말을 이었다. 그는 건장한 팔을 들고 흙이 묻어 퍼거슨 씨앗 로고가 흐릿해진 골프 셔츠 소매로 이마에 흐르는 땀을 닦으며 바닥에 쭈그리고 앉았다. "아, 절단. 그 여자 사지가 절단당해서 길에 버려져 있었다는 겁니다." 에드의 걸걸한 목소리는 가게 저편에서도 너무나 크게 들렸다.

"뉴스에서 그랬다고요?" 무의미한 대꾸였지만, 달리 할 말이 없었다. 시체를 발견하고 도망친 적 없는 지극히 평범한 사람이라면 이럴 때 뭐라고 답할까?

늦은 오후의 햇살이 유리창 안으로 비스듬히 들어와 윤이 나는 콘크리트 바닥을 비쳤다. 벽에 칠한 검은 페인트와 천장에 달린 나무 사다리에 감긴 덩굴 때문에 가게는 정글 같은 분위기가 났다. 옆문으로 나가면 작은 온실로 이어졌다. 온실에는 한련화, 마리골드, 데이지 꽃, 스위트피, 백일홍같이 흔히 볼 수 있는 여름 꽃들이 무지갯빛을 이루며 화사한 꽃망울을 진열대 한가득 피워내고 있었다. 그러나 레이건이 자부심을 느끼는 것은 코브라 릴리, 벌레잡이 사라세니아, 검은 박쥐꽃, 파키포다노루삼을 비롯해 그녀가 기르는 여러 희귀한 난초들이었다.

사람들은 대개 남들과 비슷하게 정원을 가꾸거나 실내 화분을 기르는 데 만족한다. 레이건은 한때 고급스러운 취향을 가진 고객들을 위한 맞춤형 부티크 가게를 꿈꿨지만, 결국 어린아이들도 아는 지극히 평범한 식물을 늘어놓고 비료나 채소 씨앗, 에드가 느긋하게 포장하고 있는 알뿌리 같은 것들을 진열하는 데 만족해야 했다.

에드가 헐렁한 반바지를 추켜올리며 자리에서 일어섰다. "소식 못 들었어요?"

"제가 뉴스를 안 봐서요." 원래라면 틀린 말이 아니다. 하지만 레이건은 지난 일요일 이후로 출근만 하면 옷장만큼 작은 사무실에서 몇 시간이고 틀어박혀 최신 기사가 올라오지 않았는지 계속해서 검색하고 있었다. '시드니 이너웨스트 지역에서 살해된 여성 시신 발견'과 같은 제목처럼, 뉴스에서는 레이건이 이미 알고 있는 사실만 떠들어댔다.

민이라면 도움이 될 만한 정보를 갖고 있거나 얻을 수 있을지 모른다. 경찰이 용의자를 확보했는지 같은 진짜 정보를.

구멍이 숭숭 난 몬스테라 잎 사이로 남색 재킷을 입은 남자가 에드를 쳐다보았다. 더운 날씨에 재킷은 어울리지 않아 보였다. 목 발에 피부가 쓸리지 않게 긴소매를 입었을 수도 있다.

에드가 마지막 알뿌리를 상자에 던져 넣고 아이패드 화면을 터치하며 계산대로 슬렁슬렁 걸어왔다. 에드의 시선이 레이건의 구석구석까지 와 닿는 것이 느껴졌다.

"오늘은 제가 주문한 허브는 갖고 왔나요?" 레이건이 에드에게 물었다.

에드는 코가 잔뜩 막힌 것 같은 소리를 내며 또 한 번 훌쩍거렸다. "못 갖다 드려요."

"아니, 에드." 레이건은 불안을 숨기고 짐짓 화난 것처럼 보이려 애썼다. "주문을 넣은 게 벌써 3주 전이잖아요."

"계좌가 정지되었던데, 이메일 못 받았어요? 완불될 때까지 저희 사장님이 아무것도 못 드린다고 하셨어요." 에드가 코를 더욱 크게 훌쩍이며 그녀의 서명을 받기 위해 아이패드를 내밀었다.

거래처에서 공급을 끊으면 오래 버티지 못할 것이 틀림없었다. "저, 그러면 이미 주문한 것 일부라도 받을 수 없을까요?"

"이봐요, 그건 내가 결정하는 게 아닙니다." 에드가 혀를 쯧쯧 찼다.

레이건이 아이패드를 받아 들고 레이건 카슨이라고 적힌 곳 옆에 손가락으로 서명하자 반품 수량이 화면 위에서 미끄러지듯 움직였다.

가게 문에 달린 종이 딸랑딸랑 울렸다. 민이 들어오는 소리이길 바라며 레이건이 문 쪽을 돌아보았다.

하지만 어떤 부부가 세 살이나 네 살쯤 되어 보이는 연한 적갈색 머리의 남자아이를 데리고 들어왔다. 아이가 입은 티셔츠에는 상어가 아이스크림콘을 할짝거리는 그림이 그려져 있었다. 부모가 무언가 속삭이며 대화하는 동안 아이는 가게 안을 여기저기 돌아다녔다. 어쩌면 오늘은 하나라도 팔 수 있을지 모른다.

뒤로 돌아선 레이건은 아이와 눈이 마주쳤다. 그녀는 붉은 점이 박히고 양 끝이 늘어진 모양을 한 드라큘라 시미아 꽃잎을 가리키며 아이에게 손짓했다. 이 난초는 진지한 눈썹에 장난기 있는 수염을 가진 자그마한 원숭이 얼굴을 닮은 꽃이 핀다. 이 꽃을 피우기까지 3년이나 걸렸다.

그녀는 아이가 꽃을 가까이에서 볼 수 있도록 원숭이 난초를 선반에서 내려주려 했다. 하지만 다육식물에 정신이 팔린 아이는 가시가 뾰족한 선인장 화분들 앞에 멈춰 섰다. 그러고는 까치발을 들고 통통한 손을 뻗어 선인장을 만지려 했다.

"앗, 애야 그러면 안 돼!" 레이건이 소리쳤다.

아이는 손가락 세 개로 주황색 토끼 귀 선인장을 꾹 눌렀다. 이름은 귀엽지만, 토끼 귀 선인장은 사실 음흉한 구석이 있는 식물이다. 아이는 어리둥절한 표정으로 손가락 끝을 문질렀다. 처음엔 아무것도 느껴지지 않아도 곧 가느다란 털 같은 가시가 미세한 유리 조각처럼 피부에 박혀 들어갈 것이다.

"코너?" 아이 아빠의 시선이 아들에서 레이건으로 옮겨갔다. 아이는 아빠가 자신을 걱정하고 있다는 것을 느낀 모양인지 눈이 휘둥그레지더니 티셔츠에 손을 탁탁 털었다.

레이건은 서랍을 홱 잡아당겨 열고는 족집게와 돋보기를 꺼내 아이에게 달려갔다. 그녀는 아이 옆에 무릎을 꿇고 앉아 밝은 미소를 지었다.

"이 솜털 같은 선인장 가시를 자모라고 불러. 재미있게 생겼지만, 친절한 녀석들은 아니지. 손가락을 이렇게 한번 들어볼래?" 그녀는 멈추라고 할 때처럼 손을 펴서 내밀어 보였다. 아이는 슬금슬금 뒤로 피하다가 아빠의 다리에 부딪혀 멈춰 섰다.

아이의 아빠는 옆에 무릎을 꿇고 앉아 코너의 손이 움직이지 않게 잡아주었다. 레이건은 아이의 손가락 끝에서 아주 작은 가시를 하나 뽑아냈다. 그녀는 아이와 아빠에게 돋보기로 가시를 보여주었다. 아이 엄마도 다가와 남편의 어깨너머로 지켜보았다.

"봐, 아무것도 아니지?" 레이건이 말했다. '제거할 수만 있다면 아무것도 아니야.' "이제 나머지도 찾아보자."

레이건은 빠르고 능숙하게 아이의 피부에서 가시 십여 개를 뽑아냈다. "자, 다 됐다."

아이는 엄마의 다리에 얼굴을 묻었다. "고마워요." 여자가 아이를 안아 올리며 말했다. "와, 이거 봐, 코너. 이 꽃은 원숭이 얼굴이 있네."

꽃을 가까이에서 본 아이가 다시 기운이 난 목소리로 외쳤다. "원숭이!"

"난초랍니다." 레이건은 원숭이 난초가 어떻게 드라큘라 시미아라는 이름을 갖게 되었는지 설명하며 드라큘라가 라틴어로 용을 뜻하는 단어에서 나왔다고 이야기해주었다. "여기 꽃잎 끝부분이 꼬리처럼 길게 늘어지기 때문이지요."

꽃잎의 붉은 점이 핏방울처럼 보였다. '왜 그 골목길에는 핏자국이 전혀 없었을까?'

"얼마인가요?" 여자가 물었다.

"이건 판매용이 아니랍니다." 레이건이 말했다. "무척 희귀한 종이거든요."

에드가 마지막 상자를 문밖으로 날랐다. 남자와 여자, 아이가 그 뒤를 따라 나가면서 종이 또다시 딸랑거렸다. 지난주 같았으면 레이건은 다른 난초를 추천하며 대신 할인을 해주겠다고 말했을 것이다. 그러나 오늘은 도저히 영업에 집중할 수 없었다. 그녀는 민에게 연락이 오지 않는 이유에 대해 걱정하지 않으려고 애쓰며 자꾸만 유리창 너머 거리를 살폈다.

가게 문을 닫기 직전, 계산대 위에 놓인 전화기가 울리고 발신자 표시에 민의 이름이 떴다. 레이건은 전화기를 보고 생각보다 더 안도감이 들어 스스로 놀랄 정도였다.

"딱 하루 스마트폰 없이 가족과 함께 하루를 보낸 건데 너한테 부재중 전화가 세 통이나 와있더라." 민이 말했다. "무슨 일이야?"

"내 음성메시지 받았어?"

"나 그런 거 안 듣는 것 알면서." 전화기 너머로 자동차 문이 쾅 닫히는 소리가 들렸다. 아이 둘 중 하나가 울음을 터뜨리는 소리도 들렸다. "잠시만," 민이 나직하게 아이를 타일렀다. "메이지, 엄마 지금 레이건 이모랑 통화 중이잖아."

"별일 없는 거지?"

"지금 동물원에 와 있는데 오리너구리를 못 봐서 메이지가 난리야. 어쨌든, 무슨 일 있었어?"

민과 대화할 때는 조심해야 한다. 오늘 아침처럼 공포에 질려 어쩔 줄 모르는 상태였다면 그간의 이야기를 모두 쏟아내듯 털어 놓았을 것이다. "오늘 저녁에 한잔할 수 있나 해서, 아니면 잠깐 들르거나."

울음소리가 점점 커졌다. "여보, 아이 좀 부탁해. 고마워."민이 다시 말을 이었다. "오웬이 메이지 달래러 산책 데리고 갔다 온대."

"아니다, 괜찮아. 난 그냥…"

"저녁에 우리 집에 들르는 건 어때? 오웬이랑 내가 지난 주말 내내 일하느라 우리 엄마도 휴식이 필요할 것 같아서 며칠 휴가를 냈거든. 여름도 즐겨야 하고."

눈을 감자, 또다시 도로 위에 널브러져 있던 여자의 모습이 떠올랐다. 시체꽃 냄새가 코를 찌르는 것 같았다. 레이건은 민의 집에서 그녀의 가족들과 단란한 시간을 보내는 것만큼은 피하고 싶었다.

작년부터 형편이 어려워지면서 그녀가 민에게 전화하는 횟수가 점점 줄어들었다. 물론 민이 아이들 때문에 바쁘기도 했다. 그래도 만약 꽃집 장사가 계속 안 된다면, 상황을 민에게 끝까지 숨길 수는 없을 것이고, 그러면 민은 분명 아무 의미 없는 긍정적인 이야기를 끊임없이 늘어놓을 것이다. '실패가 아니라 배우고 성장하는 경험이야, 레이건.' 그런 말을 듣고 있기는 힘들 것 같았다.

"더운 날씨에 종일 밖에 있느라 다들 피곤할 텐데." 레이건이 말했다.

"에이, 아냐. 우리 만난 지도 너무 오래됐는걸."

민은 경찰이 살인 사건에 대해 무언가를 알고 있는지 알아낼 수 있는 유일한 길이었다.

'그가 돌아왔을 리 없어.' 이렇게 오랜 시간이 지나서 왜 굳이 그러겠는가?

그렇다 하더라도, 조금 더 알아봐서 나쁠 것은 없었다.

"그래, 그럼." 레이건이 답했다. "고마워."

레이건이 사는 아파트 건물 건너편에 경찰차 두 대가 서 있었다. 주차장에 차를 대다가 경찰차를 본 레이건은 온몸이 긴장감 때문에 굳어버리는 것 같았다.

'샤워를 꼭 해야 할까? 그냥 민네 집에 바로 가도 되잖아.'

더위 속에서 일하고 온 뒤라 몸을 씻지 않을 수 없었다. 땀이 난 이마에 머리카락이 엉겨 붙어 있었고, 피부도 땀이 말라 끈적거렸다.

경찰이 동네에 온 이유는 다양하다. 가정 폭력, 절도, 차량 도난 등 이웃 주민에게 무슨 일이 일어났을지는 모를 일이었다.

레이건은 아파트 출입문 앞에서 들어가기를 망설이던 중 문득 유리에 비친 자신의 모습을 보았다. '말도 안 되는 생각은 하지 말자고 했던 게 바로 오늘 아침이잖아. 기억 안 나?'

여전히 마음 한편에서는 그냥 다시 돌아서서 차에 올라타 그대로 민의 집으로 가라고 말하고 있었다. 하지만 레이건은 문을 열고 아파트 안으로 들어섰다.

'경찰은 나 때문에 온 게 아니야.' 레이건은 조심조심 삐걱대는 아파트 계단을 천천히 올라갔다. '애초에 경찰이 이 건물에 없을 수도 있어. 길 건너편에 있을지도 몰라. 반 블록 위쪽에 있을지도 몰라.'

2층 층계참에 다다를 무렵, 위층에서 목소리가 들려왔다. 남자들의 목소리였다.

아파트에는 26개 가구가 살고 있었다. '이 건물에 사는 사람일 거야.'

그녀는 집에 얼른 들어가고 싶은 마음에 빠르게 계단을 마저 오르기 시작했다. 3층에 발을 딛자 복도에 있던 남자 두 명이 레이건에게 다가왔다.

그들은 남색 제복에 검은 벨트를 하고 권총집을 차고 있었다.

순간 본능적으로 아래층으로 도망쳐 건물 밖으로 나가고 싶다는 생각이 들었다. 차로 가거나, 이웃집에서 울타리 삼아 심어둔 산분꽃나무의 빽빽한 잎 뒤에 숨을 수 있을지도 모른다. 레이건은 당장이라도 뛰쳐나가고 싶은 충동을 억누르느라 온 힘을 다해야 했다. 그녀는 핸드백을 꽉 움켜쥐었다.

'날 만나러 온 게 아니야.'

그러나 그들은 그대로 그녀를 지나쳐가지 않았다.

경찰들은 어깨를 나란히 맞대고 허리에 양손을 올려 팔꿈치로 복도를 막고 섰다. 그들의 이름표에는 각각 '가잘리'와 '캐딘'이라고 쓰여 있었다. 가잘리는 약간 부은 것 같은 둥근 얼굴에 알레르기 반응이 나타난 것처럼 눈이 붉게 충혈된 모습이었다. 그리고 캐딘은 각진 얼굴에 상어처럼 이가 안쪽으로 기울어져 있었다.

캐딘이 그녀를 가리키며 물었다. "이곳 주민이십니까?"

입안의 혀가 마치 뇌와 연결이 끊긴 축축한 근육 덩어리처럼 무겁게 느껴졌다.

그가 손에 든 작은 메모장을 보며 덧붙였다. "17호?"

'젠장.' 그들은 그녀를 만나러 온 것이 맞았다. 그녀가 시체를 발견했다는 사실을 아는 것이다. '어떻게 알았지?' 감시 카메라가 있었나? 휴대폰을 추적했나?

'자전거 타던 사람의 고프로 영상….'

"17호 사시는 분 맞으십니까?" 캐딘이 목소리를 높여 다시 한 번 물었다.

"저는…." 레이건이 멈칫했다. 시체를 보고 신고하지 않으면 범죄인가? 아니면 범행 현장에서 벗어나는 것도 범죄가 되나? 지금 체포될 수도 있는 걸까?

그들이 그녀의 이름을 알고 있다면, 파일도 보았을 것이다.

가잘리가 한 발짝 앞으로 다가왔다. 어깨에 달린 무전기에서 치직하는 소리가 났다. 그녀 뒤로 경찰이 몇 명 더 올라오고 있는 건가? 경찰차가 두 대였으니 최소 경찰관 네 명이 왔을 것이다.

"혹시 일요일 아침에 이 근처에 계셨습니까?" 캐딘이 그녀에게 시선을 고정한 채 물었다. 파일에는 뭐라고 기록되어 있었을까? 아마 그녀가 불안정한 상태라고 적혀있었을 것이다.

"그게… 잘 모르겠어요."

'나는 아무것도 모른다고.' 그녀는 말을 잇지 못했다.

"일요일에 이 근처에 있었는지 모르시겠다고요? 이틀 전인데요?" 가잘리가 캐딘에게 눈짓했다. 그의 손이 벨트 쪽으로 움직였다.

레이건은 폐가 쪼그라들어 숨조차 제대로 쉴 수 없었다.

"저희는 인근에서 일요일 이른 아침이나 그 전날 밤에 무언가 목격한 사람이 없는지 조사하고 있습니다." 가잘리가 말했다.

레이건은 거의 쓰러질 뻔했다. 그녀는 벽에 손을 대고 몸을 기댔다. '이 주변을 조사하고 있다니.'

"거기 끝났어?" 여자의 목소리가 들렸다. 또 다른 경찰관 두 명이 4층에서 내려오다 레이건을 보고 멈춰 섰다.

28

"저는 아무것도 못 봤어요." 벽에 짚은 손에 힘을 주며 레이건이 겨우 대답했다.

캐딘이 그녀에게 명함을 내밀었다. "생각나시는 게 있으면 전화 주세요."

레이건은 다행히 손을 떨지 않고 명함을 받아들었다.

02

저녁이 되어도 낮의 열기는 그대로였다. 레이건이 하버 브리지를 건너 발모랄로 향하는 동안, 블록마다 늘어선 주택의 크기가 점점 커지고 분홍빛과 주홍빛이 어우러진 석양은 강렬하게 빛을 발하고 있었다.

사암으로 된 깔끔한 벽이 민의 집을 둘러싸고 있었다. 레이건은 초인종을 누르고 현관 카메라 쪽을 보고 섰다. 이내 문이 열리고 붉은 유칼립투스 꽃이 불꽃놀이처럼 흐드러진, 티 하나 없이 깔끔하게 정돈된 정원이 펼쳐졌다.

"레이건, 어서 와." 어깨 위로 아기를 안은 현숙이 그녀를 맞았다. 레이건은 고개를 숙여 한국식으로 인사를 하고는 방금 목욕을 마친 듯 축축한 대시엘의 머리를 살짝 쓰다듬어 주었다. 민의 어머니인 현숙은 눈가 주름이 미소를 짓는 것처럼 보이는 따뜻하고 정겨운 눈을 하고 있었다. 원래 머릿결이 건강한지 고급 미용실을 다니는지는 알 수 없지만, 윤기가 자르르 흐르는 검은 머리에 흰 머리가 드문드문 보였다. 그녀의 옷장에는 몸에 꼭 맞는 블라우스와 캐주얼하면서도 부유함과 고급스러운 취향이 드러나는 세련된 스카프가 가득했다.

"이제 막 대시엘을 재우려는 참이었어." 현숙이 말했다. "잠깐 안아볼래?"

레이건은 아기가 품에 안겨 작은 얼굴을 팔에 비비는 것을 마다할 수 없었다. 대시엘은 그녀를 향해 눈을 깜박이다가 자그마한 오른손가락으로 그녀의 곱슬머리를 만지작거리고 작은 숨을 내쉬는가 싶더니 어느새 사르르 눈을 감았다. 어린아이들이 있으면 집이 더욱 집처럼 느껴지는 이유가 뭘까?

현숙은 낮고 아늑한 목소리로 레이건과 정원에 대해 잠시 이야기를 나누다가 아기를 다시 조심히 안아 들고 그녀에게 인사를 했다. 그러고는 자장가를 흥얼거리며 품속의 손자를 부드럽게 어르면서 위층으로 올라갔다.

레이건은 돼지 등심과 구운 감자 냄새에 이끌려 주방으로 갔다. 바닥부터 천장까지 이어진 창문 밖으로 정원이 내다보이는 민의 집은 전체적으로 공간이 넓고 천장이 높아 탁 트인 느낌을 주었다. 식탁 위에는 해바라기가 꽂힌 꽃병이 놓여 있었다. 민이 오븐을 열자 뜨거운 김이 주변으로 흩어졌다. 그녀가 입은 자주색 앞치마에는 자수로 '맛있겠지? 아 물론 음식도 괜찮아.'라고 쓰여 있었다.

"왔구나." 민이 오븐 장갑을 벗고 레이건을 끌어안았다. 현숙이 고요한 호수라면 민은 폭풍우가 몰아치는 폭포처럼 에너지가 넘쳤고, 어떤 칭찬이든 진심으로 받아들일 만큼 자신감이 높았다.

허리까지 내려오는 윤기 있는 머리카락과 세련된 패션 감각을 현숙에게서 물려받았으면서도 더 밝고 선명한 색과 높은 구두를 좋아하기도 했다. 그녀는 오늘 앞치마 아래 산뜻한 노란색 여름 원피스와 어울리는 노란 매니큐어를 칠하고 있었다. 레이건은 31살인 민이 자신과 몇 살 차이가 나지 않지만, 자신보다 훨씬 더 성숙하고 책임감 있게 가정과 삶을 꾸려나가고 있다고 생각했다.

둘이 만나더라도 민은 아기에 대한 전화나 문자를 받거나, 갑작스럽게 자리를 떠야 하거나, 여러 일정을 조정하느라 바빠 레이건에게 집중하기 어려웠다. 최근 몇 달 동안은 유죄 판결을 받은 범죄자들과의 인터뷰를 포함해 아동 포르노 관련 국제 공조수사를 보도하는 장편 잡지 시리즈 기획물에 매달려 죽어라 일하기도 했다. 레이건은 아동 포르노에 대해서는 조금도 듣고 싶지 않았고, 그들은 몇 주째 짧은 문자 정도만 간간이 주고받고 있었다.

민이 레이건의 어깨를 힘주어 잡았다. "진짜, 오늘만 전화 세 번이라니. 무슨 일이야?"

"그냥 친구가 보고 싶어서 그런 거라니까? 그리고 내 조카나 다름없는 우리 예쁜 메이지도. 메이지는 벌써 자?"

"오웬이 '쿠쿠 쿠카부라' 읽어주고 있어. 올라가면 안 돼, 그러면 메이지는 절대 안 자려고 할 거야. 그러고 보니 이 사진을 안 보여 줬네." 민이 스마트폰 화면 속 사진들을 획획 넘겼다. "레이건 너랑은 옛날식으로 소통해야 하니까."

민은 메이지가 삐뚜름한 눈구멍이 뚫린 가면에 스파이더맨 옷을 입고 소파에서 뛰어내리는 사진을 확대해서 보여주었다.

"이 사진 나 인쇄해 줘."

"네가 페이스북에 가입하면 다른 사진도 다 볼 수 있을 텐데."

민이 말했다. "아니면 그냥 핸드폰을 바꾸기만 해도 평범한 사람들처럼 '문자로' 보내줄 수도 있고."

"그래, 그래." 놀리려는 의도가 다분한 민의 말에 레이건은 미소를 지으려 했다. 세상에서 유일하게 스마트폰을 쓰지 않는 사람으로서, 레이건이 어쩔 수 없이 받아들여야 할 숙명이었다. 하지만 오늘 밤만큼은 미소가 지어지지 않았고, 목소리에도 기운이 없었다.

민은 웃음기를 거두고 휴대폰을 주머니에 넣었다. "레이건, 괜찮은 거 맞아? 너 얼굴이 안 좋아 보여."

"그냥 피곤해서 그래." 일요일 이후로 레이건의 눈 밑에는 거무죽죽한 다크서클이 생겼다. 어렵사리 잠이 들어도 칼로 찢긴 입이 벌려진 채 죽어있던 여자와 날카로운 발톱으로 그녀를 움켜쥔 따오기가 아른거렸다. "음식 냄새 좋네."

"아침에 나가기 전에 오웬이 저녁 식사를 미리 준비해뒀거든. 요즘 요리 배우러 다니는 데 재미 붙였어."

"등심은 버번 위스키와 브라운 슈거에 미리 재워 뒀죠." 오웬이 주방으로 들어오며 레이건에게 인사를 건넸다. 레이건은 그가 인사할 때 그녀를 포옹하지 않는 것을 늘 고맙게 생각했다. 오웬은 몸이 탄탄하고 어깨가 건장했으며, 값비싸지만 화려하지 않은 스타일의 시계를 차고 다녔다. 그는 여름 햇빛 탓에 피부가 구릿빛으로 그을리고 사내 변호사치고 조금 긴 황갈색 머리도 살짝 바랜 모습이었다. 담보 대출이나 가족용 고급 세단 광고에서 아빠역할로 딱 어울릴 것 같았다.

"꽃집은 잘 되고 있어요?" 그가 물었다.

"그럭저럭요." 그녀가 답했다. 대화 주제를 바꿔야 했다. '돈이 필요하면 내가 도와줄게.' 민이라면 눈에 걱정을 한가득 담고 이렇게 말할 것이다. 꽃집 지분 일부를 인수해 그녀와 공동 소유를 하거나, 현숙이 고용한 경영전략 고문과 상담할 수 있도록 도와주거나, '레이건 네가 필요한 것이라면 뭐든지 해줄게.'라고 할 것이다.

살인 사건 이야기를 빨리 꺼내고 싶지는 않았다. 민이 샐러드에 들어갈 양배추를 썰고 오웬이 상을 차리는 동안 레이건은 아이들에 대해 물었다. 현숙이 메이지와 먼저 밥을 먹었기 때문에 식사는 셋이 하게 되었고, 민은 식탁에 앉아 음식을 나누면서 부활절 기간에 피지로 가족 여행을 갈 계획이라는 이야기를 했다.

그때 레이건의 휴대폰이 울렸다. "잠시만," 레이건이 핸드백 깊숙한 곳에서 휴대폰을 꺼내 발신인을 슬쩍 보더니 무음 모드로 바꿨다. 민이 눈썹을 치켜올렸지만, 레이건은 못 본 척했다.

"스마트폰이 없으면 불편하지 않으세요?" 오웬이 접시에 감자를 덜면서 물었다. "요샌 틴더를 안 하는 사람이 없는 것 같던데."

"화원 일이 바빠서요."

"오웬, 회사에 레이건 소개해줄 만한 남자 없어?" 민이 레이건에게 찡긋 눈짓했다.

"아마 있을 걸." 오웬이 답했다.

"그 사람 이름이 뭐더라?" 민이 기억을 더듬으려는 듯 머리를 갸우뚱했다. "그 왜, 스쿠버다이빙 좋아한다는 사람 있잖아."

"민," 그들이 스쿠버 남에게 문자를 보내려던 차에 레이건이 끼어들었다. "일요일에 엔모어에서 발견된 여자 얘기 들었어?"

"기사 제목만 봤어. 아직 조사는 안 했고." 민이 의아한 표정을 지으며 대답했다. "왜?"

"너는 뭔가 알고 있을까 싶어서." 레이건이 풍미가 진한 돼지고기 요리를 한 점 베어 물며 말했다. 이런 식으로 말을 꺼내고 싶지는 않았다. '자연스럽게 하자.' "네가 아는 그 경찰을 통해서 말이야."

"그 친구한테는 정보가 필요할 때만 연락해."

'젠장, 민. 평소에는 끔찍한 살인 사건 이야기를 지겹도록 늘어놓더니.' "네가 관심 있어 할 만 한 사건인 것 같던데. 최근에 쓴 책이 살인 사건 여성 피해자에 관한 것 아니었어?"

"전부는 아니야." 민은 이미 스마트폰으로 검색하고 있었다. "그냥 이 지역 미해결 사건들 몇 개만 다뤘지. 그나저나 왜 그러는데?"

만약 레이건이 생각보다 더 많은 사실을 알고 있다는 것을 눈치채면 민은 굳게 닫힌 그녀의 입을 지렛대처럼 열려고 할 것이다. 그리고 민은 레이건이 일요일 골목길에서 경찰을 부르지 않고 그냥 도망친 이유를 절대 이해하지 못할 것이다.

"세상에, 레이건!" 스마트폰 화면의 환한 불빛이 민의 충격 받은 얼굴을 비췄다.

깜짝 놀란 레이건은 갑자기 소름이 돋으면서 자전거 타던 사람과 그의 헬멧 카메라가 떠올랐다. 그 영상에는 그녀가 겁에 질려 깁스 레인에서 뛰쳐나오는 모습이 찍혔을 것이다. 만약 그 사람이 경찰이 아니라 언론사에 영상을 제보했다면 어떻게 될까?

"왜 그래?" 오웬이 물었다.

"너희 집 근처라는 얘기는 안 했잖아." 민이 레이건에게서 시선을 떼지 않고 휴대폰 화면을 돌려 오웬에게 구글 맵 위치를 보여 주었다. "겨우 네 블록 떨어진 곳이라니. 너 일요일에 사건 현장에서 일어나는 일을 다 봤겠구나."

"난 아무것도 못 봤어." 레이건은 다급히 말했다. "그러니까… 난 엔모어 반대편에 살잖아."

민이 눈썹을 찌푸리고 기사 몇 줄을 소리 내 읽는가 싶더니 어느새 혼자 중얼거리고 있었다. 레이건은 돼지 등심을 향해 손을 뻗으며 오웬에게 요리 수업에 관해 물었고, 화제는 금세 바뀌었다.

베이비 모니터에서 찢어지는 울음소리가 들려왔다. 오웬과 민이 화면을 향해 몸을 돌렸다. 잠시 소리가 끊기는 듯하더니 이내 울음소리가 더 크고 길게 들리기 시작했다.

"내가 가볼게." 오웬이 말했다. 그는 일어서서 민의 어깨에 한 손을 올리고 이마에 살짝 입을 맞췄다. 그러자 민은 그의 손 밑으로 자신의 손을 겹치며 눈을 감고 그에게 몸을 기댔다.

레이건은 애써 그들 뒤로 마당 문 옆에 쌓여있는 작은 신발들을 바라보았다. 그녀와 민이 한국에서 처음 만난 뒤 한동안 민이 가장 가깝게 지내던 사람은 바로 그녀였다. 물론 시드니에 돌아와서까지 계속 그러리라 생각하지는 않았지만, 그래도 오웬을 보면 왠지 쫓겨난 것만 같은 느낌이 들었다.

오웬이 위층으로 올라가자 레이건은 빈 접시와 포크, 나이프를 가지런히 정리했다. "나도 이제 가봐야 해, 나…"

"워워, 잠깐만." 민이 레이건의 손목을 잡았다. '이런.' 민 앞에서 살인 사건 이야기를 꺼내다니, 정신이 나갔던 것이 틀림없다. "너 무슨 일 있지? 넌 범죄 얘기라면 질색했잖아."

민이 20년 전에 발생한 충격적인 살인 사건에 관한 그녀의 첫 저서를 쓰는 동안 레이건은 민과 대화하는 것을 힘들어했었다. 민은 시드니 모닝 헤럴드지의 범죄 보도 부서에서 일하면서 그 미제 사건을 알게 되었고, 취재 중 범인을 밝힐 결정적인 증거를 발견했다. 그녀는 범인이 체포되고 재판이 이루어지는 과정을 보도했으며 이는 국제적인 출판 계약으로 이어졌다. 레이건의 책상 위에는 표지에 '민 리 샤스'라는 이름이 진홍색으로 적힌 책이 한 번도 펼쳐진 적 없이 새것인 상태 그대로 놓여 있었다.

"그냥 그 사건이⋯ 우리 동네에서 일어난 일이라 궁금했던 것뿐이야." 레이건이 무릎 위에 펼쳐 둔 냅킨을 다시 접으며 말했다.

"그래." 민이 석연치 않은 표정으로 그녀를 뚫어지게 바라보며 답했다. "나라도 기겁했을 거야."

레이건은 이전 주인 세 명을 거치며 낡을 대로 낡은, 앞코가 짧고 뭉툭한 베이지색 홀덴 바리나를 불꽃나무 아래에 주차해 두었다. 시든 꽃잎이 앞 유리에 떨어진 모습이 마치 피가 튄 것처럼 보였다. 레이건은 주변을 조심스레 살피지 않고 곧장 차를 향해 걸어갔다. 차에 타고도 그녀는 고개를 돌려 뒷좌석을 확인하지 않았다. 그럴 필요가 없었다. 그녀는 안전했으니까.

핸드백 안에서 휴대폰이 계속 진동했다. 더는 통화를 미룰 수 없었다. 레이건은 운전석 문에 기대 무거운 저녁 공기를 깊이 들이마신 뒤 긴장하며 수신 버튼을 눌렀다.

"레이건." 신시아의 무뚝뚝한 목소리에 그녀는 움찔했다. "저녁 먹으러 오기로 했잖니. 고기가 다 식었어."

"엄마, 수요일이라고 했잖아요. 내일이에요."

"수요일이라고? 수요일이라니 그럴 리가 없어!"

최근 들어 그녀의 엄마는 일정을 제대로 기억하지 못했다. 그녀는 분명 수요일에 저녁 식사를 하러 오라고 했고, 레이건은 그대로 다이어리에 적어 두었다. 날짜를 착각했냐는 전화를 처음 받았을 때, 레이건은 자신이 실수했다고 생각했다. 그리고 비슷한 일이 반복되자 조기 치매를 의심하기도 했다. 하지만 엄마는 원래 그런 사람이었다. 싸우거나 화내는 것은 의미가 없었고, 오히려 상황을 악화시켰다.

"테리랑 내가 둘이 먹으려고 굳이 고기를 통째로 구웠겠니? 네가 좋아하는 메뉴잖아. 심지어 난 고기를 별로 좋아하지도 않아."

레이건은 현숙처럼 똑똑하고 야심차면서도 따뜻한 어머니가 있었다면 자신이 어떻게 달라졌을지 궁금했다.

'신경 *끄*라고 해.' 둘이서 엄마에 대해 길게 이야기를 나눌 때면 민이 말하곤 했다. '이제 못 참겠다고 하라고.'

"그럼 내일 갈게요." 레이건이 체념한 목소리로 대답했다.

신시아는 여전히 화난 목소리로 말했다. "늦으면 먼저 먹을 거다."

03

2017년 1월 18일 수요일

오전 9시 1분, 에밀 보이치에흐가 레이건을 자신의 책상 맞은편에 놓인 푹신한 방문객 의자로 안내했다. 그는 창백한 피부에 금테 안경을 쓴 중년 남자였다. 얼굴 절반을 차지하는 이마 위 헤어라인은 큰 M자를 이루고 있었다. 레이건은 에밀을 이미 여러 차례 만났기 때문에, 최신 대차대조표를 준비하는 것 외에도 가슴을 모아주는 브라에 넓고 깊게 파인 원피스를 입고 민이 선물해준 깔끔한 회갈색의 입생로랑 매트 립스틱을 바르면 그녀에게 유리한 쪽으로 대화를 이끌어 나가기 쉽다는 사실을 알고 있었다.

"서류를 보면 개선 징후가 전혀 없네요." 에밀이 한 손으로 턱을 괴고 말했다. "이 시점에서는 현실적으로 더는 미뤄 드릴 방법을 찾을 수 없을 것 같아요."

오늘은 입생로랑도 도움이 되지 않을 모양이었다.

평소 그들은 잡담과 칭찬을 주고받다가 본론으로 들어가곤 했다. 하지만 오늘은 에밀이 바로 서류 작업에 들어갔다. 레이건이 바라는 것처럼 또다시 3개월 상환 연기 승인을 해줄 것 같지 않았다.

"상황이 분명 좋아질 거예요." 레이건이 말했다. 이전에는 낙관주의가 통했었다. "정말 곧 좋아질 거예요."

그녀와 달리 에밀은 미소를 보이지 않았다. 그는 페이지를 획획 넘기더니 집게손가락으로 숫자를 훑어 내려갔다. "그 말을 뒷받침할 수치가 보이지 않아요."

레이건은 어색하게 억지웃음을 지었다. "제가 어떻게 하면 좋을지 조언을 좀 해주시면 감사하겠어요." 에밀은 충고하는 것을 좋아했다.

"우리 마케팅 얘기를 한 적이 있었나요?"

그녀는 재정적인 측면에 대한 조언을 말한 것이었다. 레이건이 화원 근처의 소규모 독립은행을 택한 이유도 더 개별적이고 그녀에게 꼭 맞는 재정 관리를 받고 싶어서였다. 그러나 상황이 이렇게 되고 보니 그렇지도 않은 것 같았다. "아니요, 얘기한 적 없어요."

"운이 좋으시네요. 마케팅은 제가 소소하게 관심을 두고 있는 분야 중 하나거든요." 에밀이 신이 난 목소리로 두 손을 비비더니 레이건이 볼 수 있도록 컴퓨터 화면을 돌렸다. "일단, 딱 연락처만 나와 있는 웹사이트가 하나 있긴 하시네요. 그런데 아난데일에 있는 꽃집을 검색해도 당신 사이트는 나오지 않아요."

그동안 레이건에게 온라인으로 홍보를 더 하라고 조언한 사람이 에밀만 있었던 것은 아니었다. 2014년에 꽃집을 열었을 때만 하더라도 동네에서 소매점을 운영하는 데에는 비즈니스 메일 주소만 하나 만들고 인터넷 이용은 최소화해도 아무 문제가 없었다. 하지만 이제는 언제 어디서든 온라인에 있지 않으면 존재하지 않는 것과 마찬가지였다.

에밀은 마치 영어가 서툰 사람을 대할 때처럼 천천히 말하면서 디지털 마케팅 아이디어들을 하나씩 설명했다. 레이건은 26살짜리 뒷방 늙은이가 된 것만 같았다. 자신의 선택에 대한 합당한 이유를 가진 여성, 자신을 스스로 보호하려는 것이 아닌 그저 시대에 한참 뒤떨어진 사람.

그녀는 그의 말을 받아 적는 척하며 고개를 끄덕였다. 설명이 너무 지루하다고 느껴질 때면 한 번씩 목선을 따라 손가락을 미끄러뜨려 머리카락을 어깨 뒤로 쓸어 넘기면서 에밀이 자신을 힐끔거리는 모습을 지켜보았다.

"고려해볼 점이 많네요." 정말 끝일지도 모른다는 불안감이 끓어올라 이번만큼은 그녀도 진심이었다. 에밀이 상환을 시작하라고 요구하면 레이건은 방법이 없었다. 금방 연체되어 몇 달도 채지나지 않아 꽃집을 잃게 될 것이다.

그럴 수는 없었다. 꽃집은 그녀의 전부였다.

"고려만 하시면 안 됩니다." 에밀이 엄한 아버지 같은 목소리로 단호하게 말했다.

레이건은 얼굴을 붉혔다. "그게 아니라, 말씀해주신 아이디어들을 따라서 전략을 실행하겠다는 말이었어요."

에밀은 안경을 벗은 뒤 안경다리를 접어 책상 위에 놓고는 키보드와 평행을 이루도록 만지작거렸다. "제가 모든 고객에게 이렇게 해드리진 않습니다, 아시죠."

그의 목소리 톤에서 희망이 보였다. 레이건은 무릎 위에 놓인 손을 꽉 쥐었다. 여기서 금방 나설 수만 있다면 제시간에 화원

문을 열 수도 있을 것이다.

"자 그러면," 에밀의 목소리가 밝아졌다. "다음에 오실 때 웹 콘텐츠까지 포함한 마케팅 계획을 가져오시는 걸로 합시다. 저희 비즈니스 앱도 이용해보시고요. 꽤 쓸 만한 기능이 많아요."

레이건은 몸을 앞으로 숙이고 푹신한 의자 모서리에 손톱을 박으며 고개를 끄덕였다. 물론 그럴 생각은 전혀 없었다.

04

레이건이 운전석에 앉자마자 여름 들어 처음으로 내리는 굵은 빗방울이 자동차 앞 유리에 떨어졌다. 그녀는 괜스레 불안한 마음을 달래려고 창문을 열어 시원한 공기를 들이마셨다. 비가 더욱더 세차게 오기 시작하자 레이건은 황급히 창문을 닫고 꽃집 뒤편 좁은 주차 공간을 조심조심 빠져나왔다. 점점 거세지는 빗줄기에 길을 걷던 사람들이 허둥지둥 우버에 올라타면서 이미 혼잡하고 정신없던 도로가 더 꽉 막혀 있었다.

하지만 레이건은 이런 날씨에 도시를 가로질러 운전해가는 것보다 엄마에게 전화를 걸어 약속을 취소하는 것이 더 싫었다.

우선 집에 돌아가서 옷을 갈아입어야 했다. 고장으로 멈춰 선 버스를 우회하느라 갈라진 차들이 다시 끼어드는 통에 두 블록을 가는 데 10분이나 걸렸다. 뒤에서 누군가 경적을 울리자 다른 차들도 따라서 빵빵거렸다.

비에 흠뻑 젖은 채 자전거를 탄 사람이 페달을 힘껏 밟으며 깊어진 물웅덩이 사이로 빠르게 지나갔다. '그때 그 자전거 타던 사람은…' 민에게 영상에 관해 묻지 못했으니, 이제는 그가 영상을 증거로 제출했는지 알 길이 없었다.

자동차 유리에 수증기가 맺혀 주변이 잘 보이지 않았다. 레이건은 김 서림 제거 버튼을 더듬거리며 찾아 눌렀다. '경찰이 범인을 금방 잡는다면 영상이 필요 없겠지만, 만약에 그러지 못한다면…'

쾅 하고 충돌하며 쇠가 으스러지는 소리와 함께 차가 급정거했다. "젠장. 젠장." 레이건이 파란빛이 도는 회색의 혼다 시빅을 들이받았다.

그녀는 운전대에 머리를 기댔다. 지금껏 단 한 번도 차 사고를 일으키기는커녕 연루된 적조차 없었다. 혼다는 최신 모델이거나 나온 지 얼마 안 된 것처럼 보였다.

소란을 일으킨 것이 흡족하기라도 한 듯 비는 어느새 조금 잦아들었다.

도로 위에는 차를 뺄 공간이 없었다. 혼다의 비상등이 켜지고 운전석 문이 열렸다.

레이건은 피해가 어느 정도인지 알 수 없었다. 하지만 부딪칠 때 쿵 소리가 울린 것을 생각하면 트렁크 쪽을 우그러뜨렸대도 놀랍지 않을 것 같았다.

위가 조여드는 느낌이 들었다. 그녀는 누가 성질부리는 것을 받아줄 수 있는 상태가 아니었다. 지난 일요일 이후 몇 시간도 제대로 자지 못했고, 잠이 들어서도 길고 검은 발톱으로 죽은 여자의 피부를 후벼 파는 따오기들을 쫓으려 내내 팔을 휘저었다.

혼다 운전자는 비싸 보이는 청바지에 흰 리넨 셔츠를 입고, 얼굴을 가릴 정도로 커다란 검은 우산을 든 남자였다.

뒤에 선 차가 경적을 요란하게 울리자 곳곳에서 다른 차들도 경적을 울려댔다. 운전자들이 레이건을 노려보며 그녀를 피해 느릿느릿 지나갔다. 이제 비는 이슬비 수준으로 내리고 있었다. 레이건은 글러브 박스에서 차량 등록증을 꺼낸 뒤 문을 살짝 열어 밖으로 나오다 그만 물웅덩이를 밟아 캔버스 신발이 축축하게 젖고 말았다.

"그쪽이 운전자입니까?" 우산을 쓴 남자가 그녀를 불렀다. 그는 바람에 흔들리는 우산을 들고 인도에 서 있었다. 목소리에 날이 선 것처럼 들렸다.

"정말 죄송해요, 창문에 김이 서리는 바람에…" 레이건이 허둥지둥 손을 내두르며 말했다.

남자가 우산을 들어 올렸다. 나이는 레이건과 비슷해 보였고, 보통 체격에 몸이 탄탄하면서 호리호리했다. 엷은 갈색 머리카락이 뽈테 안경 위로 이마를 덮고 있었다. 유행에 민감한 사무직이거나 소규모 양조장 주인처럼 보이기도 했다. 피부가 잡티 하나 없이 부드럽고 깨끗해서 마치 어른인 채로 지금 막 태어나 아직 한 번도 햇볕을 쬔 적 없는 것 같았다.

레이건은 그의 무표정한 얼굴에서 아무것도 읽어낼 수 없었다.

"이쪽으로 오세요, 언제 또 비가 쏟아질지 몰라요." 남자가 레이건에게 우산을 씌워 주었다. 남자에게서 시더우드와 베르가모트 향이 은은하게 풍겨 왔고, 얼굴이 너무 가까워 그를 똑바로 바라볼 수 없었다.

혼다는 왼쪽 범퍼가 찌그러져 있었다. "이런, 상태가 안 좋네요." 레이건이 말했다. 지금 그녀에게는 보험 처리도 무리였다.

"잠시만요." 깊고 허스키한 그의 목소리가 매력적으로 들렸다. "자세히 좀 볼게요."

그들은 우산 아래 붙어 서서 차에 가까이 다가갔고, 남자는 몸을 숙여 범퍼가 움푹 들어간 부분을 손으로 쓸어보았다. "제가 보기엔 그렇게 심각하지 않은 것 같은데요. 당신 차도 멀쩡해 보이고요." 그가 말했다. "어떤 것 같아요?"

레이건이 타던 차야 한 군데 더 찌그러진다고 크게 달라질 것도 없었다. "누가 봐도 그쪽 차는 손상이 있으니까 그러면…" 그녀는 핸드백 안으로 손을 집어넣었다.

"제 친구가 자동차 정비소를 운영해요. 저 정도면 어렵지 않게 펼 수 있을 겁니다." 남자는 다시 인도로 올라가 비가 오는지 손을 펼쳐 확인해보더니 우산을 접었다. 어느덧 이슬비도 거의 그쳤다.

정말로 연락처를 받아두거나 운전면허증을 보여 달라고 하지 않을 작정일까? '이렇게 운이 좋을 수가 있다고?' "그렇게 말씀해 주시다니 정말 감사해요."

남자와 레이건이 세워둔 차 주변으로 길이 막히기 시작했다. 반 블록 떨어진 곳에서 다시 경적 소리가 들려왔다. 레이건은 차 키를 손에 들고 몸을 돌렸다.

"가시기 전에 한 가지만."

그럼 그렇지. 세상 어느 누가 자기 차를 박은 사람을 그냥 가게 두겠는가.

"제가 직장동료에게 화분을 가져다주기로 했었는데 그 친구가 집에 없더라고요." 그가 혼다 뒷좌석을 가리키며 말했다. "하루 정도는 차에 두어도 괜찮을까요? 밤새 식물이 죽지는 않겠죠?"

윤기가 흐르는 녹색과 다홍색의 뾰족한 잎사귀들이 유리창에

눌린 모습이 보였다. 레이건이 가까이 다가가 살펴보았다. 릴리필리 화분이 뒷좌석에 눕혀져 있었다.

"그냥, 입고 계신 티셔츠를 봐서요." 그가 덧붙였다.

레이건은 아래를 흘끗 내려다보았다. 꽃집이 피우는 독특한 꽃 색깔을 닮은 짙은 보라색의 티셔츠 가슴팍에 '릴리 화원'이라고 적혀있었다.

남자는 식물에 관해서 아무것도 모르는 모양이었다. "차에 그대로 두셔도 괜찮을 거예요." 그녀는 차로 빨리 돌아가고 싶으면서도 고마운 줄도 모르거나 무례한 사람처럼 보일까 걱정이 되어 조금씩 발걸음을 움직이며 대답했다.

"다행이에요, 감사합니다. 릴리, 이름 좋네요. 언제 한 번 들를게요."

그가 레이건을 향해 미소를 짓자 가지런한 치열 사이로 고르지 않은 치아 하나가 눈에 띄었다. 레이건은 그에게 거의 매력을 느낄 뻔했지만, 비뚤게 난 치아 하나가 아니라도 왠지 뭔가 아닌 것 같은 느낌이 들었다. 어쩌면 그의 얼굴 비율 때문일 수도 있다.

재차 경적이 울렸다.

"화요일부터 일요일까지 영업해요." 레이건은 그가 마음을 바꿔 보험 정보를 요구하기 전에 서둘러 차에 올라타며 어깨너머로 소리쳤다.

집 앞에 주차 공간이 있었지만, 레이건은 집에서 보이지 않는 길가에 차를 세웠다. 그리고 시동을 끄고 차 키를 쥔 손을 무릎 위에 올린 채 잠시 가만히 앉아 있었다.

"엄마가 여러 명 있는 것도 아니잖아," 레이건이 혼잣말했다.

"그냥 좀 잘해드리자."

정원에는 마운틴데빌 꽃들이 둘러싼 가운데 니포피아가 줄지어 피어 있었다. 레이건이 정원을 천천히 감상하려는데 신시아가 현관문을 벌컥 열었다.

"얼른 들어오지 않고 뭐하니?" 신시아가 말했다. "저녁 준비 다 됐어."

추돌 사고가 별다른 문제없이 마무리되어 여전히 안도감을 느끼고 있던 레이건이 웃으며 인사했다. "안녕, 엄마."

신시아는 몸이 가냘프고 레이건보다 머리 하나만큼 작았지만 완벽하게 화장을 마치지 않으면 절대 집 밖으로 나서지 않을 만큼 항상 빈틈없는 모습을 하고 있었다. 오늘 입은 짙은 청록색 린넨 원피스는 아이섀도와 색을 맞췄고, 빨간색 레진 목걸이와 굵은 팔찌, 귀에 딱 붙는 귀걸이는 립스틱과 조화를 이루었다.

레이건은 엄마를 만나면 포옹을 할 생각이었지만, 평소 그들과는 너무나 어울리지 않는 행동이었기에 마음을 바꿔 민이 처음 만난 사람들에게 하는 것처럼 신시아의 팔 위쪽에 손을 살짝 대는 것으로 만족했다.

"머리엔 무슨 짓을 한 거야?" 신시아가 눈을 흘기더니 돌아서서 집 안으로 들어갔다. "그리고 왜 이제야 왔어?"

"비가 쏟아져서요."

"아니, 새해에 오기로 했었잖아. 벌써 2월이 다 되어 간다고."

레이건은 입을 다물고 아무 말도 하지 않았다. 신시아가 벌처럼 쏘아붙일 때는 침묵 작전이 도움이 되었다.

아빠가 위스키를 정확히 얼마나 마셨는지 몰라도 너무 많이 마신 것이 분명했던 어느 날, 아내와 10살 난 딸이 깊이 잠든 시간에 술에 잔뜩 취해 돌아와 자기 토사물에 질식해 숨진 그날 밤 이전의 엄마가 어땠는지 레이건은 기억이 잘 나지 않았다. 신시아는 다음 날 아침에 남편을 발견했다.

발코니 저 멀리 해변이 보였다. 오늘 밤은 발코니 문을 열어두어 따뜻한 바람이 불어 들고 저녁 까치가 지저귀는 소리가 들려왔다.

태블릿을 보느라 고개를 숙인 테리는 이미 식탁에 앉아 있었다. 그는 체격이 건장하고 귀 위쪽으로 듬성듬성한 흰머리만 남았으며, 늘 그렇듯 오늘도 업무 미팅에 참석해야 할 것 같은 와이셔츠를 입고 있었다. 레이건은 테리가 바닷가에 갈 때도 와이셔츠를 입지 않을까 하고 생각했다. 그는 오트밀처럼 피부가 누렇고, 성격마저 오트밀처럼 무미건조했다.

"자리를 빛내주다니 영광이구나, 레이건." 테리는 종종 이렇게 국어책을 읽는 것처럼 말하곤 했다. 말투가 워낙 단조로운 탓에 진심으로 하는 말인지 놀리는 것인지 분간하기 어려울 때도 많았다. "식물 사업은 좀 어떠니?"

"네, 괜찮아요." 레이건은 주방을 향해 소리쳤다. "엄마, 뭐 도와드릴 것 없어요?"

앵무새가 그려진 오븐 장갑을 낀 신시아가 가스레인지와 식탁 사이를 바삐 오갔다. 그녀가 식비를 아끼기 위해 몇 년 동안 쌀과 렌틸콩으로 상을 차렸던 것을 생각하면 돈 많은 남자와 재혼하고 싶어 했던 것도 당연했다. 아무리 그게 테리라 할지라도 레이건은 엄마를 이해했다.

"거기 앉아라, 레이건." 신시아는 마치 면접장처럼 자신과 테리가 나란히 앉은 맞은편 가운데에 레이건을 앉히고는 자신의 트레이드마크인 베샤멜 소스를 얹은 양고기 라자냐 요리를 식탁 위에 탁 내려놓았다. 레이건이 좋아하는 메뉴 중 하나였고, 이전에도 신시아가 종종 만들어주던 요리였다. 그뿐만 아니라 신시아는 난초와 다육식물 사진이 가득한 인테리어용 하드커버 책을 선물한 적도 있었다. 한 번은 "우리 딸이 기르는 것들 좀 봐."라고 말하며 친구들을 릴리에 데려오기도 했다.

신시아는 휴대폰을 꺼내 식탁에 앉아 어색한 미소를 짓고 있는 레이건을 찍고 나서야 샐러드와 마늘빵, 라자냐를 접시에 담아 주었다. "테리네 회사가 요즘 아주 잘 되고 있어. 비결 좀 물어보지 그러니."

레이건은 테리가 하는 사업에 관심 있는 척 대화를 나누었다. '물류 알고리즘'이니 '적응형 분석'이니 하는 이야기를 들을 때는 차라리 접시에 얼굴을 처박는 게 낫겠다는 생각이 들었다.

"어떻게 지냈어요, 엄마?"

"메이지가 스파이더걸 옷 입은 사진 봤니?" 민의 인스타그램 계정을 발견하고부터 신시아는 항상 민과 잘생긴 남편, 귀여운 아이들 이야기를 꺼내지 않고는 못 배겼다.

"어제 민을 만났어요. 일요일에 발견된 죽은 여자 사건을 살펴보게 될 수도 있대요." 대화가 어떻게 흘러갈지 조금만 생각했어도 레이건은 살인 사건을 화제로 꺼내지 않았을 것이다.

"너희 집 근처에서 벌어진 일이던데," 테리가 말했다. "혹시 밤늦은 시간에 다니는 건 아니지?"

"뭐, 해가 지면 여자는 집 밖에도 나가면 안 되나요?" 레이건이 반사적으로 받아쳤다. '그만하자. 그럴 가치도 없어.' 그녀는 포크로 라자냐를 한가득 떴다.

"사실 살인 사건 피해자는 여자보다 남자가 훨씬 많기는 해." 테리가 입 안 가득 반쯤 씹은 루꼴라를 우물거리며 말했다.

'그리고 토막 나고 벌거벗겨져 무슨 포르노 작품처럼 길거리에 전시되나요?'

"그 여자가 밤에 돌아다녔는지도 아직 모르는 일이에요." 레이건이 말했다. "경찰은 아직 신원 파악도 못 했다고요."

"무슨 일이 있었든지 간에, 좀 더 조심했으면 적어도 그 꼴은 안 당했겠지. 그때 네가…" 신시아가 적절한 표현을 찾는 듯 말을 멈췄다. "그 골칫거리를 불러왔던 것처럼."

수치심이 밀려와 핫소스가 입에 닿았을 때처럼 화끈거렸다. "10년도 더 된 일이에요, 엄마."

2006년. 되는 일이 하나도 없었던 끔찍한 해였다.

신시아는 의자를 뒤로 뺐다. "디저트가 다 됐나 봐야겠다."

무거운 발걸음으로 주방에서 돌아온 신시아가 파블로바*와 케이크 칼을 식탁에 내려놓았다.

"레이건, 우리 대출금 얘기 좀 하자. 테리랑 내가 의논을 좀 해 봤어."

"무슨 말씀이세요?"

신시아의 표정이 심각해졌다.

"설마 화원 열 때 주신 돈 말씀하시는 거예요?"

"줬다고?"

테리가 깍지 낀 손으로 식탁을 탁탁 두드렸지만, 식탁보가 깔려

---

* 구운 머랭에 과일과 생크림을 곁들인 호주, 뉴질랜드식 디저트

있어 소리가 나지는 않았다. "레이." 레이건은 테리가 이렇게 부르는 것을 싫어했다. "물론 우리가 그 할부금을 어떻게 할지 명확하게 해 두지 않았다는 건 알고 있다."

한국에서 2년간 영어를 가르치기로 한 계약이 끝나고 레이건은 불가리아 소피아에서 비슷한 일자리를 찾았지만, 결국 가지 못했다. 신시아가 방광암 진단을 받은 지 48시간 만에 레이건이 있는 시드니에서 자리를 잡기로 결정했기 때문이었다. 그리고 그해 말 집 근처 화원을 인수할 기회가 생겼다. 은행에서 대출을 거절했을 때, 모든 계획이 무산될 것처럼 보였다.

그러나 뜻밖에도 부들부들 떨리는 수척한 몸으로 병상에 누워 있던 신시아가 레이건을 돕고 싶다는 의사를 내비쳤다. 딸이 나중에 상속받을 재산을 어떻게 쓸지 미리 지켜보는 것도 좋겠다고 이야기했다.

그때 신시아가 어떤 의도로 말한 것인지 더 물어보고, 모든 내용을 서면으로 작성해달라고 요구했어야 했다. "저는 그게 어, 제 유산의 일부라고 생각했는데요."

"네 눈엔 내가 죽은 걸로 보이니?" 신시아가 딱딱거렸다.

저녁으로 먹은 음식이 다시 목구멍으로 올라와 식탁에 온통 토할 것만 같았다.

"그리고 내가 정말 죽더라도 뭔가 받을 기대는 하지 마라. 자식이 되어서 부모가 죽는데 그저 돈 생기는 것만 생각하면 안 되지. 전부 자선단체에 기부할 계획이야."

"이제 우리가 해야 할 일은," 테리가 씩 미소를 지었다. "상환 계획을 세우는 거란다."

"요즘 상황이… 좋지 않아요." 레이건이 말했다.

"다음 달부터 상환을 시작하지 않으면 우리 변호사한테 연락이 갈 거야."

"엄마!" 양고기 한 조각이 레이건의 입에서 튀어나와 물 컵에 달라붙었다.

"우리 입장에선 너무하잖아." 신시아가 말했다. "큰돈을 받아놓고도 너는 네 생각만 하고 있고."

레이건은 다시 핫소스를 마신 것 같이 두 볼과 목이 화끈거렸다. 이 세상에서 유일하게 그녀에게 위안을 주는 것이 있다면 바로 화원이었다.

"자." 신시아가 칼을 들고 파블로바를 자르며 말했다. "이제 문명인답게 디저트를 먹어볼까?"

05

2017년 1월 19일 목요일

목요일에는 도시 전체가 찜통처럼 느껴질 만큼 다시 더위가 기
승을 부렸다. 화원은 보기 딱할 정도로 한산했다. 레이건은 온실
에서 백일홍과 마리골드, 제비꽃이 피어 있는 좁은 통로를 이리저
리 오가며 시든 꽃송이를 솎아냈다. 화사한 색색의 꽃들을 보아
도 도통 기분이 좋아지지 않았다.

그녀는 손님이 없는 동안 사무실 컴퓨터로 뉴스 사이트를 강박
적으로 새로고침 하면서 시간을 보냈다. 기사에서는 살인 사건에
대한 경찰 수사가 진전이 없다고 꼬집었다. 적어도 공식 발표에 따
르면, 경찰은 아직 용의자를 특정하지 못했다. 하지만 민은 형사
친구에게서 다른 소식을 들었을지도 모른다.

'괜찮을 거야.' 범인이 그 사람일 리 없다. 그를 마지막으로 본
것이 벌써 5년 전이다.

그런데도 잔혹하게 토막 난 채 가만히 누워 머리칼만 바람에

날리던 이름 없는 죽은 여자가 머릿속에 불쑥불쑥 떠올랐다.

가게를 닫으려던 차에 출입문에 달린 종이 울렸다. 문을 열고 들어선 남자는 회사에서 바로 온 듯 어두운 밤색으로 색을 맞춘 벨트와 정장 구두, 주름을 잡은 면바지에 회색 체크무늬 셔츠 차림이었다. 그는 입구 쪽에 멈춰 서서 천장의 덩굴과 새까만 벽, 가지런히 진열된 화분을 찬찬히 살펴보았다.

그는 레이건을 발견하고 아는 사람을 마주친 것처럼 손을 가볍게 흔들어 인사했다.

"찾으시는 것 있으세요?" 의도치 않게 날카로운 목소리가 나왔다.

"저희 어제 만났는데." 남자가 활기찬 발걸음으로 다가와 말했다. "제 차를 박으셨잖아요, 기억 안 나요?"

맞다, 검은 뿔테 안경과 이마를 덮은 옅은 갈색 머리, 레이건의 릴리 화원 티셔츠를 보고 나눈 대화가 그제야 생각났다. 만약 그가 보험 청구 때문에 온 것이라면 눈물을 보여야 할까 아니면 그저 웃어야 할까.

"친구분께서 차를 잘 수리하셨나요?"

"한 번 보더니 새것같이 고쳐놓겠다고 하던걸요."

안도감에 무릎이 후들거렸다. "다행이네요."

"아, 그 일 때문에 온 게 아니라…" 남자가 말했다. "어제 그 화분을 동료에게 전해주느라 근처에 있었는데, 문득 어머니 생신 선물을 사야 한다는 생각이 나서요. 1월 생일이 그렇잖아요. 크리스마스 선물 드리고 바로 돌아서서 생일 선물은 또 뭘 사나 고민해야 하고. 그러다 그쪽 화원이 떠올랐죠."

레이건은 남자 옆의 용월을 가리켰다. "실내에서 기를 수 있는 화분이 좋으세요, 아니면 정원에 심을 식물을 추천해드릴까요?"

"어떤 게 좋을까요?" 그는 주변을 한 바퀴 돌아보다가 계산대 쪽을 보고 멈춰 섰다. 그리고 성큼성큼 걸어오더니 드라큘라 시미아 화분을 들어 올려 자그마한 원숭이 얼굴을 자세히 관찰했다. "이건 뭔가요?"

"아, 그건 판매용이—" 레이건은 말을 멈췄다. 화원을 지키려면 포기할 줄도 알아야 한다. "그건 정원용은 아니고 실내에서 키우셔야 해요."

"이런 모양으로 자라나요?" 그가 꽃잎 하나를 만졌다.

일요일 이후 처음으로 자연스럽게 미소가 지어졌다. "작은 얼굴 모양 꽃이 피는 드라큘라 난초 종류는 다양하게 있어요. 하지만 기르기 어려워 희귀한 품종이지요."

"어머니가 좋아하실 것 같네요. 얼마인가요?"

레이건은 일단 가격을 높이 부르기로 했다. 그가 주저하면 깎아줄 수도 있을 것이다. "300달러입니다."

"이런 식으로…" 남자가 난초 주변을 손으로 감싸며 물었다. "포장해주실 수 있나요?"

원숭이 난초를 팔게 되어 아쉬웠지만, 화원을 계속 운영할 수만 있다면 얼마든지 새로 키울 수 있을 것이다. 남자가 가게 안을 돌아다니다 몸을 숙여 파리지옥의 뾰족한 이빨 부분을 만져보는 동안 레이건은 선물 포장지로 주름을 잡았다.

"가게 이름에 특별한 의미 같은 게 있나요? 아니면 그냥 백합?"

이 남자가 원래 말이 많은 스타일일 수도 있고, 아니면… 레이건이 그의 왼손을 흘낏 보았다. 결혼반지는 없었다.

"원래는 '부두릴리'라고 하고 싶었어요. 하지만 '악마의 혀'라고 불리는 식물을 가게 이름으로 하기는 좀 그랬어요."

"어떤 가게인지에 따라 어울릴 수도 있지 않을까요." 그가 웃었다. "이곳은 직접 운영하시는 건가요?"

레이건이 고개를 끄덕였다.

"화원 이름도 멋지고, 사진 찍어 올릴 만한 신기한 식물이 이렇게나 많으니 소셜에서도 반응이 좋겠는걸요. 요즘 사람들 특이하고 별난 것에 환장하는데 여기 그런 것들이 많잖아요."

레이건은 가장 아래 칸 서랍을 뒤져 리본 두 개를 꺼냈다. "파란색이랑 은색 중에 어떤 걸로 할까요?"

남자가 은색을 가리켰다. "저는 디지털 마케팅 일을 하고 있어요. 그런데 손님들의 관심을 끌 수 있는 콘텐츠를 찾지 못해 고생하는 자영업자들이 정말 많더라고요. 인스타그램 광고를 하려면 피드를 흥미롭게 유지할 수 있도록 계속해서 창의성을 엄청나게 발휘해야 하거든요. 그에 비해 여긴 소재가 넘치니 완벽 그 자체네요."

또 인스타그램 얘기였다. 레이건은 마음속으로 계속 갈등하며 리본을 한 움큼 잡고 돌돌 말아 나선형으로 만들었다.

물어본다고 해서 손해 볼 것은 없었다.

"와, 멋진데요? 어머니가 정말 좋아하실 것 같아요." 남자는 계산을 마친 뒤 화분을 집어 들고 출입문 쪽으로 걸어갔다. 그가 문을 당겨 열자 종이 딸랑거렸다.

레이건은 자신도 모르게 소리쳤다. "잠시만요!"

늦은 오후 햇살이 유리창을 통해 쏟아져 들어오며 남자를 황금빛으로 물들였다. 그녀는 심장이 쿵쾅대는 것을 느끼며 크게 소리치지 않아도 되도록 빠른 걸음으로 그에게 다가갔다. '지금

내가 뭘 하는 거지?'

"이제 가게 문을 닫으려고 하는데, 혹시 괜찮으시면," 그녀는 문 밖을 가리키며 마치 그 애매한 방향에 있는 술집을 그가 알 것이라 기대하듯 물었다. "저랑 한잔하러 안 가실래요?"

"음." 문에 한쪽 발을 받치고 선 남자가 오른쪽 옆구리에 끼고 있던 난초를 왼쪽으로 옮겨 들었다. 주저하는 표정이 언뜻 스쳤다.

십 대 때 그녀는 맨리 해변에서 수영하다 깃발로 표시된 안전 구역을 벗어나 눈 깜짝할 새 해류에 휩쓸린 적이 있었다. 점점 멀리 떠내려가면서 짠 바닷물에 캑캑거리고 허우적허우적 발버둥을 치며 '이 멍청이, 멍청이야' 하고 생각했었다.

남자의 표정이 바뀌면서 레이건을 잠시 바라보더니 이내 고르지 않은 치아 하나를 드러내며 활짝 웃어 보였다. "좋죠." 그가 난초를 들고 있지 않은 손을 내밀었다. "그건 그렇고, 저는 브라이스라고 해요."

모래사장에 다시 안전하게 발을 디뎠을 때의 안도감이 밀려왔다.

"레이건이에요."

06

브라이스가 난초를 차에 두고 레이건이 가게 문을 잠그고 나서 그들은 벽돌 굴뚝이 달린 단층집과 울타리 친 앞마당을 줄줄이 지나며 아난데일에서 가장 큰 거리인 존스턴 가를 따라 걸어 올라갔다. 크고 오래된 나무들이 인도에 그늘을 드리웠고, 습도가 높아 하늘이 희뿌옇게 보였다.

술집에 들어서자 묵직한 홉 향이 느껴졌고, 스피커에서는 롤링스톤즈의 '스타트 미 업'이 흘러나왔다. 손님은 거의 없고 한 명뿐인 바텐더가 스마트폰 화면을 스크롤하며 바에 엉덩이를 기대고 서 있었다. 레이건은 적당한 가격의 프로세코 와인 한 잔을 주문했고, 브라이스는 페일 에일을 시켰다.

바텐더가 카드 결제 기기를 내밀자 레이건이 지갑에서 20달러 지폐를 꺼냈다. 현금을 쓰는 사람이 점점 줄어들고 있었다. 하지만 카드를 사용하면 누군가 추적할 수 있는 흔적이 남기 때문에 그녀는 늘 현금을 가지고 다니며 가능한 한 현금으로 결제했다. 바텐더는 잠시 멈추고 몇 번인가 눈을 깜박이더니 기기를 내려놓고 현금을 받았다.

"그러지 않으셔도—" 브라이스가 먼저 말을 시작했다.

"제가 살게요." 레이건의 미소에 긴장이 묻어나왔다. 어떻게든 아까 말한 '콘텐츠 소재'에 관해 더 자세히 이야기하도록 해서 은행에 가는 날 에밀에게 보여줄 만한 것을 어디서부터 어떻게 시작해야 할지 힌트를 얻어야 했다. 그리고 그러는 동안 이 남자의 기분 좋은 자신감도 조금 얻어갈 수 있다면 좋을 것이다.

레이건은 물방울이 맺힌 와인 잔을 들고 벽돌이 그대로 보이는 벽에 늘어선 높은 테이블로 갔고, 브라이스가 그 뒤를 따랐다. 그는 기다란 맥주잔을 테이블에 내려놓고 레이건의 맞은편에 앉았다.

"그러면 마케팅과 관련된 일을 하시는 건가요?" 레이건이 물었다.

"네, 디지털 마케팅이요. 검색 엔진 최적화, 콘텐츠 전략 같은 거죠. 재밌는 분야에요." 그는 대화가 편안하게 느껴지는지 팔꿈치를 테이블에 올려놓았다. 그의 바지 주머니 안에 휴대폰이 불룩하게 튀어나온 모양이 보였다. 하지만 그는 술집에 들어온 뒤로 한 번도 휴대폰을 꺼내지 않았다.

"제가 소셜 미디어를 전혀 사용하지 않는다고 하면 어떨 것 같으세요?" 레이건이 와인잔에 맺힌 물방울을 손가락으로 쓸어내리며 주저하듯 물었다.

그는 호기심 가득한 미소를 지었다. "그러니까, 단 하나도 안 쓰신다고요?"

"실은 더 심해요." 그녀가 어색하게 웃었다. "전 스마트폰도 없어요."

레이건은 이 사실을 숨기는 편이 낫다는 것을 알고 있었다. 모두가 디지털화된 삶에 당연하고도 즐겁게 순응하는 모습이 그녀는 불편했다. 민, 엄마, 손님들까지 모두 1분이라도 스마트폰이 없으면 큰일 날 것처럼 꼭 붙들고 있었다. 사생활을 완전히 포기하는 것이나 다름없는 스마트폰에 내재된 위험을 다들 모르는 것 같았다.

"언짢게 해드리고 싶진 않지만, 한 가지만 여쭤 봐도…" 브라이스가 망설였다.

레이건이 어깨를 으쓱했다. "그러세요. 무슨 말을 하시려는 건지 이미 알 것 같아요."

"과학 기술을 싫어하시는 거라면, 왜―"

"숲에 들어가 살지 않냐고요?" 그녀가 말을 끊었다.

"농담이 아닙니다." 그는 사냥개처럼 진지한 표정이었다. "최근에 '숲속의 이방인'이라는 책을 읽었거든요, 혹시 들어보셨어요?"

레이건은 고개를 젓고 와인을 한 모금 마셨다. 책을 읽는 남자를 만나니 새로웠다.

"실화에요. 이 미국인 남자가, 제 기억에 메인주 출신이었던 것 같은데, 어느 날 아무 계획 없이 숲에 들어가서 27년 동안 국립공원에서 살았다고 해요."

"겨울에도요?" 그녀가 물었다. "미국 그 지역이면 눈이 굉장히 많이 오지 않나요?"

"집 비슷하게 텐트 같은 것을 지어두고 가스난로를 썼대요. 결국 주변 오두막집을 다니며 필요한 물건을 훔치다가 체포됐지만요. 그래도 당신이라면 좀 더 현명하게 문제를 해결할 것 같아요."

브라이스의 환하고 매력적인 미소를 보니 웃는 땅벌 난초라고도 불리는 오프리스 봄빌리플로라 꽃이 떠올랐다.

"가디언지에서 본 아일랜드 기자가 생각나네요." 와인이 술술 들어갔다. "그 사람은 전기도 없이 숲에서 살았대요. 빨래도 강물에서 하고요. 얘기만 들어도 정말 힘들 것 같았어요."

"야외활동을 즐기는 스타일은 아니신가 봐요?" 그가 맥주잔을 돌려 컵 받침 가운데에 놓았다. 크고 잘생긴 그의 손은 손톱마저 단정했다. 피부도 포토샵으로 보정한 것처럼 깨끗했다.

"물론 시도는 해봤어요." 대화는 레이건이 원하는 방향과 점점 멀어지고 있었지만, 이렇게 말이 잘 통하는 사람을 만난 것도 오랜만이었다. "대학을 졸업하고 나서 한국의 작은 도시, 아니, 마을에 가까운 동네에서 몇 년을 보냈어요. 가장 친한 친구도 거기서 만났고요."

"마을 생활이 잘 안 맞았나요?"

초등학생들에게 영어를 가르치는 일은 할만 했고, 근처 산에는 근사한 등산로가 있었다. 그러나 민을 만나지 못했다면 레이건은 계약이 만료되기 훨씬 전에 강원도를 떠났을 것이다. 반경 40킬로미터 안에서 영어를 유창하게 사용하는 것은 그들뿐이었고, 일로 바쁜 주중과 소주에 취한 주말을 함께 보내고 현숙이 보내온 베지마이트 잼과 팀탐 초콜릿으로 숙취를 이겨내며 그들은 떼려야 뗄 수 없는 사이가 되었다. 민은 그 이전 해에, 레이건은 어릴 적에 아버지가 돌아가셨기 때문에 서로가 더욱 가깝게 느껴지기도 했다. 그때 민은 작은 마을에 꼼짝없이 처박혀 있으면 엉터리 한국어 실력이 나아질 수밖에 없으리라 생각했었다. 일벌레인 어머니에게서는 한국어를 배울 기회가 도무지 나지 않기도 했다. 그리고 레이건 대신 종종 통역을 해주면서 어느 정도는 정말 실력이 늘었다. 하지만 혼혈에 한국어가 서툰 그녀는 동네 주민들에게 여전히 외국인으로 여겨졌다. 그렇게 민과 레이건은 서로에게 의지하며 지냈다.

레이건은 도시 생활을 좋아하기도 했지만, 작은 마을에서는 화원을 운영하기 어렵다는 것도 알고 있었다. 사실 큰 도시에서도 겨우 망하지 않고 있는 수준이었다. 그리고 화원을 잃으니 차라리 남극에서 사는 편이 낫다고 생각했다.

"제가 한국에서 뭘 배웠는지 아세요?" 레이건이 와인을 한 모금 마시고 말을 계속했다. "산속에서는 괜찮은 초밥을 먹기 쉽지 않다는 거, 제가 좋아하는 방식으로 라테를 만들어주는 바리스타를 찾기 어렵다는 거, 루브르에서 온 최신 순회 전시를 볼 수 없다는 거예요."

"그러고 보니 르네상스 그림들을 산에 전시했더니 영 끝이 좋지 않았던 것 같긴 하네요." 브라이스가 말했다. "웜뱃 한 마리가 얀 반 에이크 작품을 뜯어먹었다죠."

사람들은 대개 레이건에게 스마트폰 없이 어떻게 인생을 헤쳐나가는지 추궁하곤 했다. 누구도 미술작품 야외 전시에 관해 농담하지 않았다.

"저는 도시를 정말 좋아해요," 그녀가 말했다. "당신도 도시에서 일하시나요?"

"하이드 공원 근처 ANZ 타워에서 일해요. 그런데 항구를 등지고 있는 건물이라 바깥 경치는 그다지 볼 게 없더라고요."

브라이스의 잔은 너무 일찍 비워져 버렸고, 레이건의 잔에도 와인이 한 모금밖에 남지 않았다. 그는 레이건의 잔을 가리키며 "같은 거로 하나 더 시킬까요?"라고 묻고는 의자에서 일어나 바를 향해 걸어갔다. 말투처럼 쾌활하고 자신감 넘치는 걸음걸이였다. 어떻게 보면 꽤 잘생기기도 했다. 그녀는 자신도 모르게 오루키스 이탈리카를 떠올렸다. 벌거벗은 남자 난초였다.

지금 이건 데이트일까? 브라이스는 곧 일어서야 하는 눈치도 아니었고, 누군가에게 늦을 거라는 문자를 보내지도 않았다. 혹시 레이건은 이게 데이트이길 바라는 걸까? 새로운 사람을 만날 생각조차 사치일 만큼 좋지 않은 시기였다. 하지만 모든 것이 '완벽한' 때를 기다리는 것은 바보 같은 짓일지도 모른다. 이 남자는 그녀가 자기 차를 망가뜨렸을 때도 친절하게 대해주었고, 어머니를 위해 절대 저렴하지 않은 선물을 사기도 했다.

브라이스가 술잔을 들고 돌아왔다.

"솔직히 말할게요," 레이건이 말했다.

그의 얼굴에서 미소가 사라졌다. "네?"

그녀는 곧 오늘 저녁을 망쳐버리거나 그의 기분을 상하게 할지도 모른다는 생각에 긴장했다. "제가 같이 한잔하자고 한 건 조언을 좀 들을 수 있지 않을까 해서였어요, 그… 음, 아까 가게에서, 식물 사진을 찍어서 어떻게 이용한다는 말씀을 하셨잖아요, 그래서 저는—"

그는 어두워진 표정으로 손을 테이블 위에 올렸다. "저는 제가 크리스 헴스워스보다 잘생겨서 그러신 줄 알았어요."

"제 말은…" 레이건은 입술을 깨물었다. 살짝 환심을 산다고 나쁠 건 없다. "물론 그렇기는 하지만 대놓고 말할 순 없으니까요."

브라이스는 허리를 펴고 벽에 등을 기대며 다시 여유로운 미소를 지었다. "저희 아버지도 동네에서 철물점을 하셔서 어느 정도 이해해요. 자영업을 한다는 게 쉽지 않죠. 뭐가 궁금한지 말해 봐요."

그녀는 손목시계를 흘끗 보았다. "이 집 슈니첼 맛있어요. 시간이 되신다면요."

레이건은 두 시간 뒤, 저녁 하늘이 회색으로 물들고 환히 빛나는 반달이 떠오를 무렵에야 집에 돌아왔다. 그녀 안에서 은근한 희망이 피어나고 있었다. 브라이스는 다양한 마케팅 아이디어는 물론 자신의 연락처까지 알려주면서 아이디어 실행을 도와주겠다고 했다. 그녀에게 관심이 있는 것이 분명했다. 레이건은 그에 대해 어떻게 느껴야 할지 헷갈렸다. 하지만 이제는 더 이상 재정 상황이 마술처럼 저절로 좋아지기만을 기다리고 있을 수 없었다. 새로운 시도를 하지 않으면 릴리를 잃게 될 것이다.

철컥, 철컥, 철컥, 레이건은 현관문에 달린 잠금장치 세 개를 다시 잠갔다. 이 아파트에는 엘리베이터나 에어컨이 없었고, 그녀의 침실은 얼룩진 갈색 카펫이 깔린 작은 방이었다. 여름만 되면 아파트에서 열기가 빠져나가지 못해 밤에는 아무 것도 입지 않고 잠을 잤다. 아파트 3층에 있는 그녀의 방은 마침 레몬 머틀 나무가 창문을 가려주고 있었고, 현관문도 아주 견고한 원목이라 나름 안전했다.

레이건은 땀에 젖은 옷을 벗어서 빨래 바구니에 던져 넣고 샤워실로 들어갔다. 머리에서 린스를 헹궈내는 중에 인터폰이 울렸다.

아마 음식을 배달하러 온 사람이 호수를 잘못 누른 걸 것이다.

그녀는 무시하고 계속 샤워를 했다.

인터폰이 다시 울렸다.

세 번째 인터폰 소리가 울렸다.

레이건은 결국 몸에 수건을 둘둘 감고 나와 침실의 거친 카펫

바닥부터 거실 나무 바닥까지 젖은 발자국을 남기며 걸어가 인터폰을 받았다.

"문 좀 열어줘." 뚝뚝 끊기는 인터폰에서 민의 다급한 목소리가 흘러나왔다. 그 형사와 이야기를 하고 온 것일지도 모른다.

레이건은 문 열림 버튼을 눌렀다. "들어와."

1분도 지나지 않아, 문손잡이가 덜걱거리고 급하게 문을 두드리는 소리가 들렸다. 레이건은 렌즈 구멍으로 밖을 확인했다. 흰 칼라가 달린 청록색 민소매 원피스 차림의 민이 술 장식 귀걸이에 다홍색 립스틱을 바르고 종아리를 돋보이게 하는 흰 스트랩 힐을 신고 서 있었다. 머리는 자연스럽게 틀어 올린 모습이었다.

"잠시만 옷 좀 입고…" 민이 집안에 들어서자 레이건이 입을 열었지만, 곧 민의 표정을 보고 말을 멈췄다. 평소와 같이 밝게 미소 띤 얼굴이 아니었다.

"세상에, 레이건, 지금 무슨 상황인지 전부 얘기해줘."

레이건의 머리카락에서 어깨 위로 물이 뚝뚝 떨어졌다. "뭐?"

"나한테 거짓말하고 있었잖아."

"거짓말이라니?"

"연기를 하려면 좀 잘하던가." 민은 감정을 드러내지 않으면서도 단호하게 말했다. "범죄 현장 사진 봤어. 피해자, 너랑 똑같이 생겼더라."

07

레이건은 몸에 두른 수건을 꽉 여몄다.

"지금 무슨 말을 하는 거야?" 혼란스러운 척하려고 했지만, 목소리에 두려움이 스며 나왔다. 민이 경찰에 그녀의 이름을 말한 건 아닐까? 경찰이 갖고 있던 사건 파일들을 보지는 않았을까?

"분명히 뭔가 있어, 그리고 그게 뭔지 무조건 나한테 말해줘야 해." 민은 이제 화가 난 듯 목소리에 날이 서 있었다. "화요일에 네가 남긴 음성메시지 들었어. 완전히 겁에 질린 목소리던데."

"넌 그런 거 안 듣는다고—"

"오늘 꼭 확인해야 했던 메시지가 있었거든. 그러다 네 메시지도 듣게 된 거고. 대체 무슨 일이야?"

"그게, 음… 잘 기억이 안 나." 레이건은 손을 겨드랑이에 끼고 손가락을 축축한 수건 안으로 밀어 넣었다. "벌써 며칠이나 지났잖아."

민은 레이건을 무시하고 계속 말을 이었다. "그리고 그날 저녁에 오더니 평소라면 질색할 살인 사건 이야기를 먼저 꺼내면서 물어봤잖아. 너희 집 바로 근처에서 일어난 살인 사건. 그러고 나서 피해자 사진을 봤더니 너랑 똑 닮은 여자였다고."

민은 스마트폰 화면을 터치해 골목길에서 본 여자가 생기 넘치는 모습으로 환하게 웃고 있는 사진을 보여주었다. 휴가 중에 찍은 사진 같았다. 그녀는 화창한 푸른 하늘 아래 유리처럼 투명한 발목 깊이의 호수에 발을 담그고 서서 사진 찍는 사람을 안아주려는 듯 팔을 넓게 벌린 포즈를 취하고 있었다.

"이 여자…." 레이건이 중얼거렸다. 머리카락에서 떨어진 물이 등을 따라 흘러내려 서늘한 느낌이 들면서 몸이 덜덜 떨렸다. '나는 저 여자가 쓰레기라도 되는 것처럼 새들이 쪼아 먹도록 버려두었어.'

'젠장.' 레이건은 살해된 여자가 어떻게 생겼는지 알아서는 안 됐다. 아직 언론에서 그녀의 이름을 발표하지 않았고, 사진도 공개하지 않았다. 자신이 그녀와 닮았다는 사실을 방금 처음 알게 된 것이어야 했다. 레이건은 눈을 크게 뜨며 손으로 입을 가렸다. "맙소사, 이 여자야? 이름은 밝혀졌어?"

"미국에서 온 관광객이야. 신원 확인을 위해 어머니를 시드니까지 불러오느라 오래 걸렸어. 경찰이 내일 아침에 발표할 거야."

칼로 그은 자국이나 상처가 없는 모습을 보니, 레이건과 더욱 닮아 보였다. "이 여자 이름이 뭐야?"

"사진을 처음 봤을 땐, 이상한 우연이라고 생각했어. 네 겁먹은 음성메시지를 듣지 못했다면 별생각 없이 넘겼을지도 몰라. 무슨 일이 있는 거야, 레이건? 이 사건에 대해 뭔가 아는 게 있어?"

"뭐?" 레이건이 눈을 잠시 감았다 떴다. "그런 거 없어."

민에게 절대 말하지 못할 것들이 있었다. 예컨대 한국에 간 진짜 이유도 그중 하나였다. '새로운 경험을 하고 싶어서'라고 말하는 편이 더 쉬웠다.

"왜 전화로 얘기하지 않고 우리 집까지 찾아왔어?" 레이건이 물었다.

"그러면 네가 숨기지 않고 더 잘 얘기할 것 같아서." 민은 이미 빈틈을 보았고, 그녀가 비밀을 감추고 있다는 낌새를 맡았다.

"나 옷 좀 입고 올게."

레이건은 수건으로 머리를 말린 뒤 헐렁한 티셔츠와 딱 붙는 반바지를 입고 침실에서 나와 문 앞에서 서성였다. 민은 마치 바리케이드를 친 것처럼 가방을 현관 옆에 놓아두었다.

"이제 무슨 일인지 말해봐." 민은 차분하면서도 단호했다. "단순히 모두 우연이라고 보기엔 너무 많은 일이 벌어지고 있어."

레이건은 양팔로 몸을 감쌌다. "경찰 발표는 아직이야?" 처음으로 스마트폰으로 뉴스를 볼 수 있다면 좋겠다는 생각이 들었다.

"화요일 아침에는 왜 전화했어? 그때 무슨 일이 있었던 거야?" 상대방이 사실을 털어놓을 때까지 계속해서 쏘아붙이는 것이 민의 방식이었다. 친구란 왜 이렇게 제멋대로 남의 인생에 끼어드는 걸까? "동네에서 뭔가 수상한 거라도 봤어?"

레이건이 머뭇거리며 물었다. "혹시 경찰에 내 이름 얘기했어?"

"네가 아는 게 없으면 경찰에 얘기할 필요가 없지." 민이 입술을 오므렸다. "그런데 뭔가 알고 있는 게 분명한 것 같네. 그래서 넌 왜 경찰한테 안 간 건데?"

레이건이 현관문을 흘긋 쳐다봤다. 대화가 너무 격해지고 있었다.

"난 아무것도 몰라. 그리고 네가 이 사건에 대해 또 무슨 이야기를 써대고 있든지 간에 전혀 낄 생각 없어, 알겠어?" 말하다 보니 레이건은 뭔가 알 것 같았다. '그런 거로군….' 자신이 사건과 어떤 연관이 있는 것에 대해 민이 질투하는 거라는 생각이 들었다. "너는 이게 무슨 좋은 기회처럼 보이겠지만, 난 조금도 엮이고 싶지 않다고."

민이 억울하다는 듯 머리를 뒤로 젖혔다. "이 살인 사건에 관해서는 아직 쓰고 있지도 않아. 그냥 너한테 무슨 일이 있는 건 아닌지 알고 싶을 뿐이야. 네가 위험에 처해있다면 돕고 싶으니까."

"도와달라고 한 적 없어."

"나한테 먼저 전화도 했었고, 우리 집에 와서 너랑 우연히도 똑같이 생긴 여자가 살해당했다는 이야기를 자연스럽게 꺼내기까지 했잖아."

"그 여자가 어떻게 생겼는지 그때 내가 어떻게 알았겠어? 네가 방금 보여줬는데." 거짓말을 하는 레이건의 목소리가 높아졌다.

"레이건, 너 무슨 일 있는 거 맞지. 네가 이러는 모습 처음 봐."

"이제 그만 가봐."

"무슨 뜻이야?"

"제발, 가라고." 레이건은 눈물이 나올 것 같았지만, 민이든 누구든 남이 보는 앞에선 울고 싶지 않았다. 마지막으로 남 앞에서 눈물을 흘린 건 엄마 앞이었다. 그때 신시아가 그녀를 너무 세게 때려 입에서 피 맛이 났다. 레이건은 빠른 걸음으로 거실을 가로질러 잠금장치를 풀고 현관문을 잡아당겨 열었다.

민은 소파 팔걸이에 손을 올려놓은 채 발목을 꼬고 앉아 있었다.

이제 어쩌지? 민을 강제로 끌어낼 수도 없는 노릇이었다. 그녀는 레이건보다 키가 15센티쯤 크고 몸무게도 10킬로그램은 더 나갔다. 화가 나기보다 혼란스러웠던 레이건은 잠시 가만히 서 있었지만, 문을 계속 열고 있기엔 불안했다. 그녀는 결국 문을 닫았다.

"무슨 일인지 말해주기 전까진 아무 데도 안 갈 거야." 민이 말했다. "넌 내가 경찰 얘기를 할 때마다 불편하고 거북한 표정을 지어. 지금도 내가 무슨 공격이라도 하러 온 것처럼 굴고 있고. 내가 아는 사람 중에 잠금장치를 세 개나 달아 놓은 사람도 너뿐이야."

블라인드 틈새로 도시를 덮은 검은 밤하늘이 보였다. 민의 뒤에 켜진 스탠드 불빛에 그녀의 얼굴 위로 그림자가 드리웠다.

"진심으로 그만 가줬으면 좋겠어." 레이건이 떨리는 목소리로 말했다.

민이 자리에서 일어나자 레이건은 아주 잠시 희망을 엿본 듯했다.

그러나 민은 가방을 집어 들지 않고 그대로 지나쳐 현관이 아닌 부엌으로 향했다. 그러더니 찬장에서 유리잔 두 개를 꺼내더니 찬물을 틀어 잔을 채우고 벌컥벌컥 마셨다. 그리고 나머지 한 잔은 레이건에게 가져다주었다.

"내 일 때문에 이 사건에 관심을 둔다고 생각한다면 유감이야." 민이 구두를 벗었다. "하지만 내가 신경 쓰는 건 너야. 네가 걱정돼."

민은 그냥 황소고집도 아니라 황소 열두 마리를 합친 것만큼 고집이 셌다. 레이건은 오웬이 오늘 야근이더라도 현숙이 기꺼이 아이들을 봐 줄 것이라는 사실을 알고 있었다. 민은 밤을 새우는 한이 있어도 그녀가 입을 열기 전까지 돌아가지 않을 것이다.

적당히 털어놓으면 그만 괴롭힐지도 모른다.

"그래… 그럼." 레이건은 잠금장치를 다시 채운 뒤 물잔을 들고
색이 바랜 노란 안락의자로 갔다. "대신 묻지 말고 듣기만 해."

민이 뒤따라와 주변과 어울리지 않는 가죽 소파에 자리를 잡았
다. 그녀 뒤에는 러브체인 덩굴이 깨진 점토 화분 가장자리를 넘
어 책꽂이 한쪽을 따라 길게 늘어져 있었다. 레이건은 잎이 열 장
남짓한 줄기를 화분에 심었었다. 그녀가 한국에 가 있던 몇 년 동
안 신시아의 손에서 유일하게 살아남은 식물이었다.

"친구가 있었어." 말이 껄끄럽게 느껴졌다. "브룩이라고, 3학년
때 처음 만났어. 나랑 생일이 일주일 차이였지. 주말엔 한집에서
같이 자고, 화려한 공주 놀이 의상을 맞춰 입고, 가족 휴가에 서
로 따라가는 그런 어린 시절 가장 친한 친구였어. 뭐, 주로 내가
브룩네로 가긴 했어. 우리 엄마는 휴가를 갈 돈이 없었거든. 브룩
이 버릇없는 응석받이라며 싫어하기도 했고. 사실 틀린 말은 아
니었지."

레이건은 다리를 의자 위로 올려 무릎을 껴안았다. 민이 끼어들
기를 기다렸지만, 어쩐 일인지 잠자코 있었다.

"15살 때 브룩에게 새 컴퓨터가 생겼고, 나는 매일 학교가 끝
나면 그 집에 가서 MSN 메신저를 하게 되었어. 우린 번갈아 로그
인하면서 서로 여러 채팅방에 들어갔지. 그게 우리한테는 사회생
활이 된 거야. 내가—"레이건이 유리잔을 들어서 돌리다가 다시
내려놓았다. "내가 부추기는 쪽이었어. 채팅할 때 17살인 척하자
고 말한 것도 나였고. 그러면 훨씬 어른스러운 느낌이었거든. 15

72

살이라고 하면 어린애 같기도 하고 장난치는 것 같았지만 17살은 거의 어른이나 마찬가지라고 생각했어."

"우린 여러 남자애들과 시시덕거리곤 했어. 그때 어떤 남자애가 나한테 말을 걸었어. 자기 눈이 파란색이 아니라 갈색이라고 닉네임을 '브라운스틸'이라고 지은 애였지. 지금 생각하면 한심한 이름이었지만 그땐 멋져 보이더라. 자기는 18살이라고 하면서, 맨리 해변에서 비치발리볼을 하거나 빨간색 포드 팰컨을 탄 모습, 발리에서 휴가를 보내는 사진들을 보내주길래 나는 당연히 믿었지. 우리는 그렇게 몇 달 동안 대화를 나눴어. 메신저에 친구가 접속했을 때 울리는 알림 소리만 기다리면서 살았던 것 같아. 브룩네 집에 가지 못하거나 브룩이 다른 걸 하고 싶다는 날에는 괜히 시무룩해지기도 했고. 그 집에서 자는 날이면 밤새도록 그 남자애랑 채팅을 했어."

레이건이 손가락으로 콧등을 눌렀다. '그래 다 털어놓자.' 밖에서 고양이 우는 소리가 들렸다.

"그 사람 십대가 아니었구나." 민이 안타까운 듯 나지막한 목소리로 말했다. 지렛대처럼 입을 어떻게든 열려던 모습은 온데간데없었다.

"자기 이름이 AJ라고 했는데, 내가 백스트리트 보이즈를 좋아한다고 해서 그 이름을 고른 것 같아." 마음속에서 수치심이 요동쳤다. "그러다 나한테 직접 만나자고 하더라. 나는 만나고 싶지 않았어. 내가 나이를 속인 걸 알면 되바라진 애라고 생각할 것 같았으니까. 애초에 걔랑 채팅하면 안 되는 거였지. 엄마가 알았으면 어떻게 반응했을지 상상도 안 돼."

민이 군은 표정으로 고개를 살짝 끄덕이고 레이건이 말을 계속

하길 기다렸다.

"브룩은 AJ가 팰컨에 우릴 태워서 바닷가나 영화관에 데려가 주길 바랐어. 화장만 잘하면 내가 충분히 17살처럼 보일 거라고 확신했지. 그러니까 일단 한 번 만나보라는 거야. 내가 계속 싫다고 하니까 브룩은 조급해하는 것 같았어."

거기서 이야기가 끝났다면 레이건은 지금과 전혀 다른 삶을 살게 되었을까? 그녀를 존중해주고 언젠가 함께 가정을 이루어 아이들이 잠들기 전 동화책을 읽어줄 그런 남자를 만나 연애하고 있었을까?

"그해 겨울엔 매일 비가 왔어. 늘 비, 비, 비였지. 브룩이 외출 금지라 그 집에는 갈 수 없었어. 엄마는 화요일마다 늦게까지 일했는데, 그날따라 머리가 아팠는지 어쨌는지 나가지 않고 집에 있었어."

어느새 비명에 가깝게 높아진 고양이 우는 소리가 계속 들렸다. 또 다른 고양이가 더 큰 소리로 울어댔다. 레이건은 엄지손가락을 주먹으로 꽉 감싸 쥐었다.

"8시 반쯤, 저녁 늦은 시간에 누군가 문을 두드렸어. 우리가 헐스톤 파크 쪽에 살 때 있었던 일이야. 아파트 1층 현관문이 제대로 잠기지 않아서 누구든 건물에 들어올 수 있었지. 아빠 생명보험에 뭔가 문제가 있어서 더 좋은 집은 살 수 없었거든. 난 '뉴욕 경찰 24시' 재방송을 보고 있었어. 엄마가 거실로 들어오더니 '오늘 누굴 초대했었나?' 하는 얼굴로 날 보더라고. 그때 문밖에서 누군가 내 이름을 불렀어."

"넌 아무도 초대하지 않았겠지."

"응, 엄마한테도 바로 그렇게 말했어." 이야기가 점점 가속이 붙어 눈사태처럼 쏟아져 나왔다. "렌즈 구멍으로 내다보니 처음 보는 남자가 문밖에 있었어. 엄마와 나는 서로를 쳐다봤고, 거실 반대편에서는 여전히 '뉴욕 경찰 24시'가 TV에서 흘러나오고 있었지. 그 사람은 계속 문을 두드리며 내 이름을 불렀어. 그냥 '레이건, 레이건, 안에 있어?' 하면서 부르기만 하고 화를 내거나 그런 것도 아니었어. 그러다 문손잡이를 돌려보더라. 하지만 문이 잠겨 있자 점점 짜증이 나는지 손잡이를 덜그럭거리며 흔들기 시작했어. 내가 어쩔 줄 모르고 있는데 문틀이 부서지면서 문이 확 열렸어."

08

레몬 머틀 나뭇잎들이 아파트 유리창 안을 들여다보려는 것처럼 붙어 있고, 나뭇가지가 창문을 긁었다.

"문 앞에는 30대 남자가 서 있었어. 한눈에 봐도 나이가 많이 보였어. 청바지는 다림질한 것 같았지. M자 이마에 짧게 자른 머리 스타일이었고 면도를 깔끔하게 한 모양이 회사원 같아 보이기도 했어. 무슨 향수 냄새가 났고, 치아가 많이 보였어. 몸이 탄탄했지만 그렇다고 멋있지는 않았고, 튀어나온 귀에 말똥말똥한 눈으로 나를 뚫어져라 쳐다봤어. 그리고 문을 부순 적이 없는 것처럼 아주 태연하게 말했지. '안녕 레이건, 나 AJ야.' 하지만 사진 속 AJ와는 너무 달랐고 나이도 너무 많았어. 그 남자는 내가 사진보다 실물이 더 예쁘다는 얘기를 늘어놓았고, 나는 슬슬 뒷걸음질쳤어. 경찰을 부르겠다고 했더니 당황스럽다는 표정을 짓더라. 엄마는 계속 동상처럼 가만히 서 있었고, 나는 겨우 전화기를 가져와 긴급 전화번호를 누르기 시작했어. 그 남자는 전화를 걸자마자 사라졌지."

민이 그럴 줄 알았다는 듯 깊고 길게 한숨을 쉬었다. "레이건, 난 정말—"

"아니—" 레이건은 쓴웃음을 지으며 고개를 저었다. "그건 시작에 불과해. 엄마는 내가 그 남자를 집에 불렀다고 펄펄 뛰면서 화를 냈어. 경찰이 두 명 왔는데, 둘 다 남자였고, 우리 집 문이 낡아 빠졌다며 사실상 그 사람은 아무 잘못이 없다는 것처럼 말하더라. 경찰은 그 사람이 어떻게 내 이름을 알고 온 건지 물으면서 내가 주소를 알려준 게 아니냐고 했어. 엄마가 문을 고칠 사람을 불렀지만, 문틀 나무가 썩어서 그날 바로 수리할 수는 없다고 했어. 엄마는 내가 생일 선물로 받은 돈으로 호텔 숙박비를 결제하게 했지." 레이건이 신시아를 비롯해 누군가 앞에서 울었던 건 그날이 마지막이었다.

"나는 주소를 절대 말해준 적 없고, 분명 브룩이 그랬을 거라고 설명했어. 엄마는 브룩을 좋아하지 않으니까 날 믿어줄 줄 알았어. 그런데 엄마는 전혀 내 말을 들으려 하지 않았지. 그저 문수리 비용도 내가 내야 한다고 소리 지르기만 했어. 그리고는 브룩네 어머니한테 전화를 걸어 브룩이 나에게 나쁜 영향을 미치기 때문에 앞으로 만나지 못하게 하겠다고 얘기했어. 처음엔 나도 브룩에게 너무 화가 나서 별로 신경 쓰지 않았어." 존재하지도 않았던 남자애 때문에 마음이 찢어지는 것 같았다. 레이건은 갑작스럽게 돌아가신 아빠, 오사카 라면 박물관을 방문하고 싶었던 꿈, 엄마가 자신을 대하는 방식 등 못해도 수백 시간 동안 그와 온갖 것들에 관해 이야기를 나누었다.

레이건의 목소리에서 떨림이 가라앉았다. 그녀는 허리를 세우고 앉아 바닥에 발을 대고 몸을 앞으로 숙였다. 밤의 고요함이 자리 잡으며 바깥의 고양이들도 조용해졌다.

"자물쇠를 새로 달았는데도 엄마는 그 집이 안전하지 않다고 느꼈어. 1층 현관문은 여전히 고장 나서 잠기지 않았고, 몇몇 이웃들이 좀 거칠기도 했거든. 하지만 이너웨스트 지역에서는 더 좋은 집을 얻을 여력이 없어서 결국 멀리 떨어진 테리 힐스로 이사했어." 테리 힐스는 북쪽으로 30킬로미터 정도 떨어진 교외 지역으로, 아무리 길을 걷고 또 걸어도 무성한 나무들 외에는 아무것도 없었다. "그렇게 나는 고등학교 중간에 전학을 가야 했어."

이사한 집에서 유일하게 좋은 점은 정원이었다. 정원은 콘크리트 벽과 키 큰 유칼립투스 나무에 둘러싸여 있었다. 신시아는 레이건이 그 뒤에서 무엇을 하든 상관하지 않았다. 레이건은 그때 처음 심은 스위트피 씨앗을 어디서 얻었는지 기억해보려고 했다. 어느 선생님이 선물로 주셨을 수도 있고, 어쨌든 그전에는 식물을 길러본 적이 없기 때문에 직접 씨앗을 샀을 것 같지는 않았다. 초록빛 새싹들이 흙을 밀어내고 돋아나 태양을 향해 작은 이파리를 펼치며 자라는 모습이 그녀에게 큰 위안이 되었다.

"몇 달이 지나고, 첫 번째 소포가 도착했어."

민이 '뭐?'라고 말하려는 모양으로 입을 열었다가 다시 다물었다. 갈 곳을 잃고 방황하던 레이건의 시선이 팔에 있는 모기 물린 자국에 멈췄다. 그녀는 피가 나도록 손톱으로 팔을 긁었다.

"학교에서 집으로 돌아와 보니 현관 계단에 다른 내용 없이 내 이름만 적혀있는 박스가 있었어. 우편으로 온 건 아니었어. 그건…"

레이건이 얼굴을 찡그리며 머뭇거렸다. '얼른 말해. 이만큼이나

얘기해 놓고 뭘 망설여.'

"그건 흰색 레이스 브라 세트였어. 그때 난 그 사람일지도 모른다는 생각은 전혀 못 했어. 우리가 너무 멀리 이사해서 완전히 다른 도시에 와 있는 것처럼 느껴졌거든. 그리고 몇 달 동안 그… AJ한테 아무 소식이 없었으니까. 내가 그냥 어린애라는 걸 깨닫고 미련을 버렸나보다 하고 생각했어."

레이건은 하마터면 실수할 뻔했다. 'AJ. AJ라고 불러.'

'아니면 아예 이름을 말하지 말던가.'

"그 소포를 처음 받았을 땐 새로 간 학교에 다니는 여자애들 짓이라고 생각했어. 내 옷에 수정액을 뿌리거나 사물함에 못된 쪽지를 넣어두곤 했거든. 그런데 그 브라 세트는 좀 이상하긴 했어. 가게에서 아무거나 집은 것도 아닌 것 같았고, 그렇게 싼 것도 아니었어. 내가 입는 사이즈와 정확히 일치하는 실크 속옷이었지. 나는 엄마가 보기 전에 얼른 내다 버렸고, 학교에선 소포 얘기를 꺼내는 애가 없었어."

"그 이후로도 소포는 계속 왔어. 브라 세트, 곰 인형 두어 개, 모두 흰색이었어. 별것 아닌 것들이었지. 그때 난 맥도날드에서 일하고 있었고, 거기 직원 중에 좀 소름 끼치는 남자가 있어서 그 사람이 보냈나 싶었어. 하지만 누군가가 꼭 나 혼자 집에 있을 때만 골라서 전화를 걸었다가 바로 끊어버리곤 했어. 엄마가 있을 때는 그런 전화가 온 적이 한 번도 없었고, 그러니까 그 사람은 우리 집을 지켜보고 있었던 거지."

"AJ가 테리 힐스에 있는 널 찾아냈다는 거야?" 민이 놀란 목소리로 물었다.

"몇 달 후, 학교 갈 때 내가 지나치는 벤치에 그 사람이 앉아 있는 걸 봤어. 처음엔 우연이라고 생각했지만, 금방 아니라는 걸 알게 됐어. 얼마 지나지 않아 며칠에 한 번씩은 꼭 마주치게 되었어. 그 사람이 날 소유한 것 같은 느낌이었어. 늘 벤치에서 신문을 읽거나 카페에 앉아 있었지. 항상 깔끔하게 차려입고 몸은 운동한 것처럼 탄탄했어."

"너희 엄마도 알았어?"

"엄마한테 얘기하면 나를 학교에서 빼내서 브로큰 힐처럼 더 외딴 지역으로 끌고 갈 것 같았어. 경찰에 얘기하려고도 해봤지만…"

"도움이 되지 않았구나."

"한 번은 내가 콧물 범벅을 하고 울면서 앉아 있는데, 경찰은 심드렁하게 그 사람이 우리 집 앞으로 개를 산책시키거나 우리 학교 근처 카페에 가는 건 불법이 아니라는 거야. 내가 AJ를 메신저에서 만났다고 하니까 '이런 일을 겪기 싫으면 앞으로 그냥 인터넷을 끊어요.'라고 하더라."

민은 한숨을 쉬며 천천히 고개를 끄덕였다. "그래서 네가 인터넷을 끊고 살았던 거구나."

"고등학교에서는 친구도 사귀지 않았어. 모두가 다 알고 있다는 듯이 나를 항상 지켜보는 느낌이었거든. 맥도날드를 그만두고 다른 곳에서 일을 시작했지만, 아무 의미가 없었어. 내가 어디에 있든 그 사람이 나타났어. 2주쯤 안 보이는가 하면, 그다음엔 3일 연속으로 나타나기도 했지. 그리고 소포도 계속 왔어. 아마 나를 몇 달 동안 지켜봤던 것 같아."

"그 사람이 너한테 말을 걸기도 했어?"

"가끔 친한 이웃처럼 인사를 하거나 어떻게 지내는지 물어볼 때도 있었어. 자기가 보낸 선물은 마음에 드는지 묻기도 했고. 나는 대답하지 않았고, 아무한테도 말하지 않았어. 전화는 더 이상 오지 않았지만, 날 기다리고 있다는 둥 언젠간 우리가 영혼의 동반자라는 걸 깨닫게 될 거라는 둥 짜증나는 러브레터들을 이메일로 보내기 시작했지."

"언제까지 그랬는데?"

민은 본격적으로 모든 부분을 샅샅이 파헤칠 작정인지 질문을 퍼붓기 시작했다. 레이건이 '잠시만, 천천히'라는 의미로 손을 들어 그녀를 진정시켰다.

"고등학교를 마치고 셰어하우스로 이사했을 때, 이제 정말 끝이라고 생각했어. 하지만 그 사람은 몇 주도 지나지 않아 나를 찾아냈어. 그리고 전과 마찬가지로 주변을 얼쩡거리기 시작했어." 레이건은 손등으로 코 아래를 문질렀다. "어느 날 밤에 생태학 수업에서 만난 남자랑 술을 마시러 나갔더니, AJ가 다른 남자와 있는 나를 보았다고 자기가 그동안 얼마나 잘 해줬는데 어떻게 그렇게 상처를 줄 수 있냐며 미친 듯이 화를 냈어. 내가 남자와 있는 모습을 볼 때만 유일하게 화를 내더라. 그래서 연애를 안 했어."

"널 협박한 거야?"

사실이 모호해지면서 레이건이 멈칫했다.

"직접적으로는 아니었지만 나는 위협을 받고 있다고 느꼈어. 우리 집에 다시 쳐들어올까 봐 겁에 질려 있었거든. 그 사람이 도끼를 들고 문으로 들어오는 악몽을 꾸기도 했어."

"그리고 상황이 더욱 심각해졌지. 집에 왔더니 속옷 서랍이 열려 있었어. 내가 직접 샀던 브라가 모조리 없어졌더라. 그 사람이 한 짓이었어. 공기가 불쾌하게 근질거리는 것이 그가 왔다 간 것을 느낄 수 있었어."

"경찰에 다시 신고하진 않았어?"

레이건은 애써 진실을 숨기며 거짓말을 늘어놓지 않아도 되는 상상을 잠시 했다. 민에게 모든 일을 밝히고 마무리 지으면 되는 것이다.

하지만 레이건은 민을 잘 알았고, 민도 레이건을 잘 알았다. 전부 털어놓으면 민의 반응은 둘 중 하나일 것이다. 그녀가 품고 있던 진실이 너무도 해롭고 추악해서 도저히 말이 안 된다고 생각해 그녀를 믿어주지 않을 수도 있다.

아니면 싸움을 시작할 수도 있다.

레이건은 고개를 떨구고 손가락으로 곱슬머리를 만지작거렸다. "나는 또 이사했고, 그는 또 날 찾아냈어." 시드니는 몸을 숨길 곳이 구석구석 수없이 많은 넓은 도시였다. 한 번은 학기가 시작하고 3주 만에 대학 수업을 취소하고 학교를 옮긴 적도 있었다. 끔찍하게 많은 서류 작업을 처리해야 했고, 비용도 꽤 들었지만, 세 달 동안 자유를 누릴 수 있었다.

"그래서 내가 주소를 남에게 알려주거나 온라인에 사진을 올리지 않는 거야. 한 번은 그 사람이 내가 이사 간 곳의 주소를 알아내려고 전에 나랑 같이 살던 친구에게 돈을 주었다는 사실을 알게 됐어." 그렇게 주소를 찾아낸 그는 다른 사람들은 모두 외출한 날 밤에 레이건의 침실에 몰래 들어왔다. 그녀가 새벽 2시에 눈을 떠 스탠드 불을 켜 보니, 춥지도 않은데 손에 장갑을 끼고 미동도 없이 조각상처럼 서 있는 그가 보였다. 그는 재빠르게 2층 창문으로 나가더니 지붕에서 뛰어내려 도망쳤다. 레이건은 그때 시드니를 떠났어야 했다. 하지만 그녀는 창문을 굳게 닫고 방문 안쪽에서 자물쇠를 채우는 것으로 마무리하고 기말고사를 치렀다. "누굴 믿어야 할지 모르겠더라."

"젠장, 레이건! 왜 이런 얘길 지금까지 안 해준 거야?"

"아무한테도 말한 적 없어." 그녀의 수치심은 여전히 악취를 풍기며 살아 있었다. "애초에 인터넷에서 모르는 사람과 대화하면 안 됐어. 열일곱 살이라고 거짓말까지 했고 몇 달 동안이나 채팅을 했으니 내가 다 자초했던 거야." 레이건은 대체 왜 AJ가 그토록 자신에게 집착하는지 수년 동안 고민했었다. 메신저에서 얘기한 무언가 때문이었을까, 아니면 집에 찾아왔을 때 그녀가 보인 반응 탓이었을까?

민은 소파와 의자 사이의 틈 너머로 몸을 숙여 레이건의 손 위에 자신의 손을 얹었다. 레이건이 안락의자가 아닌 소파에 함께 앉아 있었다면 분명 몸이 으스러지도록 꽉 껴안았을 것이다.

"넌 아무것도 잘못한 게 없어." 민이 강조했다. "알겠지?"

레이건은 상반되는 마음이 공존하는 느낌이었다. 이성적으로는 그때 일어난 일들이 전혀 자신의 잘못이 아니라는 것을 알고 있었다. 그러나 마음속 아주 깊은 곳에서는 진실이 허물어지고 무의미해지는 것 같았다.

"이게 내가 해외로 나간 이유야. 한국에서 일하기로 한 것도 제일 먼저 들어온 일자리였기 때문이었어. 그저 그 사람에게게서 벗어나 등 뒤에 누가 있는지 확인하지 않고 길을 걸을 수 있기만을 바랐어."

"그래, 그 마음 이해해." 민이 손을 꼭 쥐었다. "진짜로."

그럴 리 없었다. 민은 절대 완전히 이해하지 못할 것이다.

그 이후의 이야기는 하지 않았으니까.

09

부엌 천장에 달린 조명이 촌스럽고 과한 노란 빛으로 방안을 채웠다. 레이건은 저렴한 진을 한 병 꺼냈다. "얼음 말고는 안주로 먹을 만한 게 없네."

"얼음 괜찮아." 민이 말했다.

레이건은 얼음을 깨뜨려 유리잔 두 개에 나누어 담고 술과 함께 커피 테이블로 가져갔다. 그녀는 얼음이 잠길 만큼만 잔에 진을 따르고 병을 민에게 건넸다.

민도 진을 조금 따르며 물었다. "그 사람을 마지막으로 마주쳤던 건 언제였어?"

"강원도에서 집으로 돌아온 이후로는 본 적 없어." 레이건은 안락의자에 몸을 웅크리며 진을 찔끔 마시고는 그 맛에 얼굴을 찌푸렸다. "그때 난 모나 베일에서 엄마랑 테리와 함께 지내고 있었어, 기억나지, 우리 엄마가 병원 왔다 갔다 할 때 말이야. 그리고 난 그 사람이 언제든 귀신처럼 다시 나타날 거라고 생각했어. 그러면 바로 다시 떠나려고 했고. 불가리아에 있는 학교에 다시 지원하거나, 그게 안 되면 서울이나 오사카로 갈 생각이었지."

"네가 불가리아에서도 일자리 제안을 받았다는 걸 잊고 있었네." 민이 손깍지를 끼고 팔꿈치를 무릎에 걸친 자세로 발을 바닥에 붙이고 앉았다. "그래서 그 사람은 지금까지 쭉 본 적이 없다는 거지?"

"그게 내가 시드니에 살 수 있었던 유일한 이유야. 다른 곳에서 살고 싶진 않았지만, 그가 나타났다면 어쩔 수 없었겠지. 그 사람이 진짜 없는지 찾아보기까지 했어." 레이건은 그가 다른 여자를 쫓아다니고 있을 거라 생각하며 안도감을 느끼는 자신이 부끄러웠다. 다른 누군가가 고통을 받는데 자신이 아니라 다행이라고 여겼기 때문이다.

"그렇단 말이지." 민은 귀걸이의 장식 술 한 가닥을 잡아당기며 잠시 생각에 잠겼다. "이번 사건을 담당하는 형사는 이모젠 론스키야. 유머 감각이라고는 조금도 없고, 10년 동안 미소 한 번 지어 본 적 없을 것 같은 사람이지. 하지만 무쇠처럼 강인하고 아주 훌륭한 수사관이야. 네가 얘기하기에도 딱 좋은 사람일 거야."

레이건이 팔을 움찔하면서 진이 다리에 흘렀다. "뭐라고?"

"AJ, 그 사람 본명은 알아?"

"난 경찰한테 갈 생각 없어."

"레이건, 제발." 민이 고개를 한쪽으로 기울이며 말했다. "피해자가 너랑 똑같이 생긴 데다가 너희 집 근처에서 발견됐어. 너를 지독하게 따라다니며 괴롭힌 스토커가 있었다는 사실은 꽤 중요한 단서야. 경찰이 알아야 해."

"이건 단서가 아니야. 아무것도 아니라고." 레이건은 단호했다. "시드니에 돌아온 지 벌써 3년이 넘었고, 이 아파트에서 계속 살면서 망할 사업자등록에 이름까지 올렸어. 그 사람이 아직 여기 있었다면 진즉 날 찾고도 남았을 거야."

"지금부터 내가 하는 말 잘 들어." 민이 말했다. "지금까지 스토킹 범죄 유형에 관한 연구가 많이 이루어졌어. 어떤 스토커들은 특정 패턴을 따르기도 해. 가장 흔한 경우는 30대 남성이 10대 후반에서 20대 초반 여성을 스토킹하는 거야. 네가 겪은 것과 정확히 일치하지."

레이건이 끼어들려고 했지만, 민은 말을 계속했다.

"그런데 스토커 한 명 한 명이 어떻게 움직일지는 예측할 수 없어. 우린 이 사람이 무슨 짓까지 할 수 있는지 모르잖아. 네가 말해준 것 중에서 제일 걱정스러운 부분은 네 방안까지 들어왔다는 거야. 그건 아주 대담한 행동이고, 엄청난 위험 신호야. 그래, 물론 모든 스토커가 살인자가 되는 건 아니지만, 많은 살인 사건이 스토킹과 관련이 있다고." 민이 강조를 위해 두 손을 들어 올렸다. "내 말은, 네가 정말로 위험에 처한 것일 수도 있다는 거야."

"그가 돌아왔다면 내가 알았을 거야." 레이건이 민의 진지한 얼굴을 보지 않으려고 눈을 감은 채 머리를 세차게 내저었다. "화요일엔 그냥 잠깐 당황했던 거야, 진짜야. 복도에 속옷이 놓여있었는데 알고 보니 다른 사람이 떨어뜨린 세탁물이더라고. 게다가 그 사람이 이렇게 오랜 시간 동안 내 앞에 나타나지 않았을 리가 없어."

"최소한 론스키한테 얘기는 해 봐."

화가 나서 표정이 일그러진 레이건이 씩씩거리며 말했다. "난 경찰이라면 지긋지긋해, 민. 그리고 내 이름 말하기만 해 봐. 아마 파일에 나를 히스테리 정신병자라고 기록해 놨을걸."

"레이건, 시대가 변했어. 네가 도움이 필요했을 때 무시당해서 얼마나 마음 상했을지 알지만, 요즘은 훨씬 네 이야기를 잘 들어 줄 거야."

"난 경찰한테 안 가. 이제 이 얘긴 그만해."

민은 소파에 털썩 드러누웠다. "그럼 우리 집에 와 있어. 널 위협하려고 그 여자 시체를 엔모어에 가져다 둔 거라면—"

"그런 거면 내가 사는 아파트 가까이에 두지 않았겠어? 바로 저기에도 골목길이 있는데." 레이건이 건물 뒤쪽을 향해 팔을 뻗었다. "아마 여긴 감시 카메라가 너무 많거나…, 이유는 나도 모르지. 아니, 이 살인 사건은 정말 잔혹하고 끔찍했다고. 그 여자가 당한 일을 난 차마—" 민은 말을 멈추고 숨을 깊게 들이쉬었다. "이름은 크리스탈 알메이다였어. 미국인이고, 시카고에서 왔어. 경찰이 내일 아침 8시에 기자회견을 열고 발표할 거야."

'크리스탈…'

"너도 와." 민이 말했다. "경찰이 뭐라고 하는지 들어봐."

"말했잖아."

"네 이름은 아무에게도 말 안 해. 약속할게. 하지만 조사가 어떻게 되어가고 있는지 들으면 생각이 바뀔 수도 있잖아."

"그럴 일 없어." 레이건이 자리에서 일어서자 술기운에 다리가 살짝 떨렸다. 그녀는 피딱지가 앉은 모기 물린 곳을 긁으며 조용히 말했다. "신경 써줘서 고마워."

"이 사건 정말 최선을 다해서 조사할게. 지금부터 내 최우선 순위야. 그리고 경찰에서 꾸리고 있는 특별수사팀에 연줄이 있어서 내부 소스도 얻을 수 있어."

"특별수사팀?"

"뉴사우스웨일스 경찰에서 이번 사건 해결을 위해 만든 팀이야." 민이 레이건을 꼭 끌어안았다. "내가 한 말 잘 생각해보고."

하지만 레이건은 크리스탈이 어떤 사람이었는지 알고 싶다는 생각에 빠져 있었다. 15살 때 이후로 이렇게까지 인터넷에 접속하고 싶었던 적은 처음이었다.

10

2017년 1월 20일 금요일

시드니 경찰서 근처 잔디밭에서 기자회견이 열릴 예정이었다. 마이크가 버섯처럼 솟아 있는 검은 연단 앞으로 접이식 의자들이 줄 맞춰 펼쳐져 있었다. 손바닥만 한 녹음기와 메모지를 든 것으로 보아 기자인 것 같은 사람들이 스무 명 남짓 앉아 있었고, 삼각대 위에 올려놓은 커다란 방송용 카메라도 여러 대 있었다.

레이건은 네모난 얼굴의 경찰이 연단에 올라섰을 무렵 기자회견장에 도착했다. 햇빛에 반짝이는 금색 엠블럼이 달린 모자를 쓴 그 경찰은 경력이 많고 노련해 보였다. 레이건은 검은 야구 모자를 푹 눌러 쓰고 아카시아의 짙은 그늘 속에서 사람들을 살펴보며 뒤편에 서 있었다.

민은 소매를 팔꿈치까지 걷어 올려 호피 무늬 안감이 드러난 푸른색 재킷을 입고 있어 찾기 어렵지 않았다. 더운 날씨에도 산뜻해 보였다. 땀 흘리는 민을 본 것은 사우나에서뿐이었다. 주변 사람들은 모두 구부정한 어깨에 검정이나 회색, 베이지색의 구겨진 옷을 입고 있었다. 민이 보석처럼 눈에 띄는 이유는 그녀가 입은 재킷 때문만이 아니었다. 그녀는 일찍 도착했는지 맨 앞자리에 앉아 있었다. 민은 경쟁을 좋아했다.

레이건이 다가오는 것을 보자, 민은 옆에 둔 가방을 치워 자리를 마련해 주었다. "네가 올 줄 몰랐어." 그녀가 속삭였다.

"크리스탈이 계속 생각나서." 레이건은 새벽 5시에 화원에 나가 사무실 컴퓨터로 크리스탈의 이름을 검색했다. 어떤 사람에 관해 인터넷으로 단 몇 시간 만에 얼마나 많은 정보를 얻을 수 있는지 놀라웠다. 해시태그 #사수자리가 여기저기 보이는 크리스탈의 인스타그램 계정만 해도 4년 전 고등학교 졸업 때까지 거슬러 올라갔다. 그녀는 노스다코타주 비즈마크에서 자라 시카고에서 대학을 다녔고, 콘크리트 바닥 시공 업체에서 접수대 아르바이트를 했다. 추수감사절에는 호박파이를 구워 쿨 휩 생크림을 올리기도 했고, 크리스마스에는 당근 코가 달린 키 큰 눈사람을 만들었으며, 지난 세 달 동안은 친구와 함께 동남아시아에서 배낭여행을 했다. 친구는 새해를 맞이한 후 미국으로 돌아갔고, 크리스탈은 혼자 시드니에 도착했다. 그녀가 마지막으로 올린 게시물은 햇살에 반짝이는 바닷물을 배경으로 본다이 해변에서 찍은 셀카였다. '인스타 잠시 쉴게요! 저 돌아올 때까지 잘 있어요, 여러분!' 올린 날짜는 1월 5일이었다. 레이건은 크리스탈의 인스타그램을 보며 눈이 벌게지도록 울었다.

"레이건, 너 엄청 피곤해 보여." 민이 말했다.

"너무 더워서 잠이 안 오더라."

연단에 선 경찰이 론스키 수사관을 소개했다. 분필처럼 창백한 피부에 코가 뾰족하고 입꼬리가 내려간 얇은 입술이 차가운 인상을 주는 형사였다. 레이건은 그녀가 형사 일을 하면서 인상이 그렇게 변한 것일지 궁금했다.

민이 손가락에 겹쳐 낀 결혼반지에 알알이 박힌 다이아몬드가 햇빛을 받아 빛났다. 그녀는 펜과 메모지를 꺼내 받아 적을 준비를 하며 앞을 향해 몸을 돌려 앉았다.

"일요일에 발견된 여성은 미국 시민이며 마지막 거주지가 시카고인 22세 크리스탈 알메이다로 확인되었습니다." 론스키는 거칠고 갈라지는 목소리로 발표를 시작했다. "피해자는 발리에서 출발해 1월 3일 오전 7시 55분에 JQ38편 비행기로 시드니에 도착했습니다. 같은 날 오후 3시, 본다이 해변에 있는 선라이즈 호스텔에 2박 일정으로 체크인 하고, 1월 5일 오전 10시 30분경 예정대로 체크아웃 했습니다. 그 이후의 기록은 아직 확인되지 않은 상황입니다."

크리스탈이 그 사람과 우연히 마주쳐 눈길을 끌었을 수도 있다. 그녀를 보고 레이건이 떠오르면서 그간 잠잠했던 그의 끔찍한 내면에 다시 불이 붙었을지 모른다.

"피해자가 호주에 입국한 1월 3일부터 시신으로 발견된 1월 15일 사이의 동선을 파악하기 위해 시민 여러분의 도움이 필요합니다." 론스키가 말을 이었다. "본다이 해변에서 보낸 이틀 이후로는 숙박 기록이 어디에도 없습니다. 미국에서 실종 신고도 접수되지 않았습니다. 피해자의 가족에 따르면 그녀는 여러 달 동안 배낭여행을 했으며, 연락을 규칙적으로 하지는 않았다고 합니다."

론스키는 크리스탈의 인스타그램 게시물에서 확인한 그녀의 옷차림과 녹색 배낭에 관해 설명했다. 그녀는 소지품을 모두 가지고 호스텔에서 체크아웃 했지만, 아직 어떤 것도 발견되지 않았다. "1월 5일 목요일과 그 이후에 피해자의 인상착의와 일치하는 사람을 보셨거나, 소지품의 행방에 대한 정보가 있으시다면 저희에게 제보해주십시오."

론스키가 질문을 받겠다고 하자마자 민이 손을 번쩍 들었다. "형사님, 용의자는 있나요?"

"여러 단서를 추적하고 있습니다."

뜨거운 공기에 레이건은 땀을 뻘뻘 흘렸다.

"형사님." 햇볕에 얼굴과 팔이 벌겋게 익은 기자 한 명이 손을 들었다. "이 사건은 1947년에 미국 로스앤젤레스에서 발생해 아직까지 해결되지 않은 엘리자베스 쇼트 살인 사건, 일명 블랙 달리아 사건과 유사한 면이 있습니다. 그 부분도 수사에서 고려하고 계신 건가요?"

"과거 사건에 대해서는 드릴 말씀이 없습니다. 특히 해외에서 일어난 사건은요."

민은 미간을 찌푸리며 고개를 갸우뚱하고는 '블랙 달리아???'라고 휘갈겨 썼다.

오전 8시 31분, 론스키는 기자회견을 마쳤다. 사람들이 자리에서 일어나 그늘에 삼삼오오 모여 대화를 나누었다. 촬영기자들은 카메라 케이블을 뽑아 팔에 코드를 둘둘 감았고, 어떤 사람들은 의자를 접어 쌓았다.

"레이건, 내 말 좀 들어봐." 민이 목소리를 낮췄다. "시체는 반으로 토막 나서 핏자국조차 없이 골목길에 버려져 있었어. 그러니까, 피가 단 한 방울도 없었다고. 이건 단순히 무작위로 벌어진 폭력행위가 아니야. 아주 철저하게 계획된 범죄지. 론스키가 그 얘길 할 줄 알았는데, 자세한 내용은 숨길 생각인가 봐."

레이건은 시선을 아래로 내렸다. "너는 어떻게 알았어?"

"정보원이 있으니까. 론스키는 인정하지 않았지만, 용의자도 전혀 파악하지 못한 상태야. 이런 사건은 처음이래." 민은 레이건의 팔에 손을 얹었다. "정말 우리 집에 와서 지낼 생각 없어?"

"크리스탈은 시드니 출신도 아니었잖아. 그러니까 스토킹을 당했을 리도 없고."

민이 한쪽 눈썹을 치켜올렸다. "온라인에서 자신을 숨기고 상대를 속여서 접근할 방법이 얼마나 많은데. 그래서 시드니에 혼자 온 걸 수도 있어. 그 사람이랑 만나려고."

'만약 그게 사실이라면…' "경찰은 크리스탈이 시드니에서 연락을 주고받은 사람이 있는지 알아냈대?"

"문자나 이메일을 확인하고 온라인 계정도 살펴보겠지만, 그런 디지털 포렌식 수사는 시간이 좀 걸려."

"민, 그 사람은 아니야."

11

수사는 진전이 없었다. 레이건은 경찰이 고프로 영상을 보고 언제든 찾아와 현관문을 두드릴지 모른다고 생각하며 끊임없이 흘러나오는 사건 뉴스를 빠짐없이 챙겨 보았다. 경찰 수사에 진전의 기미가 보이지 않는다는 사실이 호주 현지는 물론 미국에서까지 뉴스로 보도되었다.

처음으로 함께 술을 마셨던 그 주말에 브라이스는 릴리를 방문해 레이건과 함께 마케팅 아이디어를 의논했다. 그리고 그다음 주에도 화원 문을 닫은 저녁 시간에 몇 차례 찾아왔다. 그들은 함께 테이크아웃 음식을 먹으며 웹사이트 작업을 하고 구글 지도에 비즈니스 프로필을 등록했다. 브라이스가 낸 아이디어 중에는 소셜 미디어를 이용하는 것이 많았다. "소셜 미디어를 쓰지 않으면 한계가 있을 수밖에 없어요." 그가 말했다. "그리고 스마트폰이 있으면 훨씬 쉬워지고요. 인스타그램은 컴퓨터로는 포스팅 할 수 없거든요. 설득하려는 게 아니라, 그게 사실이에요."

그들은 인스타그램에서 정원이나 화원과 관련된 계정들을 살펴보았다. 그 계정들이 얼마나 많은 관심을 받는지 알게 된 레이건은 몹시 놀랐다. 팔로워가 수십만 명이나 되는 계정도 있었고, 신기한 식물에 관한 흥미롭고 정확한 정보를 제공하기도 했다. "실명을 써야 하나요?"

"아니요." 브라이스가 말했다.

레이건은 일주일동안 곰곰이 생각했다. 화원을 열었을 때부터 사무실에 컴퓨터를 두었고, 화원용 이메일 계정도 있었지만, 지금껏 아무 일도 없었다. '그는 사라졌어. 다시 돌아오지 않을 거야.'

토요일에는 화원 문을 열고 들어오는 손님이 단 한 명도 없었다. 처음 있는 일이었다. 불안해진 레이건은 결국 가게를 일찍 닫고 브로드웨이 쇼핑센터에 갔다. 그녀는 대리점에 있던 스마트폰 중 신용카드 한도를 거의 다 쓸 정도로 꽤 비싼 모델을 골라 결제했다. 기기를 손에 쥐자 블랙홀이 끌어당기는 듯한 느낌이 들었다.

스마트폰이 생기자 브라이스는 레이건이 인스타그램과 페이스북 계정을 만드는 것을 도와주었고, 콘텐츠를 어떻게 구성할지 의논했다. 인터넷으로 모르는 사람들과 소통할 생각을 하니 토할 것 같은 기분이 들었다. 하지만 레이건은 스트레스를 애써 무시하고 브라이스와 웃고 농담을 주고받으며 그와 함께 보내는 시간을 즐겼다. 그가 보내오는 관심이 기쁘기도 했고, 오랫동안 혼자 끙끙대며 사업을 운영했기에 남의 도움을 받는 일이 생소하면서도 기분이 좋았다. 다음 날 저녁엔 브라이스가 해시태그에 대해 알려주었다. 레이건도 해시태그가 무엇인지는 대충 알고 있었지만, 마치 요도 카테터처럼 들어서 알고는 있어도 살아가면서 직접 사용할 일은 없길 바랐었다.

"좋아요, 그럼 이제 첫 게시글로 올릴 사진을 좀 찍을게요." 브라이스가 그녀를 향해 휴대폰을 들었다.

"저는 안 돼요!" 레이건이 양손으로 얼굴을 가렸다. "식물만 찍어요."

"얼굴이 나온 사진을 올리면 사람들이 더 관심을 가질 거예요." 그녀가 손을 내저었다. "그러고 싶지 않아요."

"정말로, 당신이 매력적이라 팔로워가 더 늘 거라니까요."

레이건은 얼굴이 붉어지며 양 볼과 목까지 화끈거렸다. "다음에 제가 땀을 뚝뚝 흘리고 있지 않을 때 다시 얘기해볼까요?"

브라이스가 눈을 찡긋했다. "저도 사진 찍히는 건 별로 안 좋아하는 편이에요. 2D로 보면 왠지 제 얼굴이 말처럼 나오더라고요."

그들은 가게와 온실을 구석구석 다니며 꽃이 벌집처럼 생긴 벌집생강, 잎이 기도하는 손처럼 접히는 마란타, 자갈을 닮은 리톱스에 관해 이야기를 나누었다. "얘네는 색색의 돌 같다고 해서 사람들이 살아있는 돌이라 부르기도 해요. 사실은 다육식물이지만요." 브라이스는 사진을 찍으며 조명과 필터 사용법을 알려주고, 사진을 올릴 때 문구를 어떻게 쓰면 좋을지 조언해 주었다.

"와, 이건 뭐죠?" 그가 계산대 옆에 놓인 말린 씨앗 꼬투리 쪽으로 손을 뻗었다. 자그마한 회색 해골들이 입을 벌리고 비명을 지르는 것처럼 생긴 모양이었다.

"금어초예요." 그녀가 말했다. "말리면 그렇게 돼요."

며칠 후, 벌써 중독성을 느끼고 있는 레이건이 인스타그램 '좋아요' 수를 확인하고 있는데 가게 문에 달린 종이 딸랑이며 브라이스가 들어왔다.

"오늘 들르실 줄은 몰랐어요." 그녀가 말했다. "그건 뭔가요?"

"우연히 봤는데 꼭 드리고 싶었어요." 그가 까만 리본으로 묶은 나무 꼬치 위에 셀로판지로 싼 백합이 핀 이상한 꽃다발을 내밀었다. 백합 모양 초콜릿 위에 뿌린 금빛 가루가 꽃가루처럼 보였다. "진짜 꽃은 아무래도 필요 없으실 것 같아서요. 솔티드 캐러멜 좋아하세요?"

"제일 좋아하는 맛이에요."

레이건은 브라이스에게 점점 끌리는 마음을 억누르려 하고 있었다. 그는 친절했지만 그녀를 유혹하려는 듯한 모습은 보이지 않았다. 그가 화원에 놀러와 공짜로 마케팅 조언을 해준다면 그것만으로도 좋은 일이었고, 괜한 부담을 주었다가 관계를 망치고 싶지 않았다.

"이제는 진짜 데이트를 신청해도 괜찮지 않을까 하는 생각이 들었어요." 그가 말했다.

"아…" 레이건은 주먹을 입술에 댔다. 브라이스는 그저 시간을 충분히 들였던 것이었다. 그리고 인정하기 싫지만, 그것 때문에 그를 향한 호감이 더 커졌다.

"제 말은, 당신도 만나는 분이 없는 것 같고…" 그가 말했다. "그래서 저는, 이런, 혹시…"

"아, 아니에요! 아니, 맞아요, 만나는 사람 없어요." 레이건이 머리카락을 손으로 쓸어내렸다. 땀에 전 티셔츠와 손에 묻은 흙, 몸에 밴 닭똥거름 냄새가 신경 쓰였다. 하지만 브라이스는 그녀의 이런 모습, 이런 냄새에 익숙했다. 그리고 여전히 데이트 신청을 하고 있었다. "오히려 당신이 싱글이라는 사실이 놀라운데요."

그가 목덜미를 긁적였다. "꽤 진지하게 만나던 사람이 있긴 했죠. 그런데 그린란드에서 연구직을 얻는 바람에…"

"캐물으려던 건 아니었어요." 레이건은 얼굴이 빨개졌다.

"괜찮아요. 몇 달 지난 일이에요." 브라이스가 미소 지었다. 그의 비뚜름한 치아 하나에는 이미 익숙해져 눈에 띄지도 않았다.

초콜릿 꽃다발을 계속 들고 있던 레이건은 희망과 두려움이 한데 섞여 피어오르는 느낌이 들었고, 그들은 저녁 약속을 잡았다. 어쩌면 망해 가는 화원을 살릴 기회 이상이 그녀에게 찾아온 것일지 모른다. 어쩌면 민이 가진 것을 그녀도 가질 수 있게 될지 모른다.

12

2017년 2월 11일 토요일

토요일 저녁, 레이건은 뉴타운역에서 기차를 타고 몇 개 역을 지나 센트럴역에서 내린 뒤 잠시 걸어 북적북적한 주말 서리 힐스의 데본셔 가에 도착했다. 식당에 들어가기 전 유리창에 비친 자신을 확인하니 올리브색 민소매 점프슈트에 은빛 물방울 귀걸이와 목걸이 세트를 하고, 민의 결혼식 때 샀다가 그 이후로 한 번도 꺼내지 않은 누드톤 하이힐을 신은 모습이 만족스러웠다. 심지어 덥수룩한 곱슬머리까지 어찌어찌 사람답게 손질하는 데 성공했다.

레이건이 먼저 도착했다. 식당은 윤이 나는 나무 바닥에 부드러운 조명이 반사되어 따스한 빛이 감돌았다. 입구에서 브라이스가 그녀를 발견하자, 레이건은 심장이 바보같이 두근거렸다. '망치지 말자.'

남색 반바지에 작은 호랑이 무늬가 연하게 그려진 셔츠를 입은 그가 문을 열고 들어오자 그녀는 자리에서 일어나 맞이했다. 평소에 입는 티셔츠보다 약간 더 신경을 쓴 듯한 그의 스마트 캐주얼룩이 마음에 들었다.

그들은 카레와 난, 뀌베 브뤼 샴페인을 주문했고, 브라이스는 의자에 편하게 기대어 앉았다. 그가 질문을 계속 던져서 레이건은 여행하고 싶은 장소에 대해 계속 설명했다. 수명이 1500년에 달하는 식물인 웰위치아를 볼 수 있는 나미비아, 꽃을 피우고 스스로 목숨을 끊는 자살 야자수가 자라는 마다가스카르, 위쪽이 자라면 아래쪽을 시들게 해 애벌레처럼 기어서 이동하는 선인장 스테노케리우스 에루카가 있는 멕시코에 가보고 싶다는 이야기였다.

"이건 '기어다니는 악마'라고 해요." 레이건이 인터넷으로 사진을 찾아 화면을 그에게 보여주던 중 민에게 메시지가 왔다는 알림이 떴다. "미안해요, 이것 좀 끌게요."

그녀는 이미 스마트폰을 손에서 내려놓을 수 없는 부류의 사람이 되어가고 있었다. 레이건이 전화를 무음으로 바꾸고 주머니에 넣자 음식이 나왔다.

"스마트폰을 사용하면서 달라진 게 많던가요?" 그가 물었다.

"일단 사고방식이 바뀐 것 같아요. 오늘 아침엔 차로 출근하면서 이메일을 확인하고 있더라니까요."

브라이스가 아랫입술에 묻은 카레를 닦아내어 손가락을 핥았다. 레이건은 자신도 모르게 그의 손에 대해 생각하고 있었다.

"어쨌든, 제가 말을 너무 많이 했네요," 그녀가 말했다. "이제 당신 얘기를 좀 해줘요."

"어떤 게 궁금해요?"

"음… 어린 시절은 어땠어요?"

그가 눈썹을 찡그렸다. "콜라로이 근처에서 자랐고, 형제자매 없이 외동이에요. 시드니 대학교를 나왔고요. 당신은요?"

그녀는 이런 대화에 영 서툴렀다. 잘 흘러가던 이야기가 갑자기 곤두박질치는 것 같았다. 레이건은 지나가는 종업원에게 스파클링 와인을 한 잔 더 주문하며 머리를 굴렸다. "최근에 엔모어에서 살인 사건이 일어났다는 이야기 들었어요?"

대체 왜 그 얘기를 꺼냈을까? 크리스탈에 대한 생각이 다시 스멀스멀 올라왔다. 본다이 해변에서 마지막으로 찍은 일출 셀카, 골목길에 완전히 홀로 남겨진 그녀의 몸, 조커처럼 칼로 찢겨진 입, 그리고 따오기….

"요즘 왜들 그렇게 실제 범죄 사건에 집착하는지 이해를 못하겠어요." 브라이스가 말했다.

"저도 그래요." 레이건이 손가락으로 탁자를 두드리며 앞쪽으로 몸을 기울였다. "제 친구는 어떤 여자를 살해해 집 안 콘크리트 벽에 암매장한 살인범이 그 집에서 아내와 아이들과 함께 여러 해 동안 살았던 사건에 관해 책을 썼어요. 엄청난 베스트셀러였죠."

"정말요?"

"걔는 그런 걸 숨 쉬듯이 보고 들어요. 임신했을 때조차도 범죄 실화 팟캐스트만 들어서, 물론 아기에게 어떤 직접적인 영향을 미치진 않겠지만 좀 소름 끼쳤어요."

"뭔가 좀… 글쎄요, 무서운 분인 것 같네요." 브라이스가 말했다.

"한국에 살 때는 정말 재밌는 친구였고, 섬뜩한 살인 얘기도 거의 한 적이 없었어요. 그런데 시드니에 돌아오고 나서부터 푹 빠져 살더라고요." 레이건은 와인을 한 모금 마셨다. "지금은 그게 직업이 됐죠."

그녀는 저녁을 먹고 집에 갈 생각이었지만, 근처에 젤라또 가게가 있었고, 솔티드 캐러멜 아이스크림을 거절할 수는 없었다. 브라이스는 초콜릿 블러드 오렌지 맛을 주문했다.

그들은 활기찬 음악과 웃음소리가 가득하고 사람들로 붐비는 크라운 가를 함께 걸었다. 가로등 불빛이 유칼립투스 나무 사이로 비쳐왔다. 나무 위 박쥐들이 싸움을 벌이다 휙 날아가는 소리도 들렸다. 그들은 공원 벤치에서 걸음을 멈추었고, 레이건은 와플콘을 조금씩 먹었다. "기분 좋은 여름밤이네요." 그녀가 말했다.

브라이스가 그녀 쪽으로 몸을 기울였다. 그가 키스를 하려는 것인지, 그녀가 한 말이 제대로 안 들려서 가까이 다가온 것인지 알 수 없었다. 아무래도 상관없다고 생각한 레이건은 그의 입술에 자신의 입술을 가져다 댔고, 얼굴에 브라이스가 쓴 안경테가 눌리는 것이 느껴졌다. 그에게서 초콜릿 향이 났다. 그 키스가 너무나 부드럽고 달콤해서 레이건은 떨림과 기대감을 느꼈다.

"아직 시간이 이르긴 하지만 한잔하러 갈래요?" 그가 말했다.

아까 마신 와인과 방금의 키스로 강렬한 욕구와 행복감이 레이건의 온몸을 휘감았다. 이번만큼은 일이 쉽게 풀릴지도 모른다. 어쩌면 즐거움이 찾아올지 모른다. "아니면… 당신 집에 가는 건 어때요?"

레이건의 눈에 새것처럼 말끔히 수리된 브라이스의 혼다 범퍼가 들어왔다. 마치 충돌 사고가 발생한 적 없는 것 같았다. 그들은 깊은 밤하늘 아래 반짝이는 도시 스카이라인이 항구의 캄캄한 바다에 비쳐 일렁이는 모습을 바라보며 구불구불한 뉴 사우스 헤드 로드를 따라 달렸고, 로즈 베이의 돛단배 숲을 지나 왓슨스 베이로 향했다. 그곳에서 브라이스는 나무가 우거진 산길로 들어섰다. 그의 오른손은 운전대를 따라 미끄러지듯 움직였고, 왼손은 수동 기어를 조작하고 있었다. 레이건은 후끈거리는 열망이 퍼져나가는 것을 느꼈다.

늘 과하게 주변을 경계하며 자신을 지키려 애써왔던 일상에서 벗어나 대담하게 인생을 즐기며 살아도 아무런 나쁜 일이 벌어지지 않는, 민이 살고 있는 평행 우주에 들어선 기분이었다. 그녀도 항상 그런 삶을 원했지만, 스스로 인정하지 않고 있었다.

브라이스는 7층이나 8층 정도 되어 보이는 아주 평범한 아파트 건물 근처에 차를 세웠다. 빨갛고 노란 꽃송이가 핀 붉은 프란지파니 나무가 아파트 출입문 옆에 서서 은은하고 달콤한 꽃향기를 무거운 밤공기에 실어 보냈다.

레이건은 엘리베이터 거울 벽에 살짝 기대어 브라이스의 손길을 기다렸다. 불편한 하이힐 때문에 비틀거리던 그녀는 팔로 브라이스의 목을 감았다. 그 바람에 브라이스가 중심을 잃고 그녀 쪽으로 넘어지면서 그의 몸이 레이건을 벽으로 밀쳤고, 그들은 키스를 나누었다.

엘리베이터 문이 열리자 얼굴에 새까맣게 기미가 낀 중년 여자가 휠체어를 타고 무릎에 재활용품이 가득 쌓인 상자를 올려놓고 있었다. 레이건이 장난스럽게 브라이스의 손목을 잡고 엘리베이터에서 내리자 여자는 엘리베이터에 올라타며 그들에게 눈을 흘겼다.

엘리베이터 문이 다시 닫히자 레이건이 그의 귓가에 속삭였다.

"이웃 주민이 그다지 친절한 편은 아니네요."

"처음 보는 분이에요."

그들은 17호라고 적힌 노란 현관문 앞에 멈춰 섰다. 레이건의 집과 호수가 같았다. 브라이스는 열쇠 꾸러미를 꺼내 잠시 허둥대다가 맞는 열쇠를 찾아 잠긴 문을 열었다. 술기운이 올라온 것 같았다.

집안에 들어선 레이건은 하이힐을 벗고 시원한 타일에 발을 디뎠다. 브라이스의 집은 그녀가 예상했던 것과 달랐다. 그녀는 아무런 장식품이 없는 집에 대충 고른 이케아 가구와 한쪽 벽을 가득 채운 평면 TV를 상상했었다. 하지만 이곳은 작은 궁전 같았다. 집 저편에 있는 접이식 유리문을 열면 넓은 발코니가 나타나고, 깜깜한 항구와 그 너머의 도시, 찬란하게 빛나는 오페라 하우스와 하버 브리지가 만들어내는 아름다운 야경이 펼쳐졌다. 환한 보름달이 잔물결에 떠올랐다. 주방에는 더러운 접시조차 없었다. 매끈한 가전제품과 거꾸로 매달린 와인잔이 있는 주방도, 자라 목재로 만든 테이블도, 짙은 회색 러그와 귤색 소파 그리고 벽에는 소파와 어울리는 주황색 줄무늬가 칠해진 현대 미술 작품이 걸린 거실도 모두 깔끔했다. 잡지 화보 속 샌달우드와 바닐라 향이 나는 집에 들어온 것만 같았다.

'당신 이런 사람이군요.'

"집이 마음에 들어요?"

레이건이 손바닥을 들어 보였다. "다육식물이 몇 개 있어도 좋겠네요. 아니면 고무나무도 괜찮겠고요."

"놀란 것 같은데요."

104

그녀가 당황해서 고개를 저었다. "그게 아니라…"

브라이스는 주방을 향해 손짓했다. 유리문이 달린 장식장에 술병 수십 개가 늘어서 있고, 트랙 조명에 거울로 된 뒷면까지 갖춰 고급스러운 바처럼 보였다. "마실 것 좀 드릴까요?"

"조금… 이따 마실까요?" 레이건은 그의 셔츠 단추 사이로 두 손가락을 밀어 넣으며 그에게 키스했다.

그는 손가락으로 레이건의 어깨부터 팔까지 부드럽게 쓸어내리며 그녀를 품에 안았다. 하이힐을 벗었기 때문에 그에게 입을 맞추려면 까치발을 들고 고개를 뒤로 젖혀야 했다. 그가 그녀를 더욱 강하게 끌어안자, 그녀는 그의 허리 아랫부분을 손으로 부드럽게 쓸어내리고는 허리띠를 따라 손가락을 꼼지락거리다 목에 닿는 그의 입술을 느끼고 온몸에 전율이 일었다.

그들은 거실 바닥을 덮은 촘촘한 러그에 발을 내디뎠고, 레이건은 발에 닿는 부드러운 촉감에 반했다. 이렇게 천국 같은 러그를 두고 굳이 왜 침실까지 가겠는가? 그녀는 브라이스를 향해 몸을 돌렸고, 그는 소파에 털썩 누우며 그녀를 끌어당겼다.

그때 레이건의 주머니 속 휴대폰이 진동하는 것이 다리에 느껴졌다.

"잠깐, 이것 좀—" 그녀는 휴대폰을 클러치 백과 소파에 던져놓을 생각으로 자세를 틀어 한 손을 그의 어깨에 짚고 주머니에서 휴대폰을 꺼냈다. 순간 그녀의 시선이 지나치게 밝은 화면을 스쳤고, 새로 도착한 메일의 처음 몇 단어를 보고 말았다.

발신자: 레이건 카슨

이 썅년아 내가—

그녀는 휴대폰이 살아 있는 전갈이라도 되는 것처럼 집어 던지고는 손을 벌벌 떨었다. 날아간 휴대폰이 유리 커피 테이블에 부딪혔다.

"레이건, 대체 무슨 일이에요?" 브라이스가 그녀의 휴대폰을 줍고 테이블 윗면에 갈라진 곳이 없는지 살펴보았다.

레이건은 몸이 뻣뻣하게 굳고 피가 차게 식으며 방이 그녀를 향해 좁혀드는 것 같은 기분이 들었다. 그녀는 몸을 일으켜 휴대폰을 쳐다보지도 않고 기계적으로 받아서 주머니에 찔러 넣었다.

당혹스러운 표정의 브라이스도 자리에서 일어섰다. "레이건?" 그가 손가락을 그녀의 허리에 살짝 올렸다.

'그가 날 찾아냈어.'

13

"레이건?" 브라이스의 목소리가 멀게 들렸다. 그가 그녀를 두 번 더 불렀다.

브라이스가 몇 발짝 떨어진 곳에서 그녀를 걱정스럽게 바라보고 있었다. 그의 셔츠는 구겨져 있었고, 벨트 버클은 느슨하게 풀려 있었다. 옷을 벗고 피부를 드러낸다는 생각을 하자마자 벌거벗겨진 채 다리를 넓게 벌리고 팔을 머리 위로 펴고 있던 크리스탈의 시체가 떠올랐다.

"괜찮아요?"

레이건은 손목을 이마에 댔다. 한기가 뼈까지 스며들었지만 열이 나는 듯 땀이 줄줄 나고 몸이 부들부들 떨렸다.

"레이건, 대체 무슨 일이에요?" 브라이스는 눈이 휘둥그레져서 입을 다물지 못하고 있었다. 그는 상황을 이해할 수 없다는 표정을 지으며 그녀를 향해 손을 뻗었다.

레이건은 몸을 앞으로 숙여 무릎에 손을 얹고 호흡을 가다듬으려 했다. 얼굴이 붉어지는 것이 느껴졌다.

브라이스가 벨트 버클을 달가닥거리며 다가오다 잠시 멈추고 벨트를 다시 맸다.

그녀는 집에 가서 휴대폰을 잘게 조각낸 뒤 다시 그 조각들을 큰 망치로 내리쳐 박살내고 싶었다. 하지만 소용없을 것이다. 그는 항상 그녀를 찾아낼 테니까.

브라이스가 물 한 잔을 들고 그녀 앞에 서 있었다. 어디서부터 잘못된 걸까? 그녀는 대담해지고 싶었다. 즐거움을 느끼고 싶었다. 그리고 지금은 동쪽 외곽 지역의 낯선 곳에 있는 낯선 사람의 집에 와 있었다.

"숨 쉴 수 있겠어요?"

'그가 돌아왔어.'

"레이건, 뭐라고 말 좀 해봐요!"

브라이스가 그녀를 팔로 감싸는가 싶더니 어느새 그녀의 발이 공중에 떠 있었고, 그녀의 몸은 그에게 안겨 있었다. 레이건은 심장이 너무 빨리 뛰어서 속이 울렁거릴 지경이었다. 엘리베이터가 딩동 하고 멈추었다. '지금 무슨 일이 벌어지고 있는 거지?'

밖으로 나오자 소금기를 머금은 바람이 그녀의 얼굴에 불어 왔다. 헤드라이트가 번쩍이고, 브라이스가 그녀를 차 안으로 밀어 넣었다. '골목길에는 왜 피가 한 방울도 없었을까?'

불빛이 소행성처럼 기다란 꼬리를 남기며 지나갔다. 차가 방향을 틀었다.

점점 익숙한 건물들이 눈에 들어왔다. 시드니 타워가 보이자 레이건은 차가 어디를 달리고 있는지 짐작할 수 있었다. 송풍구에서 뿜어져 나오는 찬 공기를 깊이 들이마시자 쿵쾅대던 심장이 그제야 조금씩 진정되었다. 그녀가 신고 온 바보 같은 하이힐이 조수석 발밑에 거꾸로 놓여 있었다. 브라이스가 챙긴 모양이었다. 레이건은 신발에 발을 욱여넣었다.

"브라이스, 정말 미안해요."

"응급실로 가는 길이에요."

그녀는 그의 팔에 손을 얹었다. "이제 괜찮아요, 잠깐 공황이 왔던 것 같아요."

빨강 신호등에 걸려 차를 세운 그가 몸을 돌려 그녀를 주시했다. "계속 심장마비가 온 것 같다고 했잖아요."

'내가 그런 말을 했다고?' 피로가 몰려왔다. 갑자기 머리를 들고 있는 것조차 힘겹게 느껴졌다. 레이건은 의자에 푹 꺼지듯 기대앉았다.

"그냥 집에 가서 쉬면 돼요, 고마워요."

앞에 선 차들이 움직이기 시작했다. "정말 괜찮겠어요?"

레이건이 고개를 끄덕였다.

"알겠어요, 그럼. 주소가 어떻게 돼요?"

공황 발작이 다시 일어나는 것 같았다.

"센트럴역이나, 아무 데나 편한 곳에 내려주시면 돼요. 에지클리프역도 괜찮고요."

"멘붕이 온 사람을 아무 기차역에 내려줄 순 없어요."

레이건은 멘붕이라는 표현이 거슬렸지만 그게 중요한 건 아니었다. 두 번째 데이트에서 상대방에게 주소를 알려준다는 건 그녀로서는 몹시 꺼려졌다.

"정말 괜찮아요. 오늘 밤을 망쳐서 미안하지만, 너무 피곤하네요."

"그러니까 집까지 데려다 준다니까요." 짜증이 난 듯한 목소리였다.

차가 달리면서 창밖의 풍경이 다시 휙휙 지나가고 있었다. 크리스탈도 이렇게 들뜨고 희망에 차서 자신을 살해한 범인과 자발적으로 어딘가에 갔을까? 그녀는 언제 처음 불안감이 확 들었을까?

"당신 때문이 아니에요, 그게… 예전에 문제가 좀 있었어요. 부탁인데 그냥 가까운 역에 내려줘요."

그가 포기했다는 듯 운전대를 놓고 두 손을 들어 보였다. "그래요, 하고 싶은 대로 해요."

그들은 브라이스가 차를 세울 때까지 아무 말도 하지 않았다. 앞쪽에 기차역을 나타내는 주황색 로고 표지판이 반짝였다.

레이건이 차 문을 밀어 열었다. "다시 한번 정말 미안—"

"버스 정류장에 잠깐 세운 거라서요." 브라이스가 무뚝뚝하게 말했다.

레이건은 허둥지둥 차에서 빠져나왔다. 왼쪽 하이힐은 굽이 흔들거렸고, 토할 것 같은 기분이 들었다. 브라이스의 혼다가 출발했고 이내 도로 속으로 사라졌다. 그녀는 하이힐을 벗어 팔과 갈비뼈 사이에 끼고는 맨발로 역 입구를 향해 터벅터벅 걸어갔다.

플랫폼에서 기차를 기다리며 그에게 문자를 보냈다.

[태워다줘서 고마워요.]

브라이스는 답장하지 않았다. 그날 밤도, 그다음 날도.

월요일에도 여전히 답장은 없었다.

14

2017년 2월 13일 월요일

파란색과 흰색으로 된 경찰 통제선이 길을 막고 있었다. 제복을 입은 경찰관들이 지켜보고 있는 가운데, 사람들이 통제선 주변에 모여 서 있었다. 레이건은 차를 댈 곳을 찾아 그곳을 지나쳤다. 결국 그녀는 몇 블록 떨어진 곳에 주차하고 슬리퍼를 철퍼덕거리며 오션뷰 애비뉴를 따라 길을 되돌아갔다.

레이건이 한 손에는 휴대폰을, 다른 손에는 차 키를 쥐고 혹 수상한 사람이 없는지 주변을 두리번거리며 급히 아파트를 나올 때만 해도 아침 햇살이 아름답게 빛나고 있었다. 하지만 그로부터 40분이 지난 지금은 뜨겁게 내리쬐는 햇빛에 괴로울 지경이었다.

민이 보이지 않았다. 레이건에게 이곳에 같이 오자고 해놓고 아직 도착도 하지 않은 듯했다.

"뒤로 물러서세요." 경찰관 하나가 외쳤다. 공책이나 녹음기를 손에 든 사람들 수십 명이 경찰 통제선을 따라 무리 지어 있었다.

길 건너편에서는 방송국에서 나온 직원들이 커다란 카메라를 꺼내고 있었다.

레이건은 민이 말한 대로 사람들과 거리를 두고 서서 남자들을 살펴보았다. 덥수룩한 콧수염에 늙은 호박 같은 얼굴을 한 남자가 있었고, 양복 재킷을 팔에 걸치고 있는 키가 크고 마른 대머리 남자도 보였다. 길 건너편에는 목줄을 맨 스피츠를 산책시키는 남자 둘이 있었다. 5년이 지나 그의 외모가 변해 레이건이 그를 못 알아볼 수도 있을까? 뚜벅뚜벅 일정한 속도로 걷는 걸음걸이, 넓은 직각 어깨는 분명 그대로일 것이다. 하지만 나머지는, 특히 그가 남의 눈에 띄지 않고자 한다면, 얼마든지 바꾸었을 것이다.

'그 사람이 아니야.' 그날 받은 이메일은 마침표도 없이 대소문자가 아무렇게나 섞인 욕설과 위협 세 줄로 이루어져 있었다. 아무리 분노가 치밀어 올라도 그는 그런 식으로 메일을 보낸 적이 없었다. 그리고 항상 마지막에 '너의 진정한 사랑'이라고 썼다. 토요일에 온 메일에는 그런 맺음말이 없었다. 게다가 발신자에 레이건의 이름을 썼고, r3agan_cars3n@gmail.com이라는 메일 주소도 그녀의 이름으로 만든 것이었다. 역시 그의 방식은 아니다.

누군가 어깨에 손을 올리자 그녀는 움찔했다. 흰색과 남색 줄무늬가 그려진 원피스에 남색 하이힐을 신은 민이 어느새 옆에 다가와 주변 사람들을 기웃거리고 있었다.

"그 사람 보여?" 민이 물었다.

"그가 여기 있을 거라고 생각하는 이유가 뭐야?"

"어떤 범죄자들은 범행 현장으로 돌아오기도 하거든. 그 사람도 그럴 것 같아서."

"여기 없어, 그 사람이 한 짓이 아니니까." 레이건이 말했다.

"그럼 넌 왜 왔는데?"

"그가 여기 없다는 걸 너한테 증명하려고." 레이건은 모자챙을 잡고 아래로 더 눌러썼다. "게다가 도버 하이츠라니. 난 이 동네는 와본 적도 없어."

"분명 동일범이야. 그때 기자회견에서 누가 블랙 달리아에 관해 물었던 것 기억나?"

"달리아는 검은색 꽃을 피우지 않아." 레이건이 길 위쪽에서 걸어오는 사람들을 살펴보며 말했다. "어두운 보라색이면 몰라도, 검은색은 없어."

"꽃 말고. 엘리자베스 쇼트라는 여성 얘기야. 스물두 살이었고, 로스앤젤레스에 사는 배우 지망생이었지. 허리가 절단되어 상반신과 하반신이 분리된 시체로 발견됐어."

레이건의 귀가 번쩍 뜨였다. "LA라고? 언제?"

"1947년 1월 15일." 민은 웃는 표정이 아니었지만, 목소리에 알수 없는 활기가 있어 레이건은 메스꺼운 느낌이 들었다. "크리스탈의 시체가 엔모어에 유기된 날에서 정확히 70년 전이야."

"그건…" 레이건은 말문이 막혔다. 절대 우연일 리 없었다.

민은 휴대폰을 터치하더니 화면을 돌려 그녀에게 보여주었다. "이것 좀 봐."

레이건은 질겁하며 고개를 뒤로 뺐다. "세상에, 민! 이건…" 그녀는 갑자기 하던 말을 뚝 멈췄다. 입이 조커처럼 찢겨지고, 몸은 바비 인형처럼 두 동강 나 있는 모습이 마치 깁스 레인 골목에서 본 참혹한 광경을 흑백 사진으로 찍어 놓은 것 같았다. 다만 사진 속 여자는 아무렇게나 자란 수풀 사이에 눕혀져 있었다. "범죄 현장 사진이야?"

충격이 조금 가시면서, 레이건은 사진을 자세히 살펴보기 위해 몸을 숙였다. 기묘한 상처들이 크리스탈과 똑같아 보였다.

"응, 1947년 현장 사진. 인터넷에서 2초면 찾을 수 있어. 특별수사팀에 있는 친구가 그러는데 엔모어에 있던 시체도 이 여자, 블랙 달리아랑 완전히 똑같은 자세로 발견됐대. 블랙 달리아 사건은 한 달 내내 LA 타임스 1면에 보도됐었고." 민이 기사를 소리 내어 읽었다. "시체는 오전 10시경, 세 살배기 딸과 공원을 산책하던 지역 주민 베티 버싱어에 의해 발견되었다."

'경찰에 신고 안 하길 천만다행이야.' 레이건은 불쌍한 베티처럼 수십 년 동안 살인 사건과 연관되어 불리고 싶지 않았다. 70년 전, 다른 누군가의 하루가 1월의 그 일요일처럼 끔찍하게 시작됐을 거라는 생각에 레이건은 마음이 좋지 않았다.

"엘리자베스 쇼트와 크리스탈 알메이다에게 가해진 입과 허벅지의 자상, 유방 절단 모두 사후에 이루어졌어." 레이건이 알아듣지 못한 표정을 짓자 민이 덧붙였다. "죽은 다음에. 사인은 머리에 입은 둔기에 의한 외상이야. 절단은 그 이후에 발생한 거고. 그러니까, 물론 끔찍하고 잔혹한 범죄는 맞지만, 범인은 고문이 목적은 아니었던 거야."

레이건은 뭐라 대꾸할 말을 찾으려 우물쭈물했지만, 입이 떨어지지 않았다. "그래서 달리아는 무슨 상관인데?"

"피해자가 창백한 피부에 어두운 곱슬머리를 하고 있어서 블랙 달리아라는 별명이 붙었어. 사진이 있는데, 잠시만." 민은 엘리자베스 쇼트의 흑백 사진을 확대해서 보여주었다. 귀신처럼 흰 피부를 감싼 검고 풍성한 곱슬머리와 날카롭고 진한 눈썹, 할리우드 스타처럼 완벽한 치아와 짙은 립스틱을 바른 입술이 눈에 띄었다.

어색한 미소를 짓고 있는 턱은 뻣뻣하게 긴장되어 있었고, 눈에는 남에게 인정받고 싶은 욕구가 강하게 느껴졌다. "누구랑 닮지 않았어?"

"글쎄, 머리 스타일이 꽤 고전적이네…"

"너랑 똑같이 생겼잖아, 레이건." 민이 휴대폰 화면을 레이건의 얼굴 옆에 나란히 가져다 댔다. "기묘할 정도로 말이야."

"그럼 1947년에 또 살해된 여자가 있었어?" 레이건이 휴대폰으로 오늘 날짜를 확인하며 물었다. "2월 13일에 말이야."

"블랙 달리아와 연관된 다른 살인 사건은 없었어. 하지만 엘리자베스 쇼트가 어디서 발견됐는지 알아? 바로 사우스 노턴 애비뉴야." 민은 나무 전봇대에 달린 노란 표지판을 가리켰다. 경찰이 지금 출입을 통제하고 있는 골목길은 노턴 애비뉴였다. "범인은 그나마 가장 비슷한 곳을 찾은 거지. 시드니에는 사우스 노턴 애비뉴가 없으니까."

레이건은 피로함을 느끼고 손가락 끝으로 눈을 가볍게 눌렀다. "그러니까, 나랑은 아무 상관이 없는 게 분명하네."

"네가 이 유명한 살인 사건 피해자와 똑같이 생겼고, 널 닮은 다른 여자들이 살해당해서 똑같은 자세로 발견되는 게 정말 우연이라고 생각해?"

"그걸 네가 어떻게 알아, 두 번째 피해자는 아직—"

그때 누군가가 다급하게 걸어오며 외쳤다.

"좀 지나갈게요!" 몸이 탄탄하고 비싼 요가복을 입은 은발 여자가 사람들을 헤치며 앞으로 나아갔다. "제가 봐야겠어요, 저 좀—"

여자가 경찰 통제선 아래로 몸을 숙여 들어가려 하자 경찰이 그녀를 막았다. "테이프 뒤로 물러나세요."

"우리 딸이 없어졌다고요!" 그녀가 목소리를 높였다.

레이건은 여자가 어떻게든 경찰을 지나쳐가려고 미친 듯이 날 뛰는 모습에 시선을 고정하며 긴장했다. 또 다른 경찰관이 나타 나 여자의 어깨를 잡았다. "아주머니, 그만—"

"아, 저 사람이 안나 리더히인가보네." 민이 말했다.

"누구라고?"

휴대폰 화면을 보며 인상을 쓰던 민이 햇빛을 피해 몸을 돌렸다. "정말 우리 딸이 맞는지 말해줘요!" 악을 쓰던 여자의 목소리 가 점차 흐느낌으로 변했다. 그녀를 제지하려는 건지, 쓰러지지 않 도록 붙들어주려는 건지, 경찰이 양옆에서 그녀의 팔을 잡았다.

민이 레이건에게 휴대폰을 보여주었다. 뉴스 기사 사진에 태닝 을 한 20대 초반의 여자가 환한 미소를 지으며 카메라를 향해 캄 파리 오렌지 칵테일을 내밀고 있었다.

헤드라인은 '시드니 대학교 학생 실종'이었다. 레이건은 기사를 훑어보았다. 에린 리더히는 로젤에 있는 셰어하우스에 살던 대학 생이었고, 3일 전인 금요일 오후에 마지막으로 목격되었다. 그날 저녁, 에린의 여자 친구는 그녀에게서 '며칠 오프라인으로 살 거 야! 인터넷 쉬는 시간.'이라는 갑작스러운 문자를 받았다. 그 이후 소식을 들은 사람이 아무도 없었다.

"두 번째 피해자가 널 닮았는지 어떻게 아냐고? 난 이 여자가 두 번째 피해자라고 확신해." 민이 말했다. "굵은 곱슬머리에, 눈 모양은 좀 다르지만, 네 여동생이라 해도 믿을 만큼 얼굴형도 비 슷해. 범인은 취향이 확실한 거지."

"왜 말을 안 해주세요? 대체 왜?" 여자는 경찰이 나쁜 소식을 전달하지 못하게 막으려는 듯 높고 날카로운 목소리로 잠시도 쉬지 않고 질문을 반복했다.

"저 여자 맞지?" 민이 스크롤을 내려 기사에서 에린의 어머니 사진을 찾아냈다.

길 건너편에서는 뉴스 촬영팀이 방송용 카메라를 설치하고 있었다.

"이 사건들 사이에 중요한 연결고리가 하나 더 있어." 민이 엿듣는 사람이 없는지 주변을 두리번거리며 목소리를 낮췄다. "사람의 척추를 그렇게 깔끔하게 절단하려면 외과 수술 수준의 정밀성이 필요해. 검시관이 말하기를 크리스탈의 척추를 자른 사람이 누군지 몰라도 분명 블랙 달리아 사건의 범인과 마찬가지로 의료 훈련을 받았을 거래. 둘의 척추는 정확히 같은 위치에서 절단되었고."

레이건은 몸서리를 치며 팔짱을 꼈다. "두 번째 피해자는 예전 사건과 관련이 있는 거리에 두었으면서 첫 번째 피해자는 그러지 않았다는 게 이상해. 아니면 깁스라는 이름도 뭔가 상관이 있는 건가?"

"좋은 질문이야." 민이 말했다. "블랙 달리아 사건을 조사하기 시작했는데, 내가 아는 한 깁스와는 별다른 연관성이 없어. 하지만 그 이름이 범인에게 무언가 의미가 있을 수도 있어. 이 살인은 면밀하게 계획된 거야. 아주 드문 일이지. 영화나 소설에서 묘사하는 것과 달리, 살인범들이 시체로 특정 자세를 취해 놓는 일은 잘 없거든. 아마 1%도 채 안 될 거야. 데이팅 게임 살인마로 알려진 로드니 알칼라가 그랬지."

레이건은 민이 어떻게 그렇게 많은 범죄 사건들을 머릿속에 담고 있는지 모르겠다는 생각을 하며 그녀가 자세한 설명에 돌입하기 전에 말을 끊었다. "범인이 아무 생각 없이 엔모어를 돌아다니며 시체를 유기할 장소를 찾았을 것 같진 않아."

"내 생각도 그래. 아마 깁스 레인을 미리 살펴보고 감시 카메라가 없어서 그곳을 택했을 거야."

"이제 여기도 카메라가 가득할 테니 범인이 오기엔 위험하지 않을까?" 레이건이 말했다.

"아, 너한테 말하려고 했는데, 크리스탈이 시드니에 와서 누굴 만날 계획이 있었는지 알아봤어. 디지털 포렌식에서는 그런 증거가 나오지 않았대."

"그렇지? 그 사람이 아니라니까. 그…" 레이건은 턱 근육을 팽팽하게 긴장시키며 목소리를 낮췄다. "…AJ는 아니야."

이메일 역시 그가 보낸 것이 아니다. 그저 웬 관심 종자의 짓이었을 뿐이다. 브라이스가 예상한 대로 레이건이 올린 인스타그램 게시글은 큰 인기를 끌었다. 사람들은 무지갯빛 폭포수를 이루는 꽃망울이나 인형 눈처럼 생긴 파키포다노루삼, 유령처럼 투명한 색을 가진 용월 등과 사진을 찍으러 레이건의 화원을 찾아왔다. 그녀 역시 손님들에게 사진을 찍도록 적극적으로 권장해 인스타그램에 올라온 게시글을 공유하고, 댓글에 답변하는 데에도 시간을 들였다. 그러자 일주일 만에 천 명이나 되는 팔로워가 생겼고, 주말 판매량도 그해 최고 기록을 세웠다. 그 메일이 오기 전까지 레이건은 심지어 이 상황을 즐기고 있었다.

어떤 멍청이가 레이건의 인스타그램 계정을 우연히 발견하고 사업자 등록부에서 그녀의 이름을 찾아내 메일 주소를 만들고 추잡한 메시지를 보낸 것이 분명하다. 온라인에서 활동하기로 한 이상 일어날 수밖에 없는 일이고, 어쩔 수 없이 받아들여야 하는 부분이다. 드디어 손님이 늘고 있는데 이제 와서 온라인 마케팅을 포기할 수는 없었다.

테이크아웃 커피를 든 남자가 지나가자 커피 향이 은은하게 퍼졌다. 자동차와 자전거들이 길을 따라 줄줄이 달리고 있었다. 눈부시게 빛나는 여름 아침에 범죄 현장 바깥에 서서 이토록 생생하고 뻔뻔하게 살아 숨 쉬고 있다는 사실이 무심하게 느껴졌다. 길 위쪽에는 어느새 더 많은 사람이 모여들어 경찰 통제선 앞에 무리 지어 서 있었고, 그중 몇 명은 경찰에게 소리 높여 질문을 던지기도 했다.

생기 넘치고 즐거워 보이던 에린의 사진이 레이건의 기억 속 차갑고 딱딱하게 굳은 크리스탈의 모습과 겹쳐 보였다.

"그래서 누가 죽인 건데? 블랙 달리아는?" 레이건이 물었다. "지금 이게 70년 전과 똑같은 살인범이 벌인 짓일 수는 없잖아."

민이 눈을 찡그리며 아침 햇살을 바라보았다. "블랙 달리아 사건은 아직도 해결되지 않았어."

15

범죄 현장 테이프에 가까이 다가가려 서로 밀치는 사람들이 계속해서 늘어나고 있었다. 레이건의 휴대폰이 화가 난 벌떼처럼 윙윙거리며 진동했다.

[4주 지났다. 첫 상환금은 언제 입금할 거니??]

또 엄마였다. 화원이 전보다 잘 되고 있긴 했지만, 레이건이 상속받을 재산이라고 생각했던 돈을 상환하기 시작할 정도는 아니었다.

민이 그녀 쪽으로 몸을 기울이며 물었다. "그나저나 새 남자 친구와 어떻게 되어 가는지 말 안 해줬잖아. 데이트는 어땠어?" 살인 사건에서 데이트로, 민은 이렇게 화제를 순식간에 전환하곤 했다.

"별로 좋지 않았어." 레이건이 답했다. "데이트 이후로 연락이 끊겼거든."

"무슨 일 있었어?"

레이건은 잘 모르겠다는 손짓을 했다. 이메일에 관해 말하면, 민은 경찰에 꼭 신고해야 한다고 우길 것이다. 그리고 이메일 얘기를 숨긴다는 것은 공황 발작에 관한 얘기도 꺼내지 않는다는 것을 의미했다.

브라이스가 버스 정류장에서 그녀를 내려준 이후 연락이 없는 것에 화가 날 법도 했지만, 레이건은 수치심이 더 컸다. 공황을 일으키고, 갑작스럽게 자리를 뜨면서 제대로 설명도 하지 못했다는 것 전부 수치스러웠다. 게다가 브라이스의 조언과 격려 없이는 온라인 마케팅을 계속할 수 있을지 장담할 수 없었다. 레이건은 디지털 세계에서의 새로운 생활에 익숙해지고 있다고 생각했다. 하지만 온몸이 얼어붙는 듯한 차디찬 공포는 그녀가 소셜 미디어를 즐겁게 느꼈던 이유가 브라이스와 함께하며 그의 도움을 받았기 때문이라는 것을 깨닫게 했다. 혼자서는 댓글이나 해시태그를 어떻게 달아야 할지조차 결정하지 못하고 허둥댈 것이 불 보듯 뻔했다.

"그럼 전화해 봐." 민이 말했다. 대수롭지 않다는 듯한 말투였다.

"휴대폰으로?"

"그럼 뭐, 소라고둥으로 할까?" 민이 레이건의 휴대폰으로 손을 뻗었다. "줘봐, 내가 전화할게."

레이건이 피식했다. "받으면 뭐라고 하게?"

"식물에 관해 너보다 더 많이 아는 사람은 만나기 힘들 거라고."

"하, 그건 맞지."

"나 지금 진지해, 레이건. 물론 식물 얘기는 농담이었지만. 어쨌든 이 사람은 한국에서 돌아온 이후로 네가 나한테 처음으로 얘기해준 남자잖아. 그러니까 뭔가 특별한 사람일 거라고. 겨우 데이트 한 번 망쳤다고 놓치지 마."

레이건은 문자가 또 하나 왔다는 진동을 무시하며 허벅지에 휴대폰을 받치고 화면을 톡톡 두드렸다. 월요일 오전 8시 45분이었다. 이른 시간이긴 하지만, 지나치게 이르진 않았다. "알았어, 알았어. 내가 전화해볼게."

어차피 전화를 받을 것 같지도 않았다.

레이건은 뒤로 돌아 몇 걸음 앞으로 걸어갔다. 민은 귀에 손을 대고 엿듣는 척을 했다.

"레이건." 브라이스의 자신감 넘치는 허스키한 목소리가 들려왔다.

그녀는 당황해서 휴대폰을 떨어뜨릴 뻔했다.

"아, 브라이스." 레이건이 더듬거렸다. 머리 위로 헬리콥터가 지나가면서 요란한 프로펠러 소리가 거리를 뒤덮었다. 브라이스가 무언가 얘기했지만 들리지 않았다. 레이건은 휴대폰을 양손으로 감쌌다. "미안해요, 주변이 시끄러워서 조금만 더 크게…"

"회의에 가고 있다고요."

레이건은 빠른 걸음으로 민에게서 멀리 떨어졌다. "저, 음, 사과하고 싶어서 전화했어요. 그날 일은 전부 미안했고…그리고, 음…"

그녀는 잠시 말을 멈추었지만, 브라이스는 말없이 듣고만 있었다. 헬리콥터는 여전히 하늘 위에서 돌고 있었다.

"잠깐 볼 수 있을까요? 점심쯤?" 레이건이 물었다. 직접 만나서 얘기하는 편이 훨씬 쉬울 것 같았다. 정해진 점심시간이 있으니

분위기가 어색해지면 대화를 마치기도 좋을 것이다. 게다가 빨리 만날 수 있다. 레이건은 어느 쪽이든 얼른 결론을 내고 싶었다.

"오늘 점심이요?" 브라이스가 물었다.

그의 목소리를 듣는 것만으로도 감정이 소용돌이치자 레이건은 깜짝 놀랐다. 어쩌면 아직 누군가와 삶을 공유할 준비가 안 된 건지도 모른다.

"시간 괜찮아요?" 그녀가 말했다.

"회사 근처로 올 수 있어요? 주소는 문자로 보낼게요."

레이건은 전화를 끊고 휴대폰을 주머니에 넣은 뒤 살며시 얼굴에 번지는 미소를 숨기기 위해 고개를 돌렸다.

민이 그녀의 손을 잡았다. "뭐야, 세 번째 데이트야?"

"데이트 아냐. 그냥 점심이지."

"하지만 이 남자랑 벌써 몇 주째 만나고 있잖아." 민이 말했다. "너 아직 나한테 사진도 안 보여준 것 알지?"

"사진 없어."

"그래? 인스타그램 있잖아. 프로필 좀 알려줘."

"그냥 건축물 사진밖에 없어." 레이건이 이제는 하루에도 수천 번씩 잠금을 해제하는 것 같은 그녀의 스마트폰을 꺼내 브라이스의 인스타그램 프로필을 찾았다. 다양한 각도로 찍은 건물 사진이 가득했고, 어떤 사진은 명암이 뚜렷해 윤곽이 극적으로 시각화되어 보이기도 했다. 팔로워는 500명이었고, 프로필 사진은 펜화로 그린 하버 브리지였다.

민은 사진을 살펴보더니 검색을 시작했다. "브라이스 스튜어트라고? 이 중에 있어?"

레이건은 브라이스 스튜어트라는 이름을 가진 남자들 수십 명의 페이스북 프로필을 죽 살펴보았다. "없는 것 같은데. 와, 이름이 똑같은 사람들이 엄청 많구나."

"내가 특별하지 않다는 걸 깨닫는 데는 인터넷만 한 곳이 없다니까. 그래서 그중에는 없다고?" 민이 휴대폰을 건네받아 다른 사이트에 접속했다. "여기는 어때?"

레이건은 또 다른 브라이스 스튜어트들을 대강 훑었다. "없어. 이건 무슨 사이트야?"

"링크드인."

"브라이스가 일 때문에 자주 보던 거네." 레이건이 넌더리가 난다는 듯 휴대폰을 쥐고 있지 않은 손을 흔들며 말했다. "그 유령 그림 있는 것도 써야 한다더라. 냅스냅인가?"

"스냅챗이야."

"응 그거. 그래도 내가 아는 다른 사람들처럼 온종일 스마트폰을 들여다보고 있지 않아서 좋아." 레이건은 민에게 의미심장한 눈빛을 보냈다. "신선하달까."

민이 레이건의 팔 위쪽을 꼭 잡았다. "그것 봐, 이제 기분 좋아졌잖아."

브라이스와 만나기로 한 가게의 이름은 '빅 샌드위치'였다. 분위기는 별로였지만 문밖까지 길게 늘어선 줄과 머리망을 쓰고 계산대 뒤에서 바삐 샌드위치를 싸고 있는 직원 여덟아홉 명을 보니 음식은 맛있을 것 같았다.

그를 발견하자 레이건은 가슴이 이상하게 두근거렸다. '심장이 멎을 것만 같다는 게 이런 느낌일까?'

브라이스는 한 손을 주머니에 넣은 편한 자세로 '다 잘 될 거야'라고 말하는 듯한 자신감을 내뿜고 있었다. 줄에 서 있는 다른 사람들은 모두 스마트폰을 스크롤 하거나 귀에 꽂은 이어폰으로 통화를 하고 있었다. 하지만 그는 세상의 중심에 있기라도 한 것처럼 동요하지 않고 가만히 서 있었다.

"브라이스." 레이건이 그의 뒤에 줄을 서며 말을 걸었다. "만나러 와줘서 고마워요."

"뭘요." 그는 차분한 표정이었다.

"저, 제가 하고 싶었던 말은—" 그녀는 아침에 통화를 끊고 나서 그를 만나면 무슨 말을 할지 계속 연습했고, 긴장해서 말문이 막히기 전에 얼른 얘기하고 싶었다. 그러나 가게 직원이 사람들에게 앞으로 오라고 부르며 주문을 재촉하면서 줄이 빠르게 줄어들었다.

"잠시만요." 브라이스가 계산대를 향해 몸을 돌렸다. "네, 레몬 치킨에 통밀빵으로, 갈릭 소스도 추가할게요."

레이건은 계산대 위 메뉴판에 있는 수십 가지 메뉴를 훑어보았다. 배가 고프지 않았다. "저도 같은 걸로 주세요, 감사합니다."

그들은 커다란 샌드위치를 받아 그늘진 테이블에 자리를 잡았다. 레이건은 사람들이 금속 의자를 콘크리트에 끌어대는 소리에 자꾸만 움찔했다. 테이블이 너무 작아 브라이스와 무릎이 닿았다.

"그날은 미안했어요." 입안에 맴도는 말을 지금 뱉지 않으면 겁이 나서 말하지 못할 것 같았다. "당신한텐 정말 이상한 경험이었을 거예요. 방금까지 아무렇지 않던 사람이 갑자기 숨을 못 쉬겠다고 해서."

브라이스가 손바닥을 들어 보였다. "그것 때문에 연락을 안 한 게 아니에요. 당신이 기차역에 내리겠다고 고집을 부려서, 저는—"

"그것도 미안해요."

"—제가 마음에 안 드신 줄 알았어요. 문자도 그냥 예의상 보낸 거라 생각했고요."

"아니요, 전혀 그런 게 아니에요! 그냥 제가 예전에…" 단어가 목에 걸려 말이 나오지 않았다. 레이건은 그에게 모든 사실을 솔직하게 털어놓으려고 했었다.

엄마의 냉정한 목소리가 떠올랐다. '네가 불러온 골칫거리.'

레이건은 샌드위치를 싼 은박 포장지를 뜯어서 접은 뒤 주름진 부분을 눌러 펴면서 시간을 벌었다. 빵은 두툼하고 부드러우며 따뜻했고, 샌드위치 반쪽을 들어 올리는 데도 두 손을 사용해야 했다.

"아무 말 안 해도 돼요." 브라이스가 말했다. "딱 한 가지만 물어볼게요, 별일 없는 거 맞죠?"

레이건은 입안에 마늘 향이 가득하도록 한입 가득 샌드위치를 베어 물고 있었다. 그녀는 고개를 끄덕이는 동시에 도리질을 치며 터질 듯한 두 볼을 손으로 가렸다.

"그런 이메일이 또 왔나요?" 브라이스도 샌드위치를 집었다. "이메일 때문이었죠? 그날 그런 이유가. 휴대폰 주울 때 얼핏 보였어요."

"별일 없어요." 대답이 어찌나 빨리 나왔는지 레이건 자신도 그 말을 믿을 뻔했다. "그리고 전 이너웨스트 엔모어에 살아요. 체스터 가 52번지에 있는 낡은 아파트 17호요. 초대하고 싶지만 그렇게 좋은 곳은 아니에요."

말해버렸다. 민이나 엄마가 아닌 다른 사람에게 진짜 주소를 말했다.

브라이스의 표정이 부드러워지면서 눈썹이 올라갔다. "그러지 않아도 됐는데요. 저는 그런 의도가—"

"알아요. 우리 토요일은 잊어버리고 다시 시작할 수 있을까요?"

"좋아요." 테이블 아래에서 그의 다리가 그녀의 허벅지를 스쳤다. "하지만 도움이 필요하지는 않아요? 제가 그 이메일 좀 봐 드릴까요?"

"정말 괜찮아요." 그렇게 말하면서도 레이건은 주위에 움직이는 사람들을 조심스레 살피고 어두운 곳에 누가 숨어 있지는 않은지 확인하고 있었다. "그래도 혹시 이번 주에 화원 한 번 들러주실 수 있어요? 대체 인스타 스토리가 뭔지 알려주시면 좋을 것 같은데요."

브라이스가 다시 몸을 숙이자 그의 입술이 그녀의 귀 가까이 다가왔다. 그의 숨결에서 달콤한 마늘 향이 났다. "필요하다면 뭐든지요."

16

2017년 2월 22일 수요일

릴리는 사진을 찍거나 질문을 하고, 실제로 식물을 구매하는 손님들로 붐볐다. 가게 매출이 3일 연속 오름세였다. 머리를 높이 묶은 여자가 버닝스 철물점 스티커가 붙어 있는 화분을 들고 와 이미 말라 죽은 접란을 환불해달라고 요구했는데도 레이건은 기분 좋게 노래를 흥얼거렸다.

그녀가 민에게 전화를 걸었을 때 이미 부재중 전화가 두 통이나 와 있었다.

"네가 살아있는지 확인하러 경찰을 보내야 하나 고민하던 차였어." 민이 말했다. "반은 농담이지만, 반은 진심이야."

"그냥 바빠서." 레이건은 어깨로 휴대폰을 떠받치고 투구꽃 모종판이 넘어지면서 쏟아진 흙을 쓸어냈다. "무슨 일이야? 나 통화 길게 못 해."

문에 달린 종이 딸랑이더니 에드가 쉰내를 풍기며 가게 안으로 들어왔다. 그는 레이건이 귀에 휴대폰을 대고 있는 것을 무시하고 계산대로 다가왔다.

"주문하신 허브를 밴에 싣고 왔는데, 어디다 내려놓을까요?"

"민, 잠시만." 레이건은 귀에서 뗀 휴대폰을 어깨에 댔다. "어제 오시기로 했잖아요."

"음." 에드가 입맛을 다셨다. "대신 오늘 일찍 왔잖아요."

가게 전화가 울렸다.

"안 받을 거예요?" 에드가 전화기를 가리켰다.

"베고니아 왼쪽 빈 공간이요." 레이건은 손짓을 하다가 남색 재킷을 입고 여전히 다리에 깁스를 한 남자를 발견했다. 그는 가게에 얼마나 있었던 걸까? "저쪽에 놔 주세요."

에드는 팔짱을 끼고 팔뚝을 손으로 툭툭 치며 말했다. "안 들어갈 것 같은데요."

"어떻게든 해봐요, 에드."

그는 코를 크게 훌쩍이고 손목으로 코를 훔치며 돌아섰다. 레이건은 급히 수화기를 들었지만, 전화는 이미 끊어진 뒤였다.

"뉴스 못 봤어?" 민이 다급한 목소리로 말했다. "범인이 채널 6에 두 범행 현장에서 찍은 사진이랑 크리스탈과 에린이 무슨 개인 수술실 같은 곳에 있는 사진을 보냈어. 채널 6이 두 시간 전에 그 사진들을 공개하자마자 인터넷에선 난리가 났고, 네티즌 수사대는 블랙 달리아 사건과 연관이 있다는 걸 바로 알아냈어. CNN에서도 이미 '시드니 달리아 사건'이라 부르고 있고."

레이건은 이해가 되지 않았다. "네티즌 수사대라는 것도 있어?"

"오늘 밤에 잠깐 들를 수 있어? 애들 재우고 난 시간쯤? 보여줄게 있어."

"그래, 알았어." 에드가 철제 진열대를 겹치는 소리에 레이건이 눈살을 찌푸리며 대답했다. "그때 봐."

민은 레이건이 문을 통과하기도 전에 그녀를 꼭 끌어안았다. "다리 건너 먼 길 오느라 수고했어, 레이건." 하버 브리지 양쪽이 하늘과 땅처럼 멀다는 흔한 시드니 농담이었다. "얼굴이 좋아 보이네! 어젯밤 데이트는 즐거웠어?"

브라이스는 화요일 퇴근 후 화원에 와서 레이건과 시간을 보냈고, 함께 저녁을 먹고 술을 마셨다. 레이건은 이번에는 아무것도 그들을 방해할 수 없도록 미리 휴대폰 전원을 꺼두었다. 그의 손길과 몸의 무게감, 침대 시트에서 나던 라벤더 향을 떠올리는 그녀의 얼굴에 미소가 피어올랐다. "브라이스네 집에서 자고 왔어."

"세상에, 내가 아는 레이건 맞지?" 발소리를 내지 않고 위층으로 올라가던 민이 활짝 웃으며 말했고, 레이건은 뒤를 따라갔다.

"브라이스를 만난 건 한 달 전이었고 어제 처음으로 그 집에서 자고 온 거야. 이 정도면 진도가 너무 빠른 건 아니지?"

민은 아이들의 침실을 지나며 목소리를 낮추고 환한 표정으로 대답했다. "진짜 너무 잘됐다."

그녀의 사무실은 레이건의 침실보다도 넓었다. 레이건은 민이 트빌리시 여행을 갔을 때 집으로 배송시킨 두툼한 양탄자를 깔고, 웅장한 오크 책상과 적갈색 가죽 소파 의자를 놓은 이 방을 좋아했다. 책이 색상별로 정리된 책장이 벽을 따라 늘어서 있었다. 민이 받자마자 죽이지 않을 만한 식물을 선물하기는 어려운 일이었다. 다행히 민은 잎이 늘어진 게발선인장과 한쪽 구석에 있는 호미란 산세비에리아 화분을 용케 살려놓았다.

"근데 난 아직도 네가 그 사람을 만나자마자 스마트폰을 사러 달려갔다는 게 놀라워." 민은 목소리가 벽을 통해 메이지의 방에 들리지 않도록 조용히 말했다.

"다들 스마트폰을 사라고 했었는걸. 너도 그랬고."

"그건 그래." 민이 항복의 의미로 두 손을 들었다. "내 가장 친한 친구와 똑같이 생긴 살인 피해자들 사진을 계속 보다 보니 예민해졌나 봐."

민은 큰 화이트보드에 크리스탈 알메이다와 에린 리더히, 그리고 원조 블랙 달리아인 엘리자베스 쇼트의 얼굴 사진을 테이프로 붙여 놓았다.

레이건이 가까이 다가가 사진을 살펴보았다. "영화 같다."

"경찰 수사본부 같지." 민이 말했다. "자, 범인은 같은 각도에서 찍은 크리스탈과 에린의 폴라로이드 사진을 각각 두 장씩 보냈어."

민은 책상 위 프린터에서 나온 종이 몇 장을 레이건에게 건넸다. 원본 폴라로이드 사진을 스캔한 것이었다. "마음 단단히 먹어."

깁스 레인에 누워 있는 크리스탈의 사진을 보니 시체꽃 냄새와 1월 아침의 찌는 듯한 더위, 따오기의 길고 검은 발톱이 다시 떠올랐다. '처음 보는 척해야 해.' "정말 끔찍하다, 민. 이런 걸 왜 나한테 보여주는 거야?"

"레이건, 이게 네 스토커가 한 짓이면 어떡해? 다음엔 널 찾아오면?"

노턴 애비뉴에서 찍힌 범행 현장 사진에도 똑같이 얼굴에 칼로 그어진 상처가 있고 가슴이 절단된 에린이 다리를 벌리고 팔을 위로 쳐든 자세를 하고 있었다. 두 번째 사진은 하얀 방에 있는 스테인리스 탁자 위에 놓인 그녀의 상반신을 찍은 것이었다. 에린과 벽, 탁자 일부 외에는 아무것도 보이지 않는 것으로 보아 범인이 매우 신중하게 사진을 찍은 것이 틀림없었다.

"아직도 용의자를 찾지 못했대?" 레이건이 사진을 뒤집어 책상 위에 놓으며 물었다.

"응. 게다가—" 민이 고개를 흔들자 대충 틀어 올린 머리에서 머리카락 몇 가닥이 느슨하게 떨어졌다. "아직 크리스탈의 사망 추정 시간도 밝혀내지 못했어. 블랙 달리아 사건과 연관성은 공식적으로 FBI 로스앤젤레스 지부에 협조를 요청해서 조사 중이고."

"근데 범인이 폴라로이드를 보낸 거야?" 레이건이 말했다. "요즘 누가 그런 걸 써?"

"나도 그렇게 생각했어. 왜 집에서 사진 용지에 출력하지 않았을까? 그래서 좀 알아봤지. 요즘 컬러 레이저 프린터는 대부분 지문 같은 역할을 하는 미세한 점을 인쇄하기 때문에 추적이 가능하대. 그러니까 범인은 그냥 똑똑하기만 한 게 아니라 기술에 대해서도 잘 알고 있는 거지."

"너는 사진 사본을 어떻게 얻었는데?"

"채널 6에 친구가 있어."

"형사 친구 말고?"

"내가 언제 형사라고 했어?" 민의 말투가 너무 무미건조해서 레이건은 그녀가 진심인지 아닌지 분간이 되지 않았다.

"이거 보여주려고 부른 거야?"

"아니, 기다려봐." 민이 집중한 표정으로 화이트보드에 가까이 섰다. "좋아, 이 두 범죄 현장을 보고 가장 먼저 떠오르는 질문이 뭐야?"

레이건은 비밀번호를 잊어버려서 다시 설정해야 하는 사람이나 구멍 난 양말을 신고 화장지를 사는 사람처럼 살인범이 평범한 사람이라고 상상해보려 했다. "어떤 정신 나간 놈이 이런 짓을 할 수 있을까?"

"그건 쉽지." 민이 말했다. "공감 능력도 없고 인간의 감정을 느낄 수 없는 사람. 범인은 사이코패스가 분명해. 내가 묻고 싶은 건 왜 이 여자들이어야만 했냐는 거야. 그는 피해자들을 미리 알고 있었던 걸까?"

"크리스탈에 대해서는 알 방법이 없었을 것 같아. 발리에서 온 지 며칠 되지 않았었고, 온라인으로 시드니에 있는 사람과 연락한 증거도 없다고 네가 말했잖아."

"에린은 아닐 수도 있어." 민이 말했다. "같이 살던 친구들에 따르면, 에린은 금요일 오후에 캘런 공원에 간다고 나가서 돌아오지 않았대. 가족들은 에린이 전화나 문자를 받지 않자 토요일에 실종 신고를 했어. 온라인으로 알던 누군가를 만나러 공원에 갔을 가능성도 있고, 아니면 공원에 가서 만난 누군가가 같이 가자고 꼬드겼거나 협박했을 수도 있지."

"크리스탈과 에린은 공통점이 별로 없는 것 같아." 레이건은 인터넷으로 몇 시간 동안 에린에 관해 찾아보았다. 그녀는 사망하기 바로 직전 주말에 화려한 드레스 파티에 참여하면서 집에서 만든 C-3PO 로봇 코스튬을 입기도 했던, 컴퓨터 과학을 전공하는 성실한 학생이었다. 에린과 그녀의 여자 친구는 블루마운틴 당일치기 등산 여행에서 찍은 셀카를 자주 올렸다. 레이건이 대학 시절 그녀를 만났다면 둘은 친해졌을지도 모른다. 그녀의 가족들은 실종신고가 접수되자마자 경찰이 그녀를 찾아 나서지 않았다는 것에 분노했다. 당시 경찰은 정신 질환 이력이 없는 성인의 경우, 휴

대폰 전원을 꺼둔 채 주말 동안 집에 들어오지 않을 권리가 있다
고 설명했었다. 가족들은 만약 경찰이 더 일찍 수사를 시작했다
면 에린이 죽지 않았을 것이라 주장했다. "수사팀은 피해자들 사
이에 연결점을 발견했대?"

"아니 아직. 크리스탈은 호주에 아는 사람이 없었던 것 같아."
민이 손으로 머리를 긁적이자 머리카락이 더욱 헝클어졌다. "그러
면 크리스탈과 에린이 서로를 알지 못했고, 범인도 그들을 몰랐다
고 해보자. 범인은 외모와 상황만 보고 피해자를 무작위로 고른
거지."

"상황?"

"언제 어디서 마주쳤는지, 얼마나 쉬운 타깃인지. 이 여자들을
살해하는 데에 개인적 동기가 없었다는 것이 사실이라면, 범인은
블랙 달리아 살인범과 자신의 범행 동기가 같다고 여긴다는 의미
가 돼." 민은 엘리자베스 쇼트의 흑백 사진 옆을 손가락으로 톡톡
두드렸다.

레이건은 사진에서 눈을 돌려 민을 바라보았다. "블랙 달리아
사건은 미제 사건이라고 했잖아."

"공식적으로는 그렇지." 민이 말했다. "그런데 전 LA 강력계 형
사 중에 이 사건을 해결했다고 확신하는 사람이 있어."

"정말?" 레이건은 자신도 놀랄 만큼 간절함이 묻어나는 목소리
로 되물었다.

"진짜 흥미로운 이야기야. 어느 날 우연히 이 형사가 어떤 사람
과 블랙 달리아 사건에 대해 이야기를 나누게 됐대. 사실 엘리자
베스 쇼트는 이 형사가 어렸을 때 이미 죽었으니까, 수십 년 후에
있었던 일인 거지." 민의 목소리에는 예전의 그 알 수 없는 활기

가 다시 감돌았다. "그런데 함께 대화를 나누던 그 사람이 이렇게 말한 거야. '당신 아버지가 블랙 달리아 사건의 용의자였던 것 알아요?' 그 말에 깜짝 놀란 형사는 아버지의 무죄를 입증하기 위해 이 미제 사건을 다시 조사해보기로 했어. 당시 아버지는 이미 사망한 상태였고."

"그래서 진범을 찾았어?"

"응. 그의 아버지였어. 조지 호델. 의사였지."

의사라는 말에 레이건은 머릿속 기억의 조각에서 민이 했던 얘기를 찾아냈다. 민은 척추를 그렇게 깔끔하게 절단하려면 범인이 의료 훈련을 받을 거라고 검시관에게 들었다고 했다. "그의 아버지라고?"

"아들이 무척 신빙성 있는 주장을 했어." 민이 말했다. "그리고 그럴 수밖에 없지. 베테랑 강력계 형사였으니까."

의료 훈련. 레이건은 그 부분을 제대로 생각해본 적이 없었다. 왜냐하면 그녀는 그 사람이 어디서 무슨 일을 했는지 알고 있었기 때문이다.

그는 분명 의사는 아니었다.

레이건은 그가 어디에 있는지 알아내기 위해 인터넷에서 찾을 수 있는 정보란 정보는 모두 검색해보았다. 하지만 그는 레이건보다도 인터넷에 흔적이 없었다.

그리고 그녀와 마찬가지로 그 역시 그럴 만한 이유가 있었다.

17

"이것 좀 봐봐." 민이 책상 위에 있던 하드커버 작품집을 집어 들고 펼쳤다.

얼굴 대신 구불구불한 선을 마구 긋고 벌거벗은 몸은 외곽선만 그린 여자의 형상이 거친 펜 스케치로 표현되어 흰 종이를 가득 채우고 있었다. 그림 속 여자는 팔을 축 늘어뜨리고 손은 머리보다 약간 아래에 두었으며, 팔꿈치를 굽히고 있었다. 골반에는 오래된 녹색 지폐 한 장이 붙어 있었는데, 아마 이탈리아나 유럽 어느 나라의 화폐 같았다. 여자의 한쪽 다리는 지폐 아래로 나와 있고, 다른 쪽 다리는 지폐 중앙에서 튀어나와 마치 다리찢기를 하는 것처럼 보였다.

지폐는 여자의 몸을 이등분하고 있었다.

레이건의 심장이 두근거렸다. 스케치의 제목은 프랑스어로 저금통을 뜻하는 '티흐리흐'였다. "범인이 그린 거야?"

"만 레이 작품이야."

어딘가 익숙한 이름이었지만, 잘 기억나지 않았다. "누군데?"

"당시 유명했던 초현실주의 화가이자 사진작가야. 그런데 중요한 건 그게 아니라 이 사람이 1940년대에 로스앤젤레스에 살았다는 거야. 그리고 결정적으로 조지 호델과 친구였다는 거지."

"그러면 살인에 가담했을 수도 있었겠네?"

"그런 혐의는 없어. 하지만 호델이 어렸을 때 예술가가 되려다 실패하면서 예술에 대한 야망을 품고 있었다는 사실이 밝혀졌지. 아들의 추측은 호델이 초현실주의자들과 어울리다가 자신이 그들보다 더 큰 예술적 위험을 감수할 수 있다는 것을 증명하려 했다는 거야."

"누군가를 죽여서? 엘리자베스 쇼트가 죽은 게 그럼… 무슨 미친 예술 프로젝트 때문이었다고?"

민이 목소리를 낮추라고 손을 휘저었다. "쉿, 메이지 깰라."

레이건은 손끝을 입술에 댔다. "미안." 그녀는 기묘한 스케치 작품에서 화이트보드에 붙어 있는 살해당한 여자 세 명의 사진으로 눈을 돌렸다. 민은 어린 자식들과 한 지붕 아래 살면서 어떻게 매일 같이 이런 생각을 할 수 있을까?

"그래서 피가 한 방울도 안 남아있던 걸까? 레딧에 뱀파이어가 어쩌고저쩌고하는 게시글들이 있던데."

"너 이제 레딧도 해?" 민이 화이트보드를 향해 돌아섰다. "난 실용적인 이유에서였을 거라고 봐. 피는 지저분하잖아. 잭슨 폴록*이 아니고서야 작품을 만들 때 물감을 들이붓지는 않지. 그리

---

* 1912-1956 미국의 추상표현주의 화가. 캔버스에 도구를 이용해 페인트를 떨어뜨리는 '드리핑' 기법을 사용했다

고 난 예술 작품 가설이 그럴듯하다고 생각해. 여자들은 살아있는 동안 항상 자기 몸을 예술 작품처럼 다루고 남들 앞에 전시하도록 요구받잖아. 그래서 우리가 아름다운 여성의 죽음에 문화적으로 집착하는 걸지도 모르고. 남성들이 자신의 목적을 위해 여성의 몸을 어떻게 이용하는지 보여주는 가장 극단적인 예시이자 우리 사회의 어두운 면에 대한 통찰인 거지."

"범인이 사회 속 여성에 대해 무슨 선언이라도 하고 있다는 거야?"

"우리가 지닌 가치에 관해 자기 의견을 표현하고 있는 것 같아. 그렇지 않으면 왜 자기가 크리스탈과 에린에게 한 짓을 모두가 똑똑히 볼 수 있도록 언론사에 사진을 보냈겠어? 상처를 사후에 입혔다는 사실, 명심해. 범인은 신체적인 고통을 가하는 데에는 관심이 없다고. 그저… 작업 대상으로 쓸 몸이 필요했을 뿐이야. 말하기도 끔찍하지만."

"아니, 잠시만." 레이건이 말했다. "이 호델이라는 사람, 아들이 있잖아? 이런 사람 밑에서 아이가 자란 거야?"

"가족사도 괴상해. 애초에 호델이 LA 경찰 수사망에 오른 이유가 1949년에 십 대인 딸을 임신시킨 혐의로 재판을 받았기 때문이거든."

에어컨의 한기에 레이건은 닭살이 돋았다. "이 사람은 왜 감옥을 안 갔어? 그리고 아들이 어떻게 이런 사실을 몰랐던 거야?"

"변호인은 딸이 정서적으로 불안정하고 신뢰할 수 없다고 했고, 결국 호델은 무죄 판결을 받았어. 아들은 훨씬 나이가 어린 데다 딸이랑 엄마가 달랐어." 민은 화이트보드를 가리켰다. "이야기가 옆길로 샜네. 어쨌든 호델은 1947년 블랙 달리아 사건에서 가장 유력한 용의자야. 그 아들은 자기 아버지가 범인이라는 증거를 담은 책을 여러 권 냈고. 우린 이번 사건의 범인도 이 모든 사실을 알고 있다고 가정해야 해."

레이건은 팔짱을 껴 손을 숨기고 두툼한 양탄자 털 사이로 발가락을 파묻었다. "그래서 네가 보기엔 시드니 살인범이 뭐, 실패한 미대생일 것 같아?"

"널 괴롭히던 스토커가 혹시 미대생이었어?"

"그 얘기 꺼내지 말랬지." 레이건은 호미란 산세비에리아 화분 쪽으로 몸을 기울여 손끝으로 흙을 만져보았다. 조금 건조했다. "어머니가 최근에 이거 물 주신 적 있어?"

"레이건."

"나도 모른다고. 어떻게 알겠어, 나한테는 고등학생이라고 했는데." 레이건이 손가락에 묻은 흙을 털어냈다. "진짜로 시드니 살인범이 블랙 달리아 살인범과 동기가 같다고 생각해?"

"아마 아닐 거야." 민은 작품집을 펼쳐진 채로 테이블 위에 놓고는 스케치 작품을 손으로 짚었다. "범인은 블랙 달리아 범죄 현장을 두 번에 걸쳐서 재현했어. 새로운 것을 창조하는 게 아니라 마치… 걸작을 재현하는 것 같아."

"맙소사, 민." 레이건이 경악했다.

"범인이 무슨 생각인지 파악하려는 거야. 엘리자베스 쇼트 사건은 분명 범인에게 의미가 있어. 이 가설이 맞다면, 만 레이의 예술세계를 이해하는 게 도움이 될 거야. 이전 살인범에게 큰 영향을 미쳤으니 이번 살인범이 어떤 생각을 품고 있는지 설명해줄지도 몰라." 민은 커다란 미술책들이 쌓여있는 더미를 가리켰다. "어때, 도와줄 생각 있어?"

레이건은 책 두 권을 집어 안락의자로 향했다. 베이비 모니터에서 빽빽 우는 소리가 들리자 민이 방을 나섰다. 그녀가 다시 돌아올 무렵 레이건은 책에 완전히 집중하고 있었다.

처음엔 앞선 작품과 연결되는 부분이 조금씩 보였다. 1930년 작인 '눈물'은 눈에 마스카라를 진하게 바르고 그 아래 투명한 유리알인지 플라스틱 구슬인지를 눈물처럼 올려놓은 여자가 누군가에게 호소하듯 위를 바라보는 얼굴을 클로즈업해서 촬영한 사진이었다. 표제가 없는 또 다른 1930년 작품에는 불규칙한 빛줄기들이 두 여자의 벌거벗은 몸통을 가르고 있는 모습이 담겨 있었다. 1944년 작인 '충분한 밧줄'은 가닥가닥 해어진 밧줄이 번개가 내리치는 것처럼 교차하는 것을 보여준다. 1929년 사진인 '가면을 쓰고 수갑을 찬 여자'에서는 양복을 입은 두 남자가 심술궂은 표정으로 카메라를 응시하고, 그들 뒤로 이상한 각도를 이루는 어떤 여자의 머리 사진이 벽에 붙어 있다.

비슷한 느낌의 작품은 더 있었다. 머리와 팔다리가 없는 여성의 흉상에 매듭지어 묶은 밧줄, 벌거벗은 여자들 수십 명, 벌거벗고 팔을 머리 위로 들어 올린 여자들의 몸통, 밧줄을 목에 매어 벌거벗은 여자를 끌고 가는 남자를 표현한 스케치, 벌거벗은 채 두 팔을 올리고 몸에 거미줄을 새긴 여성의 사진.

검은 곱슬머리를 한 또 다른 벌거벗은 여자가 목에는 고리를 차고 팔과 다리가 묶여 바닥에 누워 있고, 뒤에 채찍과 수갑이 아무렇게나 흩어져 있는 흑백 사진도 있었다. 그녀 위로 두 사람이 몸을 숙이고 있는데, 한 명은 칼을 들고 다른 한 명은 여자의 젖꼭지를 펜치로 집고 있었다. 검은 밧줄이 그녀를 이등분하듯 골반을 가로질러 놓여있었다. 1930년 작인 '시브룩 씨의 환상들'

시리즈 일부였다.

레이건은 민에게 사진을 보여주었다. "이게 어떻게 예술이야? 범죄 현장 사진이지."

"와, 레드튜브에서 가져왔다 해도 믿겠는걸."

민이 말한 것이 포르노 사이트라는 것을 이해하지 못한 레이건은 표정을 찌푸렸다.

그들은 해가 넘어가 밤이 될 때까지 미술책들을 살펴보았고, 레이건은 피로로 몸이 아플 지경이었다.

"배고파?" 민이 물었다.

레이건이 손목시계를 흘긋 보고는 무릎에 있던 책을 덮었다. "슬슬 집에 가야겠다."

"냉장고에 잡채 있어."

레이건은 벌떡 일어섰다. "아니, 지금까지 잡채 먹으면서 할 수도 있었던 걸 이제 말한다고?"

수납장 아래 간접 조명이 주방을 은은하게 밝혔다. 민이 전자레인지에 잡채 두 그릇을 데우는 동안 레이건은 식기 서랍에서 젓가락을 꺼냈다.

"어머니가 하신 거야?"

전자레인지에서 삐 소리가 났다. 민이 그녀에게 따뜻하게 데워진 그릇을 건넸다. "우리 엄마 천사지. 엄마 없었으면 난 책은커녕 단어 하나도 못 썼을걸. 그리고 메이지가 한국어로 말하는 것도 나중에 꼭 들어봐, 얼마나 귀여운지 몰라."

잡채는 부드럽고 아삭한 채소와 탱탱한 당면이 달콤하면서도 짭짤한 맛의 완벽한 조화를 이루고 있었다.

뒷문이 끼익하며 열리더니 구겨진 옷에 가죽 사첼 백을 어깨에 멘 오웬이 들어왔다. 레이건은 민이 자기 못지않은 일 중독자와 결혼해서 밤새도록 일하더라도 자연스럽게 느껴지는 것 같다는 생각이 들었다.

"잡채 먹어?" 오웬이 레이건에게 인사하고 민의 볼에 살짝 입을 맞췄다.

젓가락으로 잡채를 집고 있던 민은 입이 가득 차 겨우 '웅'하고 대답했다. "냉장고에 더 있어." 그녀가 우물거리며 말했지만, 오웬은 수염이 까칠한 뺨을 손바닥으로 문지르며 고개를 저었다. 눈 밑 퀭한 다크서클에 10년은 더 늙어 보이는 모습이었다.

"오웬, 오늘 일이 바빴나 봐요?" 레이건이 물었다. 11시가 넘은 시간이었다.

"늘 그렇죠 뭐."

"요즘 일을 얼마나 많이 하는지 몰라." 민이 자기 그릇을 오웬에게 주고는 남은 잡채를 더 데우기 위해 냉장고로 갔다.

"민이 아무 불만 없이 잘 받아줘서 다행이죠?" 레이건이 농담을 던졌다.

"제가 돈을 많이 벌어오니까요?"

오웬도 웃음기 있는 목소리로 가볍게 말을 받았다. 하지만 오웬이 이런 허튼소리를 할 때마다 레이건은 친구를 대신해 내심 기분이 나빴다. '민한테 돈을 벌어다 줄 사람이 필요한 것처럼 말하네.' 정작 민은 그다지 신경 쓰지 않는 듯했다.

오웬은 식탁 의자를 끌어당겨 그들 옆에 앉으며 접혀 있던 신문을 집어 들었다. "세상에, 레이건. 민이 피해자들과 당신이 닮았다는 얘기는 했지만, 이 여자는 정말, 와."

신문 1면에 얼굴 사진이 큼지막하게 실려 있었다. 반짝이는 은색 플라스틱으로 '2017년 새해!'라고 쓰인 파티 왕관을 머리에 쓰고 손으로 그것을 가리키며 함박웃음을 짓고 있는 에런 리더히의 사망 6주 전 모습이었다. 그녀는 희망과 즐거움을 온몸으로 발산하고 있었다.

오웬은 민이 그랬듯 커다란 사진과 레이건을 나란히 두고 번갈아 보며 비교했다. 그런 다음 여기저기 시리얼을 흘린 유아용 식탁 의자 옆에 있는 종이 더미 위로 신문을 던졌다.

"잊어버릴 뻔했네, 대시엘 생일 파티 하는 날 올 거야?" 민이 물었다. "전에 문자 보냈었는데."

레이건이 핸드백에서 다이어리를 꺼내 페이지를 뒤적거렸다.

"다음 주말이야." 민이 말했다. "2시에 시작할 건데 바비큐 파티니까 일 끝나고 와도 돼."

"시간 되면 갈게." 레이건이 식탁 위에 있던 펜을 들어 날짜를 적었다. 민은 메이지의 생일 때도 자기 파티인 것처럼 이렇게 친구들을 초대하곤 했다.

"시간 내줘. 메이지가 좋아할 거고, 관심을 독차지하지 못해 속상한 것도 잊을 수 있을지 몰라." 민이 하품했다. "오늘 손님방에서 자고 가지 그래?"

"아니야 괜찮아." 레이건은 자신의 침대와 식물들, 잠금장치가 주는 편안함이 필요했다. "집에 도착하면 문자할게."

"정말 괜찮겠어?" 민이 오웬을 흘끗 보며 한쪽 눈썹을 찡긋했다.

오웬이 하품을 하며 몸을 일으켰다. "차 세워둔 곳까지 같이 가 드릴게요."

"괜찮아요." 레이건이 다이어리를 핸드백에 넣으며 말했다. "차도 바로 앞에 세워뒀는걸요."

레이건이 길을 나섰을 때는 이미 하늘에 달도 없이 어두운 칠흑 같은 밤이었고, 자정에 가까운 시간이었다. 그녀는 현관 계단에서 잠시 멈추어 어두운 밤거리를 유심히 살펴보았다. 그러고는 열쇠를 꼭 쥐고 오웬과 민이 누가 아이들을 데려가는지에 따라 번갈아 운전하는 은색 렉서스 SUV와 같은 색깔의 렉서스 스포츠 쿠페 옆을 지나 진입로를 따라 내려갔다.

그녀는 뒷좌석을 먼저 확인한 뒤, 차에 올라타 운전석에 앉자마자 빠르게 문을 잠갔다. 레이건은 안전한 자동차 안에서 눈을 가늘게 뜨고 어둠 속을 응시했다.

엔모어에 도착해 지정된 자리에 주차하는 대신 레이건은 아파트에서 한 블록 떨어진 곳에서 모퉁이를 돌아 차를 세웠다. '예측할 수 없게 행동하자.' 예전 습관이 나오고 있었다.

슬리퍼를 벗어 던지고 소파에 누운 레이건은 한 가지 실수를 했다. 민에게 문자를 보내고 나서 읽지 않은 메일을 확인한 것이다. 이메일 앱을 열 이유도 없었고, '뭐든 내일 아침에 확인해도 늦지 않아'라고 생각하면서도 알 수 없는 불안감이 그녀를 괴롭혔다.

그녀는 몸이 뻣뻣하게 굳어 자리에서 벌떡 일어났다.

발신자: 레이건 카슨
암 걸려 뒈져라 더러운 남성 혐오년아
내가 할 수만 있으면—

18

2017년 2월 23일 목요일

다음 날 아침, 레이건은 새벽같이 집을 나섰다. 평범한 검은 모자를 눌러 쓰고, 머리는 동그란 모양으로 꽉 조여 묶었다.

그녀가 도시 어디에 있든 감시 카메라가 곳곳에 있어서 경찰이 번호판을 추적해 찾아낼 수 있을 것이다. 민이나 브라이스와 차를 바꿔 탈 생각도 해봤지만, 그러려면 수없이 많은 질문과 설명이 필요할 것이 분명했다.

대신 레이건은 기차를 타고 도심으로 가서 에이비스 렌터카 사무실이 열기 몇 분 전에 도착했다. 그녀는 문밖에서 발을 동동 구르며 117달러 36센트를 내지 않아도 되는 옵션은 없을지 고민했다.

에이비스에는 홈페이지에서 본 가격으로 대여할 수 있는 스즈키 스위프트가 있었다. 레이건은 화원 문을 열기 전에 차를 반납할 예정이었다.

"색깔은 뭐에요?"

"확인해보겠습니다," 직원이 컴퓨터를 보며 말했다. "…빨강이 있네요."

"덜 눈에 띄는 건 없을까요?"

직원은 레이건의 말에 당황하지 않았다. "좀 더 큰 차량도 괜찮으시다면 회색 토요타 코롤라 세단도 있습니다."

아까 것보다 25달러 비쌌지만, 레이건은 그것으로 달라고 했다.

그녀는 흐릿한 회색 하늘 아래 도시가 깨어나고 조금씩 붐비기 시작하는 도로를 달려 기차로 온 길을 되돌아갔다. 레이건은 제본한 스프링이 휘어지고 귀퉁이가 접힌 시드니 지도책을 가져와서 쿡스 강을 따라 위치한 교외 지역인 이너웨스트 애쉬베리로 향하는 길이 표시된 페이지를 펼쳐 두었다. 지금 하려는 일에 구글 맵을 사용할 수는 없다.

그냥 지나쳐갈 수 있는 곳이라면 용기를 내어 자신의 낡은 차를 타고 올 수도 있었을 것이다. 그러나 지금 가고 있는 크리프 가는 끝이 캔터베리 파크 경마장으로 막힌 막다른 길이었다. 다른 사람들의 시선을 끌며 억지로 U턴을 하지 않고는 되돌아나갈 수 없었다.

처음 이곳에 왔을 때 레이건은 18살이었고, 잔뜩 짜증이 나고 분노에 휩싸여 있었다. 그녀는 첫차로 주행거리 12만 킬로미터에 퀴퀴한 냄새가 남아있는 검고 각진 마쓰다 차를 구입했었다. 그 차는 그녀의 마지막 희망이었다.

크리프 가에는 점토 타일 지붕을 얹고 깔끔하게 정돈된 잔디밭과 콘크리트 진입로가 있는 평범하고 특징 없는 단층 벽돌집들이 줄지어 서 있었다. 레이건이 사는 동네보다 공간이 여유로워 보였다.

민에게 이메일 얘기를 하면, 경찰에 가서 처음부터 끝까지 모두 말하라고 할 것이 뻔했다. 의미 없는 일이다. 메일을 보내는 것은 다른 사람이다. 그가 아니다.

하지만 그 사람이 어떻게 지내고 있는지 확인해봐서 나쁠 건 없다. 그에게 들키지만 않는다면.

79번지는 끝에서 두 번째 집이었다. 레이건이 대여한 코롤라가 마지막 교차로에 접어들었다. 이제라도 옆길로 틀어서 크리프 가에서 빠르게 벗어나 모든 것을 잊어버릴 수 있었다.

하지만 그녀는 계속 직진했고, 53, 67, 71번지를 지나며 번지수가 점점 커졌다. 여자 둘이 인도를 따라 조깅하고 있었고, 그중 한 명은 유모차를 밀고 있었다. 레이건은 차를 멈추고 그들에게 경고하고 싶은 마음을 억눌렀다.

도착했다. 79번지였다. 최소한 현관에 박혀 있는 금속 숫자는 그렇게 쓰여 있었다. 다른 집들과 똑같이 돌출 창문과 낮고 폭이 넓은 굴뚝이 달려 있었다. 그러나 레이건이 마지막으로 이곳에 왔을 때는 백색 페인트 방울이 죽어가는 잔디밭에 여기저기 흩뿌려져 있고, 손질되지 않은 회양목 울타리가 인도를 따라 늘어서 있었다. 이제는 울타리 대신 낮은 벽돌담을 둘러놓았다. 연한 회색의 테두리가 집에 차분한 느낌을 주었다. 잔디밭은 여전히 말라가고 있었지만, 뜨거운 날씨와 급수 제한으로 다른 정원들도 마찬가지였다. 주황색과 노란색의 꽃을 드문드문 피운 히비스커스 선샤워가 현관문 양옆에 심겨 있고, 진입로에는 바퀴에 진흙이 말라붙은 세발자전거가 넘어져 있는 것도 보였다.

'아이가 생긴 걸까?' 어쩌면 결혼을 해서 레이건이 시드니에 돌아온 이후에도 그녀를 찾아오지 않은 것일지 모른다.

레이건은 길 건너편에 차를 세우고 손목시계를 흘깃 보았다. 8

시 7분이었다. 일단 3분 동안 기다려보기로 했다. 휴대폰 전원은 꺼져 있었지만, 그녀는 통화하는 것처럼 보이기 위해 휴대폰을 귀에 대고 있었다.

맥도날드에서 일하고 받은 돈을 모아 냄새나는 마쓰다를 샀을 때, 그녀는 집에서 몇 블록 떨어진 곳에 차를 주차해 두었다. 차를 갖고 있다는 사실을 들키지 않으면 그의 뒤를 밟을 수 있을 거라고 생각했다. 그리고 그가 어디 사는지 알아내서 경찰에 주소를 말하면 그들이 마침내 자신을 도와줄 것 같았다. 레이건은 그가 털이 없는 쥐처럼 생긴 자기 개를 산책시키며 그녀의 집 앞을 지나갈 때까지 기다렸다. 그가 시야에서 사라지자, 그녀는 스카프를 얼굴에 두르고 후드를 뒤집어쓴 채 얼른 차로 달려갔다. 그가 지프차를 세워둔 곳으로 가 그를 미행하기 시작했다. 혼잡한 출근길 도로를 헤치며 그를 계속 따라가다 보니 크리프 가에 오게 되었다.

다음날 경찰서에 가서 신고를 하려고 했지만, 상황은 기대한 것과 다르게 흘러갔었다.

그때 길 건너편에서 현관문이 열리고, 레이건과 나이가 비슷해 보이는 여자가 나왔다. 그녀 뒤로 남자아이가 뛰어나와 계단을 폴짝폴짝 내려오더니 세발자전거에 올라탔다.

그의 아내와 아들일까?

정장을 입고 페이즐리 무늬 넥타이를 맨 남자가 노트북 가방을 어깨에 걸치고 나왔다. 남자는 아이가 세발자전거를 차고까지 타고 갈 수 있도록 도왔다. 절대 그일 리가 없었다. 남자는 흑인이었다.

레이건은 휴대폰을 조수석에 놓고 선글라스를 벗었다. 이제는 여기까지 온 이유조차 알 수 없었다. 그리고 그가 아직 이곳에 살고 있다는 흔적을 발견했다 한들, 그리 큰 도움은 되지 않았을 것이다. 이메일을 보내거나 그녀와 닮은 여자들을 죽이고 다닌 것이 그였는지는 확인할 수 없었을 것이기 때문이다. 그가 흑갈색 머리에 162센티미터 정도 되는 여자를 집안으로 질질 끌고 가는 장면을 포착하지 않는 이상 아무것도 증명할 수 없었다.

어쩌면 그녀는 자신이 남몰래 갖고 있던 아주 작은 정보를 활용하고 싶었던 것일지도 모른다.

그리고 이제 그것마저 사라졌다. 그는 크리프 가 79번지에 살지 않는다. 그는 어디든 있을 수 있다.

그녀가 사는 아파트 건너편에 있을지도 모른다.

19

2017년 2월 25일 토요일

　토요일이 되자 레이건은 다시 즐거운 기분이 되었다. 브라이스가 그날 특별한 저녁 식사를 하자고 해서 한껏 기대감에 부풀어 있었다. 방안을 황금빛으로 물들이는 햇살과 부드럽고 향긋한 아침 공기에 그녀는 일찍 잠에서 깨어났다. 화원으로 출근하기 전시간이 여유로웠던 레이건은 도로를 따라 걸어 올라가며 서로 다른 갈색의 카부들 세 마리를 데리고 산책하는 커플과 페럿에 줄을 매 어깨에 올려놓고 크래커를 먹이고 있는 노인을 지나쳤다. 그리고 드문 호사를 누리기 위해 방향을 틀어 가장 좋아하는 카페로 들어갔다.

　레이건이 플랫 화이트를 주문한 뒤 기다리는 동안 무화과 속 죽은 말벌의 위험성에 관한 기사를 스크롤해서 읽고 있는데, 누군가 그녀를 불렀다. 바리스타가 커피를 가져온 것으로 생각한 그녀는 뒤를 돌았다. 하지만 커피 대신 에밀 보이치에흐가 옆에 서 있었다.

그 주 초반에 후속 미팅을 하느라 은행에서 그를 만났었지만, 레이건은 그를 한눈에 알아보지 못했다.

"에밀, 안녕하세요." 그녀가 인사했다. 그는 흰 골프 셔츠와 파란 반바지를 입고 슬리퍼를 신고 있었다. 그다지 어울리지 않는 모습이었다. 레이건은 예의를 지키려고 애써 미소를 지어 보였다. 후속 미팅은 잘 끝났다. 에밀은 그녀가 준비한 온라인 마케팅 계획에 감탄하며 몇 가지 제안을 덧붙이고는 3개월 상환 유예를 승인해주었다. "이쪽에 사시는 줄은 몰랐네요."

"아, 여기 안 살아요."

바리스타가 레이건의 이름을 불렀고, 그녀는 대화가 잠시 끊긴 데에 감사함을 느끼며 커피를 받아왔다.

"이 근처 사세요?" 에밀이 물었다.

레이건은 커피를 한 모금 마시며 고개를 끄덕였다. "흥미로운 동네예요. 방금은 어깨에 페럿을 올리고 다니는 남자도 봤다니까요."

"그렇군요."

"그럼… 은행에서 뵐게요." 레이건이 손을 어색하게 흔들며 뒷걸음질 쳤다.

"좋은 하루 보내요." 그가 말했다.

브라이스와 레이건은 오스트레일리아 스퀘어에 있는 근사한 회전 레스토랑에서 식사를 했다. 10살 생일 때 아빠와 함께 시드니 타워를 올라간 적이 있었지만, 성인이 된 이후로 레이건은 관광 명소들에 군이 관심을 두지 않았다. 그러나 막상 황새치와 호박꽃 요리를 먹어보니, 지금껏 이런 곳에 올 생각을 하지 않았던 것이 실수처럼 느껴졌다. 천천히 회전하는 47층 레스토랑에서 달링 하버와 펑거 선착장을 내려다보며 장밋빛 황금처럼 빛나는 석양을 바라보고 있자니 삶이 아름답고 안전한 것만 같았다.

디저트로는 솔티드 캐러멜 마티니를 주문했다. 첫 한 모금을 마시자, 브라이스가 그녀에게 괜찮냐고 물었다.

"안 괜찮아 보여요?" 레이건은 최근에 받은 불쾌한 이메일에 대해 그에게 아무 내색하지 않고 잘하고 있다고 생각했다. 브라이스와 함께 앞에 펼쳐진 노을을 바라보며 그녀는 몇 주 만에 그 어느 때보다도 편안함을 느꼈다. 레이건은 손을 뻗어 그의 손을 잡았다.

"조금 불안해 보여요." 탁자 위에 놓인 가짜 촛불이 그의 안경 렌즈에 비쳤다.

"요즘 불안을 느끼는 여자들이 많은걸요." 두 번째 살인 사건 이후 여자들이 집 밖으로 나가지 않고, 보안 시스템 설치가 급증했으며, 크라브 마가* 강습은 몇 달씩 예약이 꽉 찼다는 기사가 연이어 나오고 있었다. 시드니 달리아 수사에 진전이 없다는 이야기 역시 매일 헤드라인을 장식했다.

브라이스가 레이건의 손바닥에 엄지손가락으로 원을 그리듯 쓸며 물었다. "위험에 처한 것 같은 느낌이 들어요?"

아래에서는 오페라 하우스가 어두워진 항구를 빛내고 있었다. "이 세상에 여자로 태어난 이상 어쩔 수 없는 부분인 것 같다는 생각이 가끔 들어요."

그날 밤, 레이건은 브라이스의 품속에서 작게 들리는 그의 코골

---

* 복싱, 레슬링, 카라테, 유도 등을 기반으로 하는 현대 호신술

이를 들으며 자신이 안전하다고 느꼈다. 크리스탈이 살해당한 이후 처음으로 따오기나 시체가 나오는 악몽을 꾸지 않았다.

레이건은 시끄럽게 울리는 휴대폰 알람소리에 잠에서 깼다. 그녀는 눈을 뜨지 않고 침대 옆 탁자를 더듬어 서늘하고 매끄러운 스마트폰 화면을 찾았다.

"더 자요." 브라이스가 그녀의 목에 대고 웅얼거리는 목소리로 말했다.

"음." 레이건은 입술을 살짝 내밀고는 휴대폰을 얼굴 위로 들어 인스타그램을 살펴보았다. 어제 올린 코브라 릴리 사진은 이미 수백 개의 '좋아요'를 받았다. 식충 식물이라고 하면 파리지옥이 유명하지만, 사실 곤충을 잡아먹는 식물은 종류가 무척 다양했다. 심지어 개구리나 도마뱀, 설치류까지 잡아먹는 것들도 있었다.

"10시 전엔 출근해야 해요."

"일요일이잖아요." 브라이스가 그녀 옆에 팔꿈치를 대고 몸을 일으켰다. "오늘은 나랑 있지 그래요."

레이건은 침대 위에 휴대폰을 던지고 그에게 키스하며 그의 어깨부터 팔까지 손가락으로 쓸어내렸다. "재밌을 것 같네요."

"그러면 오늘은 화원 문을 열지 않는다고 인스타그램에 올려요."

'물론 그러고 싶죠, 이번 달 수익이 나기 직전만 아니면. 그리고 우리 엄마가 날 고소하지 않게 겨우겨우 막고 있는 상황만 아니면.'

"예전부터 저를 요트에 태워주고 싶다고 노래를 부르던 사촌이 있어요." 브라이스가 말했다. "당신을 만나면 좋아할 거예요. 오늘 날씨도 좋아 보이고요."

정말 그랬다. 맑은 하늘에 눈부시게 빛나는 태양, 솜털 같은 구름이 보였다. 그녀는 어릴 적 아빠와 함께 주말에 페리를 타고 오페라 하우스를 빙 둘러 데니슨 성채를 지나 맨리까지 가는 것을 무척 좋아했었다. 이제는 언제 마지막으로 항구에 갔는지조차 기억나지 않았다.

그리고 요트를 타면 요즘 자주 그러는 것처럼 등 뒤나 주변을 조심스레 살필 필요도 없을 것이다. 휴대폰을 끄고 신경 쓰지 않아도 된다. 휴가를 떠나는 것이다.

"아니면 종일 침대에 누워 있어도 되고요." 브라이스가 그녀의 목에 코를 비비며 덧붙였다.

"미안해요." 레이건은 그를 살짝 밀어내며 침대에서 빠져나왔다. "하지만 온라인 마케팅으로 마술을 부리는 법을 계속 알려주면 가끔 주말에 일해 줄 사람을 찾을 수 있을지 몰라요."

"이런," 브라이스가 안경을 찾아 침대 옆 탁자로 손을 뻗으며 웃었다. "설득했다고 생각했는데."

브라이스는 베개 더미에 기대어 한 손으로 부스스한 머리칼을 쓸어 넘기며 다른 한 손으로는 휴대폰을 쥐고 엄지손가락으로 화면을 터치하고 있었다. 탁 트인 커다란 침실 창문으로는 그녀가 출근을 택하면서 그날 놓치게 되는 것들이 내다보였다. 요트가 항구에서 출렁이고, 왓슨스 베이로 향하는 페리를 타기 위해 부둣가에 줄 서 있는 사람들이 자그맣게 보였다. 마린 퍼레이드의 모래사장 위를 개들이 신이 나서 뛰어다녔다.

레이건은 칫솔을 찾아 핸드백을 뒤졌다. 브라이스의 집에 칫솔을 두는 것은 뻔뻔스럽게 느껴졌고, 그 역시 그렇게 하라고 말하지 않았다. 욕실에서 치약 거품을 물고 있는 모습을 거울에 비춰보며 그녀가 외쳤다. "그래도 당신이랑 종일 시간 보내고 싶은 마음만은 저도 굴뚝같은 것 알죠?"

"대신 내가 월요일에 휴가를 내면 어때요?"

"그래요." 그녀가 대답했다. "너무 좋죠."

—

2017년 2월 25일

경찰이 FBI에 도움을 요청했습니다. 제가 호델의 비전을 충실히 재현해내는 데 성공했다는 뜻으로 받아들이고 있습니다.

너무나 많은 남성들이 온라인에서 불만을 늘어놓는 것 이상의 행동을 취하지 않아요. 진정으로 세상에 변화를 가져오려면 진지하고 심오한 선언이 필요한데 말이죠. 그것이 바로 호델이 남긴 것입니다. 호델은 변형되기를 기다리는 날것의 재료로서의 여성들을 있는 그대로 바라보았습니다. 남성이 그들을 예술의 경지로 끌어올리기로 선택하는 경우에만 비로소 그들은 성적 만족을 제공하고 출산을 하는 것 이상으로 삶의 의미를 지니게 되죠. 물론 그렇다고 해도 어떤 찰흙 한 덩이가 다른 덩이보다 특별한 가치를 지니는 것은 아닙니다.

당연하게도 여성의 뇌는 남성보다 작고 기능이 떨어져서 그 사실을 인식하지 못합니다.

호델이 더욱 위대한 이유는 숭고한 작품을 만들었음에도 명성을 탐하지 않았다는 겁니다. 그는 작품만을 남겨두고 홀연히 떠나가 작품을 그

자체로서 선보였죠. 피카소처럼 항상 자신을 재창조했고요. 그러나 단 한 번도 작업에 대한 공적을 인정받으려 하지 않았어요. 실로 최고의 남성이라 하지 않을 수 없습니다.

게다가 그의 작품은 그의 선언을 더욱 분명하게 드러냅니다. 그는 고귀한 무덤에 자신의 비밀과 함께 묻혔지만, 그가 남긴 것을 해독할 수 있도록 우리에게 충분한 단서를 선물하고 갔죠. 요가 스튜디오에 총을 난사하거나 무작위로 보행자들을 차로 들이받는 것이 아니라 인류가 지금껏 상상조차 하지 못한 가장 수준 높은 형태의 예술을 통해 진정한 공포를 창조하여 자신이 가진 힘을 보여준 겁니다.

이것이야말로 사회 속 여성들의 적법한 위치에 대한 선언이며 큰 반향을 불러일으킬 선언이고, 계획과 실행이 층을 이룬 정제되면서도 장엄한 선언, 바로 진정한 선언입니다.

20

2017년 2월 28일 화요일

"죄송합니다." 레이건이 전화기에 대고 말했다. "달리아를 구매할 수 있는지 문의하신 손님이 많이 계시지만 현재 품절이에요."

경찰 수사의 부진에도 시드니 달리아 사건은 여전히 국제 뉴스에서 화제였고, 갑자기 모두가 달리아를 사고 싶어 했다. 레이건은 이러한 유행이 소름 끼친다고 생각했지만, 그 덕에 장사가 잘 된 것은 사실이었다. 그녀는 보라색, 크림색, 라즈베리색, 산호색 등의 꽃을 피우는 다양한 달리아 종을 몇 십 가지나 들여놓았고, 그날 아침에 마지막 남은 것까지 모두 팔았다. 계산대에서 나오면서 레이건은 작은 사무실 문이 잘 닫혀있는지 확인했다. 이런 분위기라면 마지막으로 남겨둔 달리아 하나를 말도 안 되는 가격에 팔 수도 있을 것이다.

브라이스는 월요일에 휴가를 냈다. 그들은 카약을 빌려 노스헤드에 있는 작고 한적한 바닷가인 스토어 해변으로 나들이를 갔다. 그곳에서 수영도 하고 태양 아래 누워 물방울이 맺힌 시원한 브릭레인 크래프트 캔맥주를 마시며 시간을 보냈다. 사람이 거의 없어 그들은 하루 종일 해변을 독차지할 수 있었다. 브라이스가 수영하는 동안 레이건은 모래 위에 누워서 '레이건 스튜어트'라는 이름을 중얼거려 보았다.

하지만 그녀는 여전히 바닷가를 오고 가는 사람들을 유심히 지켜보며, 지나가는 배에 탄 사람들의 얼굴을 자세히 보려고 눈을 찡그리기도 했다. 오랜 습관이었다.

"뭐 하나만 얘기해도 될까요?"

레이건은 카트 아래 칸에서 치자꽃을 꺼내느라 허리를 숙이고 있었다. 걸걸한 목소리에 그녀는 양손에 화분을 들고 몸을 일으켰다. 종종 화원에 방문하는 깁스한 다리에 목발을 짚고 아직도 남색 재킷을 입고 있는 그 남자였다. 목소리만 들었을 때는 나이가 더 많을 것으로 생각했던 레이건은 깜짝 놀랐다. 남자는 20대 후반 정도로밖에 보이지 않았다.

"뭘 도와드릴까요?"

"오늘 정말 행복해 보이신다고 말씀드리고 싶어서요." 이전에는 눈을 마주친 적도 없었는데 오늘 그는 그녀를 지나칠 정도로 뚫어져라 바라보고 있었다. 손으로는 목발을 꽉 쥐고, 팔꿈치는 바깥쪽으로 튀어나와 있었다. 그나마 무릎부터 다리까지 깁스가 있어 그가 덜 무섭게 느껴졌다.

"어, 고마워요."

그는 눈도 깜빡이지 않고 무표정한 얼굴로 여전히 카트 건너편에 서 있었다.

레이건은 화분을 내려놓고 뒤로 물러섰다. "찾으시는 것 있으세요?"

"대체로 표정이 딱딱하게 굳어 있으시던데. 그건 좋은 표정이 아니에요."

다리를 다쳤든 말든, 어떻게 하면 예의를 지키면서 그에게 꺼지라고 할 수 있을지 고민하고 있던 차에 휴대폰이 진동을 울렸다. "잠시만요."

브라이스가 문자를 보낸 것이었지만, 그녀는 상상 속의 상대와 통화를 하는 양 멀리 걸어갔다. 레이건은 계산대 뒤로 들어가 청구서들을 넘기며 남자가 있는 쪽을 쳐다보지 않는 척하면서 흘끔흘끔 보았다.

출입문에 달린 종이 울리고 한 손에 휴대폰을 쥔 민이 가게 안으로 들어왔다. 청록색 티셔츠와 반바지, 흰 운동화에 머리는 포니테일로 높게 묶은 운동복 차림이었다.

민이 레이건을 끌어안았고, 남자는 목발을 짚고 절뚝거리며 그들이 있는 쪽으로 조금씩 걸어왔다.

"무슨 일이야?" 민이 가까이 다가오자 레이건이 소리를 낮춰 물었다.

"디 애틀랜틱에서 달리아 살인 사건에 관해 기사를 낼 예정이라 깁스 레인에 들러서 조사를 좀 했어."

"조사? 깁스 레인에서?"

"현장을 직접 살펴보고 싶었거든. 크리스탈의 시체가 발견된 곳에 누워보고 왔어. 그런 눈으로 보지 마. 난 그래야 생각이 잘 난다고."

'혹시 무슨 숨겨진 메시지가 있는 건가? 설마 민이 내가 그날 아침에 거기 있었다는 걸 알고 있나?' 그럴 리 없다. 극심한 스트레스가 몰려와 머리가 혼란스러웠다.

"어떤, 음, 뭐 알아낸 거라도 있어?"

"알다시피 피해자들은 유기 장소에서 살해된 게 아니야."

레이건은 그 말을 듣고 움찔했다. 그녀는 분갈이 중인 묘목들이 있는 탁자로 몸을 돌려 화분에서 나는 흙냄새를 들이마셨다.

"나는 차량에 대해 생각 중이었어." 민이 계속해서 말했다. "차를 세우고, 시동을 켜둔 채로 비닐 커버 같은 것에 올려둔 두 동강 난 시체를 밖으로 끌어내리려면 골목길에서 시간이 얼마나 걸렸을까? 범인은 아마 소형 트럭이나 밴을 몰았을 것 같아. 승용차 트렁크에서 시체를 들어올리기는 힘들 것 같으니까."

"경찰은 아직도 용의자를 특정하지 못한 거야?"

민이 고개를 저었다. "바로 오늘 아침에 얘기해봤는데 제보 전화가 하루에도 이천 통씩 쏟아져 들어온대. 그런데 주로 자기 이웃이 좀 이상한 사람인 것 같다거나, 범인이 꿈에 나왔다거나, 아니면 지난주에 더보에서 크리스탈을 봤다거나 하는 의미 없는 것들뿐이래."

깁스한 남자가 어느새 그들의 이야기를 엿듣기에 충분히 가까운 위치에 와 있었다. 레이건은 계산대 아래로 손을 뻗어 스피커 볼륨을 크게 올렸다.

"그리고 에린과 크리스탈 사이에는 연결점이 전혀 없어." 민이 말을 이었다. "경찰이 에린의 전자기기와 소셜 미디어 계정을 모두 살펴봤어. 그날 누군가를 만나려 했던 계획이나 온라인 채팅을 했던 흔적이 발견되지 않았대. 에린은 공원에 갔다가 그대로 사라진 거야."

레이건은 깁스한 남자를 잘 볼 수 있는 각도로 살짝 자세를 틀었다. 민은 레이건의 움직임을 읽고는 몸을 돌려 눈썹을 올렸다.

"저 사람이 신경 쓰여?" 그녀가 속삭이며 물었다.

"그냥 귀찮은 사람이야." 레이건은 계속 목소리를 낮춰서 말했다. "공원에는 감시 카메라가 없어?"

"너 캘런 공원 가본 적 없지? 창문은 깨져있고 낙서투성이로 방치된 건물들이 대부분이야. 좀비 대재앙이 휩쓸고 간 것 같은 곳이라고."

"시드니 대학교 캠퍼스가 그쪽에도 있지 않았어?"

"응, 예술 대학. 거긴 감시 카메라가 있긴 하지만, 캠퍼스는 예전에 캘런 파크 정신병원이 있던 담장 안쪽에 있어. 공원은 그보다 훨씬 넓고. 수사팀이 발만 가에 있는 감시 카메라 몇 군데에서 에린이 공원으로 향하는 모습이 찍힌 영상을 찾긴 했어. 하지만 공원에서 나오는 모습은 어디에도 찍히지 않았지."

"그러면 가설은 뭐야?" 레이건이 물었다. "에린이 공원에 걸어갔다가 차를 타고 떠난 거야?"

"그럴 가능성이 높지."

"이해가 안 돼, 요즘엔 도시 어딜 가나 감시 카메라가 있는 것 아니었어? 경찰이 그때 주변에 있던 차량을 찾아내면 되지 않아?"

"그렇게 간단하지 않아. 경찰에서 수집한 감시 카메라 영상이 얼마나 많은데." 민이 말했다. "이건 기밀인데, 수사팀이 의심이 가는 차량 몇 대를 조사하고 있나 봐."

"그러면 번호판을 조회해서 금방 용의자를 찾을 수 있겠네?"

"노력은 하고 있지만, 거기에도 문제가 하나 있어." 민이 말했다. "그중 하나가 도난당한 번호판으로 밝혀졌어."

크리스탈과 에린도 레이건이 받은 것과 비슷한 이메일을 받았다면 분명 중요한 단서가 될 것이다.

레이건은 마음이 바뀌기 전에 얼른 입 밖으로 질문을 던졌다.

"혹시 크리스탈이나 에린이 죽기 전에 이상한 이메일을 받지는 않았대?"

"무슨 말이야?" 민이 의아한 눈빛을 보냈다.

"글쎄." 레이건이 헝겊을 집어 들어 곡선을 이루는 호접란 잎을 반질반질하게 닦았다. "그런 거 있잖아, 협박 메일 같은 거?"

"없었던 것 같아. 수사팀이 이메일도 다 검토하고 있을 텐데. 한번 물어볼게." 민이 휴대폰에 메모를 입력했다. "그건 왜 물어보는데?"

크리스탈과 에린에게 비슷한 이메일이 온 적 없다면 다행이었다. 레이건에게 이메일을 보내는 사람이 누구든 살인 사건과는 관련이 없다는 또 다른 증거였다. "특별한 이유는 없어."

"그렇지만 넌 메시지도, 전화도 아닌 이메일이라고 했잖아. 콕 집어서 이메일이라고."

"나도 모른다고, 민." '이런, 너무 방어적으로 말했다.' "아마 달리아 없냐고 물어보는 손님들 이메일에 답변하느라 오늘 오후를 절반쯤 날려서 그런 거겠지."

민의 휴대폰이 울렸다. "오웬이야, 가야겠다. 오늘은 웬일인지 집에서 저녁 먹을 거라네." 그녀가 레이건의 어깨를 팔로 감싸며 가까이 속삭였다. "솔직히 말해줘. 너 이상한 이메일 받고 있어?"

"그냥 물어본 거야."

"네가 걱정돼," 민이 말했다. "넌 혼자 살고, 혼자 일하는 데다가 폭력적으로 변했을지 모르는 미친놈까지 과거에 얽혀 있잖아."

민이 계속 그 얘기를 꺼내는 게 달갑지는 않았지만 누군가가 자신이 겪었던 일을 모두 알고 있고, 또 그것을 믿어준다는 것만으로 큰 안도감이 들었다.

등을 돌리고 있는데도 남색 재킷을 입은 남자는 여전히 그들이 있는 방향에 신경을 집중하고 있는 것만 같았다. 물론 괜한 오해일 수도 있었다.

"진심이야, 우리 집에 와 있어." 민이 말했다. "엄마가 손님방으로 옮기고 네가 엄마 방을 써도 된다고 했어."

"민, 나 괜찮다니까."

'그리고 혹시 정말 누군가가 날 노리고 있으면, 그 사람이 너희 아이들 근처에 있게 둘 수 없어. 너도 마찬가지고.'

21

2017년 3월 2일 목요일

레이건이 사는 아파트 건물과 마당이 맞닿아 있는 이웃집들은 하나같이 정원을 방치했다. 식물의 잎은 말려 들어가고, 끝부분이 갈색으로 변해 있었다. 레이건이 주차할 곳을 찾아 속도를 늦추자, 식물들이 비명 지르는 소리가 피부로 느껴졌다.

레이건은 아파트를 지나쳐 자동차 사이나 나무 뒤 그림자가 진 곳을 유심히 살피며 블록 주변을 두 바퀴나 돌았다. 차에서 나오기 전에도 열쇠를 손에 꼭 쥐고 자갈이 바스락거리는 소리, 차 문이 삐걱대는 소리에 귀를 기울이며 조심스레 발을 내디뎠다. 어릴 적, 그가 주위에 있으면 피부 위로 무언가 스멀스멀 기어가는 듯한 느낌이 드는 여섯 번째 감각이 생겼다. 지금은 그런 느낌이 없었다. 그녀는 일부러 천천히 걸으며 거리에서 스케이트보드를 타는 청소년들, 등이 둥글게 말린 그레이하운드 두 마리를 산책시키는 할머니, 죽은 쥐의 꼬리를 부리에 물고 군데군데 패인 잔디밭 위에서 종종거리는 까치를 바라보았다. 눈에 보이는 모든 창문과 차량을 확인했다. 걸음을 멈추고 한 바퀴 주변을 둘러보기도 했다.

집에 도착할 무렵에는 새로운 이메일들이 쌓여있었다. 레이건은 주방 의자에 핸드백을 내려놓은 뒤, 마음을 단단히 먹고 이메일 앱을 열었다. 마지막 메일이 온 지 일주일이 지났고, 하루하루 그것이 마지막이었길 바라며 메일함을 열었다.

처음 몇 개는 그녀의 웹사이트를 통해 발송된 고객 문의 메일로, 어떻게든 달리아를 구매하고 싶다는 내용이었다. 세 번째 메일은 거래처에서 온 것이었다. 그리고 마지막 미확인 메일은 제목이 없었다.

발신자 이름이 그녀의 이름으로 되어 있었다.

시간 다 됐다 씨발년아

그게 다였다. 대문자나 문장부호도 없는, 의미를 알 수 없는 네 단어. 레이건은 이를 악물며 휴대폰을 부술 듯이 꽉 쥐었다. 그리고 현관 잠금장치가 잘 걸려있는지 세 번이나 확인했다.

경찰을 부를 수 없었다. 그리고 민을 부를 수도 없었다. 분명 경찰을 부르라고 할 테니까.

다시 생각할 틈도 없이 레이건은 머릿속에 있던 브라이스의 전화번호를 누르고 있었다. 그녀는 노래를 부르는 것처럼 그의 번호를 되뇌는 것을 좋아했다. 레이건은 그렇게 엄마와 민의 것까지 전화번호 세 개를 외우고 있었다. 바보 같은 생각이라는 것은 알지만, 세 번째 번호를 외우면서 그녀의 세상이 넓어지는 듯한 느낌이 들었다.

브라이스는 전화를 받지 않았다. 그녀는 안심했다. 그에게 말하면 상황이 안 좋아지기만 할 것이다.

1분 후, 그가 다시 전화를 걸어왔다. "미안해요, 회의가 방금 끝나서." 뒤에서 사람들이 뭐라 얘기하는 소리가 들렸다. 전화벨 소리도 들렸다. "무슨 일이에요?"

"별일 아니에요. 나중에 얘기해요."

그녀의 목소리가 평소와 다르다는 것을 감지한 모양인지 브라이스가 어조를 바꾸었다. "무슨 일 있어요?"

레이건은 엄지손톱 끝을 앞니 사이에 끼워 넣고 세게 물었다. "혹시 집으로 와 줄 수 있어요? 이메일을 누가 보냈는지 알아볼 수 있나 해서요."

"아마도?" 브라이스가 말했다. "작정하고 허위 정보를 남길 수도 있긴 하지만, IP를 추적해서 확인할 수 있을 때도 있죠."

레이건은 그의 말을 이해할 수 없었다.

"무슨 일이에요, 레이건?" 그가 말했다.

수치심에 얼굴이 터질 듯했던 레이건은 주먹을 가슴에 내리눌렀다. 이메일을 그에게 보여주면, 그가 잠수를 탄다 해도 놀랍지 않을 것 같았다. 누가 이런 골칫거리에 휘말리고 싶겠는가.

주방 수도꼭지에서 싱크대로 물방울이 똑똑 떨어졌다. 물소리가 마치 동굴에서 울려 퍼지는 것처럼 크게 들려왔다.

"레이건?"

"누군가 바보 같은 메일을 보내고 있어서요." 적절한 표현은 아니었다.

"그게 다예요?" 브라이스가 말했다. "그냥 삭제하고 수신 차단해요."

차단은 도움이 되지 않았다. 메일마다 발신 주소가 달랐다.

"그 메일들이, 혹시 집이나 사무실처럼 어떤 특정한 장소에서 발송된 것은 아닌지 알 수 없을까요? 아니면, 가능하다면 어느 지역에서 보내졌는지요." 메일을 보낸 사람이 시드니에 있으리라는 보장도 없었다. 인터넷이었으니까. 그런 악의적인 메일은 지구상의 어느 곳에서든 올 수 있었다.

"정말 걱정되나 보군요." 그가 말했다. "제가 갈게요. 지금 출발해요."

30분 뒤 브라이스가 도착했다. 레이건은 예상하고 있었는데도 인터폰 소리에 깜짝 놀랐다. 그녀는 문을 열어 주고는 거실을 돌아다니며 조명을 켜서 집이 아늑해 보이도록 했다.

집 안으로 들어온 그는 레이건의 어깨와 허리를 감싸며 안아주었다. 그의 피부에서 뜨거운 한낮의 열기가 느껴졌다. 그의 손이 그녀의 팔을 따라 내려가 손가락을 부드럽게 잡았다. 얼굴에는 걱정스러움이 묻어났다.

"무슨 일을 겪고 있는지 말해줘요."

그녀는 어떻게 말을 꺼내야 할지 몰랐다. 집 안을 둘러보는 브라이스의 시선이 책을 과하게 많이 꽂아둔 책꽂이와 묘목이 가득한 선반들, 줄무늬 담요가 내팽개쳐진 낡은 소파와 울룩불룩한 주방 장판을 훑었다. 하지만 그는 집에 대한 감상을 입 밖으로 내지 않았다. 레이건은 창문으로 내다보이는 벽돌 벽과 건물 사이의 레몬 머틀 나뭇가지를 가리키며 말했다. "당신 집이랑은 전망이 차이가 좀 있죠?"

"레이건," 그가 그녀의 손을 힘주어 잡았다. "무슨 일이에요?"

그녀는 브라이스를 소파로 끌어당겨 함께 앉으며 한쪽 다리를 그의 무릎 위에 걸쳤다. 그도 이제 그녀가 어떤 문제를 안고 있는 지 알 때가 되었다. 고민하고 또 고민했지만, 더 이상 무엇을 어떻 게 해야 할지도 알 수 없었다. 지금까지 그녀가 잘못 생각하고 있 었을지도 모른다.

정말 그 사람일지도 모른다.

"요즘 어떤 불쾌한 이메일들을 받고 있는데, 어쩌면 그게… 제 말은, 저도 정확히는 모르는데, 그렇지만…"레이건은 감당하기 힘든 감정이 가슴 속과 눈에 울컥 차오르는 느낌에 머리를 뒤로 젖혔다. 브라이스에게 모든 일을 털어놓는 것이 큰 실수일 수도 있지만 그녀는 도움이 필요했다. "한때 저를…음, 스토킹하던 남 자가 있었어요. 몇 년 전에요."

브라이스의 표정이 굳어지며 눈살을 찌푸렸다. "뭐라고요? 그러 니까, 누가 당신을 따라다녔다고요?"

레이건은 브룩과 채팅했던 것이나 그가 집에 침입했던 밤의 이 야기는 빼고 이전에 있었던 일을 간단히 설명했다.

"지금까지 아무한테도 말하지 않은 거예요?"

"엄마는 알고 있어요. 처음 시작됐을 때 엄마랑 같이 살고 있었 거든요." 방 저편에서 냉장고가 작동하며 웅웅 울리는 소리가 났 다. "미안해요. 다 끝난 일이라 생각했는데. 당신에게 부담을 주고 싶지 않았어요."

브라이스가 이를 꽉 물었다. "부담이라니, 무슨 소리예요?"

레이건이 손을 내저었다. "당신은 이런 일을 겪을 필요가 없으 니까요."

브라이스가 안경을 벗어 커피 테이블에 올려놓고 미간을 손으 로 눌렀다. "당신도," 그의 입술이 무슨 말인가를 속삭이는 듯 움직였지만, 적절한 표현을 찾지 못한 것처럼 잠시 말을 멈추었다. "당신도 이런 일을 겪을 필요가 없잖아요."

그녀는 그의 어깨에 머리를 기대며 그의 살냄새를 코로 들이마셨다. 아빠가 돌아가신 이후로 이렇게 안전하다고 느낀 적이 없었다.

"옆에 있어 줘서 고마워요." 그녀가 말했다.

브라이스는 그녀의 머리를 쓰다듬었고, 블라인드 가장자리에서 새어 나오는 빛이 점차 흐려지는 것을 바라보며 그들은 잠시 그렇게 앉아있었다. "그래서 이메일을 보낸다는 게 이 사람이에요?"

"그건 아닌 것 같아요. 예전에 보내던 메일과는 느낌이 달라요. 그냥 제가 왜 이렇게⋯ 두려움이 드는지 알고 싶어요." 사실 그 이상이었다. 레이건이 처한 현실은 그녀를 옥죄며 가스라이팅했고, 확실하다고 생각했던 것들이 수많은 물음표가 되어 스러지고 있는 것만 같았다. "혹시 메일이 퀸즐랜드나 러시아 같은 곳에서 발송됐다는 것을 알아낼 수 있다면, 더는 걱정하지 않아도 될 거고요."

"경찰에 신고는 했어요?"

"당연히 안 했죠."

브라이스가 눈썹을 추켜세웠다. "레이건, 신고해야 해요. 경찰이 오면 이 사람을 체포할 수 있을 거예요."

"하." 한숨이 터져 나왔다. "이미 예전에 해 봤어요. 장담하는데, 아무 의미 없는 일이에요."

브라이스가 손가락 두 개로 턱 윗부분을 문지르며 말했다. "좋아요, 그러면 어떻게 할까요? 내가 그 자식 찾아내서 흠씬 두들겨 패 줄까요?"

농담이었다. 그는 한 번이라도 누군가를 흠씬 두들겨 패 본 적이 있을 것 같지 않았다. 그의 손은 가늘고 부드러우며 상처 하나 없었고, 체형도 근육질은 아니었다. 그녀는 브라이스의 가슴에 손을 얹고 천천히 뛰는 심장 박동을 느꼈다.

잠시 후, 그가 말했다. "그래도 경찰에 신고해야 한다고 생각해요."

소파에서 테이크아웃 카레를 먹고 난 뒤에도 그의 말은 오래도록 레이건의 머릿속을 맴돌았고, 잠자리에 든 이후에도 브라이스가 띄엄띄엄 조용히 코를 코는 동안 그녀는 잠을 이루지 못하고 경찰에 신고하라는 말을 계속 곱씹었다.

22

2017년 3월 3일 금요일

밤이 깊이 내려앉은 시간, 레이건은 나뭇가지가 창문을 두드리는 소리에 화들짝 놀라 잠에서 깼다. 침대 옆으로 손을 뻗어보니 시트가 서늘했다.

"브라이스?" 자리에서 일어나 앉았지만, 자기 전에 싸구려 와인을 마신 데다가 나쁜 꿈을 꾸는 바람에 머리가 멍했다. 베개가 축축했다. 밤늦게 샤워를 하고 머리가 젖은 채로 잠자리에 들었다. 그녀가 누워 있던 자리의 시트도 땀에 젖어 축축했다.

거실에서 나무로 무언가를 긁는 것 같은 소리가 들려왔다.

저 소리 때문에 잠에서 깬 걸까?

침대 옆에 놓인 시계를 보니 새벽 2시 39분이었다. 레이건은 탁자 위에 있는 조명을 켰다. 침실 문이 닫혀 있었다. 바람이 통하도록 자기 전에 문이 닫히지 않게 고정해 두었었다. 아니면 그녀가 착각한 것일까?

누군가 안으로 들어오고 싶기라도 한 것처럼 나뭇가지가 창을 계속 두드렸고, 레이건은 발바닥에 닿는 카펫의 뻣뻣하고 거친 감촉을 느끼며 침대에서 나와 한 번 더 큰 소리로 브라이스의 이름을 불렀다. 늦여름 차가운 밤공기에 그녀는 얇은 조끼를 걸쳤다.

작게 쾅 하는 소리가 들렸다.

방 밖에 다른 누군가가 있고, 브라이스가 위험에 처해 있을지 모른다는 생각이 든 레이건은 온몸에 소름이 돋았다. 하지만 어떻게 그럴 수 있지? 그녀가 사는 아파트 3층 옆에는 사람이 타고 오르기에는 너무 가늘고 약한 나뭇가지들밖에 없었다. 현관문 외에는 집으로 들어올 방법이 없었고, 문에는 잠금장치를 아주 철저하게 채워 두었다.

그녀는 문고리를 잡고 침실 문을 확 열었다.

바깥의 가로등이 러그 위에 그림자를 드리우고 있을 뿐 거실은 어두웠다.

브라이스가 가스레인지 위의 조명을 등지고 주방 구석에 서 있었다. 그는 아까 먹다 남은 오리고기 카레에 포크를 꽂아놓고 있었다.

"괜찮아요?" 그가 물었다.

레이건은 그에게 다가가 포크를 집어 들고 향이 강한 오리고기 한 조각을 찾아내 입에 넣었다. "무슨 소리를 들은 것 같아서요."

"미안해요, 조용히 하려고 했는데."

그녀는 허리를 펴고 그의 볼에 입을 맞추며 말했다. "괜찮아요."

다시 자러 들어가기 전, 레이건은 단단하고 차가운 금속 잠금장치를 손으로 만져보았다.

다음 날 아침, 브라이스는 레이건이 차를 세워둔 곳까지 함께 걸어가 주었다. 그녀는 화원으로 바로 가지 않고 피터샴 쪽으로 돌아서 가면서 공중전화를 찾았다. 공중전화를 발견한 그녀는 가까이에 주차하고 검은색 모자를 깊게 눌러 썼다. 전화기 버튼을 누르는 손이 덜덜 떨렸다.

"시드니 달리아 살인범이 고든 퍼디, P-U-R-D-I-E인 것 같아요. 특정 외모의 여자한테 집착을 하는데…" '젠장.' 이미 너무 많은 것을 말했다. 지금까지 살면서 한 행동 중에 가장 위험하고 바보 같은 짓이었다. "백인이고, 40대 중반 정도, 머리가 벗겨진 남자예요. 경찰이고요."

그녀는 상대가 이름을 묻기 전에 서둘러 전화를 끊었다.

23

2017년 3월 4일 토요일

브라이스는 토요일 아침 일찍 릴리에 도착해 뒷문에서 다 왔다는 문자를 보냈다. 레이건은 자신이 가장 좋아하는 카페의 플랫화이트 두 잔과 크루아상 한 봉지를 들고 있는 그를 보고 깜짝 놀랐다.

"내 취향을 완전히 파악했네요." 그녀가 말했다. "웬일이에요?"

"손님들이 들이닥치기 전에 준비하는 걸 좀 도와줄까 했죠." 그와 키스를 나누며 레이건은 커피 잔을 집어 들었다.

계산대 위에는 '릴리 올여름 마지막 주말 세일'이라고 쓰인 배너가 비스듬히 걸려 있었다. 레이건은 브라이스의 도움을 받아한 달 전부터 할인 행사를 계획하고 홍보했다. 그는 발판 사다리를 가져와 기울어진 배너 왼쪽 부분을 살짝 올렸다.

"토요일 오전을 여기서 일하느라 날릴 수는 없잖아요."

"그런 식으로 생각해 보진 않았는데." 브라이스가 말했다. "그러면 난 이만 갈게요."

레이건은 햇살과 커피 향, 그와 함께하는 즐거움에 행복을 느끼며 웃음을 터뜨렸다.

"오늘 오후에 할 일이 좀 있긴 한데, 마치고 저녁은 데번셔에 있는 초밥 집에 가서 먹을까요?" 그가 주머니에서 휴대폰을 꺼냈다. "예약할 수 있는지 볼게요."

"잠깐." 레이건이 말했다. "깜박 잊고 있었어요, 오늘 저녁에 가기로 한 곳이 있어요. 친구네 집에서 바비큐 파티요. 마음 같아선 같이 가자고 하고 싶은데…"

"그런데요?"

"친구 아들 생일 파티라서요. 이제 한 살이 돼요. 아이들을 데리고 온 부부 손님들이 대부분일 거예요." 그녀가 어깨를 으쓱했다.

"그래서, 애들이 잔뜩 있는 곳에서 당신을 보다 보면 내가 우리 아이들은 어떻게 생겼을지 상상하게 될까 봐 걱정하는 건가요?"

그녀는 목까지 새빨갛게 물들었다. "그런 게 아니라, 토요일 저녁을 꽥꽥 소리 지르는 흙투성이 아이들 틈에서 보내고 싶어 할 것 같지 않다는 거죠."

브라이스가 그녀에게 크루아상을 건넸다. "그렇군요."

레이건은 한 입 베어 물고 우물우물 씹었다. 그러고는 한 입을 더 먹었다. "같이 갈래요?"

"친구분은 낯선 사람이 소리 지르는 흙투성이 애들 옆에 있어도 괜찮대요?"

"물어볼게요."

"우리 아이들이 제 머리카락과 당신 광대뼈를 물려받으면, 슈퍼모델을 시켜도 되겠어요."

그녀는 행복감에 심장이 터질 것만 같은 기분을 느끼며 눈을 굴렸다.

화원을 열 시간이 되자, 브라이스는 그녀에게 키스하고 길을 나섰다. 레이건은 민에게 문자를 보냈다.

[이따 브라이스랑 같이 가도 되지?]

그녀는 민이 바로 괜찮다고 답할 줄 알았다. 그러나 민은 의심과 놀라움이 반반씩 섞인 목소리로 전화를 걸어왔다. "이거, 그 사람 생각이야 네 생각이야?"

"아냐, 그냥 됐다."

"만난 지 뭐, 한 달은 넘었나?"

"됐다고." 레이건이 말했다. "있다 집에서 봐."

"아니야, 같이 와." 민이 다시 평소와 같은 밝은 목소리로 말했다. "그냥 놀라서 그래. 몇 년 동안 데이트도 거의 안 하다가 갑자기 만난 지 4주밖에 안 된 남자를 데려오겠다고 하니까."

"5주야." '5주하고도 반.' 십 대 여학생이 된 것만 같았다.

"나도 이번 기회에 인사하면 좋지." 민이 말했다. "그 사람 즐겨 마시는 술은 있어?"

레이건이 하버 브리지를 건너 발모랄에 도착했을 때는 거의 6시가 다 된 시간이었다. 브라이스는 근처에 볼일이 있어 민의 집에서 만나기로 했다.

민과 오웬의 우편함 위로 무지개색 헬륨 풍선 다발이 바람에 나부끼고 있었다. 정원에도 풍선 수백 개가 무지개 모양을 이루고 있고, 테라스에서는 바비큐 냄새가 바람을 타고 날아왔다. 뒷마당 큰 잎 고무나무 그늘 아래에는 레이건의 집보다도 큰 현숙의 별채가 있었다. 여름 뙤약볕 아래 말라 가는 다른 정원들과 달리 민의 정원은 싱싱하고 푸르스름했다.

십여 명 정도의 어른들이 정원용 테이블 주변에 모여 종이 접시에 담긴 소시지와 샐러드를 먹고 있었고, 손이 닿을 거리에 맥주와 와인잔들이 널려 있었다. 민의 결혼식 때 본 친구들도 보였다. 몇 명은 아기 띠를 가슴에 매거나 무릎에 아이를 앉히고 있었다. 함께 온 파트너의 무릎에 걸터앉아있던 금발 여자가 레이건을 향해 손을 흔들었다. 레이건은 그녀를 전에 만난 적 있었는지 기억이 나지 않아 어색한 미소만 지어 보였다.

브라이스가 오면 민에게 손님들을 소개해달라고 부탁할 수 있을 것이다. 차에서 기다렸다가 그와 함께 들어오는 편이 나았겠다는 생각이 뒤늦게 들었다.

메이지가 그녀를 발견하고는 작은 팔을 넓게 벌리며 잔디밭을 가로질러 아장아장 걸어왔다. "레이건 이모!"

"우리 예쁜이!" 레이건은 메이지를 안아 올리고는 신이 난 아이가 까르르 웃음을 터뜨릴 때까지 빙글빙글 돌았다. "동생 생일 파티 재밌게 잘 보내고 있니?"

"케이크 먹었어!" 메이지의 자그마한 손톱은 무지개색 풍선처럼 서로 다른 색으로 칠해져 있었다. "나랑 숨바꼭질해줄 거지?"

"조금만 이따가 하자. 엄마 어디 있는지 알아?"

메이지가 두 손을 볼에 대고 물고기가 뻐끔거리는 것처럼 입술을 오므리더니 머리를 저었다.

"요즘 얼굴 보기가 힘드네요, 레이건." 스테고사우루스 모양 파티 모자를 쓴 오웬이 대시엘을 안고 그녀에게 다가왔다.

"모자 멋지네요, 오웬." 레이건이 발을 간질이자 대시엘이 방긋 웃더니 아빠 품속으로 머리를 파묻었다.

"우리 생일 주인공은 곧 할머니가 재워 주실 거예요. 만난다는 남자분은 어디 계세요? 오늘 오신다고 들었는데."

"금방 올 거예요." 레이건은 메이지를 내려놓고 휴대폰을 확인했다. 브라이스는 아직 그녀가 마지막으로 보낸 문자에 답을 하지 않았다. 지금쯤 도착했어야 했다.

"꽤 진지한 관계이신가 봐요."

"나쁘지 않은 것 같긴 해요."

오웬이 작게 웃었다. "그분 성함이 뭐라고요?"

"브라이스요."

메이지가 어디론가 뛰어갔다 돌아와서 고사리 장식이 달린 파티 모자를 레이건에게 내밀었다. "잘 골랐네, 메이지." 오웬이 말했다. "식물이 붙어 있구나."

'브라이스도 아이들과 잘 어울릴까?' 이런 생각을 하기엔 아직 너무 일렀다. 레이건은 모자를 쓰고는 메이지에게 보여주기 위해 고무 끈을 튕기면서 바닥에 쭈그려 앉았다.

"그래서 그분은 어떻게 만났어요?"

취조를 당하는 것처럼 느껴지기 시작했다. '배우자의 친구가 오면 보통 어떻게 지내는지 안부를 물어본다고. 그게 대화란 거야.'

"자동차에 문제가 있었어요. 그 사람이 도와줬죠."

"이제 자리 잡고 안정적으로 살게 되면 좋겠네요."

레이건은 속으로 짜증이 났다.

"레이건, 여기야!" 민이 베란다에서 손을 흔들었다. 그녀는 오웬에게 고개를 가볍게 숙여 인사한 뒤 민에게로 갔고, 메이지가 그 뒤를 졸래졸래 따라갔다. 민도 무지개색 매니큐어를 칠하고 있었다. "왔구나. 브라이스는 어디에 있어?"

"곧 올 거야."

"네가 말한 맥주 사놨어. 남자친구 취향이 고급이던데?"

"아무거나 줘도 괜찮은데, 뭘 굳이 그렇게까지 했어."

민은 아이스박스가 있는 곳을 가리켰다. "맥주는 저 안에 있어."

항구가 내다보이는 깔끔한 아파트, 그가 고른 식당들, 그녀에게 주었던 수제 초콜릿을 생각하면 브라이스의 취향이 고급인 것은 사실이었다. 엄마에게 선물한다고 산 원숭이 난초만 해도 그렇다. 돈이 많고 돈을 쓰는 것도 즐기는 것 같았다.

"오웬이 최근에 만든 작품 먹어봤어? 또 돼지고기를 사는 바람에 요즘 햄이랑 베이컨만 먹고 있어."

메이지가 레이건의 다리에 매달렸다.

"잠깐만 이따가 놀자." 레이건이 메이지의 머리칼을 헝클어뜨리며 말했다. "엄마랑 얘기 좀 하고."

메이지가 발을 쿵쿵 굴렀다.

현숙이 밖으로 나오다 레이건을 보고 잠시 멈추어 이야기를 나누었다. 시간은 계속 흘러갔다. 휴대폰은 여전히 울리지 않았고, 그녀는 연락이 왔는지 확인하고 싶은 욕구를 억눌러야 했다.

레이건은 결국 자리를 빠져나와 그에게 전화를 걸었다. 받지 않았다. 민이 그녀를 지켜보고 있었다.

현숙은 대시엘을 데리러 갔고, 민은 메이지에게 양파 소스 한 병을 건넸다. "아빠한테 가져다드리렴." 메이지가 종종거리며 멀어져 갔다. 그러자 민이 레이건에게 가까이 다가와 목소리를 낮추며 말했다. "크리스탈의 사망 시간을 추정할 수 없었던 것 기억나?"

"정말 여기서 그 얘기를 해야겠어?"

"간단히만, 네 남자친구 오기 전까지." 민이 아이스박스 하나에서 프로세코 와인을 꺼내 두 잔을 따랐다.

"아직도 용의자는 없는 거야?"

레이건은 고든이 달리아 살인범이라고 생각하지는 않았다. 그러나 점점 확신할 수가 없었다. 누군가를 살해하고 아무런 증거도 남기지 않고 범행 현장을 연출하는 법을 경찰만큼 잘 아는 사람이 어디 있겠는가? 혹은 증거를 조작할 수도 있을 것이다. 고든이 달리아 사건 수사에 관여하고 있을 가능성도 있다. 레이건은 뉴스 기사에서 그의 이름을 검색해 봤지만 아무것도 나오지 않았다. 하지만 달리아 살인 사건 수사에는 이름이 알려지지 않은 경찰들이 더 많을 것이다. 만에 하나라도 그가 사건에 연루되어 있을지도 모르기 때문에 경찰에는 알려야 했다. 그가 특별수사팀에 속해있지 않다면 경찰 조사를 통해 그를 확실히 용의선상에서 제외할 수 있을 것이다.

민에게는 말할 수 없었다. 그녀는 분명 스토킹 범죄 혐의로 고든을 조사해서 감옥에 보내거나, 최소한 경찰직에서 쫓겨나게 하고 싶어 할 것이다. 그 과정에서 온갖 끔찍한 일들을 끄집어내야 하고, 어쩌면 위험한 상황에 처할지도 모른다.

"집중해, 레이건. 경찰이 크리스탈의 사망 시간을 추정할 수 없었던 건 시체를 얼렸었기 때문이야."

"뭐라고?" 그녀는 민에게 이 주제에 관해 더는 얘기하고 싶지 않다고 말해야 했다. 하지만 경찰이 범인을 바싹 뒤쫓고 있다는 소식에 안도하고 싶은 마음, 범인이 붙잡히길 바라는 마음도 간절했다.

"시체가 얼었다 녹았다고." 민이 말했다. "냉동고에 넣었던 것처럼. 수사팀에서 1월 5일에 크리스탈이 호스텔에서 체크아웃을 한 이후 흔적을 전혀 발견하지 못했으니, 범인이 그때 납치했을 확률이 높아. 처음엔 그녀를 어딘가에 가둬 두었다가 원조 블랙 달리아 사건을 기념하려고 1월 14일 늦게나 1월 15일 일찍 살해했을 것으로 생각했어. 그런데 언제 죽였든 1월 15일까지 시체를 얼려 놓았을 수도 있어. 엘리자베스 쇼트 살인 사건이 발생한 날짜에 맞춰서 크리스탈이 발견되길 원했던 것은 놀랍지 않지만 그래도 시체를 얼려둔 건 이상하지."

"에린도 얼려졌어?"

"아니. 그게 지금까지 유일하게 찾은 두 사건의 유의미한 차이점이야. 에린은 현지인이고 크리스탈은 아니었다는 점도 있지만, 그건 별로 중요하지 않은 것 같아."

사망 원인이 된 두부 손상 이외에는 크리스탈과 에린 모두 사망 전에 가해진 상처나 성폭행 흔적이 없었다.

"그러면 범인은 여자들을 납치한 시점과 시체가 발견되는 시점 사이에 간격을 두어서 수사에 혼란을 주려고 하는 걸 수도 있겠네." 레이건이 말했다. "그게 아니면 에린을 납치해서 굳이 하루 이상 살려두었다가 죽일 이유가 있을까?"

그들은 계속 조용히 얘기했다. 잔디밭에서 유치원생 정도 되어 보이는 아이 둘이 메이지 주변을 뛰어다니며 술래잡기를 하고 있었다.

"몇 가지 이유가 있을 수 있지. 레너드 레이크라는 이름 들어본 적 있어?"

"또 무슨 연쇄 살인범이라면, 당연히 들어본 적 없어. 그리고 제발 끔찍한 얘기는 하지 말아줘."

"레이크는 여자들을 납치해서 영상이나 사진으로 촬영했어."
민이 말했다. "근데 그건 성적인 의도가 있었으니, 이 사건에는 적용되지 않을 것 같아. 적어도 성폭행은 없었으니까."

민은 어떤 이야기가 끔찍하고 어떤 것이 그렇지 않은지에 대한 개념이 남달랐다.

불현듯 어떤 생각이 레이건의 뇌리를 스쳤다. "혹시 시간이 부족했던 건 아닐까? 그래서 납치했다가 하루나 이틀 만에 죽여야 했던 거지."

"레이건 이모!" 메이지가 잔디밭에서 손을 흔들며 소리쳤다. 레이건이 그쪽을 쳐다보자, 메이지는 활짝 웃으며 서툴게 재주를 한 번 넘고 점프해 일어났다.

"잘하네, 메이지!" 레이건의 주머니에서 진동이 울렸다. "브라이스 왔나 봐."

[정말 미안하지만, 못 갈 것 같아요. 몸이 안 좋네요.]

"표정이 왜 그래?" 민이 눈을 가늘게 뜨고 말했다. "못 오는구나, 그 사람."

레이건이 어깨를 축 늘어뜨렸다. "몸이 안 좋대."

"그렇단 말이지." 민이 와인 잔을 비웠다.

"무슨 뜻이야?"

"알잖아, 레이건. 브라이스는 제 발로 불구덩이에 들어가기 싫었던 거야."

"불구덩이라니?"

민이 잔디밭이나 바비큐 주변에서 떠들고 있는 사람들과 자기 자신을 가리켰다. "네 친구들을 이렇게 빨리 소개받는 것."

"자기가 같이 오겠다고 했는걸."

민이 놀리는 투로 말하며 눈썹을 으쓱거렸다. "진심으로?"

"그렇다니까!" 레이건은 그와 나누었던 대화를 다시 떠올려 보았다. 분명 브라이스에게 오지 않아도 된다고 말했었다. 그녀는 아직 와인이 남아있는 잔을 테라스 테이블 위에 내려놓았다.

"너 지금 가기만 해봐." 갑자기 민이 정말로 화난 목소리를 냈다. "네가 가면 메이지 완전 난리 칠 거야."

"좀 놀아주고 갈게."

"그리고 어디 갈 건데? 설마 브라이스한테 가는 건 아니지?"

"아프다잖아, 민."

"거짓말인지 아닌지 네 눈으로 확인하고 싶어서 그래?" 신랄한 어조였다.

레이건이 고개를 젓자 곱슬머리가 요동쳤다. "그런 사람 아니야."

"…라고 알고 지낸 지 5주 만에 말하고 있네."

"5주 반이야."

24

브라이스가 거짓말을 했을 리 없다. 민의 집에 가고 싶지 않았다면 애초에 먼저 제안하지 않았을 것이다. '그렇겠지?'

레이건은 고급 테이크아웃 음식점인 오가닉 스파크에 들러 자연 방사 농장에서 키운 닭과 신선한 생강, 강황으로 만든 치킨 수프를 특대 사이즈로 샀다. 가벼운 바람에 저녁 더위가 사그라지자 레이건은 자동차 창문을 열고 뉴 사우스 헤드 로드를 달렸다. 손톱이 운전대를 파고들었다.

테이크아웃 음식이 든 흰 종이봉투를 한 손에 쥔 레이건은 브라이스가 사는 아파트 입구에서 17호를 호출했다.

답이 없었다.

인터폰 버튼을 더 세게 눌렀다.

아마 침대에서 잠들어 있는 모양이었다. 잠시 망설이다 브라이스에게 전화를 걸었다. 수신음이 세 번, 네 번, 다섯 번 울렸다. 전화를 받을 수 없다는 안내음이 나오기 직전에 그의 목소리가 들렸다.

"여보세요, 레이건?"

"나 밑에 왔는데, 문 좀 열어 줄래요?"

"와있다고요?" 그의 목소리가 흔들렸다. 뒤에서 희미하게 음악 소리가 들렸다.

레이건은 건물 현관의 타일 바닥에 발을 탁탁 굴렀다. 땅에 떨어진 붉은 프란지파니 꽃송이가 여기저기 흩어져 있었다. "수프를 사 왔어요."

"어, 와, 음, 고마워요. 그런데…" 공백이 길어지면서 전화기 너머로 '호텔 캘리포니아'의 한 구절이 들려왔다. "미안해요, 지금 약국에 와 있어서 10분 정도 걸릴 것 같아요."

약국.

일리가 있다.

계단에 서서 기다리면 길을 잃은 우버이츠 배달 기사처럼 보일 터였다. 레이건은 수프 통을 손에 들고 땀에 절어 차 안에 앉아있었다. 그녀는 브라이스를 믿었다. 그에게 그녀가 받은 이메일들을 보내주었다. 고든에 대한 이야기도 했다.

15분 후, 약국 로고가 그려진 흰 종이봉투를 든 브라이스가 나타났다. 레이건은 아파트 현관에서 그를 맞았다. 발갛게 상기된 볼 말고는 건강에 딱히 이상이 있어 보이지 않았다.

"치킨 수프를 가져왔어요." 그녀가 봉투를 들어 보였다.

브라이스가 그녀의 곱슬머리를 손가락으로 돌돌 말면서 이마에 입을 맞췄다. "정말 고마워요."

"몸은 어때요?" 그래도 그냥 넘어갈 수는 없었다. 거짓말을 알아채기란 왜 이렇게 어려운 걸까?

"피곤해요. 목도 따끔거리고요." 그가 턱을 기울이며 목을 주물렀다.

"그렇군요." 프란지파니 나무가 바람에 살랑였다. 붉은 꽃송이 하나가 부드러운 바람에 흩날려 레이건의 신발 위에 떨어졌다.

"갑자기 너무 아팠어요." 그가 말을 이었다. "더 빨리 말해주지 못해 미안해요, 5분만 누워서 쉰다는 게 쓰러져 자버렸지 뭐예요."

상관없었다. 어린애 생일 파티에 가고 싶지 않았다고 한들 어쩌겠는가?

브라이스는 계속 목에 손을 올리고 있었다. "올라왔다 갈래요?"

"옮을 수도 있으니 안 갈게요. 여름 감기가 더 독하죠." 레이건이 그에게 수프를 건넸다.

"고마워요." 브라이스가 수프를 향해 손짓했다. "먹으면 힘이 날 것 같아요."

레이건은 손끝에 입을 맞추고 그의 볼에 지그시 가져다 댔다.

http://sanct626kufc4mhn92bb03.onion

Ry291님, 환영합니다.

회원가입에 감사드립니다. 이곳에서 진정한 힘을 얻으실 겁니다.

저는 특별한 기술이 있으며, 무엇보다도 세상을 진실 되게 바라보는 눈을 가진 이들을 찾고 있습니다. 세상에는 아무 생각 없이 다른 사람들의 생각을 앵무새처럼 반복하며 구호를 외치고 위협적인 말을 지껄이는 치들이 많습니다. 그러나 쓰레기 틈에서 진실을 꿰뚫어 볼 수 있는 당신은 그들과 다릅니다.

당신은 본질을 있는 그대로 바라봅니다.

그리고 제가 하고자 하는 일에는 바로 당신이 필요합니다.

25

2017년 3월 5일 일요일

민이 문자를 보냈다.

[전화해. 할 말이 있어.]

여름 마지막 세일 첫날인 어제는 레이건이 기대했던 것보다 성공적이었다. 오늘도 어제와 비슷하다면, 지난 한 달 동안 벌어들인 것보다 이번 주말 이틀 수익이 더 클 것이다. 그 오랜 기간 온라인 홍보를 시도하지 않았다는 것이 바보처럼 느껴질 정도였다. 사업을 시작한 이래로 가장 많은 손님이 화원을 찾고 있었다.

레이건은 진열대를 다시 채우고, 가게와 온실에 있는 식물들에 물을 주며, 어제 손님들이 휩쓸고 간 흔적을 청소하느라 민이 보낸 문자를 확인하지 못했다. 그 이후에 온 문자 세 개는 말할 것도 없었다.

그러자 민이 전화를 걸어왔다. "괜찮아?"

"미친 듯이 바쁘지, 곧 오픈 시간이야." 그러나 레이건은 민의 목소리에 담긴 심각함을 느꼈다. 그녀가 전화한 이유는 여러 가지가 있을 수 있다. 경찰이 용의자를 찾았거나, 어쩌면 체포까지 했을지도 모른다. 하지만 교살무화과 나무가 줄기를 조이듯 위가 조여오는 느낌이 들면서 본능적으로 좋지 않은 소식이라는 것을 짐작할 수 있었다. "무슨 일이야?"

"세 번째 살인 사건이 일어났어. 린드필드에서 죽은 여자가 발견됐대. 나도 방금 들었어."

가게 안이 흐릿하게 보였다. 레이건은 계산대를 손으로 짚고 떨리는 마음을 진정시켰다. 에린이 사망한 지 한 달도 채 지나지 않았다. 또 다른 여자, 또 다른 가족들을 생각하니 감정을 주체하기 어려웠다.

"경찰은 피해자가 누군지…"

"아직 몰라. 하지만 내가 들은 바에 따르면, 이번 피해자도 크리스탈과 에린이랑 생김새가 비슷하대. 체구가 작고, 섬세한 이목구비에, 어두운 곱슬머리. 그리고 상처도 똑같이 나 있고, 절단도 똑같이. 너도 이건 다 아니까."

"그…다른 피해자들과 닮은 사람이 실종 신고가 된 적이 없잖아."

"응, 없지. 하지만 크리스탈도 실종 신고는 없었어."

"린드필드라고?" 린드필드는 북쪽 해안가 근처에 있는 주택가 지역으로, 엔모어와는 멀리 떨어진 곳이었다. 레이건도 그곳을 운전해 지나간 적이 있지만, 한 번도 가본 적은 없었다.

"에린과 노턴 애비뉴처럼 원조 블랙 달리아 사건과 연관이 있을 수도 있어." 민이 말했다. "아니면 범인이 일부러 도시 이곳저곳을 돌아다니는 것일 수도 있지. 행동을 예측하기 어렵게."

'예측할 수 없게 행동하자.' 자신이 살인범과 무언가 공통점이 있다는 생각은 하고 싶지 않았다.

"난 그쪽으로 가고 있어." 민이 말했다. "너도 올 수 있어? 거기 모인 사람들 살펴보려?"

"아니." 온몸으로 거부감을 느끼며 대답이 자동으로 튀어나왔다. 더는 계속할 수 없었다. 감정적으로도 지쳤고, 릴리 운영과 브라이스와의 관계에 모든 에너지를 집중해도 모자랐다. "미안, 너무 바빠."

"정말? 왜냐하면—"

"이번 주말은 정말 중요해."

"그래, 세일 행사." 민은 건성으로 대답하며 자기 할 말을 했다. "수상한 사람이 보이면 몰래 사진 찍어볼게."

무거운 마음이 레이건을 아래로 잡아끌어 바닥을 뚫고 모래와 점토 속으로 푹 가라앉을 것만 같았다. 민은 피해자들의 상처가 사후에 생겼다고 했지만, 그 잔인함은 분명 범인에 대해 말해주는 것이 있었다. 그는 이 여자들을 살해했을 뿐 아니라 시체를 절단하고 훼손해 공개적인 장소에 놓아둘 만큼 끔찍하게 증오했다.

"멈출 생각이 없는 거겠지?" 레이건이 말했다. "범인 말이야."

"레이건, 대규모 수사팀이 이 사건에 매달려있어. 범인이 실수 한 번만 하면 그대로 끝이야."

'하지만 아직까진 실수가 없었지.'

영업을 마치고 30분 뒤, 레이건이 매출을 계산하고 있는데 민이 유리창에서 손을 흔들며 문을 두드렸다.

"네가 도와줄 일이 있어." 그녀가 말했다.

"민, 여기 무슨 캥거루 떼라도 지나간 것 같은 꼴인 것 안 보여?" 진열대는 군데군데 텅 비어 있었고, 표지판은 비뚤어진데다가 화분 여러 개가 넘어져 흙이 쏟아져 있었다.

"쿠지로 가줘야겠어. 옛날 그 스토커가 중요한 단서가 될지도 몰라."

민은 레이건의 말을 듣지 못한 것처럼 말을 이었다.

"백번쯤 말한 것 같은데, 제발 그 얘긴 그만해." 레이건은 진열대로 다가가 화분을 움직여 줄을 맞췄다. "이제 더는 못하겠어. 이런 소름 끼치는 얘긴 너나 괜찮지, 난 아니라고."

"피해자의 이름은 윌로우 시그나토야. 19살이고 퍼스 출신, 전국 일주를 하고 있었대. 캥거루 밸리에서 3주 동안 팜스테이를 하다가 시드니에는 4일 전에 도착했어." 민이 휴대폰을 내밀었다. "여기, 한 번 봐봐."

젊은 여자의 사진이 화면을 채우고 있었다. 레이건은 자신도 모르게 손을 뻗어 휴대폰을 받아들었다. "이 여자야?"

"너나 다른 피해자들과 별로 닮은 것 같지는 않지?"

그녀는 예쁜 코와 얇은 눈썹을 갖고 있었다. 하지만 얼굴형이 더 둥글다는 점이 달랐고, 눈 사이도 더 좁았다. 그리고 무엇보다도 밝은 빨강머리를 하고 있었다.

"눈에 띄는 것 없어?" 민이 물었다.

"빨강머리 말하는 거야?" 레이건은 여전히 사진을 들여다보고 있었다. "아니면 어깨에 있는 큰 올빼미 문신?"

"그래, 머리카락. 어제 가보니 범인이 윌로우의 머리를 검게 염색했어, 다른 피해자들과 맞추려고."

윌로우가 살아있을 때든 이미 죽은 뒤든 그녀의 곱슬머리를 누군가 강제로 염색했다고 생각하니 소름이 끼쳤다. 다른 사람의 머리카락을 만지는 것은 가까운 사이를 의미하지 않는가.

"엘리자베스 쇼트와 비슷하게 생긴 여자를 찾다가 실패했던 것 같아. 그래서 윌로우를 납치해 더 닮아 보이게 만들려고 노력한 거지. 범인이 점점 흐트러지고 있어, 레이건."

레이건은 휴대폰을 민에게 돌려주었다.

"마지막으로 살인을 한 지 3주밖에 되지 않았다는 것도 생각해볼 만한 점이야. 린드필드라는 장소 역시 날짜든 길 이름이든 뭐든 블랙 달리아 사건과 연관성이 전혀 없어 보이니 그냥 되는 대로 골랐다는 뜻이지. 범인이 통제력을 잃고 될 대로 되라는 식으로 행동하고 있어. 실수를 했을 가능성도 더 크고." 민은 경찰이 지문과 올빼미 문신으로 윌로우의 신원을 확인했다고 말해주었다. 그날 오후, 레이건이 뱅크시아 묘목을 할인된 가격에 판매하는 동안 민의 정보원은 윌로우의 아버지와 이야기를 나누었다. 윌로우는 1년 동안 여행을 할 예정이었다. 연락을 불규칙하게 했기 때문에, 시드니에 도착한 이후로 연락이 없었던 것도 가족들은 이상하게 생각하지 않았다. "그게 다가 아니야. 윌로우는 수요일에 쿠지에 있는 버짓 호스텔에 3박 동안 묵을 비용을 냈어. 토요일에 체크아웃하기로 되어 있었지만 그러지 않았지. 내 생각엔 네가 쿠지에 가서 호스텔에 있는 사람들과 얘기를 해 보는 게 좋을 것 같아."

"그건 경찰들이 벌써 하고 있겠지." 레이건이 부산스레 화분을 정리하며 민에게서 여전히 등을 돌린 채 말했다.

"AJ처럼 생긴 사람을 보지는 못했는지 콕 집어서 물어봐야지.

그러면 잊고 있던 기억이 떠오를 수도 있잖아. 호스텔에 오는 고객들은 대부분 젊은 사람들이야. 중년 남자, 특히 혼자 돌아다니거나 19살짜리 애들한테 말을 걸고 있었다면 분명 눈에 띄었을 거라고."

"난 못해, 알겠어? 넌 이런 것들에 집착하면서도 아무렇지 않게 일상생활을 할 수 있을지 모르겠지만 난 사람들이 왜 범죄 실화를 읽는지도 이해가 안 된다고! 아니, 안락한 거실에 앉아서 무서움을 느끼고 싶기라도 한 거야?"

"그런 건 아닐 거야." 민이 레이건의 격한 감정을 누그러뜨리는 침착한 목소리로 대답했다. "범죄 수사는 사활을 걸고 풀어야 하는 아주 매력적인 퍼즐이라 할 수 있어. 생각해봐, 범인이 누군지, 범죄를 어떻게 저질렀는지, 범죄에 이르기까지 어떤 일을 겪었는지, 늘 풀어야 할 답이 있잖아. 문제는 충분한 단서를 찾아 편견 없이 정확하게 해석할 수 있냐는 거야."

레이건은 더 멀리 걸어가 검은 팬지꽃 화분 앞에 쭈그려 앉았다. 팬지는 흔히 연약하다는 오해를 받는다. 하지만 약한 것과는 거리가 멀고, 오히려 물이 부족하거나 날씨가 몹시 추워도 살아남는 강인한 꽃이었다.

"화원 일이 너무 많아."

"정보원이 해준 얘기가 있는데," 민이 말했다. "윌로우가 아버지한테 마지막으로 한 말은 시드니에 스니커즈 초코바 튀김을 파는 곳이 있다는 거였어. 그게 마지막 대화였대. 스니커즈 초코바 튀김을 먹어보겠다는 거."

"그만 좀 해, 민." 서울을 처음 방문했을 때, 그들은 외국인들이 많이 거주하는 지역인 이태원에서 미국 테마로 꾸민 술집에 가게 되었고, 한국인 밴드가 부르는 스파이스 걸스 노래에 맞춰 천장에 달린 거대한 미국 국기 아래에서 춤을 추었다. 자정이 되자 미국 국가가 흘러나왔고, 가게에 있던 미군들은 술에 취해 가슴에 손을 얹고 노래를 불렀다. 레이건과 민은 하이트 맥주 500cc에 소주 한 잔을 섞어 만든 소맥을 마시며 즐거운 밤을 보냈고, 새벽 3시쯤 그곳의 주력 메뉴였던 스니커즈 초코바 튀김으로 마무리했다. 그날 이후 '스니커즈 초코바 튀김 나이트'는 재미있는 저녁을 의미하는 그들만의 용어가 되었다. "너 그거 정서적 협박이야."

"갈 거지?"

레이건이 몸을 일으키며 손에 묻은 흙을 털어냈다. "비슷하게 생긴 사람을 아무도 못 봤다고 하면, 정말 끝이야. 다시는 그 사람 얘기나, 관련된 어떤 것도, 과거 일이든 뭐든 절대 꺼내지 않기로 해."

"약속할게."

"진지하게 말하는 거야."

"알겠어." 민이 주머니에서 차 키를 꺼내며 대답했다.

본다이 해변 남쪽에 있는 바닷가 지역인 쿠지는 갈색과 붉은색, 베이지색, 멍든 것 같은 보라색 등의 다양한 색깔의 벽돌로 지어진 평범한 주택과 아파트 건물들이 늘어서 있고, 바다가 있는 동쪽으로 기울어진 모양의 마을이었다. 초저녁 햇살에 그림자를 길게 드리운 아라우카리아 나무들이 건물 옥상마다 뾰족하게 솟아 있었다. 쿠지 버짓 호스텔은 커튼이 달린 창문에, 흰색 페인트가 벗겨진 3층 건물로, 정원에는 번식력이 강한 잡초인 초원기장풀이 군데군데 무성하게 자라 있었다.

레이건과 민이 호스텔을 찾아간 일요일 저녁에 혼자 근무하고 있던 남자는 '커크'라고 쓰인 이름표를 달고 있었다. 그들은 작고 갑갑한 로비로 통하는 유리문을 열어놓고 밖에 나와 있던 커크를 발견했다.

"경찰이 이미 왔다 갔어요." 커크는 수염이 까칠하게 자라 있었고, 가로로 넓은 손톱에 손이 거칠었으며, 눈은 잠이 부족해 보였다. 그는 고개를 돌려 입 한쪽으로 담배 연기를 뿜어냈다. "그리고 전 그 여자를 거의 보지도 못했다고요. 제가 쉬는 날에 체크인 했거든요. 목요일 아침에 계단을 내려오는 걸 한 번 본 게 전부고, 그나마 그것도 그 크고 못생긴 새 문신 때문에 기억하는 거예요."

"저희는 그 여자 주변을 어슬렁거리던 사람에 관해 물어보러 왔어요. 특히 40대 중반 정도의 백인 중년 남성이 없었는지요." 민이 레이건을 돌아보았다.

"어, 네, 아마 40대 중반쯤 되었을 거예요. 키가 큰 편이지만, 아주 크진 않아요. 당신이랑 비슷한 정도? 그리고 팔뚝에 시커먼 털이 있고, 눈은 작고 눈 사이가 좀 멀어요. 머리가 벗겨졌고요."

화사한 여름 원피스를 입고 모래가 묻은 수건을 든 여자 두 명이 맨발로 걸어왔다. 그들은 민과 레이건 옆을 돌아 건물 안으로 들어가거나 그대로 지나쳐가지 않고 뒤쪽에 멈춰 서서 무언가 숙덕거렸다.

"다른 건 없어?" 민이 레이건에게 더 얘기하라고 눈짓했다.

"콧수염이 있을 때도 있었어요." 그가 눈에 보이듯 또렷하게 떠올랐지만, 묘사가 잘 안되었다. "깔끔한 차림에 바지는 늘 다림질되어 있고, 반짝이는 정장 구두를 신어요. 차분하고 침착한 성격에, 신중한 걸음걸이로 걷는 편이에요."

커크는 담배 연기 한 줄기를 내뿜더니 꽁초를 바닥에 버렸다. "그런 사람 여기 없어요." 그다지 관심 없는 투였다.

"호스텔에 묵고 있지는 않을 것 같아요." 민이 말했다. "하지만 이 앞을 너무 자주 왔다 갔다 하거나, 저녁이 되면 길 건너에 서 있다거나, 여자 손님들에게 말을 걸었을 수도 있어요."

"아." 커크가 말했다. "토요일 밤마다 와서 바지를 내리고 술집에 갔다 돌아오는 여자들한테 엉덩이를 드러내 보이는 놈이 하나 있긴 해요. 근데 그 사람은 정말 나이가 많아요. 앙상하게 뼈만 남은 작자고요. 그 털 없는 고양이처럼요."

"그러면 혹시 이 근처를 자주 지나가거나 자주 주차해 놓는 차량은 없을까요?"

"제가 차 번호를 일일이 기록해 두겠어요?" 커크는 발끝으로 바닥에 있던 콘크리트 조각을 툭툭 건드리다가 이내 사무실 안으로 들어가 문을 닫아버렸다.

"됐지? 이제 끝이야." 레이건이 말했다. '그는 돌아오지 않았어. 두려워하지 않아도 돼.'

"좀 더 자세히 묘사할 수도 있었잖아, 레이건."

"실례합니다." 해변에 다녀오던 두 사람 중 한 명이 민에게 시선을 고정한 채 다가와 말을 걸었다. 그들은 열아홉이나 스무 살 정도, 윌로우와 또래처럼 보였다. 바닷물이 머리카락에서 어깨로 뚝뚝 떨어지고 있었고, 선크림과 맥주 냄새가 났다. 한 명은 쇄골 아래 마티니 잔 문신이 있었다. 다른 한 명이 한 발짝 앞으로 다가와 물었다, "혹시 민 리 샤스 아니세요?"

"맞아요. 안녕하세요." 민이 손을 내밀었다. 레이건은 뒤로 물러나 있었다.

"세상에, 작년에 멜버른 문학 축제에서 강연하시는 것 들었거든요. 책 정말 흥미롭게 잘 읽었어요. 제가 가장 좋아하는 범죄 실화 책이에요. 살인 사건이 마을 전체에 미치는 영향이나 심리적 파급효과를 다루시는 방법이 너무 좋았어요. 여기 트리스타도 이번 학기에 언론학 강의 도서로 읽고 있어요."

민의 팬들은 유명 인사를 만나 잔뜩 신이 났고, 곧 그들이 휴대폰을 꺼내자 레이건은 세 사람의 사진을 찍어 주었다.

한국에서 살 때 레이건과 민은 학교 일이나 학생들, 동료들, 절대 고쳐주지 않는 복사기에 관해 이야기를 나누곤 했다. 태백산맥 등산이나 주말 연휴에 KTX 산천 고속철도를 타고 부산으로 여행을 떠나는 이야기, 서울에 놀러 가서 국립고궁박물관을 방문하고 호주 과자인 아이스 보보를 구하려고 이태원 상점을 뒤졌던 이야기도 했다. 엄마들에 대해서도 많은 이야기를 했고, 현숙은 그들과 스카이프로 통화를 할 때면 레이건의 서툰 한국어에 즐거운 웃음을 터뜨리며 손으로 입을 가렸다.

그러나 시드니에 돌아온 뒤로 민은 연쇄살인범과 DNA 증거, 법정 절차에 관해 이야기했고, 오웬 이야기나 결혼 계획, 북쪽 해안가로 이사한다는 것, 아이들에 대해 이야기했다. 반면 레이건은 신시아의 항암 치료와 화원 이야기, 결국 함께 가보지 못한 현대미술관 전시회에 관해 이야기했다. 크리스탈의 시체를 발견하기 전까지 레이건은 수사관이나 작가로서 민이 지닌 전문적인 모습은 모르고 있었다.

크리스탈의 죽음이 레이건을 민의 세계로 끌어들여 그간 알지 못했던 전혀 새로운 방식으로 친구를 바라볼 기회를 주었다.

"한 가지만 물어봐도 될까요?" 레이건이 두 학생에게 말했다. "왜 범죄에 관한 책을 읽어요? 제 말은, 어떤 부분이 그렇게 매력적인가요?"

그들은 한 번도 그런 질문을 생각해본 적이 없다는 듯 불확실하고 호기심 어린 눈빛으로 서로를 바라보았다. 한 학생이 입술을 오므리더니 대답했다. "인간 본성이 얼마나 극단적일 수 있는지 보여주니까요. 뭐랄까, 인간이라는 종의 특성이라고 할까요."

"하지만 그런 걸 읽으면 무섭지 않아요?"

이번에는 둘 다 고개를 저었다. "제가 살아있음에 감사해야 한다는 걸 다시 한번 느끼게 해줘요." 트리스타가 말했다. "어떤 일이든 일어날 수 있잖아요. 그러니까, 음, 바다로 뛰어들어 즐겨야죠." 그녀가 물에 젖은 머리칼을 털며 미소 지었다.

26

2017년 3월 6일 월요일

레이건이 스핏 브리지가 내려오길 기다리며 다른 차들 사이에 가만히 서 있는데 자동차 스피커에서 전화가 울렸다.

출발하기 전에 문자를 보냈기 때문에 브라이스의 전화일 것이라고 생각했지만, 저녁 식사를 함께하지 않겠냐는 민의 전화였다. "오늘은 안 돼. 엄마 집에 가고 있어." 조수석에는 신시아가 좋아하는 애프리콧 데니쉬 빵 한 상자가 놓여 있었다.

레이건은 오전 내내 소파에 앉아 스마트폰을 들여다보았다. 윌로우 사건에 관한 기사들을 다시 읽고, 그녀의 친구들이 페이스북에 남긴 추모 글을 스크롤 해가며 훑어본 뒤 윌로우가 올린 여행 브이로그도 찾아 보았다. 그녀는 야생동물 조련사가 꿈이었고, 여러 달 동안 옴진드기에 감염된 웜뱃들을 치료하는 자원봉사를 했다. 그녀가 이 피부병이 웜뱃에게 얼마나 위험한지 설명하는 영상을 보니 레이건은 화면 안으로 들어가 그녀를 안아주고 싶었다. 레이건은 레딧에서 달리아 살인 사건을 주제로 올라온 글들을 읽고 유튜브에 있는 네티즌 수사대 영상까지 보고 나서야 문을 나섰다. 신시아는 레이건이 일주일에 두 번 방문하는 조건으로 3월에는 갚아야 할 금액의 절반만 받기로 했다.

"아, 어머니가 그동안 나르시시스트에 통제광처럼 굴어서 미안하다고 사과하셨어?" 민이 말했다.

"그만해."

"너한테 아무 도움도 안 되는 사람이야, 레이건. 우리 엄마가 널 입양해 줄 거야. 네가 원한다면 법적 절차도 가능할걸. 성인은 어떻게 되는지 잘 모르겠지만, 알아볼게."

앞쪽에서 차들이 조금씩 움직이기 시작했다. 레이건이 차에 다시 시동을 걸었다. "그래, 고마워."

"너 새끼 붉은털원숭이를 데리고 한 실험에 관해서 읽어본 적 있어?" 민이 물었다. "연구자가 하나는 헝겊, 하나는 철사로 만든 어미 원숭이 모형을 만들어서 각각 우리에 넣고 새끼 원숭이들을 넣었어. 그랬더니 새끼들이 먹이는 철사 원숭이 어미한테 받아도 헝겊 원숭이 어미한테 몸을 붙이고 끌어안았대. 그래서 연구자는 헝겊 원숭이를 '못된 어미'로 바꿔보았어. 헝겊 원숭이 어미한테 가면 뾰족한 것을 쏘거나 흔들기도 하고, 스프링 장치로 새끼들을 멀리 날려 보내기도 했어. 어떻게 됐는지 알아? 그래도 계속 헝겊 원숭이 어미한테 돌아갔어. 못된 엄마라도 사랑을 받고 싶었던 거지."

레이건이 깜박이를 켰다. "헝겊 원숭이한테 가까이 가지 말라는 거지? 알았어."

"레이건, 나 진지하게 말하는 중이야."

"엄마도 나이가 들면 좀 유해질 거야. 이미 약간 그런 것 같기도 하고." 과연 그럴까? 언젠가 그럴 날이 올지도 모르겠다. 민이 뭘 알겠는가? 엄마는 레이건의 하나뿐인 가족이었다. 지난 몇 년간 그녀는 우주로 떠밀려가는 기분이었고, 엄마는 그녀를 어린 시절과, 흐릿해진 아빠에 대한 기억과 연결해주는 유일한 버팀목이었다.

그리고 빚진 돈도 있었다.

"어쨌든," 그녀는 굳은 말투로 말을 이었다, "화원 주말 세일은 정말 잘 됐어. 어젯밤 집에 도착해서 매출액을 계산해봤거든."

"그렇구나." 민이 언제든 신시아에 대한 이야기로 돌아갈 것 같은 말투로 호응했다. "새 남자친구가 정말 많은 도움이 되었나 보네?"

"이메일 리스트에 새로 추가된 고객들이 엄청 많아." 레이건이 스핏 브리지를 건넜다. 다리 아래 바닷물이 이른 오후 햇살에 청록빛으로 반짝였고, 높은 돛대가 달린 배 세 척이 항구를 향해 백조처럼 물 위를 미끄러지듯 움직이고 있었다.

"언제쯤 소개시켜 줄 거야? 우리 집에 둘이 같이 오면 좋을 것 같은데."

"이번 주말은 어때?"

그들은 레이건이 모나 베일에 도착할 때까지 저녁 식사 계획에 관해 이야기를 나누었다. 레이건은 신시아와 테리의 집 앞 진입로에 차를 세우고, 시동을 끄면서 큰 한숨을 내쉬었다.

그녀는 트렁크를 열어 꽃생강, 말리부 레몬 국화, 물봉선화 등 엄마의 취향을 고려해 온실에서 골라온 식물들을 꺼냈다. 진입로 가장자리에 식물과 화분, 흙 자루와 비료 포대를 줄줄이 늘어놓았다.

현관문이 열리자, 좋은 시간을 보내겠다는 결심이 무색하게 뒤통수를 한 대 호되게 얻어맞은 느낌이었다. 신시아는 정원을 가꿀 때 입는 작업복은커녕 산호색 실크 블라우스와 금색 반짝이 장식이 달린 흰 치마를 입고 산호색 립스틱을 바르고 있었다.

"오늘은 날이 아니야." 신시아가 일부러 과장되게 천천히 걸음을 옮기며 다가왔다. 레이건은 그녀에게서 라일락과 향나무 향이 섞인 향수 향을 맡았다. 레이건이 어릴 때 신시아는 한 번도 향수를 뿌리지 않았다. 레이건은 물론 자기 머리도 주방 쓰레기통에 대고 직접 잘랐었고, 지금처럼 매주 세 번씩 미용실에 가지 않았다.

레이건은 큰 세라믹 화분을 들고 있던 손을 멈추었다. "두 시간 전에는 오늘 괜찮다고 했잖아요."

"점심으로 먹은 초밥이 상했나 봐." 신시아가 손으로 배를 누르며 말했다.

"식물을 이렇게 그냥 놔둘 수는 없어요, 엄마."

"그러면 내일 다시 와."

아니나 다를까 또 그녀의 전략이었다. 오늘 식물을 심지 못하면 레이건은 다시 돌아와야 할 것이다. "내일은 일해야 돼요."

레이건이 화분을 똑바로 놓지도 못한다는 듯 신시아가 허리를 숙여 화분 하나를 살짝 옮기며 코를 훌쩍였다. "식당에 항의 전화를 하던가 해야겠다."

레이건은 눈을 감으며 함께 공감하고 위로할 형제자매가 있다면 좋겠다고 생각했다.

신시아의 휴대폰에서 듣기 싫은 알림 소리가 최대 볼륨으로 울렸다. "여행사에서 온 이메일인가보다, 바로 확인해야 해. 우리 6월에 보라보라섬 간다고 얘기했니?" 신시아는 이내 휴대폰 화면에 집중했고, 레이건은 문을 활짝 연 뒤 물건을 모두 정원으로 옮기기 시작했다. 혼자 하면 시간이 두 배는 더 걸릴 것이다.

신시아도 결국 합류했고, 짜증을 내며 정원 의자를 그늘에 가

저다 놓고는 꽃을 어디에 심고 싶은지 이리저리 지시하다가 변덕스럽게 마음을 바꿔 다른 곳을 가리켰다.

"왔구나, 레이건." 테리가 베란다에서 어슬렁거리며 걸어왔다. 가까이 다가온 그는 발뒤꿈치를 까닥거리며 주머니에 손을 찔러넣었다. 레이건은 굳이 몸을 일으키지 않고 인사만 건넸다.

"정원을 가꾸고 있는 모양이네."

"정원을 잘 관리하면 부동산 재산 가치가 올라가니까요." 어쩌면 상환금 일부를 식물과 노동력으로 받아달라고 설득할 수 있을지 모른다. 신시아와 테리에게는 시드니 북쪽의 브로큰 만에 해변 별장이 있었는데, 정원이 엉망이었다.

레이건이 땅을 파다가 멈추고 정원 장갑에서 흙을 탁탁 털어냈다. "말씀드릴 게 있어요. 요즘 만나는 사람이 생겼어요."

"정말이니?" 신시아가 믿을 수 없다는 듯 되물었다. "뭐 하는 사람인데?"

그녀는 질문을 쏟아냈지만, 레이건은 브라이스에 관해 최대한 덜 이야기하며 대답했다.

"잘 됐구나, 레이건." 테리가 갈색 페인트 색이라도 묘사하는 것처럼 밋밋한 어조로 말했다. "언제 한 번 초대해야겠는걸."

'그럼 그렇지.'

"오늘 저녁에 오라고 하렴." 신시아가 말했다. "왕새우 링귀니 파스타 할 건데, 글루텐을 안 먹진 않지?"

주머니에서 레이건의 휴대폰이 울렸다. 그녀는 장갑 한쪽을 벗어 땅에 던져놓았다.

이메일이었다. 발신자는 그녀의 이름이었다.

등골이 오싹하고 소름이 돋았다.

메일 제목은 '릴리 화원에서 전해드리는 중요 메시지'였다. 그녀는 이런 메일을 쓴 적이 없었다.

레이건은 이를 악물고 알림을 터치해 메일을 열었다. 그런데 발신자의 이메일 주소가 그녀의 것이었다. 레이건의 이름으로 만든 다른 계정이 아니라, 현재 쓰고 있는 info@lilygardencentre.com으로 보낸 메일이었다.

내용은 단 한 줄이었다, '여기서 끝이 아닙니다!'

화면을 스크롤해서 내리니 메일 아래 첨부되어 있던 영상이 재생되기 시작했다. 피부에 윤기가 흐르고 근육을 팽팽하게 긴장시킨 벌거벗은 여자가 다리를 벌린 채 침대에 누워있었고, 뒤쪽 측면에서 촬영되어 등과 목만 보이는 똑같이 벌거벗은 남자가 보였다.

여자는 레이건이었다.

영상에서 여자의 신음이 흘러나왔다. 당황한 레이건은 허둥지둥하며 황급히 소리를 껐다.

그때, 신시아의 휴대폰에서 또 다시 알림음이 울렸다.

끔찍한 생각이 레이건의 머리를 스쳤다. '설마.' 그녀는 다급하게 휴대폰 화면을 터치해 이메일 수신자 목록을 열었다.

그녀에게만 전송된 것이 아니었다.

주말 동안 추가한 새로운 고객 수십 명을 포함해 주소록에 있던 모든 이메일 주소가 적혀 있었다.

신시아의 휴대폰은 무릎 위에 엎어져 있었다. 신시아가 휴대폰을 집으려 하자 반사적으로 레이건도 손을 뻗었다.

"뭐 하는 거야?" 신시아가 잔뜩 인상을 쓰며 휴대폰을 낚아챘다.

"너한테 온 이메일이 있네, 레이건." 테리도 자기 휴대폰을 꺼냈다.

"삭제해요!"

"대체 왜 그러는 거니?" 신시아가 짜증을 냈다.

"그거 열지 말아요—"

"세상에, 레이건!" 신시아는 얼굴과 목까지 붉어져서 휴대폰을 내려놓았다. 그녀의 휴대폰에서 아까와 똑같은 신음이 이웃집에서도 들릴 정도로 크게 울려 퍼졌다.

"제가 보낸 게 아니에요." 레이건은 울퉁불퉁한 정원 흙바닥을 비틀거리며 뒷걸음쳐 잔디밭까지 나왔다.

테리의 휴대폰에서도 신음이 흘러나왔다. 신시아의 휴대폰에서는 여전히 영상이 계속 재생되고 있었다.

"날 짐승처럼 따먹어줘!" 영상 속 여자가 악을 썼다. 목소리가 레이건과 비슷했지만, 그녀는 생전 그런 비슷한 말도 한 적이 없었다.

레이건은 신시아의 휴대폰을 집어 들고 이메일 삭제 버튼을 누른 뒤 그대로 땅에 떨어뜨렸다.

테리는 여전히 멍한 눈으로 그녀를 돌아보며 말했다. "레이건, 지금 이게… 너 이걸 테리한테도 보냈니?" 신시아가 새된 소리를 질렀다. 그녀가 두 팔을 퍼덕거리며 반쯤 일어서다 다시 정원 의자에 쓰러지듯 주저앉자 의자가 앞뒤로 흔들렸다. 마치 겁을 집어먹은 말처럼 눈이 돌아간 모습이었다. "너 이, 이런 추잡한 걸로 우리를 모욕하려고 오늘 온 거였어?"

한 손에는 여전히 휴대폰을 움켜쥐고 자신을 방어하려는 듯 양손을 앞으로 내민 레이건은 어디로 향하는지도 모른 채 발을 움직여 빠르게 뒤로 물러났다. 신시아가 표정을 한껏 일그러뜨리고 그녀를 쏘아보았다.

집 모퉁이를 돌아서 엄마가 시야에서 사라지자마자 레이건은 도망쳤다.

2부

27

레이건이 휴대폰을 조수석에 내던지자 좌석에 부딪힌 휴대폰이 발밑 공간으로 떨어졌다. 그녀는 곧바로 시동을 켜 나무 그늘이 진 길에 다른 차가 지나가는지 확인하지도 않고 진입로를 후진해 빠져나왔다. 머릿속은 신시아와 물리적으로 떨어져야겠다는 생각뿐이었다.

조용한 차 안에서 온갖 생각들이 마구 소용돌이치며 서로 부딪쳤다. 거래처 사람들, 단골들, 새로운 고객들까지 지금껏 그녀가 한 번이라도 메일을 보냈던 모든 사람에게 그 영상이 전송되었다. 그녀의 일과 삶을 송두리째 파괴할 폭탄이나 다름없는 이메일이 수백 명의 받은 편지함에 들어 있었다. 갑자기 심장이 멎는 것 같았다. '브라이스!'

그는 그녀가 바람을 피우고 있다고 생각할 것이다. 영상 속 여자는 자신이 아니었지만, 증명할 방법이 없었다. 겉모습은 물론 목소리까지 그녀와 똑같았다.

레이건은 숨이 가쁘고 손바닥이 땀으로 축축해서 집으로 향하는 고속도로를 타지 못하고 아무 데로나 하릴없이 차를 몰았다. 그렇게 몇 번인가 길을 꺾다가 도로가에서 차를 세웠다.

그녀는 바닥을 더듬어 휴대폰을 찾았다. 휴대폰에 손을 대는 순간 메스꺼움이 다시 밀려왔다. 브라이스에게 전화를 걸었다.

연결음이 여섯 번 울리고 음성 사서함으로 넘어갔다.

"내가 보낸 메일이 있을 텐데, 열지 말아줘. 그건 내가 보낸 게 아니라—" 그녀는 말하다 말고 전화를 끊었다. 월요일 오후 3시 37분이었다. 브라이스는 회의 중일지도 모른다. 아직 메일을 보지 못했을 수도 있다.

[내가 보낸 이멜 열지 말아요!! 나 아님!! 전화 좀]

레이건은 주변을 둘러보며 이곳이 어딘지 알아내려 했다. 얼마나 운전해온 것일까? 목적지를 생각할 겨를도 없이 정신없이 도망쳤다. 달리 무엇을 할 수 있었겠는가? 십 대 때부터 엄마와 셀 수 없이 소리 지르며 싸워봤기에 어떤 증거가 있든 자신이 믿고 싶은 대로만 믿는다는 것을 잘 알고 있었다.

그녀가 계속 휴대폰을 손에 꽉 쥐고 있는데 전화벨이 울렸다.

민이었다.

'이런….' 이메일이 민과 오웬에게도 갔을 것이다. 이제 다시는 그들을 볼 수 없을 것이다. 아니, 다시는 누구도 볼 수 없을 것이다.

가장 가까운 공동묘지로 가서 그녀가 기어들어 갈 무덤이나 파달라고 해야 할 터였다. 레이건은 휴대폰을 무음으로 바꾸고 화면이 바닥을 향하게 뒤집어 조수석에 던져놓았다. 문자가 왔다는 진동이 울렸다. 이 망할 기계를 부숴버리고 싶은 충동이 들었다.

'대체 그 영상은 뭐지?' 레이건은 영상의 출처를 알고 싶었지만, 차마 다시 볼 용기가 나지 않았다. 영상 속 여자의 얼굴은 그녀의 얼굴과 닮아 있었고, 어쩌면 정말 그녀의 얼굴일지도 몰랐다. 하지만 여자의 몸이 그녀의 몸일 리는 없었다. 옷을 벗고 사진조차 찍은 적이 없다. 혹시 누군가 그녀를 몰래 촬영했다 하더라도 영상 속 여자처럼 행동한 적이 없었고, 그런 말을 한 적도 없었다. 요즘에는 누구나 포토샵으로 사진을 조작할 수 있다고 했다. 혹시 포토샵으로 영상도 꾸며낼 수 있을까?

분명 고든이 한 짓이다. 그냥 아무 해커의 작품이 아니라 그녀를 개인적으로 아는 사람이어야 만들 수 있는 영상이었다. 고든이 그 여자들도 죽인 걸까? 확신이 들지는 않았다. 어쩌면… 뉴스에 도배된 크리스탈의 얼굴, 그리고 에린과 윌로우까지 모두 레이건과 닮아서, 그래서 그가 자극받았을지도 모른다. 더 이상 시드니에 살지 않기 때문에 이메일로 그녀를 괴롭힌 것이고, 그래서 그녀와 마주치지 않은 것일 수도 있다.

좌석 위에서 휴대폰이 진동했다. 민이었다. 민은 보나 마나 경찰에 신고하라고 할 것이다. 그러면 경찰은 영상을 '보아야 할' 것이다. 영상을 보고 나면 장황한 보고서를 하나 쓰고, 그 다음엔 서로 그 파일을 공유하는 것 외에는 아무 일도 하지 않을 것이다.

어디로 가야 할지는 몰라도 휴대폰을 만져서 GPS를 연결하고 싶지는 않았던 레이건은 떨리는 손으로 기어를 넣고 운전을 시작했다. 이곳에 오기까지 어디서 길을 꺾었는지 기억해내려 애썼지만, 시드니 거리가 모두 그렇듯 토끼 굴처럼 복잡하게 얽혀 있었다.

조수석에서 전화벨이 울렸다. '제발 브라이스였으면.' 레이건이 손을 뻗어 휴대폰 화면이 위로 오게 돌리려는데 자동차 앞 유리 구석에서 무언가 빠르게 움직이는 것이 보였다.

길가에 주차된 차들 사이에서 머리를 양 갈래로 묶은 여자아이 하나가 자전거를 타고 튀어나왔다.

레이건은 보닛 앞 한가운데에 있는 자전거와 놀란 눈을 크게 뜨고는 머리를 떨며 작은 몸을 움츠리는 아이를 아슬아슬하게 보았다.

그녀는 운전대를 홱 꺾고 브레이크를 있는 힘껏 밟아 가까스로 아이를 피했다. 자동차가 바퀴 달린 쓰레기통 여러 개와 쾅 충돌했다. 공중으로 튀어 오른 쓰레기통 하나가 뚜껑이 열리면서 와인 병과 찌그러진 계란판이 사방으로 날아갔고, 다른 쓰레기통들도 여기저기로 흩어졌다.

차는 잔디밭 위에서 멈추었다. 자전거를 탄 아이가 페달을 열심히 밟으며 길을 따라 사라지는 모습이 사이드미러로 보였다.

휴대폰이 자신을 봐달라는 듯 진동했다. 레이건은 운전대를 꽉 쥐었다. 보닛 위에 씻지 않은 요구르트 용기가 떨어져 있고, 그 아래 요구르트 덩어리가 묻어 있었다. 그녀는 어쩌다 차에 요구르트가 묻게 된 것인지 기억나지 않았고, 되짚어 생각하다 보니 갑자기 눈물이 왈칵 쏟아졌다.

"이봐요, 뭡니까!"

레이건은 좌우를 두리번거리다 차 앞바퀴가 멈춰 선 잔디밭 옆으로 나 있는 쪽문이 열리며 웃통을 벗은 남자가 맨발로 걸어오는 것을 발견했다. 그의 수영복 반바지에서 물이 뚝뚝 떨어졌다.

"이게 무슨 짓이에요?" 두툼한 얼굴이 신시아처럼 표정을 찌푸리고 있었다. 그가 계속 뭐라고 소리를 치며 차에 가까이 다가왔다.

레이건은 밖으로 나와 쓰레기통을 정리하고 쓰레기를 주운 뒤 피해를 모두 보상하겠다고 말할 생각으로 마음을 진정시키고 있었다.

하지만 그때 갑작스럽게 극도의 공황 상태가 찾아왔다. 유턴을 할 새도 없이 그녀는 한 블록을 후진하고 모퉁이를 돌아 바퀴가 끼익하는 소리와 함께 자리를 떴다.

혼잡 시간의 교통체증으로 스트레스를 받긴 했지만, 레이건은 엔모어에 도착해 집에 들어갔다. 문을 다시 잠그던 중 휴대폰이 울렸고, 화면에 브라이스의 이름이 떴다.

레이건은 그와 이야기하고 싶은 절실한 마음과 동시에 휴대폰을 바다에 던져버리고 싶다는 충동을 느끼며 전화기를 꼭 쥐고 통화 버튼을 눌렀다. "제발 그 이메일 아직 안 열었다고 해줘요."

"화원에서 온 거요? 미안해요, 계속 회의가 있어서 못 봤어요. 그래서 문자 보낸 거예요?"

불행 중 다행이었다.

"목소리가 안 좋은데," 브라이스가 말했다. "무슨 일 있어요?"

신시아의 충격받은 얼굴과 그녀를 비난하며 설명을 요구하던 목소리가 머릿속을 채웠다. 화를 내고 싶었지만, 층층이 두껍게 쌓인 수치심과 괴로움 아래 분노가 얼어붙어 버린 것만 같았다. "집에 겨우 왔어요."

"네? 어디서 온 건데요?" 걱정에 그의 목소리가 높아졌다.

"레이건? 집이에요? 지금 갈게요."

"이메일 열어보지 말아요."

휴대폰에는 부재중 전화 7통과, 읽지 않은 메일 15개, 그리고 수많은 문자가 와 있었다. 레이건은 휴대폰을 책상 위에 놓인 서류 더미 아래 밀어 넣었다.

브라이스가 도착하자 그녀는 그의 따뜻한 어깨에 얼굴을 묻고 얇은 면 셔츠에서 나는 레몬 향을 깊이 들이마셨다. 도로를 메운 자동차 소리와 까치 지저귀는 소리가 창밖에서 흘러들었고, 두 사람의 무게에 마룻바닥이 삐걱거리는 소리를 들으며 그들은 잠시 그렇게 가만히 서 있었다.

레이건은 부엌에서 냉장고를 열어 피노 그리 와인을 꺼내 두 잔을 따랐다.

"무슨 일이에요?" 브라이스가 물었다.

그가 영상이 가짜라는 것을 믿어주지 않을 수도 있다. 그가 어떻게 받아들일지 알 수 없지만, 그녀가 바람을 피우지 않았다는 것을 설명하기 위해 영상을 보여준다고 생각할 수도 있다. 레이건은 와인을 한 번에 거의 다 마셨다.

"워, 레이건." 브라이스가 아일랜드 식탁에 기대며 그녀의 손을 잡았다. "무슨 일인데 그래요?"

그녀는 앞으로 어떻게 살아야 할지 막막했다. 고객들이나 거래처 사람들의 얼굴을 볼 수 없을 것 같았다. 사과나 해명 메일을 보내야 할지도 모른다. 그들이 앞으로도 계속 화원에 오고 그녀와 거래한다고 해도, 그녀를 볼 때마다 그 영상을 떠올릴 것이 분명했다.

하지만 브라이스만큼은 영상을 보지 않아도 될 수도 있다. 그녀를 아는 사람 중 유일하게 영상을 보지 않은 사람이 될 수 있다. 함께 해외로 이사 갈 수도 있을 것이다. 레이건은 이름을 바꾸고, 하노이나 아부다비, 사라예보 같은 곳에서 무관심한 학생들에게 문법을 가르치는 지루한 일상으로 돌아가면 된다.

"이메일 열어봐요."

28

"화원 이메일이요?" 브라이스가 되물었다. "삭제했죠."

레이건의 휴대폰으로 메일을 열 수도 있지만, 그러려면 그 무서운 기계를 숨겨둔 곳에서 다시 꺼내 와야 했다. "휴지통에 있지 않아요?"

"아, 있죠." 그가 휴대폰 화면을 터치하기 시작했다.

"잠깐, 잠깐만요." 두려움이 불길처럼 일었다. "소리는 *끄*는 게 좋겠어요."

브라이스가 걱정이 깊어진 눈으로 고개를 끄덕였다.

이 모든 일이 마치 그녀의 탓인 양 쥐구멍에라도 숨고 싶었다. "믿어줘요, 저는 메일을 보낸 적도 없고 그것도 제가 아니에요. 누가 제 이메일로 몰래 들어와서, 아니, 해킹해서 이런 끔찍한 걸… 근데 정말 저는 아니에요."

영상이 재생되며 그의 눈동자에 그 빛이 깜박거렸다.

"가짜 영상이에요, 알았죠? 제가 아니에요. 저는 절대…" 레이건이 손을 내저으며 '절대'를 강조하려다 와인 잔을 넘어뜨렸다. 쓰러진 와인 잔이 조리대에 부딪혀 튕기면서 와인이 그녀의 발 위로 쏟아졌다. "젠장, 젠장." 그녀는 화를 내며 행주를 집어 다리에 묻은 와인을 벅벅 문질러 닦았다.

브라이스가 그녀를 도우려 몸을 숙였다. "레이건, 이거 무슨 리벤지 포르노 같은 건가요?"

"그게 무슨 말인지 모르겠어요." 그녀의 목소리가 갈라졌다.

"전에 얘기해준 남자, 전 남자친구예요? 그 사람이 보냈어요?"

레이건이 축축한 행주를 바닥에 그대로 두어 와인 냄새가 주변에 짙게 풍겼다. "전 남자친구 아니에요. 영상 속 여자도 제가 아니고요. 아무도 절 찍은 적이 없어요."

"한 번만 더 틀어 봐도 괜찮을까요?"

레이건은 살짝 고개를 끄덕였지만, 영상이 화면에 뜨자 몸을 움찔했다. "포토샵으로 이렇게 할 수 있나요? 아니면 혹시…?"

브라이스는 눈을 가늘게 뜨고 고개를 기울여 화면을 자세히 들여다보았다.

영상은 20초 정도 재생된 뒤 자동으로 처음으로 돌아갔다. 그는 영상을 확대해서 두 번 더 보았다. 레이건은 주먹 안으로 엄지손가락을 꽉 쥐었다. "브라이스?"

"딥페이크네요." 그가 영상 속 레이건의 얼굴을 확대해서 화면을 돌려 그녀에게 보여주었다. "이거 봐요, 머리 끝부분이 너무 완벽하게 다듬어져 있죠. 그리고 당신이 고개를 돌릴 때, 여기서요." 그는 영상 속 여자가 머리를 한쪽으로 치켜드는 장면에서 일시정지했다. "얼굴 비율이 이상해요. 큰 화면으로 보면 더 명확하게 보일 거예요. 입을 벌리면 치아가 뭉개져 보일 거고요."

"다른 화면에 띄우지는 말아줘요."

"미안해요, 저는 그냥… 이거 삭제할까요? 여기요. 휴지통에서도 삭제할게요."

레이건은 숨을 몇 번 길게 내쉬었다. 브라이스의 냉철한 분석에 안심이 되었다. 다른 남자였다면 이렇게 합리적인 반응을 보여주지 못했을 것이다.

"엄마 집에 있었어요. 이 이메일이 왔을 때요. 엄마랑 테리한테도 메일이 갔죠." 그녀는 자전거를 탄 소녀와 쓰레기통, 수영장 물에 흠뻑 젖은 채 수영복을 입고 고래고래 소리를 지르던 남자의 이야기는 빼고 그날 오후에 있었던 일을 설명했다.

"저런, 레이건, 정말 힘들었겠어요."

"이런 영상을 만드는 게 어렵나요?"

"딥페이크요? 점점 쉬워지고는 있지만, 그래도 아직 아무나 할 수 있는 정도는 아니에요."

고든에게 그런 기술이 없다면, 아마 도와줄 사람을 알고 있을 것이다.

"누가 보냈는지 알 수 있을까요?"

"휴대폰으로는 안 돼요. 컴퓨터로 한 번 캐볼 수는 있을 것 같은데, 아마 사설 VPN을 통해서 보냈을 거예요." 브라이스의 목소리는 부드러웠고, 거의 미안해하는 투에 가까웠다. "그러면 추적할 수 없을 가능성이 높아요."

"그러면 어떻게 하죠?"

그는 입술을 지그시 깨물며 아일랜드 식탁에 팔꿈치를 기댔다. "경찰에 신고할 수는 있지만, 별다른 조치를 해줄 것 같진 않아요."

"이메일 해킹도요?" 경찰서에 갈 생각은 없었다. 고등학생 때와 마찬가지로 경찰은 인터넷을 사용한 그녀의 잘못이라고 은근히 돌려 말하며 눈치를 줄 것이 뻔했다. 지금이라고 그때와 크게 달라진 점은 없을 것이다. 하지만 이메일 해킹은 범죄이며, 사업체를 대상으로 한 범죄는 경찰에서도 꽤 중요하게 다룰지도 모른다는 생각이 들었다.

"누군지는 몰라도 이놈이 아주 멍청이가 아니고서야, 추적은 불가능해요. 그리고 사이버 수사대는 훨씬 더 중요한 사이버범죄들을 처리하고 있고요. 처리하는지 그냥 쌓아만 두는지는 몰라도요." 브라이스는 와인 잔 받침 부분을 손톱으로 두드렸다. "화원에 있는 컴퓨터에서 뭔가 알아낼 수 있는 게 없는지 한 번 볼게요. 오늘 밤에 바로 갈까요?"

"너무 피곤해요." 그녀가 말했다. "아니면 내일은 어때요? 시간이 있으면요."

브라이스가 레이건의 손을 힘주어 잡았다. "대체 누가 왜 이런 짓을 한 걸까요? 좀 너무… 악랄하네요."

그녀는 고개를 절레절레 흔들며 냉장고로 가서 잔을 다시 채웠다. "저를 스토킹하던 그 남자겠죠. 그런데 왜 이런 일을 벌였는지는 도무지 모르겠어요."

그들은 소파에 앉았고, 브라이스가 팔로 그녀를 감쌌다. 레이건은 무릎을 접어 소파 위로 올리고 몸을 그에게 꼭 붙였다.

"다른 사람일 가능성은 없을까요?" 그가 물었다. "아는 사람 중에 이메일을 해킹할 만한 사람은 없나요? 컴퓨터에 집착하는 사람이라든가?"

테리가 그 알고리즘 물류 회사인지 뭔지를 운영하고 있긴 했다.

그리고 이메일이 도착하기 바로 전에 어슬렁거리며 밖으로 나와 정원에 있던 신시아와 그녀에게 가까이 다가왔었다. 영상을 보는 테리는 충격을 받은 표정이라기보다 어떻게 해야 할지, 어떤 반응이 적절할지를 모르겠다는 기색이었다. 그는 이메일이 올 것을 알고 있었을까? '오트밀 같은 테리가 과연 이런 짓을 했을까?' 레이건에 관해 역겨운 환상을 품고, 컴퓨터로 그것을 실현한 것도 모자라 그녀에게 보게 했다고?

"아니면 전혀 모르는 사람일 수도 있죠." 브라이스가 그녀에게 말하는 것인지 혼자 생각하는 중인지 알 수 없었다. "사이버 사기 같은 걸 수도 있어요. 소규모 사업자들을 협박해 돈을 뜯어내려는 십 대 러시아인이라든가. 그런 이메일 받은 적 없어요?"

"제가 알기론 없어요." 레이건이 콧대를 손으로 눌렀다. 기술 몇 가지와 적절한 앱만 있으면 누구나 가짜 섹스 영상을 만들어 아는 사람 모두에게 뿌릴 수 있다니 무서운 세상이었다.

그녀는 계속 머리를 굴렸다. '고든이야.' 다른 사람일 리가 없었다.

내일이면 브라이스가 그녀를 도와 앞으로 어떻게 해야 할지 함께 고민해줄 것이다. 지금은 그저 그의 품에서 편안함에 푹 빠져들고 싶은 마음뿐이었다. "이제 이 얘긴 그만하면 안 될까요?"

"그래요, 그러죠." 브라이스가 그녀의 곱슬머리에 얼굴을 묻었다. "오늘 밤 여기 있으면 안심이 되겠어요?"

"같이 있어 줄 거예요?"

"당신이 원하는 만큼 있을게요." 그가 레이건의 머리에 입을 맞췄다. "그리고 안전하게 지켜줄게요."

그들은 와인을 더 마시고 킹 가 남쪽에 있는 식당에서 우동을 주문했다. 브라이스는 자기 휴대폰으로 동물들의 믿기 힘든 우정을 담은 유튜브 영상들을 보여주었다. 기린 한 마리가 타조의 얼굴을 핥으며 코를 비볐고, 두 마리 동물들은 푸른 호수를 바라보며 풀밭에 나란히 앉았다.

브라이스가 화장실에 간 사이, 레이건은 책상 위 난장판 속에서 휴대폰을 꺼냈다. 민에게서 그녀가 괜찮은지, 무슨 일인지를 묻는 문자들과 부재중 전화가 몇 통 와 있었다. 민이라면 경찰에 신고하거나 사설탐정을 고용하거나, 아니면 이런 짓을 한 사람이 누구든 제3차 세계대전이라도 일으키라고 할 것이다. 생각만 해도 피곤했다. 민은 정의 같은 것들은 단지 말로만 해서는 안 된다고 믿었다.

이메일 몇 개는 그녀가 고의로 그 영상을 보냈다고 생각한 고객들이 그녀를 혐오스럽다고 비난하며 다시는 그곳에서 구매하지 않을 것이며 당장 메일 수신자 명단에서 자기 이름을 빼달라고 요구하는 것이었다. 어떤 여자는 화원이 불타 없어지길 바란다고까지 적었다. 거래처 직원인 에드는 메일이 자신에게만 왔다고 생각했는지 주소를 남기며 영상을 재연해보자고 그녀를 집에 초대했다. 레이건은 소름이 끼치고 울화가 치밀어 화면을 스와이프해서 그의 메일을 삭제했다.

몇몇 사람들은 그녀에게 메일이 해킹당했냐고 물었고, 그들의 이성적인 회신에 레이건은 오히려 얼굴이 화끈거렸다.

음성메시지도 하나 있었다. "테리와 나에게 너의 대단히 불쾌하고 부적절한 행동에 대해 사과 전화를 하지 않았다는 사실이 놀랍구나. 만약 네가 무슨 노출증 환자라도 되기로 한 거라면—"

레이건은 끝까지 듣지 않고 메시지를 지웠다.

29

2017년 3월 7일 화요일

레이건은 일찍 일어나 커피를 내리고 책상에 앉았다. 창밖으로 보이는 아파트 벽돌 벽면의 변화하는 색만이 해가 뜨고 있다는 것을 알려주었다. 얼마 후 사각팬티만 입은 브라이스가 가슴을 긁으며 하품하면서 침실에서 나왔다.

레이건이 프렌치 프레스를 들어 올려 커피를 소용돌이치게 했다. "혹시 커피 마시려면, 아직 따뜻해요."

그가 그녀에게 키스했다. "오늘 일찍 일어났네요."

레이건이 볼펜을 앞에 있는 노트 위로 던졌다. "어떻게 할지 좀 생각해보려고요. 10시에 화원 문을 열어야 하는데, 그냥 출근해서 아무 일도 없었던 척하기는 어려울 것 같아서요."

브라이스가 주방으로 가서 찬장을 열었지만, 컵을 찾지 못하고 다시 닫았다.

"왼쪽에 있어요."

그는 머그잔을 찾아 책상으로 가져왔다. 레이건이 잔을 채우자 뜨거운 김이 올라왔다.

"어제보다 훨씬 차분해진 것 같네요." 그가 커피를 한 모금 마시고 그녀의 메모장을 가리켰다. "어떻게 할 생각이에요?"

"사과 메일 같은 거? 영상은 가짜고, 정말 죄송하고, 또 그리고, 모르겠네요. 컴퓨터 보안을 강화하겠다? 달리 뭘 할 수 있겠어요."

"잘 안 풀리나 봐요."

그녀는 이미 열두 번쯤 사과문을 쓰다 말고 지워버렸다. 페이지를 북북 찢어 둥글게 구겨 놓기도 했다. "상황이 좋았어도 글을 쓸까 말까인걸요."

브라이스가 입술 한쪽을 오므려 미안한 듯한 표정을 지었다. "도와주고 싶은데 오늘 아침부터 일이 많아서요."

"괜찮아요, 민한테 부탁하면 돼요."

"음, 참석해야 하는 회의가 있긴 하지만, 그래도…"

레이건이 자리에서 일어나 그가 미안해하지 못하도록 손을 내저으며 말했다. "정말 괜찮아요, 나 때문에 일을 빠질 필요는 없어요."

"오후에 일찍 퇴근할 수 있을 것 같아요."

"아니, 진짜로. 민한테 연락해서 이메일을 정리해 보낼 거고, 어차피 최소한 물이라도 주려면 릴리에 가긴 해야 해요. 식물을 방치할 수는 없으니까요."

브라이스가 그녀의 어깨에 손을 올리고 엄지손가락으로 원을 그리듯 문질렀다. "정말 괜찮겠어요?"

레이건이 고개를 끄덕였다.

"퇴근하고 화원에 들러서 컴퓨터를 한 번 살펴볼게요. 혹시 알아요, 어떤 놈이 이런 짓을 했는지 찾아낼 수 있을지도 모르죠."

그녀는 본의 아니게 짧고 슬픈 웃음을 터뜨렸다.

"왜요?"

"몇 년 일찍 당신 차를 박았더라면 좋았을 텐데. 정말 큰 도움이 되었을 거예요."

브라이스는 사무실에 가기 전 왓슨스 베이에 들러 옷을 갈아입기 위해 여유 있게 출발했다. 어딘지 불안한 아침의 고요함 속에서 레이건은 종이 다발 아래 깔린 휴대폰을 꺼내 민에게 전화를 걸었다.

수신음이 한 번도 채 울리기 전에 민이 전화를 받았다.

"세상에, 레이건, 나 너희 집에 가서 문이라도 두드려볼 참이었어. 사실 어제 그러려고 했는데 메이지가 장염에 걸려서 밤새 토하느라 난리였지 뭐야. 아무튼 무슨 일이야? 메일에 있는 영상은 누가 보낸 거야? 브라이스는 아니지, 설마?"

"브라이스? 왜 그런 말을 해?"

"브라이스가 찍은 건 맞아?"

"실제 영상이 아니야, 민, 그거 나 아니라고. 브라이스가 보더니 그거…" 그녀는 용어가 기억나지 않아 잠시 말을 멈췄다. "딥페이크래."

"딥페이크라고?" 전화기 너머로 차 문이 닫히고 열쇠가 짤랑이는 소리가 들렸다.

"자세히 보니까 알겠다고 했어. 가짜로 의심할 만한 증거들이 있더라고."

"흠." 민의 목소리에는 레이건이 뭐라 콕 집어 설명할 수 없는 미묘한 어감이 느껴졌다. 아마 딥페이크 영상이라는 것을 잡아내지 못한 자신에 대한 짜증이었을 것이다. "괜찮아? 내 말은, 물론 괜찮지 않겠지만…"

"좀 도와줄 수 있을까?" 레이건이 말했다.

"뭐든 얘기해봐, 당연히 도와야지."

"영상을 받은 사람들 모두에게 메일을 보내야 해. 사과도 하고, 영상이 가짜라는 설명도 해야 하니까. 그런데 내가 쓰려니까 글 솜씨가 너무 엉망이야."

"지금 갈게."

레이건은 민과 엔모어 로드 길 위쪽에 있는 카페에서 만나기로 했다. 브라이스와 함께 있을 때는 마음을 진정시키기 쉬웠지만, 혼자 남겨지자마자 불안이 급속도로 커져 갔다. 그녀는 휴대폰을 책상 서랍에 두고, 노트를 핸드백 안에 대충 쑤셔 넣고 길을 나섰다. 모두가 그녀를 지켜보는 것만 같았다. 사람들이 영상을 공유했으면 어쩌지? 누구든 영상을 봤을 수 있었다. 레이건은 위험에 무방비로 노출된 것 같은 느낌에 가슴 위로 팔짱을 꼈다.

카페 안뜰에는 담장이 둘려 있었고, 덩굴 식물들이 다양하게 자라고 있었다. 담이 높아 밖에서는 안이 보이지 않았고, 안뜰에도 누군가 숨어 있을 만한 곳은 없었다. 공공장소이긴 하지만 남의 눈을 피하기에 가장 적합한 곳이었고, 화요일 아침이라 테이블 대부분이 비어 있기도 했다. 레이건은 노트를 폈다.

릴리 화원에서 사과의 말씀을 드립니다.

우리 모두 겪지 않아도 될 너무나 큰 고통을 겪었으며…

다시는 이런 일이 발생하지 않을 것이라 말씀드리고자…

그녀는 아침 식사를 주문했고, 민이 도착할 무렵 웨이터가 아보카도 토스트와 칠리 스크램블 에그가 담긴 접시를 들고 왔다. 민은 레이건의 맞은편에 앉아 휴대폰을 테이블 위에 올려두고 더블 에스프레소를 시켰다. 화장으로도 눈 밑 다크서클이 가려지지 않았고, 손톱에 칠한 매니큐어도 벗겨져 있었다.

"와 줘서 고마워."

"이메일 일은 정말 유감이야." 민의 목소리가 지쳐 보였다. 메이지 때문에 밤새 잠을 이루지 못한 모양이었다. "그래서 브라이스는 그게 딥페이크라고 생각한다는 거지?"

수치심이 산성을 띤 것처럼 그녀를 부식시키는 느낌이었다.

"나중에 릴리에 들러서 내 컴퓨터에서 뭔가 알아낼 수 있는 게 없는지 봐준대." 레이건이 달걀을 포크로 대충 집었다. 웨이터가 민의 커피를 가져왔다. "혹시 브라이스가 쓸 만한 정보를 찾아내면, 그다음엔 어떻게 해야 할지 네가 도와줄 수 있지 않을까."

"경찰에 가서 얘기해."

"경찰은 손가락 하나 까딱 안 할 거라는 거 알잖아."

"이메일 말고. 이거 얘기하라고." 민이 휴대폰 화면을 탭해서 러닝 복을 입은 여자가 고개를 숙인 채 깁스 레인이라고 쓰인 도로명 표지판 근처를 걷고 있는 스틸 컷을 띄웠다.

레이건의 몸이 **빳빳하게** 굳었다. '고프로 영상이다.' 까맣게 잊고 있었다. 골목길에 있던 그 날 아침에서 거의 8주가 지났다.

"너 거기 있었잖아." 민이 목소리를 낮췄다. 몇 테이블 뒤에 노부부가 앉아 머핀을 나눠 먹고 있었다.

"뭐라고?"

"범죄 현장에."

"나 아니야." 레이건은 멍청한 소리인 줄 알면서도 겁에 질려 말했다.

"왜 이래, 레이건. 내가 크리스마스 선물로 준 복숭아색 탱크톱 입고, 한국 있을 때 맨날 쓰고 다니던 너희 아버지 시드니 올림픽 모자 쓰고 있잖아. 네가 거기 있었다니! 그리고 지금껏 나한테 그 사실을 숨겼고."

"경찰도 나인 걸 알아?"

"누군지 알아내려고 최선을 다하겠지. 아직도 유의미한 단서가 전혀 없는 상황이거든. 대체 아침 6시에 깁스 레인에 왜 간 거야?"

"매일 아침 달리기를 하니까."

"경찰에는 왜 신고 안 한 건데?"

레이건이 두 손에 얼굴을 묻었다. "나도 알아, 신고했어야 했다는 거. 그런데 휴대폰이 없었어." 계속해서 거짓말이 나왔다. "신고하려면 공중전화를 찾아야 했을 거야."

"지나가는 사람을 불러 세울 수도 있었잖아." 민이 눈살을 찌푸렸다. "너 달리기할 때 매번 같은 길로 다녀?"

"당연히 아니지." 레이건은 공원으로 가는 길을 종종 바꾸곤 했다. 하지만 다시 생각해 보니, 깁스 레인을 통해 공원에 간지 적어도 일 년은 된 것 같았다. 아침 일과가 일정한 패턴으로 자리 잡은 것이다. 예측할 수 없게 행동하기란 쉽지 않은 일이었다.

"경찰에 얘기해야 해, 레이건. 너한테 중요한 정보가 있을지도 몰라."

"민, 진짜. 나 정보 같은 거 없어."

"수사에 도움이 될 만한 뭔가를 보고도 네가 모르고 있는 걸 수도 있어." 민은 진지하고 단호했다.

"경찰에 내 이름을 말하진 않았지?"

"수사 방해는 중대한 사안이야, 레이건."

"민!"

"말 안 했어." 그녀가 말했다. "너랑 먼저 얘기하고 싶었거든. 친구가 영상을 보여줬을 때 그게 너라는 걸 알고 깜짝 놀랐지만 숨겨야 했지. 그런데 이제 시간이 없어. 수사팀이 오늘 이 영상을 공개할 거야."

"뭐? 왜?"

"왜냐고? 경찰은 단서가 없고 네가 거기 있었으니까. 자전거 타는 사람이 자기 카메라에 이 영상이 찍힌 걸 발견하고 4일 전에 경찰에 제출했고, 이미 얼굴 인식 소프트웨어를 돌려봤어. 그런데 네가 모자를 썼고 카메라가 너무 빨리 움직이고 있었기 때문에 얼굴 인식이 될 정도로 명확한 이미지가 없는 상황이야."

"너는 언제 알았는데?" 불안이 커지면서 레이건의 목소리가 지나치게 올라갔다. 머핀을 먹던 부부가 그녀를 돌아보았다.

"레이건, 잘 들어, 경찰은 오늘 아침에 영상을 공개할 거고 너는 해명을 해야 할 거야."

"뭐라고, 내가 시체를 보고도 신고를 안 했다고?"

민의 휴대폰이 진동을 울렸다. "그리고 현장에 있었다고 시인할 기회가 거의 두 달이나 있었는데도 넌 그러지 않았지. 그건 완전 주요 사건 수사를 방해한 거야. 그러니까 영상이 공개되면 경찰에 꼭 얘기해야 해."

레이건은 공격을 받는 것처럼 양손을 들고 계속해서 도리질을 쳤다.

"누군가는 너를 알아볼 거야. 이웃 주민이나 화원 사람, 아니면 누가 알아, 너희 엄마가 경찰에 제보할지."

"아니라고 하면 돼. 아까 네가 영상에 내 얼굴이 제대로 안 나왔다고 했잖아."

"그 근처에 사는 데다 경찰이 이웃들에게 물어보면 다들 네가 달리기를 열심히 한다고 말할 텐데도?" 민의 휴대폰이 빠르게 연속으로 두 번 진동했다.

"그냥 그날 아침에 뭘 봤는지만 물어볼 거야." 민이 말했다. "그게 다야. 빨리 끝내버릴수록 경찰도 얼른 일을 처리할 수 있고 너도 넘어갈 수 있어."

민의 휴대폰에서 전화가 왔다는 진동이 길게 울리기 시작했다.

"내가 깁스 레인에 있는 영상이 공개되면, 언론에서는 이름을 알고 싶어 할 거고—"

"미안, 이 전화는 받아야 할 것 같아." 민이 레이건에게 멈추라고 손을 들며 자리에서 일어나 휴대폰을 귀에 댔다.

"—그러면 결국엔 유출이 되겠지." 레이건은 민의 손짓에도 아랑곳하지 않고 계속 말했다. "나는 적어도 한 주 동안은 시드니 달리아 사건에서 유일하게 새로 나온 뉴스가 될 거야."

민은 그녀에게 짜증스럽게 손짓하며 휴대폰에 대고 "다시 한번 말해줄래요?"라고 물으면서 멀리 걸어갔다.

만약 레이건이 지금 당장 경찰서에 간다면, 영상이 뉴스 사이트에 올라가서 영원히 지울 수 없게 되기 전에 막을 수 있을 것이다. 하지만 경찰에 신고하면 고든을 자극할 가능성이 있고, 더 나쁜 결과를 초래할 수도 있다.

그녀가 어떤 선택을 하던 이미 걷잡을 수 없는 상황이었다.

카페 안뜰이 답답하게 느껴지기 시작했다. 민은 혼자 전화를 받을 수 있는 곳으로 나간 것 같아서 레이건은 지갑을 챙겨 실내로 들어갔다.

계산대를 보고 있는 십 대 점원이 카드 결제 단말기를 가리키며 말했다. "35달러 50센트입니다."

레이건은 고프로 영상으로 그녀를 알아볼 수 있을만한 사람이 누가 있을지 생각하며 은행 직불카드를 꺼내 단말기에 댔다. 여전히 통화 중인 민은 카페 입구 쪽 인도에 서 있었다. 그녀는 카드를 다시 지갑에 넣고 뒤를 돌아 나가려 했다.

"저기요, 죄송한데 카드 승인이 거절되셨어요." 마치 자신이 직접 피해를 본 것처럼 언짢은 목소리였다.

"아, 미안해요." 레이건이 카드를 다시 꺼내서 기기에 한 번 더 댔다.

점원이 화면을 가리키며 신경질을 냈다. "거절됐어요."

분명 계좌에 돈이 있었다. 어제 확인했었다.

"다른 카드로 해볼게요."

레이건은 신용카드 두 장을 꺼내 모두 찍어보았다. 머핀을 먹던 부부도 계산하려고 기다리고 있었고, 포장 주문을 하려는 사람들도 오면서 그녀 뒤로 줄이 생겼다.

"단말기가 고장 난 건 아닐까요?" 레이건이 침착한 목소리를 내려고 애쓰며 말했다.

점원은 안경을 코 위로 쓱 밀어 올리며 고개를 저었다. "현금은 없으세요?"

민이 그녀 옆에 나타났다. "여기요, 제가 계산할게요." 민이 휴대폰을 단말기에 대자 잠시 후 경쾌한 삐 소리가 났다. 여전히 미간을 찌푸린 점원이 고개를 끄덕였다.

"나 현금 있어, 민, 여기." 레이건이 그녀를 따라 길을 걸으며 지갑에서 50달러 지폐를 꺼냈다. "근데 카드가 왜 안 되지?"

레이건의 집을 향해 걸어가며 민은 레이건이 내미는 현금을 거절하고 그녀에게 팔짱을 끼며 말했다. "사정이 그렇게 안 좋아?"

"카드 마그네틱이 손상됐나 봐. 그래서 그런 걸 거야."

그들은 모퉁이를 돌아 민이 은색 렉서스 SUV를 주차해 둔 곳에 도착했다. 레이건의 집은 반 블록을 더 가야 했다. 민이 걸음을 멈추고 선글라스를 머리 위로 올려서 쓰며 레이건의 팔을 잡았다. "레이건, 나한테는 다 얘기해도 돼."

"얘기하고 있잖아."

"레이건." 민은 무표정하지만 걱정을 가득 담은 눈으로 그녀를 바라보며 부드러운 목소리로 말했다. "지금 도움이 필요한 거지?"

30

레이건은 민의 말이 이해되지 않아 입을 멍하니 벌린 채 서 있었다.

민이 레이건의 팔을 힘주어 잡았다. "만약 이메일을 보낸 게 너라면, 화원을 그만둘 방법을 찾고 있는 거라면—"

"무슨 말도 안 되는 소리야?" 레이건이 민의 손을 뿌리쳤다. "이거 봐, 민, 어휴."

"도무지 네가 왜 그러는지 모르겠어." 더는 참을 수 없다는 듯 민의 목소리가 굳어졌다. "1월부터 나한테 계속 거짓말을 한데다가 말도 안 되는 이유를 대잖아. 화원도 잘 된다고 했으면서 카드 결제도 거절됐잖아. 이젠 뭐가 진실이고 뭐가 거짓인지도 모르겠다고. 이 섹스 영상도 마찬가지야."

"조작된 영상이라니까."

"너 딥페이크 영상을 만들려면 개별 이미지가 얼마나 많이 필요한지 알아? 적어도 3백 장은 있어야 해. 2천 장까지 쓰는 사람도 있어. 대체 누가 네 사진을 3백 장이나 가지고 있겠어? 이 세상에 있는 수많은 사람 중에 굳이 너, 한 달 전까지만 해도 스마트폰도 없었고 심지어 디지털카메라조차 없던 네 얼굴로 가짜 영상을 만들었다고?"

레이건은 말문이 턱 막혔다. "왜 진작 그 얘기를 안 해준 거야?"

신시아는 사진을 찍어 친구들에게 자랑하는 것을 좋아했다. 물론 그녀가 성인이 된 레이건의 사진을 3백 장이나 갖고 있을지는 확실하지 않았다. 크리스마스, 어버이날, 생일… 어쩌면 몇 백 장이 될 수도 있을 것 같았다. 하지만 그 사진을 볼 수 있는 사람은 신시아와 테리밖에 없을 것이다.

그리고 그들의 컴퓨터를 해킹할 수 있는 누군가.

혹시 고든이 그녀의 사진을 몰래 찍은 걸까? 그가 카메라를 들고 있는 것을 본 적은 없지만, 망원 렌즈를 썼을지도 모른다.

"영상 속 네 목소리도 너랑 상당히 비슷했어." 민이 말했다. "딥페이크 소프트웨어로 목소리를 실제와 똑같이 만들려면 녹음 파일이 몇 시간 분량은 있어야 해."

레이건이 퇴근 후 모나 베일로 향했던, 비가 쏟아지던 그날, 레이건이 브라이스를 처음 만났던 그날 이후 여름 내내 그랬듯 태양이 환한 조명처럼 밝고 뜨겁게 내리쬐었다.

"네가 영상 때문에 진심으로 속상하고 화난 것 같았어." 민이 확고하면서도 걱정스러운 말투로 말했다. "그래, 이해는 안 가지만 내가 모르는 무언가가 있을 거라고 생각했어."

'테리.' 테리라면 그녀의 목소리 파일을 갖고 있을 수 있다. 저녁 식사 동안 오갔던 따분한 대화나 그들의 전화 통화를 녹음하면 된다.

아니면 화원을 드나드는 사람일 수도 있다. 누구든 화원에 녹음기를 숨겼을 수 있다. 요즘엔 기계가 아주 작지 않은가? 정확히 어디에 설치했는지 모르면 절대 찾을 수 없을 것이다.

'혹시 스마트폰….' 모두 그 망할 전화기를 산 뒤에 일어난 일이다.

"사람들이," 레이건이 말을 더듬었다. "그… 다른 사람 스마트폰을 해킹해서 녹음하고 그럴 수 있지 않아?" 고든이 했을 수도 있다. 그녀의 스마트폰을 해킹했다면 카메라를 사용해서 사진도 찍을 수 있었을 것이다. 휴대폰으로 뭐든 가능한 세상이니까.

민이 한숨을 내쉬었다. "그건 말도 안 돼. 그것보다는 화원이 망해서 어디든 탈출구가 필요해진 네가 진짜 섹스 영상을 사람들에게 보내고 그걸 핑계로 삼으려 한다는 설명이 훨씬 설득력 있지."

레이건이 답답함에 몸부림쳤다. "화원은 아무 문제없이 잘 되고 있다니까, 민."

"그래서 화원 열고부터 같이 밥 먹거나 술 마시러 안 갔다고? 2년 동안 새 옷을 산 적은 왜 한 번도 없는데? 그 낡은 차는 왜 아직도 타고 다니는데?"

레이건은 경제적 어려움을 잘 숨기고 있었다고 생각했다. 하지만 민은 알고 있었다. 당연히 알고 있었다. 그저 그녀를 배려해서 묻지 않은 것이었다.

"어떻게든 화원을 유지하느라 엄청나게 스트레스를 받고 있었겠지. 그리고 크리스탈의 시체를 발견했던 것도, 특히 몇 주 동안 거짓말까지 하느라 정신적으로 정말 힘들었을 거야." 민이 두 손바닥을 맞댔다. "친구로서 물을게. 혹시 정신적인 문제가 생겼니?"

민의 질문은 얼음물을 한 바가지 뒤집어쓴 것만큼이나 충격적이었다. 높은 벤자민고무나무 가지 위에서 까마귀가 구슬프게 우는 소리가 들렸다.

"어려운 상황이라면 돕고 싶어."

"제발 좀." 레이건이 이를 악물었다. 역시나 민은 자기 마음대로 이야기를 만들어 냈다. "아무리 화원 문을 닫고 싶다고 해도 엄마한테 섹스 동영상을 보낼 일은 없어. 누가 날 노리고 있다니까."

"그러면 경찰한테 가."

"난 네 도움을 받고 싶어."

"내 조언은 경찰에 가라는 거야."

소형 픽업트럭이 지나가다 정지 신호에서 끼익하는 브레이크 소리와 함께 멈춰 섰다. 멀지 않은 곳에서 누군가 전기톱을 작동시키기 시작했고, 갈색으로 말라버린 식물들이 서서히 죽음을 기다리며 고개를 숙였다. 온갖 소음과 내리쬐는 뙤약볕에 레이건은 머리가 어지러웠고, 길이 그녀를 향해 점점 조여드는 것 같았다. 그녀는 양 관자놀이를 손끝으로 꾹꾹 누르며 말했다. "난 못 가, 알겠어?"

"아니, 모르겠어." 민은 물러날 생각이 없어 보였다. "보통 사람들이라면 섹스 동영상을 받자마자 경찰서로 직행했을 거야. 보통 사람들이라면 골목길에서 죽은 여자를 발견하자마자 경찰에 전화했을 거고. 너는 왜 그렇게 못하는데?"

"너는 세상을 흑백논리로만 보지? 세상 사람들이 어떻게 생각하고 행동하는지 다 아는 것 같지? 그래, 네가 하는 일에서는 그렇겠지, 그런 면에서는 나도 네가 대단하다고 생각해. 넌 내가 죽었다 깨어나도 절대 못 할 일을 하니까." '소아성애자들을 인터뷰

하는 것처럼. "하지만 내가 경찰에 갈 수 없는 이유가 있다고 하면 그냥 믿어줄 수는 없어?"

민의 얼굴에서 냉정함이 무너져 내리면서 메이지가 울음을 터뜨리기 직전에 볼을 불룩하게 부풀리는 것과 비슷한 표정이 떠올랐다. 민은 눈물을 보이지 않았다. 대신 그녀는 레이건을 와락 잡아채 끌어당겨 아플 만큼 꽉 안았다.

"널 보호하려고 하는 거야." 민이 레이건의 어깨를 잡은 손을 놓지 않은 채 뒤로 한 발짝 물러났다. "말이 되는 게 정말 하나도 없어서 걱정돼. 경찰이 널 의심하길 바라기라도 하는 것처럼 보여서. 크리스탈의 시체를 발견한 건 그냥 미친 우연이었잖아. 그런데도 경찰에 신고를 못 하겠다고 하니 오히려 의심이 간다고. 심지어 지금은 너를 찾고 있는데도 여전히 경찰에 안 가려고 하고. 너 그거 완전 피해망상이야."

"피해망상 아니야!" 레이건이 빽 소리를 질렀다. 민이 움찔했다.

"알았어. 그러면 나랑 경찰서 같이 가. 나한테 얘기 안 해도 돼. 내가 실력 있는 형사 전문 변호사를 아니까 전화해서 거기서 만나자고 할게."

레이건은 그녀를 뚫어져라 쳐다보는 민의 시선을 피하려고 고개를 위로 돌렸다. "일단 은행에 가서 카드에 무슨 문제가 있는지 알아봐야 하고, 그다음엔 브라이스가 내 이메일이 어떻게 해킹된 건지 봐 줄 거야…"

민이 포기한 듯 한숨을 크게 내쉬었다. "난 너 못 도와주겠다, 레이건. 미안해. 진작 수사팀에 얘기했어야 했는데. 네가 정신 건강에 문제가 있다고 알려줬더라면, 그러면—"

"경찰에 내 이름 말하면 안 돼, 민."

"이해를 못 하고 있구나. 경찰은 지금 단서가 전혀 없는 상황이야. 내가 말 안 해도 어떻게 해서든 너라는 걸 알아낼 거라고. 골목길 영상이 공개됐는데도 네가 경찰서에 가지 않으면 경찰은 네가 무언가를 감추고 있다고 생각할 거야. 네 스스로 용의자라고 떠벌리는 거나 다름없어."

"그게 아니라—"

민은 아직 말이 끝나지 않았다. "그리고 경찰이 정말 너를 조사하기 시작하면 3초도 안 걸려서 네 휴대폰에서 우리가 친구라는 걸 알아낼걸. 내 정보원이 수사팀에 있어. 걔가 어제 나한테 영상을 보여줬다고. 내가 널 못 알아봤다고 하면 분명 안 믿을 거야."

레이건은 어린 시절 친구인 브룩을 자주 떠올리지는 않았다. 하지만 갑자기 그녀 생각이 나면서 배꼽까지 닿는 길고 가느다란 금발 머리, 고음의 웃음소리, 그녀가 늘 새끼손가락으로 문질러 바르던 체리 글리터 립글로스 통이 떠올랐다. 그리고 워터파크에 갔던 날, 레이건이 수직으로 떨어지는 제일 높은 미끄럼틀의 가장자리에 서서 아래를 힐끔힐끔 보는 동안 옆에서 브룩이 그녀를 들들 볶던 것도 생각났다. '우리 엄마가 네 입장권을 사줬으니까 넌 내가 타라고 하는 미끄럼틀은 다 타야 해.'

안전 바를 붙잡고 있던 손을 놓는 순간 아래로 추락했던 자유 낙하의 공포가 떠올랐다.

"알았어, 수사팀에 얘기하면 되잖아." '젠장.' 어떻게 해야 할지 생각하려면 시간이 필요했다. "대신… 하루만 시간을 줘. 내일 아침 일찍 갈게."

"오늘 바로 가면 더 좋을 것 같은데, 지금 당장이라든가." 민이 손목을 위로 들자 시계 숫자판이 햇빛에 반짝였다. "9시 넘었네.

236

오늘 아침 기자회견에서 고프로 영상을 공개했을 거야."

"넌 이게 나한테 얼마나 힘든 일인지 몰라."

민의 휴대폰이 진동했다. 문자 메시지였다. 그녀가 걱정스러운 표정을 짓자 이마에 주름이 잡혔다. "이런, 대시엘 열난대. 가야겠다." 민이 가방을 고쳐 매고 차를 향해 돌아서며 한 번 더 강조했다. "내 말 믿어, 경찰에 빨리 갈수록 좋아."

레이건은 '피해망상'이라는 단어를 머릿속에서 끊임없이 되뇌며 인도에 가만히 서 있었다.

31

레이건은 은행으로 운전해 가는 길에 민이 옆에 있는 것처럼
소리 내어 말하며 아까의 말다툼을 계속해서 되풀이했다. 그녀는
주차할 곳을 찾아 차를 비스듬히 세웠다. 주류 판매점 앞을 지날
때 유리문이 스르륵 열리자 시원한 에어컨 바람이 습한 아침 공
기 사이로 빠져나왔고, 레이건은 홀린 듯 가게 안으로 들어갔다.
그녀는 즐겨 마시는 피노 그리 와인을 집었다가 다시 내려놓고,
블러드 라임과 페퍼 잎으로 향을 냈다고 광고하고 있는 진을 한
병 집어 들었다. 나중에 브라이스가 화원에 오면 도와줘서 고맙
다는 의미로 선물할 수 있을 것이다.

"제 카드가 되는지 안 되는지 확실하지 않아서요. 한 번 시도해
봐도 될까요?"

지루한 표정으로 계산대에 서 있던 남자가 고개를 끄덕였다. 그
녀는 카페에 있던 단말기의 문제였기를 바라며 신용카드 두 장과

직불카드까지 찍어보았다. 모두 먹통이었다. 어쩔 수 없이 현금을 내고, 갈색 종이봉투에 담긴 병을 챙겨 옆 건물로 갔다.

은행 안은 축축한 카펫 냄새가 났다. 레이건은 불편할 정도로 크게 흘러나오는 빌리 조엘 노래를 들으며 초조하게 줄을 서서 기다렸다.

"오늘 아침부터 카드가 안 돼서요." 그녀가 창구 직원에게 말했다. "마그네틱이 손상됐거나 뭐 그런 것 같아요."

이 정도는 그녀가 해결할 수 있는 문제였다. 그리고 카드 문제를 해결하면 화원에 가서 그 망할 사과 메일을 다 쓸 것이다. '크고 복잡한 문제를 작고 해결 가능한 문제로 나누는 거야.'

레이건이 카드와 신분증을 가림막 아래로 내밀었다.

"계좌 한번 확인해 보겠습니다." 창구 직원은 층 없는 단발머리에 입가 주름이 자글자글한 중년 여자였다. 이름표에는 '밀레나'라고 적혀 있었다. 그녀는 컴퓨터로 몸을 돌려 손끝으로 키보드를 타닥타닥 두드렸다.

"레이건 카슨…" 밀레나의 미소가 사라졌다. 그녀는 입술을 내밀고 눈을 찡그리며 컴퓨터 화면을 가까이 들여다보았다. 타자치는 소리가 계속 들렸다. "계좌가 동결된 것으로 보이네요."

"동결이요?"

밀레나가 명확하게 고개를 끄덕였다.

"그게 무슨 말이에요?"

"이 계좌로는 돈을 넣거나 뺄 수 없게 되셨다는 뜻입니다."

레이건은 가림막에 머리를 박고 싶은 심정이었다. "제 돈을 왜 제가 못 쓴다는 거죠?"

"고객님의 계좌와 관련된 불법 활동 신고가 있었습니다. 은행

정책상 사법당국과 협의가 이루어지기 전까지 계좌를 동결해야 합니다."

'사법 당국과 협의?' 레이건은 정신이 아찔했지만 창구에 손을 짚고 스스로를 진정시켰다.

"뭔가 착오가 있었던 것이 틀림없어요. 저는 절대… 에밀과 이야기를 좀 할 수 있을까요?"

"오늘 출근 안 하셨어요." 밀레나는 카드를 창구 밖으로 밀어내며 사무적이고 단호한 목소리로 말했다.

"전화를 해볼 수는 없나요?"

밀레나가 다른 직원과 눈길을 주고받았다.

"다른 사람의 계좌와 혼동하신 것은 아닐까요? 제발 한 번만 더 확인해주세요." 그녀가 새된 목소리로 애원했다.

"이미 카드로 계좌 이름과 번호를 확인했습니다."

"이건 분명 착오예요. 저는 아무 짓도 안 했다고요. 제가 뭘 했다고 나오는데요?" 왼쪽 창구에 앉아있던 손님이 그녀를 돌아보았다.

"제가 드릴 수 있는 정보는 이게 전부입니다."

"아니에요. 아니라고요!" 레이건이 창구를 쾅 내리쳤다. 은행 안의 모든 사람이 움직임을 멈추고 일제히 그녀를 쳐다보았다. 또다시 추락하는 느낌이 들었다. 그리고 그 아래엔 아무것도 없었다.

"손님, 이만 나가주셔야겠습니다."

레이건은 더 이상 할 말이 떠오르지 않았지만, 자리에서 일어나기에는 흥분이 충분히 가라앉지 않은 느낌이었다. 형광등이 웅웅거리는 소리에 머리가 어지러웠다.

"이미 두 번이나 요청드렸습니다만—" 밀레나는 아직도 딱딱한 목소리로 뭐라 뭐라 말하고 있었다.

어깨가 넓고 양 팔꿈치를 벌려 손을 허리에 얹은 여자 경비원이 그녀 옆으로 다가왔다.

"갈게요." 레이건이 중얼거렸다.

은행 밖으로 나온 레이건은 차에 타서 앞 유리를 통해 비스듬히 비쳐드는 뜨거운 햇빛을 맞으며 앉아있었다. 화원으로 운전해 가거나, 적어도 시동을 켜고 창문을 열어야 했다. 하지만 그녀는 미동도 하지 않고 티셔츠가 땀에 젖도록 앉아있었다.

'이렇게 되는 거였나?' 경찰은 자전거 타던 사람의 영상을 공개했고, 누군가 그녀를 알아보았으며, 이제 그녀를 향해 수사망을 좁혀오고 있었다.

은행 직원의 말이 머릿속을 어지럽혔다. '계좌와 관련된 불법 활동.' 돈에 얽힌 범죄인 것 같았다. 말도 안 되는 소리였다.

땀이 목덜미를 타고 흘러내렸다. 브라이스는 아침에 회의가 있다고 했고, 레이건은 그에게 지금보다 더 부담을 지울 생각이 없었다. 지갑에 50달러가 있었고, 집에 있는 비상용 봉투에 지폐를 몇 장 더 넣어두었다. 오늘은 화원을 열지 않을 예정이니 며칠을 버틸 정도의 현금은 될 것이다. 그녀는 엄마에게 전화하고 싶었다.

아니, 그녀가 정말로 바라는 것은 그녀를 도울 마음이 있는 엄마였다.

아침에 있었던 일들에도 불구하고 민에게 전화를 걸고 싶은 충동이 들었다. 그러나 민은 이미 그녀가 미쳤다고 생각하고 있었다. 계좌 동결 이야기까지 하면 정신병원에 가두려고 할지도 모른다.

32

레이건이 떠올릴 수 있는 가장 좋은 표현은 '임시 휴업'이었다. 그녀는 글자를 큼직하게 써서 화원 출입문 안쪽에 테이프로 붙였다. 좁은 사무실에 앉아 모니터에 간신히 뉴스를 띄웠다. 고프로 영상이 사방에 퍼져 있었다.

이모젠 론스키 형사가 이끄는 시드니 달리아 수사팀은 크리스탈 알메이다 살인 사건에 관한 정보를 갖고 있을 수 있는 여성을 찾기 위해 시민들의 도움을 청하고 있다.

해당 여성은 알메이다의 시신이 발견되었다는 신고 전화가 뉴사우스웨일스 경찰에 접수되기 약 20분 전에 시드니 이너웨스트의 깁스 레인에서 뛰어나오는 모습이 영상에 포착되었다.

론스키 형사는 "목격자분이 나오지 못하고 있는 이유가 있다면, 저희는 당신을 돕고자 한다는 점을 다시 한번 분명히 말씀드립니다." 라고 말했다.

레이건은 영상을 클릭해 재생하고 화면을 확대했다. 민이 보여 준 스크린 캡처에서처럼 그녀의 얼굴은 픽셀화되어 흐리게 보였고, 그마저도 일부는 모자로 가려져 있었다.

섹스 동영상을 받은 사람들에게 사죄 메일 비슷한 것을 보내려던 생각이 점점 약해졌다. 얼굴이 화끈거리고 위가 조이는 느낌이 들었다. 이미지 조작이든 아니든 그녀의 모습은 이미 그들의 뇌리에 박혀 지워질 수 없었다.

칼슘 비료를 다시 채우던 중 또 다른 생각이 떠올랐다. 만약 누군가 벌써 그녀를 알아봤다면, 경찰이 심문하기 위해 오는 중일 것이다. 지금 그녀의 아파트에 와 있을 수도 있다.

그리고 고든 퍼디가 그들과 함께 그녀를 기다리고 있을 수도 있다.

오후 내내 브라이스가 오기만을 기다리며 짜증과 스트레스로 보냈다. 화원을 정리하느라 바쁜 와중에 누군가 유리문을 두드려서 화들짝 놀라 감전된 것처럼 펄쩍 뛰기도 했다.

제 발로 경찰에 가야 하는 상황이었다. 그녀는 칼라데아 인시그니스 토분을 들어 올려 그 밑의 선반을 닦았다. 은행 계좌 때문이든 고프로 영상 때문이든 경찰은 오고 있을 것이다.

설마 은행 계좌를 막은 것도 고든일까? 생각이 거기에 미치자 덥고 습한 공기에서 오한이 느껴졌다. 범죄자가 된 경찰보다 무서운 것이 뭐가 있겠는가.

벽시계는 5시 37분을 가리켰다. 브라이스는 지금쯤 왔어야 했다. 레이건은 손에서 흙을 털어내고 사무실로 급히 달려가 전화기를 집어 들고 그의 휴대폰 번호를 눌렀다.

녹음된 음성이 흘러나왔다. "지금 거신 번호는 없는 번호입니다."

전화번호를 잘못 누른 모양이었다. 놀랄 일도 아니었지만, 그녀는 손을 덜덜 떨고 있었다. 다시 전화를 걸었다.

같은 메시지가 들렸다.

전화를 끊고 세 번째로 통화를 시도했지만 똑같은 메시지가 나올 뿐이었다.

"젠장!" 그녀는 수화기를 쾅 내려놓고 다시 전화를 걸기 전 천천히 숨을 들이마셨다. 그리고는 노래처럼 들리는 그의 번호를 소리 내어 말하며 집중해서 버튼을 눌렀다. 이번엔 틀렸을 리가 없다고 확신했다.

"지금 거신 번호는—"

레이건은 수화기를 얼굴에서 떼서 노려보았다. 대체 이게 무슨 일이지? '스트레스 때문에 기억력에 문제라도 생긴 것일까.'

브라이스는 금방 문을 열고 들어올 것이다. 하지만 금방으로는 부족했다. 그녀는 그가 정확히 어디에 있으며 얼마나 더 오랫동안 혼자 이곳에 갇혀 미쳐가고 있어야 하는지 알아야 했다. 식물에서도 안정감을 얻을 수 없었다. 브라이스가 도착하면 컴퓨터를 혼다 트렁크에 밀어 넣고 경찰이 문을 두드리는 일이 없을 그의 집으로 함께 향할 수 있을 것이다.

그녀는 핸드백에서 진통제와 여행용 티슈 사이를 뒤적여 다이어리를 찾아냈다. 분명 그곳에 브라이스의 번호를 적어놓았다고 생각했지만, 페이지를 아무리 넘겨도 보이지 않았다.

'브라이스가 오겠다고 했어. 지금 오고 있을 거야.' 레이건은 인터넷으로 그가 다니는 회사의 이름을 찾아보려 했다. 기억나는 것은 ANZ 타워에서 일한다는 것뿐이었는데, 전혀 도움이 되지 않는 정보였다. 그녀는 온실을 서성이며 브라이스가 아직도 화원에 나타나지 않고 있는 그럴듯한 이유를 찾으려고 애썼다.

직장에 붙잡혀 있을 수도 있고, 릴리로 전화를 하는 대신 그녀에게 문자를 남겼을 수도 있다.

교통사고가 났거나, 위급한 의료 상황에 처해 있을 지도 모른다.

아니면… 뉴스에서 고프로 영상을 보고 레이건을 알아봤을 수도 있다.

하지만 그랬다면 그녀에게 전화했을 것이다. '그러지 않았을까?'

레이건은 외우고 있는 번호로 다시 한번 전화를 걸어 보았다. 결과는 같았다.

브라이스의 휴대폰 번호가 바뀌었거나, 어찌 된 일인지 몰라도 그녀가 번호를 잘못 기억하고 있는 것일지도 모른다.

물론 후자일 것이다. 그녀는 휴대폰을 집 안 보이지 않는 곳에 두고 나왔다. 어쩔 수 없이 위험을 무릅쓰고 집에 가야 했다.

차 시동을 어떻게 걸었는지조차 기억나지 않았다. 레이건은 정신없이 운전하는 동안 가짜 섹스 동영상, 은행 계좌 동결, 그리고 어쩌면, 어쩌면, 그녀가 발견하도록 놓아둔 크리스탈의 시체까지 머릿속에서 모든 상황을 종합해 이해해 보려고 했다.

하지만 다른 두 피해자인 에린과 윌로우는 그녀와 아무 관계가 없는 교외 지역에 버려졌었다. 그리고 그 세 명 모두 끔찍하게 잔인하고 폭력적인 살인 사건의 피해자였던 반면, 자신에게 벌어지고 있는 일은… '대체 뭘까?'

그녀는 계단에 서서 아파트 복도를 조심스레 내려다보았다. 아무도 문밖에서 기다리고 있지 않았다. 서둘러 집안으로 들어갔다.

전화가 와서 휴대폰이 진동을 울리고 있었고, 그녀는 잠금장치를 다시 채우자마자 방으로 달려갔다. 브라이스의 전화일 거라 확신한 레이건은 엉망인 책상 위를 마구 헤집었다. 휴대폰을 집자 책한 무더기가 바닥으로 와르르 떨어졌다.

"레이건." 신시아의 목소리가 전화기 너머에서 그녀의 신경을 긁었다. "아직도 너의 행동에 대해 사과 전화 한 통 안 했다니 믿어지지 않는구나. 그 영상이 인터넷에도 올라갔니? 테리네 직원들이 보면 어쩌려고 그래? 그게 테리한테 어떤 영향을 미칠지 생각해 봤니?"

"테리한테 어떤 영향을 미치냐고요?"

"이게 정말 뭐 하자는 건지, 원 참. 난 네가 어릴 때 이후로 이런 짓거리는 다 졸업한 줄 알았는데—"

그 순간, 수년 동안 억압해왔던 감정이 폭발하며 맹렬한 분노가 온몸을 휘감았다.

"저는 아무것도 안 했다고요!" 그녀는 휴대폰을 얼굴 앞에 대고 고래고래 소리를 지른 뒤 전화를 끊어버렸다.

'자, 민. 네 말대로 엄마한테 꺼지라고 했어.'

휴대폰 연락처에 있는 브라이스의 전화번호는 분명 맞는 번호였다. 그 번호에서 문자와 전화를 수없이 받았으니까. 지금은 그의 이름 아래 작은 수화기 아이콘을 눌러도 똑같은 녹음된 음성이 재생될 뿐이었다. "지금 거신 번호는…"

그래. 틀림없이 휴대폰이 고장난 것이다. 그와 연락할 다른 방법을 생각해 보자. '이건 그냥 사소하고 해결 가능한 문제일 뿐이야.'

뉴 사우스 헤드 로드를 따라 로즈 베이 마리나를 지나는 커브

길을 달리면서 레이건은 흥얼흥얼 혼자 콧노래를 불렀다. 경찰은 현관문을 두드리지 않았다. 아무도 고프로 영상에서 그녀를 알아보지 못했다는 뜻이었다. 브라이스의 집에 도착하면 '우리 나미비아로 떠나요.'라고 말할 수도 있을 것이다. 그러면 그는 '좋죠, 언제 갈까요?'라고 대답할 것이다. 그러면 또 그녀는 '지금 당장이요, 가방 챙겨요.'라고 할 것이다. 1500년 된 나무 그늘 아래 서 있으면 그녀가 겪고 있는 문제는 사소하게 느껴질 터였다. 아니면 마다가스카르로 날아가 자살 야자수를 찾을 수도 있겠다. 멸종위기에 처해있긴 하지만, 요즘엔 뭐든 그렇지 않은가? 운이 좋으면 수백만 개의 작은 꽃들로 이루어진 피라미드처럼 생긴 꽃을 피운 모습도 볼 수 있을 것이다. 또 그다음엔 멕시코로 이동해 기어다니는 악마를 찾을 수도 있다. 어딜 가든 항상 새로운 볼거리가 넘칠 것이다. 그저 그들의 삶을 뒤로하고 떠나기만 하면 된다.

레이건은 그의 집에서 한 블록 떨어진 곳에서 주차할 자리를 찾았다. 오후 6시가 넘었으니 퇴근해서 집에 돌아왔을 시간이었다. 그는 그녀를 보면 꼭 안아줄 것이고, 아무 문제도 없을 것이다. 그리고 화원에 오지 못한 이유와 휴대폰 번호가 통화 연결이 되지 않았던 이유도 모두 설명할 것이다.

그녀가 아파트 현관에 다다르자 어떤 커플이 나오고 있었다. 남자가 잠시 멈춰 서서 그녀를 위해 문을 잡아주었다. 옆에 있던 여자가 눈을 흘겼다.

레이건은 엘리베이터를 타고 2층으로 갔다. 17호에서 손을 들어 문을 똑똑 두드리다 말고 머리를 정돈하고 셔츠 밑단을 잡아당겨 주름을 폈다. 브라이스가 오늘 민처럼 반응하면 어쩌지. '아니다. 그럴 리가 없다.'

한 번, 두 번 문을 두드렸다.

하지만 문이 열릴 기미가 보이지 않아 그녀는 문에 가까이 다가가 귀를 가져다 댔다. 아무 소리도 들리지 않았다.

그녀는 이미 몸을 돌린 채 별 기대 없이 한 번 더 문을 두드렸다. 문이 살짝 열렸다.

깜짝 놀란 레이건이 입을 딱 벌리고 쳐다보니 어떤 여자가 얼굴을 찌푸리며 밖으로 나왔다.

여자는 디자이너가 쓸 것 같은 강렬한 빨간 안경을 쓰고 있었다. 회색 블레이저와 펜슬 스커트를 입어 호리호리한 몸매가 더욱 돋보였고, 블라우스 위로 뚜렷한 쇄골이 눈에 띄었다.

"어떻게 오셨어요?"

그녀는 레이건이 그 자리에 있는 것이 몹시 불편하다는 듯 퉁명스러운 어조였다. 레이건은 정신이 아득해져 여자의 의심스러운 표정과 열린 문 위에 붙어 있는 아파트 호수번호판을 번갈아 보았다. 스트레스로 브라이스의 전화번호를 헷갈렸을 수는 있지만, 집은 그녀와 같은 17호였다. 잊어버렸을 리가 없었다.

"저는… 브라이스를 만나러 왔는데, 혹시 안에…?"

"누구요?"

"브라이스 스튜어트요."

"잘못 찾아오신 것 같아요." 여자가 마치 '또 어떤 멍청이가 나타났네'하는 표정으로 한숨을 내쉬며 문을 휙 닫았다.

이메일로 인한 스트레스, 동결된 은행 계좌, 민의 비난, 압박감이 쌓이고 쌓여 뇌에서 퓨즈가 끊어져 기능이 멈춘 것 같았다. 현기증이 밀려왔다.

"잠시, 잠시만, 잠시만요." 레이건은 문이 완전히 닫히기 직전에 손을 뻗어서 문을 붙잡아 다시 열었다.

"지금 뭐 하시는 거예요?" 여자가 인상을 썼다.

레이건은 계속 문을 잡고 있었다. "혹시 브라이스 아세요? 이웃 주민 중에 있지 않나요?"

여자는 레이건이 문을 더 열지 못하도록 문을 꼭 붙들었다.

"건물 안에는 어떻게 들어왔죠?" 여자가 목을 길게 빼고 복도를 살폈다. 그때 레이건의 눈에 익숙한 주방과 브라이스가 술을 보관하는 고급스러운 거울 장식장이 얼핏 보였다.

"안 가시면 경찰을 부르겠어요."

레이건이 손을 놓았다. 얼굴 앞에서 문이 쾅 닫혔다.

33

레이건은 이 여자에게 자신이 그곳에 여러 번 왔으며, 밤을 보냈었다는 사실을 증명하기 위해 접이식 유리문과 귤색 소파, 촘촘한 짙은 회색의 러그를 묘사하고 싶은 충동에 사로잡혀 굳게 닫힌 문을 두드리려고 주먹을 쥐고 팔을 뻗었다.

하지만 주방을 흘긋 보고 이미 스스로에게 증명했기 때문에 굳이 모르는 사람에게 증명할 필요가 없었다.

그녀는 브라이스의 현관문에서 조금 떨어진 곳 복도에 서 있었다. 머리 위에 있는 천장 조명은 꺼져 있었다. 그 옆의 조명은 깜박이며 켜졌다 꺼졌다 했다.

레이건에게 필요한 것은 브라이스의 사진이었다. 사진이 있었다면 17호에 있는 여자에게 보여줄 수 있었을 것이다. 하지만 사진이 하나도 없었다. 그녀는 그가 점심을 먹으면서도 끊임없이 사진을 찍는 부류의 사람이 아니라는 것을 존중했다. 브라이스를 알고 지낸 몇 주 동안, 그들이 찍은 사진이라곤 인스타그램에 올릴 화원 사진뿐이었다.

레이건은 어떻게 해야 할지 몰라 망설이며 복도에 우두커니 서 있었다. 금방이라도 17호 문이 열리고 브라이스가 나와 사과의 말을 늘어놓을 것 같았다. 여자는 그의 여동생이며, 잠시 그를 방문한 것이다. '그는 형제자매가 없어.' 그러면 그의 사촌이다. 정신 나간 사촌이 브라이스를 모르는 척하며 그녀를 쫓아 보내면 재밌을 것 같아 장난을 친 것이다.

불이 켜졌다 꺼졌다.

뒤에서 문이 삐걱거리며 열렸다. 그녀는 돌아보기도 전에 이미 안도감을 느끼며 몸을 돌렸다.

브라이스가 아니었다.

맞은편 집 문이 살짝 열리며 휠체어를 탄 기미투성이 여자가 나왔다.

레이건은 엘리베이터로 가는 길을 막고 복도 중앙에 서서 말했다.

"건너편 17호에 사는 남자 아시죠? 머리는 옅은 갈색에 30대 초반이에요."

여자는 고개를 젓고는 "지나갈게요."라고 말하며 옆을 돌아가려고 했다.

"이웃인데 모르세요? 큰 뿔테 안경 쓴 남자?"

여자의 얼굴에 짜증이 번지며 재차 고개를 저었다.

"혹시 저 기억하세요? 한 달쯤 전 토요일 저녁에 그 사람이랑 같이 있었는데."

"좀 비켜 주실래요."

"저희가 그때 엘리베이터에 먼저 타 있었고, 문이 열리니까 그쪽이 타셨던 것 기억 안 나세요?" 레이건은 미쳐가는 것 같은 기분이었다. '완전 피해망상이야.'

"그쪽 때문에 늦겠어요."

"제발요, 17호에 있는 여자, 그 여자는 보신 적 있으세요? 그 여자가 거기 사나요?"

그녀는 찌푸린 얼굴로 휠체어를 굴려 레이건을 지나쳐 엘리베이터로 갔다.

저녁노을이 거리 끝에서 붉게 타올랐고, 아파트에서 나온 레이건은 건물 입구에 멍하니 섰다. 현관의 붉은 프란지파니 나무는 여전히 지독히도 달콤한 향기를 저녁 공기에 실어 보내며 꽃을 활짝 피우고 있었다.

브라이스가 고프로 영상에서 그녀를 알아보고… 그녀가 절대 찾을 수 없도록 공들여서 잠적하기로 한 걸까?

달리 무엇을 해야 할지 알 수 없었던 레이건은 집으로 운전해 돌아갔고, 하늘에서는 구름이 빛나는 별들을 어둡게 덮고 있었다.

레이건은 아파트 계단을 천천히 올라가 끝에서 멈춰 서서 모퉁이를 살짝 들여다보았다. 복도에는 아무도 없었다. 그러나 그녀의 집 문손잡이에는 양쪽으로 포장용 종이가 삐져나온 흰 종이 쇼핑백이 걸려 있었다.

그녀는 쇼핑백을 겨드랑이에 끼고 집안으로 빠르게 들어갔다. 잠금장치를 단단히 잠그자마자 쇼핑백을 집어던지듯 내려놓았다. 리본으로 묶인 하얀 상자가 바닥에 떨어졌다. 포장을 찢고 상자를 열어보니 70C 브라와 95 사이즈 팬티로 이루어진 흰색 실크 브라 세트가 들어 있었다. 작은 하얀 카드에는 '너의 진정한 사랑'이라 적혀 있었다.

그가 돌아왔다. 역시 돌아와 있었다.

그리고 브라이스가 사라졌다.

우연일 수 없었다. 고든이 그를 해쳤거나, 겁을 줘서 집을 떠나게 했거나, 어쩌면 혐의를 꾸며내서 체포했을지도 모른다.

그녀는 브라 세트와 포장지, 종이 상자를 쇼핑백 안에 아무렇게나 집어넣고 쓰레기통 옆에 툭 내려놓았다. 그리고 창문 블라인드를 모두 내린 뒤, 주방으로 돌아와 진의 뚜껑을 비틀어 열고 얼음 잔에 따랐다.

첫 번째 이메일은 레이건이 왓슨스 베이에 있는 브라이스의 집을 처음 방문한 날에 왔다. 고든은 그때도 지켜보고 있던 것이 분명했고, 그녀는 눈치채지 못했다.

이제 어떻게 해야 할까? 민이 정말 필요했지만, 대화가 어떻게 흘러갈지는 불 보듯 뻔했다. 민은 브라이스가 사라지기 전부터 이미 그녀가 피해망상이라 했다.

'젠장.'

유리잔 속 얼음이 달그락거렸다.

브라이스는 레이건의 인생에서 일어난 가장 좋은 일이었고, 고든은 그것을 부숴버릴 것이다. 벌써 그렇게 했을 수도 있다. 무기력함이 느껴졌다. 내키지 않았지만 민에게 전화해야 했다. 그녀와 함께 경찰서에 갈 수도 있을 것이다.

아침에. 내일 아침에 모든 것을 해결할 것이다.

이메일 수신 알림이 울려 휴대폰을 집어 들었다.

발신자 이름이 그녀의 이름으로 되어 있었다. 내용은 단 세 단어였다.

내가 전에 경고했지.

분노가 터져 나왔다. 눈에 실핏줄이 터진 것처럼 눈앞이 시뻘겋게 보였다. 휴대폰이 손에서 부들부들 떨렸고, 레이건은 비명을 질렀다. 의자의 날카로운 모서리에 휴대폰을 세게 내리치자 액정에 금이 갔다. 다시 한번 힘껏 내리치자 저릿한 충격이 팔을 타고 전해졌다. 그러고도 몇 번 더 내리치니 액정 유리 조각이 사방으로 흩어졌다.

레이건은 휴대폰의 잔해를 바닥에 내려놓고 유리가 발밑에서 바스러지는 소리와 함께 진 한 잔을 더 따랐다.

자정에 가까운 시간, 그녀는 옷을 벗고 현관문의 잠금장치가 잘 닫혀 있는지 다시 확인한 뒤 잠을 설칠 것 같다고 생각하며 침대에 웅크리고 누웠다. 하지만 스트레스로 가득했던 힘든 하루를 보내고 진을 여러 잔 마셔서인지 이내 깊은 잠에 빠져들었다.

그리고 새벽 3시 47분, 현관문이 폭발했다.

34

2017년 3월 8일 수요일

경첩이 분리되고 문이 바닥에 쾅 부딪혔다. 레이건은 정신이 번쩍 들어 침대에서 뛰쳐나왔다. 거실에서 고함과 둔탁한 발소리가 들려왔다.

"경찰이다!"

검은색 사각팬티 한 장만 입고 있던 레이건은 침대 시트가 다리에 감긴 채 그대로 얼어붙었다. 그녀는 시트를 잡고 겨드랑이 높이까지 끌어올렸다. 침실 문간에 손전등 불빛이 나타났다. 거실 불이 딸깍 켜지며 무거운 조끼를 입고 헬멧과 안면 보호대를 써서 눈만 드러난 남자 둘의 모습을 역광으로 비췄다. 손전등은 레이건이 지금껏 본 것 중 가장 큰 총에 장착되어 있었다. 그리고 그 손전등은 그녀를 향하고 있었다.

"바닥에 엎드려! 손 머리 위로 올려!"

혼돈 속에서 그들이 소리쳤지만, 그녀는 한 마디도 이해할 수 없었다. 그러나 공포에 질린 레이건은 자신도 모르게 손으로 머리를 보호하며 무릎을 굽히고 등의 맨살이 보이게 바닥에 누웠다. 얼굴이 뻣뻣한 카펫에 눌렸다.

'죽는구나 죽는구나 죽는구나—'

그녀는 경찰이 명령을 여러 차례 반복한 뒤에야 겨우 그들이 뭐라고 하는지 이해하고 자신에게 하는 말이라는 것을 알았다. 레이건은 배를 대고 엎드린 자세로 팔을 구부리고 다리는 여전히 시트에 엉킨 채 벌레가 기어가듯 조금씩 앞으로 나아갔다.

"움직이지 마!"

반들거리는 부츠가 그녀의 머리 주변을 오갔고, 장갑을 낀 손이 피부에 닿는가 싶더니 무언가를 숨기고 있지 않은지 확인하려는 것처럼 시트를 여기저기 만져보고 멀리 치워버렸다. 레이건이 움찔했다. 차가운 금속성의 수갑이 손목에 채워졌다.

화장실에서 누군가 큰 소리로 외쳤다. "이상 없음!" 더 많은 발소리와 서랍을 휙휙 여는 소리가 들렸다. 매트리스는 바닥으로 내팽개쳐졌다.

"레이건 카슨?" 어디선가 들어본 듯한 거칠고 성급한 목소리의 여자가 그녀의 이름을 불렀다.

레이건이 머뭇거리며 고개를 길게 뺐다. 구두약 냄새가 느껴질 만큼 얼굴에서 가까운 곳에 누군가의 부츠 한 켤레가 보였다.

침실 조명이 그녀 위로 서 있는 여자를 비췄다. 여자는 헬멧이나 안면 보호대를 쓰고 있지 않았다. 광대뼈가 도드라지고 입술이 얇고 창백한 얼굴이 그녀를 내려다보았다. 론스키였다.

"레이건 카슨 씨 맞습니까?" 레이건이 가까스로 입을 열기까지 론스키는 목소리를 높여 같은 질문을 두 번 반복했다.

"마, 맞아요."

"움직이지 마십시오. 집안에 총기가 얼마나 있습니까?"

'총기?' 레이건이 멈칫했다. 그녀는 대답하려고 입을 열었지만, 사레가 들려서 거친 숨을 몰아쉬며 기침을 쿨럭거렸다. 론스키 뒤로 그녀에게 총을 겨누고 있는 경찰 두 명이 어렴풋이 보였다. 그들은 안면 보호대로 얼굴을 가리고 있었다.

"크게 말씀하세요."

"전 아무것도 안 했어요!"

"집안에 총기가 있습니까?" 론스키가 다시 물었다.

"아니요, 전혀. 당연히 없죠."

론스키가 자리를 떴고, 거실에서 웅성거리는 대화 소리가 들려왔다. 그녀는 안면 보호대를 내린 여자 경관 하나와 함께 돌아왔다.

"수갑을 풀어드리겠습니다." 론스키가 권총집에 들어있는 총에 손을 올리고 열린 침실 문에 기대어 섰다. "일어나서 옷 입으세요."

레이건은 온몸을 덜덜 떨며 몸을 일으켰다. 뉴런이 신호를 보내도 뇌가 녹아내려 아무런 소용이 없는 것 같았다. 그녀는 가슴을 가린 시트를 꼭 쥐고 침대 프레임에 걸터앉았다.

"이곳에서 총성이 들렸다는 신고가 여러 건 접수되었습니다. 관련해서 하실 말씀 없으십니까?"

"그게 대체…" '무슨 말씀인지 모르겠어요.' 그녀는 기침이 올라와 말문이 막혔다.

"경찰서로 동행하셔서 몇 가지 질문에 답변해주셨으면 합니다."

"지금이요?" 침대 옆 시계가 3시 55분을 가리켰다.

"협조하지 않으신다면 체포할 수밖에 없습니다. 어떻게 하시겠습니까?"

레이건은 다리에 힘이 들어가지 않고 손이 걷잡을 수 없이 떨렸지만 어쩔 수 없이 자리에서 일어났다. 옷장 서랍이 모두 열려 있었고, 내용물은 카펫 위에 아무렇게나 흩어져 있었다. 그녀는 옷더미 속에서 깨끗한 브라를 찾아냈고, 가장 먼저 눈에 띈 청바지와 나뭇잎 무늬 셔츠를 주섬주섬 입었다.

론스키는 그녀를 데리고 헬멧과 안면 보호대를 쓰고 있는 경찰관 대여섯 명 사이를 지나쳤다.

그들 중 한명이 고든일 수도 있다.

주방에는 포장지가 삐져나온 흰색 쇼핑백이 쓰레기통 옆에 놓여 있었다.

현관문은 바닥에 눕혀져 있었고 그들은 문을 밟고 지나갔다. 복도에서 잠옷과 어그 부츠 차림을 한 이웃들이 문틈으로 내다보았다. 레이건은 고개를 푹 숙이고 걸었다.

콘크리트 외관이 시꺼멓게 변한 시드니 경찰서는 1960년대 브루탈리즘 건축 양식이 최악의 형태로 발현된 모습이었다. 론스키는 탁자와 반대편에서 안을 볼 수 있는 특수 거울, 의자 세 개, 삼각대 위에 놓인 카메라, 그리고 째깍째깍 소리가 너무 크게 울려 불안감을 조성하는 벽시계가 있는 하얀 방으로 레이건을 안내했다.

"여기서 기다리세요." 그녀는 문을 쾅 닫았다.

고든이 이곳에 있을지 모른다. 이 순간에도 거울을 통해 그녀를 바라보고 있을지도 모른다. 레이건은 TV에서 경찰이 그렇게 하는 것을 자주 보았다. 그녀는 거울을 마주 보지 않으며 뻣뻣하게 앉아 있었다.

머리가 지끈거려 관자놀이를 문지르자 손끝에서 혈관이 뛰는 것이 느껴졌고, 머릿속에서 온갖 생각이 교차했다. 경찰은 총성에 관해 물었었다. 고든이 그녀에게 누명을 씌우려는 것일 수도 있다. 그가 바라는 게 과연 그것일까? 무슨 혐의든 그녀가 시인하게 해서 감옥에 보내고 싶은 것일까?

'민이 피해망상이라고 생각할만하네.'

하지만 그게 아니라면 새벽에 집에서 벌어진 일을 어떻게 설명할 수 있겠는가? 레이건은 기껏해야 경관 두어 명이 찾아와 문을 두드리며 경찰서에 가자고 하지 않을까 생각했었다. 새벽 4시에 SWAT팀이 침실로 쳐들어오는 상황은 상상도 하지 못했다.

레이건은 딱딱하고 불편한 플라스틱 의자에 앉아 탁자 위에 머리를 댔다. 에어컨 탓에 취조실 안이 냉장고처럼 느껴졌다. 형광등은 마치 화가 난 것처럼 윙윙거리는 소리를 냈다. 지친 상태에서 실수로 하면 안 될 말을 하진 않을까 걱정하고 있을 때, 제복을 입은 경관이 들어와 따뜻한 커피를 건넸다. 경찰이 기소 없이 언제까지 그녀를 이곳에 붙잡아둘 수 있을까?

째각째각 소리가 피부 속으로 파고들어 발목에도, 어깨에도, 두피와 허벅지 안쪽에도 가려움이 일었다. 청바지 위로 긁어봤지만 가려움이 가시지 않아 결국 손을 허리 쪽으로 집어넣어 다리까지 내려가 손톱을 피부에 박아 넣었다. 전에 읽었던, 매사추세츠에 사는 어떤 여자가 이마 윗부분이 미칠 듯이 가려워 피가 나도록 피부를 긁었다는 이야기가 생각났다. 약물도 도움이 되지 않았고, 잠이 들어서까지도 계속해서 긁고 긁다가 어느 날 아침에 일어나보니 이마에서 뇌척수액이 흘러나오고 있었다고 한다. 자면서 이마를 긁다가 손가락이 두개골을 뚫고 들어간 것이다.

레이건도 평생을 이 작은 방 안에 앉아서 허벅지 뼈가 드러날 때까지 다리를 벅벅 긁게 될지 모른다.

론스키 형사가 문 앞에 나타났다. 어울리지 않는 진한 자주색 립스틱을 바르고 있었다. 그녀는 척추에 1미터 길이의 자를 댄 것처럼 허리를 꼿꼿하게 세우고 레이건 맞은편에 앉았다.

남자 경찰 하나가 뒤따라 나타났고, 레이건은 그가 어색한 미소를 띠고 눈을 뒤룩거리며 한 손을 주머니에 넣은 고든일 거라고 생각했다. 그러나 예상과 달리 창백한 얼굴의 깡마른 수사관이 구깃구깃한 골프 셔츠를 입고 뚜껑 위에 얇은 노트북을 올려놓은 파일 상자를 들고 들어왔다. 그가 상자와 노트북을 탁자 위에 놓고 카메라를 만지작거리자 렌즈 옆에 빨간불이 켜졌다. 그리고서 그는 테이블에 올린 팔뚝에 무게를 실으며 입고 있는 셔츠만큼이나 구겨진 자세로 론스키 옆에 앉았다.

"레이건 카슨 씨, 저는 수사팀장을 맡고 있는 이모젠 론스키 형사이고 이쪽은 로렌스 노 형사입니다. 현재 시간은 2017년 3월 8일 수요일 오전 5시 52분입니다. 본 조사는 녹화되고 있습니다." 그녀가 카메라를 가리켰다.

레이건은 변호사를 구해야 했다. 그것이 현명한 선택일 것이다. 그러나 변호사는 입을 닫고 가만히 있으라고만 하면서 수천 달러를 요구할 것이다. 그녀는 형사들이 무엇을 말하려고 하는지, 어떤 질문을 하려고 하는지 알고 싶었다. 할 수 있다. 협조적인 것처럼 굴면서 말은 최대한 아끼고, 알아낼 수 있는 것은 알아내서 상황을 벗어날 수 있도록 하면 된다.

"이곳에 왜 오게 되셨는지 아십니까?" 노가 물었다.

론스키와 노는 둘 다 잠이 부족해보였지만, 그 외에는 표정에서 아무 것도 읽어낼 수 없었다. 노는 스프링 제본된 노트를 펴고 펜을 들었다.

"저희 아파트에서, 음, 총소리가 들렸다는 신고가 들어왔다고 하셨죠?" 레이건이 말했다.

"레이건 씨 집에서요." 노가 메모를 했다.

형사들은 잠시 침묵을 지켰지만, 그들이 질문을 하지 않아 레이건도 입을 꾹 다물고 있었다. 시선이 자꾸만 양방향 거울로 향했다. 거울 뒤에서 빛이 바뀌었다. 누군가 지켜보고 있는 게 분명했다.

"왜 레이건 씨 집에서 총성이 울렸다고 신고했는지 알고 계십니까?" 론스키가 물었다.

그녀는 몰랐기 때문에 모른다고 대답했다. 그들은 총기와 다른 무기, 이웃들과의 다툼 등에 관해 더 질문했다. 그녀 안에서 희망의 불씨가 타올랐다. 어쩌면 기적적으로 그들이 고프로 영상과 레이건을 연관시키지 못했고, 이것은 그저 새벽에 아파트에서 있었던 미친 짓에 관한 조사일 수도 있다.

아니면 시험일 수도 있다. 그녀가 이메일과 속옷, 수년 동안의 괴롭힘에 대해 말을 꺼내길 기다리며 고든이 지켜보고 있는 것이다. 그리고 이젠 브라이스에게까지 무슨 짓을 했다.

시계가 째깍, 째깍, 째깍 소리를 냈다.

'거울 보지 마. 테이블을 보자. 셔츠에 있는 알로카시아 나뭇잎 무늬나 보라고.'

"1월 15일 일요일엔 어디 계셨습니까?" 노가 물었다.

레이건은 가만히 앉아 있으려고 했지만, 어깨가 움츠러들었다. '이제 시작이다.' "출근했다가, 집에 돌아갔겠죠." 거짓말이 반사적으로 나왔다.

그가 고개를 까닥거렸다. "다른 곳은 가지 않으셨습니까?"

"거의 두 달 전인걸요. 기억이 안 나요."

"그날 아침에 정말 다른 곳을 가지 않으셨다고요? 아침 일찍?"

"진짜 모르겠어요." 거울이 있는 쪽에 눈길을 주지 않으려고 애쓰면서 얼굴 근육이 경련했다. 그녀는 노가 입고 있는 셔츠가 구겨진 모양이나 흰 벽에 묻은 얼룩 등에 집중하려 했다. 곁눈질로 보니 론스키가 그녀를 유심히 바라보고 있었다.

노가 노트북을 열어 화면을 그녀 쪽으로 돌렸다. 검은 화면이 켜지자 과하게 밝은 아침노을과 큰 잎 고무나무들이 보였다. 레이건은 목과 어깨에 긴장이 느껴졌다. 경찰이 영상을 갖고 있다는 것은 알고 있었지만, 끔찍했던 그날 아침의 충격을 또다시 받을 마음의 준비는 되어 있지 않았다. 영상에는 음성이 없었다. 자전거 타는 사람이 왼쪽, 오른쪽, 깁스 레인이 보이는 앞쪽으로 머리를 돌릴 때마다 화면 속 풍경이 휙휙 움직이면서 가로등이 양옆으로 소리 없이 지나갔다. 그리고 이어서 땀자국이 번져 있는 복숭아색 탱크톱을 입고 하나로 묶은 머리를 달랑이는 레이건의 모습이 보였다.

노가 영상을 멈추며 물었다. "레이건 씨 맞습니까?"

순간 부인하고 싶은 충동이 들었지만, 그들은 이미 알고 있을 것이다. "맞아요."

"확인을 위해 말씀드리자면, 레이건 씨는 1월 15일 일요일 오전 6시 2분에 깁스 레인에서 나왔고, 그로부터 20분 후 그곳에서 크리스탈 알메이다의 시체가 발견되었다는 신고가 경찰에 접수되었습니다." 론스키가 말했다. "저희는 이 영상을 공개한 뒤 어제 아침에 제보 전화를 받아 레이건 씨를 주시하고 있었습니다. 그런데 오늘 아침 체스터 가 52번지 17호에 신고가 들어와서 경찰 특공대가 출동한다는 보고를 받았을 때 제가 얼마나 놀랐을지 상상해 보세요."

"시체를 발견했을 때 어떠셨습니까?" 노가 물었다.

그는 레이건이 시체를 보았는지 보지 못했는지는 묻지 않았다. 크리스탈이 길에 얼마나 오래 방치되어 있었는지 알 방법이 있는 것이 틀림없었다. '따오기들.'

"그냥 도망쳤어요." 그녀는 손을 허벅지에 올려놓고 양팔을 몸에 꼭 붙였다. 어떻게든 작아지고 싶었다. 그대로 사라지고 싶었다.

"제가 궁금한 것은 누가 레이건 씨에 관해 저희에게 알리고 싶어 했는지 입니다." 론스키가 물었다.

바닥의 검은 카펫은 그녀의 침실에 깔린 카펫처럼 납작하고 뻣뻣했다. 펀치에서 나온 작은 원 모양 종잇조각 두 개가 그녀의 발근처에 떨어져 있었다.

"레이건 씨?"

그녀가 머리를 저었다.

"말로 대답해주세요."

"모르겠어요."

"누군가의 위협을 받은 적은 없습니까?" 노는 한결같이 단조로운 목소리로 물었다. "최근이나 아니면 과거에라도?"

"없어요."

"깁스 레인에서는 무엇을 하고 계셨습니까?"

"달리기하러 나갔어요." 레이건이 화면을 가리켰다.

"달리기를 하던 중에 여자의 시체를 봤는데, 왜 경찰에 신고하지 않으셨습니까?"

'이런 상황이 싫었으니까….'

"죄 없는 행인이라면 누구나 그렇게 할 텐데요." 론스키의 목소리는 침착하고 지나치게 이성적이었다. 윽박지를 필요도 없었다. 사실이 그녀의 편이었으니까. "이런 충격적인 현장을 발견하면 대부분 가장 먼저 경찰에 전화합니다. 왜 레이건 씨는 그렇게 하지 않으셨죠?"

"전화기가 없었어요." 생각할 틈도 없이 거짓말이 쏟아져 나왔다.

"저기 들어있는 것 휴대폰처럼 보이지 않나요? 반바지 주머니에요." 론스키가 노트북 화면 속 레이건의 사진을 손톱으로 톡톡 두드렸다. "물론 증명할 방법은 없죠. 하지만—"

이번에는 노가 파일 상자로 손을 뻗어 베이지색 서류철을 열고 레이건이 볼 수 있도록 탁자 위에 펼쳤다. 6시 4분이라고 적힌, 엔모어 로드 공중전화 부스에 있는 그녀의 사진이었다. 이미지가 흐릿했지만, 모자와 탱크톱으로 그녀를 알아보는 데는 무리가 없었다.

"엔모어 호텔 감시 카메라에 레이건 씨가 공중전화를 찾은 모습이 찍혔습니다." 노가 말했다. "그런데 통화 기록은 전혀 없었죠."

시계 소리가 낯선 것처럼 들렸다. 째깍. 째깍.

"말씀하셨듯이, 충격적이었어요. 저는 충격을 받았었다고요."

"그래서, 그 다음은요?" 론스키가 자동차 아래 잔뜩 긴장해 숨어있는 고양이를 살살 달래는 것처럼 여전히 차분한 목소리로 물었다. "집에 가셨나요? 집에 도착해서 신고 전화를 할 수도 있었을 텐데요."

레이건은 소리를 지르고 싶었다. "다른 사람이 이미 신고했으리라 생각했어요."

"그래서 레이건 씨는 빠지고 싶으셨고요?" 노가 말했다.

"무서웠어요. 그냥 잊어버리고 싶었고요. 이성적으로 생각할 수가 없었어요."

"알겠습니다." 론스키는 파일 상자의 뚜껑을 열고 허리를 숙여 그것을 탁자 다리와 벽 사이에 끼워놓고는 잠시 상자 안을 뒤적거렸다.

어떻게 그녀에 대한 서류가 저렇게 많을 수 있을까? 레이건은 곰곰이 생각해보았다. 지금은 수요일 아침이었고, 경찰은 그녀가 민과 밖에 있었던 화요일 아침 일찍 고프로 영상을 공개했다. 그런 다음 그녀는 은행에 가서 계좌가 동결되었다는 사실을 알았다. 누군가가 화요일 아침에 레이건을 알아봤고, 경찰은 종일 그녀에 관해서라면 무엇이든 서류를 있는 대로 긁어모았을 것이다.

민이 경찰에게 그녀의 이름을 알려주었을까? 아니면 혹시… 고든이? 고든이 론스키에게 그녀의 이름을 알려준 걸까? 그러려면 자신이 그녀를 알고 있다고 얘기하면서 어떻게 아는지는 거짓말로 둘러대야 했을 것이다. 아무리 고든이라도 너무 무모한 일이었다.

"크리스탈 알메이다에 대해서는 무엇을 알고 계십니까?" 론스키가 물었다.

레이건의 얼굴에 긴장감이 스치고 머리가 살짝 움직이며 몸이 움찔했다. '크리스탈은 뭐랄까, 참 따뜻한 친구였어요. 우리가 함께 했던 즐거운 추억들을 담아 정말 다정한 생일 카드를 써주곤 했죠. 대학 노트 구석에는 맥주를 마시는 곰이나 신사 모자를 쓴 뱀 같은 작은 그림들을 끄적이기도 했고요.' 시카고에 있는 크리스탈의 친구는 CNN 뉴스 인터뷰에서 이렇게 말했다. 레이건은 이 유튜브 영상을 얼마나 많이 봤는지, 내용을 달달 외울 지경이었다.

"시드니 달리아 사건 피해자 중 한 명이라고 알고 있어요." 레이건이 말했다.

"개인적으로는 모르십니까?"

"뉴스에서 미국 출신이라고 하던데요." 그들이 그녀를 어떻게 보고 있든지 간에 지금까지 레이건은 불리하게 작용할 수 있는 말은 한마디도 하지 않았다. 그리고 고든을 자극할 만한 말도 하지 않았길 바랐다. 그녀는 거울에서 얼굴을 계속 돌린 채 자세를 고쳐 앉았다.

"두 번째 피해자인 에린 리더히는요?" 론스키가 물었다. "아는 사람입니까?"

"아니요."

"식물을 보러 레이건 씨가 운영하는 화원에 간 적도 없을까요?" 노가 물었다.

'그랬나?' 레이건은 인터넷에서 몇 시간 동안 에린의 사진과 영상을 봤지만, 아는 얼굴이라는 생각이 든 적은 없었다. 그러나 가능성은 있었다. 경찰이 에린의 신용카드 내역을 살펴보다가 몇 달 전 릴리에서 사용한 기록을 발견했을 수도 있다. 레이건은 그들이 이야기를 꺼내길 기다렸지만, 피해자들에 관해서 몇 가지 추가 질문을 할 뿐이었다. 질문이 점점 쉬워지고 있었고, 이제 조사를 마무리하려는 것 같았다. 레이건이 고든의 시험을 통과한 것일지도 모른다.

"1월 15일 일요일에 크리스탈 알메이다의 시신을 본 뒤, 목격한 광경을 잊고 싶었다고 말씀하셨습니다, 맞나요?" 론스키가 이번에는 두툼한 종이뭉치가 묶여 있는 또 다른 서류철을 상자에서 꺼냈다.

"음, 네." 불안이 밀려왔다. 레이건은 론스키와 거리를 두려고 플

266

라스틱이 탄력 있게 휘어지는 느낌과 함께 의자를 뒤로 밀어냈다.

"좋아요." 론스키는 작은 탁자 위로 파일을 내밀었다.

레이건은 괜찮다는 확신을 얻고 싶은 마음에 말도 안 되지만 자신도 모르게 노를 쳐다보았다. 그의 얼굴은 무표정했다.

파일을 열었다. 타임스탬프가 날짜별 역순으로 정렬된 인터넷 주소가 깨알 같은 글씨로 적혀있었다. 정원 관련 사이트와 레스토랑 리뷰 사이사이에 시드니 달리아 살인 사건과 원조 블랙 달리아, 조지 호텔에 관한 기사들 수백 개가 있었다. 누군가 살인 사건과 관련된 주소를 모두 노란 형광펜으로 표시해두었다.

"이거 영장 있어야 하지 않나요?"

"영장 있습니다." 노가 말했다.

'이런 젠장.' 그녀의 인터넷 검색기록을 뒤지려고 수색 영장까지 받은 것이다. 경찰은 그녀를 조사하고 있었다. 그녀는 용의자였다.

펼쳐진 파일 안에는 전체가 노란 형광펜으로 칠해진 페이지도 보였다. 대체 어떻게 했을까? 분명 휴대폰은 박살냈다.

릴리에 가서 사무실 컴퓨터를 가져왔을까? 아마 그럴 필요는 없을 것이다. 서버 어딘가에 정보가 저장되어 있었을 테니 바로 인터넷 회사에 문의했을 것이다.

"시드니 달리아 사건에 관심이 많으셨네요." 노가 말했다.

"뉴스를 계속 봤을 뿐이에요."

"그런데 딱 이 뉴스만 보셨죠. 트럼프 반대 시위나, 웨스턴 오스트레일리아 홍수나," 론스키는 쳐다보지도 않고 종이를 넘기며 말했다. "심지어 다른 범죄사건 뉴스에는 눈길조차 주지 않으시고 오직 세 번의 달리아 살인 사건에 관한 기사, 그리고 1947년 엘리자베스 쇼트 사건과의 연결점에 관한 기사만 모조리 읽으신 것 같은데요."

"저희에게 더 말씀하실 것은 없으십니까, 레이건 씨?" 노가 물었다.

이제 와서 변호사를 요청하면, '유죄!'라고 쓰인 배너도 함께 걸어놔야 할 판이었다. '근데 무엇에 대해 유죄인 거지?'

"그래서 1월 15일 일요일 아침 달리기 중에 크리스탈 알메이다의 시신을 발견하고, 뉴스에서 사건 관련 뉴스를 찾아 읽는 것 외에는 평소와 다름없이 일상생활을 하신 겁니까?" 론스키가 물었다.

"네." 카페인과 아드레날린이 혈관을 자극해 피부에 전기가 흐르는 것처럼 찌릿했다.

론스키가 상자 안으로 손을 넣어 사진 한 묶음을 꺼내 레이건에게 건넸다.

"이건 어떻게 설명하실 거죠?"

누군가가 그녀와 민이 기자회견장에 있는 사진을 찍었다. 아니 그보다는 그곳에 있던 모두를 찍었다가 나중에 그녀를 찾아냈을 확률이 높다. 에린이 발견된 날 아침, 도버 하이츠에서 그녀가 사람들 틈에 서 있는 사진도 있었다.

"단순히 뉴스를 보는 것 이상의 일을 하셨네요." 노가 말했다.

"하지만 윌로우 시그나토의 시신이 발견된 아침엔 보이지 않으셨죠." 론스키가 물었다. "무슨 일이었습니까?"

시계가 째깍, 째깍, 째깍거렸다. 레이건은 천천히 조심스럽게 사진을 탁자 위에 올려놓고 더듬거리며 주말 세일 행사로 바빴다고 답했다. 그들은 어떤 결론을 향해 가고 있는 걸까?

"이 사건에 이렇게 많은 시간을 쏟으셨으면서…" 론스키가 목소리를 더 낮추어 말했다. "크리스탈의 시신을 발견한 것에 대해 경찰에 오지 않으셨다는 점이 이상합니다. 목격자가 있다면 꼭 나와서 알려달라는 기사를 여러 개 읽으셨는데도요."

'세상에는 믿기 어려운 일들이 있죠.' 유령 난초는 잎도 줄기도 없으며, 꽃을 피우지 않을 때는 그저 뿌리 형태에 불과하다. 그러나 이 난초는 개구리 다리 모양을 한 독특한 꽃잎이 달린 화려한 흰색의 꽃을 피워낸다.

"충격 때문에 그날 아침 일이 잘 기억나지 않아요. 그래서 경찰에 알릴 가치가 있는 정보가 없었어요."

"이틀 전인 3월 6일 월요일," 마치 레이건이 아무 말도 하지 않은 것처럼 론스키가 말을 이었다. "오후 3시 47분경에 모나 베일의 와라타 가 255번지에서 차를 몰고 인도를 넘어 잔디밭까지 돌진해 쓰레기통 여러 개를 넘어뜨리고 그중 하나를 파손했지만 그대로 떠나버리셨네요. 집주인이 레이건 씨의 차 번호판을 보고 신고했습니다."

잊어버리고 있었다.

"이전까지는 운전 기록이 아주 깨끗하셨는데. 그날 오후에는 대체 무슨 일이 있었던 겁니까?" 노가 물었다.

"저는, 어, 음, 기억이 잘…" 무슨 말을 할 수 있겠는가? 뺑소니는 의심할 여지없이 어떤 종류의 범죄일 것이다.

"지금까지 한 이야기를 정리해봅시다. 크리스탈의 시신이 발견된 날 아침 깁스 레인에 계셨지만 경찰에 신고하지 않으셨습니다. 잊어버리고 싶었다고 말씀하셨는데 분명 사건에 깊은 관심을 가지고 있으셨고요. 엉뚱한 행동을 하는 모습도 보이셨습니다. 그리고 나서 한밤중에 총소리가 들렸다는 신고가 접수되어 저희가 집까지 찾아갔지만 총기는 발견되지 않았습니다." 론스키가 상자에서 확대된 사진 세 장을 꺼내서 레이건 앞에 펼쳤다. 각각 미시간 호에서 양팔을 벌리고 서 있는 크리스탈, 플라스틱 파티 왕관을 머리에 쓰고 칵테일을 손에 든 에린, 아기 웜뱃에게 우유를 먹이는 윌로우의 사진이었다. "그리고 또 한 가지 이상한 점이 있습니다. 피해자 세 명이 모두 레이건 씨와 무척 닮았어요."

"블랙 달리아와 닮은 거죠." 레이건이 말했다. "엘리자베스 쇼트요."

"마찬가지로 레이건 씨와 닮았죠." 론스키가 크리스탈의 사진을 톡톡 두드렸다. "아니라고 하셔도 소용없습니다. 저희는 레이건 씨와 이 살인사건들의 연관성에 대해 합리적인 의심을 하고 있으니까요."

민이 뭐라고 했었지? '경찰은 지금 단서가 전혀 없는 상황이야. 네 스스로 용의자라고 떠벌리는 거나 다름없어.'

"그렇지만…" 그들은 믿지 않을 것이다. 어떤 말을 해도 그녀를 믿지 않을 것이다. "저는 아무것도 모르는 걸요."

레이건의 시선은 거울에서 론스키, 노, 그리고 다시 거울로 벌새처럼 빠르게 움직였다. 이번에는 론스키가 그녀의 흔들리는 눈빛을 포착했다.

"저희가 도와드릴 수 있습니다." 론스키가 말했다.

"레이건 씨는 그냥," 노가 말했다, "이름만 알려주시면 됩니다."

꼼짝없이 궁지에 몰렸다. 문을 빠르게 두 번 노크하는 소리가 들렸다. 노가 문을 열었고, 낮은 소리로 대화를 나누었다. 레이건은 눈에 띄지 않게 내다보려고 몸을 살짝 움직였다. 문이 반쯤 열린 채 노가 돌아보자, 키가 작고 얼굴이 네모난 남자가 보였다. 고든은 아니었다.

35

"아침 드시겠습니까, 레이건 씨?" 론스키가 물었다. "맛없는 크루아상이나 나쁘지 않은 베이컨과 에그롤이 있습니다. 아니에요? 아무것도 안 드세요? 커피도요?"

레이건이 고개를 저었다.

"저는 커피를 마셔야겠어요, 래리."

노와 론스키가 래리라는 경찰관을 따라 복도로 나갔고, 레이건은 크리스탈, 에린, 윌로우의 사진을 바라보며 취조실 안에 남았다.

혼자 남은 레이건은 이마를 탁자 위에 대고 몸을 바싹 말라버린 나뭇잎처럼 웅크렸다. 벽시계가 8시 14분을 가리켰다.

민이 쓴 책이나 다른 범죄 실화 책을 한 권이라도 읽었다면 일이 어떻게 진행되는지 알았을 것이다. 론스키와 노가 그녀를 어떤 혐의로 기소하면 구금될 지도 모른다. 그러면 보석금을 마련할 방법도 없었다. 그리고 만약 그들이 달리아 사건과 레이건이 관련되어 있다고 한다면 그냥 풀어주지 않을 것이다. 그녀는 오늘 집에 가지 못할 수도 있고, 심지어 오랫동안 가지 못할 수도 있다. 감옥에 갇혀 재판을 기다리고, 무죄 판결을 받기까지 몇 년이 걸릴 수도 있다. 물론 무죄 판결을 받는다는 전제하에.

미래가 그녀에게 손을 뻗으며 다가오고 있었다. 따끔거리는 소재의 죄수복, 끊임없이 들려오는 고함소리와 금속이 달가닥거리고 무언가를 쾅쾅 두드리는 소리, 지독한 냄새가 나는 공업용 세제, 사생활이 전혀 없는 곳에서 느끼는 폐소공포증까지.

식물이 있으면 무엇이든 버틸 수 있었다.

하지만 그녀가 아는 한 교도소 감방에는 식물이 없었다.

레이건이 달리아 사건 때문에 체포된다면, 민은 그녀에 대해 글을 쓰며 그녀의 혐의를 조사할 것이다. 그리고 그 과정에서 레이건이 결백하다는 증거를 찾아내고 그녀를 석방하라는 캠페인을 이끌 수도 있다. 민이라면 이야기의 중심이 되어 정의를 위해 싸우는 역할을 기꺼이 맡을 것이다.

하지만 경찰이 지어낸 이야기에 민이 속아 넘어갈 수도 있다. 그러면 아무리 가까운 사람이라도 누군가의 진정한 본모습을 알 수 없다고 쓸 것이다.

20분 후, 론스키와 노가 커피를 들고 돌아왔다. 론스키에게 담배 냄새가 났다. 그녀는 레이건 앞에 물 한 병을 내려놓았다.

노는 파일 상자에서 더 많은 사진을 꺼내 레이건의 사진과 인터넷 검색 기록 위에 펼쳐 보였다. 살해당한 세 여자가 무시무시한 영화 소품처럼 각각 길 위에서 팔다리를 벌리고 있는 범죄 현장 사진이었다. 노가 말하면서 손가락으로 사진들을 하나하나 짚었다. "저희는 레이건 씨가 이 여성들을 죽인 범인을 알고 있다고 생각합니다."

그녀는 계속 부인했다. 하지만 경찰들은 같은 질문을 반복했다. 무슨 말을 해도 소용이 없었다. 엄마가 비난하는 것조차 그만두게 하지 못했던 그녀가 두 노련한 형사들을 설득할 수 있을 리없었다. 그들은 이미 각본을 완성한 듯했다.

"그래서 지금까지 살아오면서 만난 사람들 가운데 살인사건과 관련이 있을 법한 사람이 한 명도 없으셨다는 건가요?" 론스키가 물었다.

레이건이 눈 위를 지그시 눌렀다. 고든이 정말 여자를 셋이나 죽였을까? '스토커 한 명 한 명이 어떻게 움직일지는 예측할 수 없어.' 민은 말했었다. '우린 이 사람이 무슨 짓까지 할 수 있는지 모르잖아.'

그리고 만약 고든이 살인까지 저지를 수 있는 사람이라면, 브라이스한테는 어떻게 했을까? 그도 죽였을까? 마음 한구석에 밀어두었던 폭력적이고 피비린내 나는 생각이 마침내 폭발했다. '브라이스가 이미 죽었을지도 모른다.'

"뭐라 말씀드려야 할지 모르겠네요." 레이건이 웅얼거렸다.

노가 론스키를 바라보자 그녀가 분명하게 고개를 끄덕였다.

"지금부터 음성 녹음을 들려드리겠습니다, 레이건 씨," 노가 노트북을 클릭하며 말했다.

'뭐 하는 거지?'

그가 재생 버튼을 눌렀다. 모두가 말없이 귀를 기울인 가운데 지직거리는 소리가 좁은 방안을 채우는가 싶더니 삐 하는 전자음이 들렸다. "시드니 달리아 살인범이 고든 퍼디, P-U-R-D-I-E 인 것 같아요. 특정 외모의 여자한테 집착을 하는데… 백인이고,

40대 중반 정도, 머리가 벗겨진 남자예요. 경찰이고요."

"이 메시지는 3월 3일 금요일 오전 8시 7분에 제보 전화로 남겨졌습니다." 론스키가 펜으로 탁자 위를 불규칙하게 두드렸다. "누구 목소리인지 아시겠습니까?"

그 전화는 지난 금요일에 한 것이었다. 딥페이크 영상은 월요일에 받았고, 다음날 계좌가 동결되고 브라이스가 사라졌다. 고든이 제보 전화를 듣고 그녀의 목소리를 알아챈 것이다. 그래서 이모든 일을 벌인 걸까?

레이건은 단단한 플라스틱으로 된 의자 팔걸이를 꽉 쥐었다. 취조실 안을 구석구석 살폈다. 그가 지켜보고 있다. 그가 알고 있다. 그가 모든 것을 계획했다.

"본인 목소리가 맞는지 확인해 주실 수 있으십니까?" 노가 물었다.

그들은 아마 그녀가 통화한 공중전화를 추적해 근처 감시 카메라 영상을 찾아다녔을 것이다. 아니라고 해 봤자 또 파멸의 파일 상자 안으로 팔을 넣어서 때 묻은 공중전화 수화기를 귀에 대고 있는 그녀의 사진을 꺼낼 것이 뻔했다.

"레이건 씨?" 론스키가 불렀다.

한 가지 생각이 그녀를 괴롭혔다. 뭔가가 이상했다.

"레이건 씨, 본인 목소리 맞습니까?"

고든이 거울을 통해 방안을 들여다보고 있다면, 과연 론스키와 노가 녹음 파일을 재생했을까?

그는 일개 경찰일 뿐이었다. 반면 론스키는 달리아 사건의 특별 수사팀장이었다. 고든이 론스키의 상사가 아닌데 어떻게 이 모든 일을 계획할 수 있었겠는가?

론스키와 노는 레이건의 신고가 필요한지도 모른다. 제보 전화만으로는 충분하지 않았을 수도 있다. 다른 경관을 수사하려면 더 많은 정보가, 어쩌면 증거까지도 있어야 할 것이다. 레이건은 론스키의 표정을 자세히 살폈지만 아무것도 읽어낼 수 없었다.

그녀는 떨리는 숨을 들이쉬며 마음을 단단히 먹었다. 사실대로 털어놓으면 수사에 성실히 협조하려는 의사가 론스키와 노에게 전달될 수도 있다. 하지만 고든이 정말 거울 너머에서 그녀를 보고 있을 가능성도 있다. 그러면 상황은 더욱 안 좋아질 것이다.

"고든 퍼디는 2006년, 제가 15살일 때부터 저를 스토킹했어요. 그가 경찰이었기 때문에 신고도 할 수 없었죠. 그리고 이제는 저와 닮은 여자들이 살해당하고 있고, 크리스탈의 시체는 제가 사는 곳 가까이에 유기되기까지 했으니, 저는… 왜 기록하지 않고 계신 거죠?"

론스키의 표정은 변함이 없었다. "고든에 관해서는 이미 전부 알고 있습니다."

깜짝 놀란 레이건이 입을 크게 벌리고 그녀를 바라보았다. "그런데 왜 체포하지 않으셨어요?"

론스키가 다시 한번 그 망할 상자로 손을 뻗어서 또 다른 베이지색 서류철을 꺼내고는 종이를 획획 넘겼다. "2006년 7월 3일, 경관들이 힐스톤 파크 교외에 있는 신시아와 레이건 카슨의 주택으로 출동함."

레이건은 팔꿈치를 무릎에 대고 얼굴을 손바닥 끝에 묻었다. 그녀가 결코 벗어날 수 없는 날이었다. 7월 3일 이전의 레이건은 싱글 맘과 함께 살며 중고 옷을 입었지만, 전반적으로 근심 걱정 없고, 괜찮은 성적을 받으며, 수영 수업을 듣고, 온라인에서 남자

애들과 채팅하는 평범한 십 대였다. 하지만 그날 이후로 세상이 깜깜해졌다.

"이후 신원 미상의 남성에 대한 민원 사항을 여러 차례에 걸쳐 접수하였으나 돌연 중단함."

"이 얘기는 하고 싶지 않네요."

"레이건 씨가 먼저 꺼내지 않으셨습니까." 론스키가 말했다.

레이건이 고개를 들었다. 절망감으로 몸에 힘이 쭉 빠져 바닥 아래로 가라앉고 싶은 기분이 들었다. "그건 몇 년 전에 있었던 일이에요. 저는 지금 얘기를 하고 있다고요. 그 사람이 저희 집에 왔었어요."

"직접 보셨습니까?" 노가 물었다.

고든이 두고 간 실크 브라 세트를 똑똑히 보았다. "네."

"진심으로 고든이 이런 일을 할 수 있다고 봅니까? 여자들을 살해했다고요?" 노가 진지하게 물었고, 일말의 희망을 느낀 레이건은 필사적으로 매달렸다.

"소름끼치는 인간이에요. 그리고 그가 경찰이라는 걸 제가 알게 되자, 아무도 절 도와주지 않을 거라고 말하며 협박했어요." 레이건이 갑자기 말을 멈췄다. 그녀가 고든의 이름을 말한 것은 수사팀에 제보전화를 했을 때밖에 없었다. 론스키가 대강 훑어보고 있는 스토킹 보고서와 관련해서는 그를 언급하지 않았었다. "스토커가 그 사람인 건 어떻게 알았어요?"

노가 펜을 파일 가장자리와 평행하게 내려놓았다.

"달리아 살인 사건에 대해 저희와 대화하는 것을 피하려고 애쓰면서도 고든을 범인으로 몰지 못해 안달나신 것 같네요. 1월 15일 이후 매일같이 고든의 이름을 검색하셨어요." 그가 공책을 한

페이지 넘겼다. "고든 퍼디, 고든 퍼디 시드니, 고든 퍼디 스토킹, 고든 퍼디 뉴사우스웨일스 경찰."

레이건은 론스키와 노가 금낭화 번식이나 악마의 손 꽃나무 수입에 관해 묻는 손님이라 상상하며 평소와 같은 목소리를 내려고 노력했다. "누가 사건과 관련이 있을 것 같은지 제 생각을 물으셨잖아요. 추측해 봤을 뿐이에요."

"고든을 마지막으로 본 게 언제라고 하셨죠?" 노가 물었다.

"어제도 엔모어에서 저희 집 주변을 돌아다니고 있었어요." 그를 정확히 본 것은 아니지만, 거기 있었던 것이 확실했다.

"그때가 몇 시였습니까?"

속옷 이야기를 하면 대화가 옆길로 샐 것 같았다. 왓슨스 베이에서 집에 온 것이 몇 시쯤이었지? "저녁 8시 정도요. 그리고 저한테 협박 메일을 보내고 있었을 지도 몰라요."

론스키와 노가 미묘한 시선을 주고받았다. 아직 그녀의 메일함까지는 확인하지 못한 모양이었다.

"고든을 보셨을 때 경찰에 신고하셨습니까?" 노가 물었다. "아니면 이메일은요?"

"안 했어요."

"왜 안하셨죠?"

'이렇게 되는 게 싫어서요!' 레이건은 악을 쓰고 싶었다.

"제가 신고한 내용을 고든이 다 알 수 있을 거라고 생각했어요. 저는 그를… 자극하고 싶지 않았어요. 그래서 제보 전화도 익명으로 하려고 했던 거였고요."

"그러면 고든을 마지막으로 본 건 언제인가요?" 노가 같은 질문을 반복했다.

레이건이 손을 꽉 쥐었다. "말씀드렸잖아요, 어제 저녁에 왔었어요."

"됐어요, 이제 그만 합시다." 론스키가 갑자기 엄격한 목소리로 말했다. "왜 수사를 적극적으로 방해하려는 겁니까?"

레이건은 그녀의 말이 단번에 이해되지 않아 허둥댔다. "방해요?"

두 형사는 서로의 생각을 읽을 수 있는 것처럼 다시 눈길을 교환했다.

"고든은 범인이 아닙니다." 노가 말했다.

"이미 확인했습니다." 굳은 표정의 론스키가 레이건에게 시선을 고정하며 말을 이었다. "저희는 그 제보를 매우 심각하게 받아들였고, 고든이 조사해볼만한 가치가 있는 인물이라는 데 동의했습니다."

레이건이 허리를 더 꼿꼿하게 세우고 앉았다. 고든을 그저 자기 볼 일을 보는 평범한 사람으로 보아 넘기지 않은 경찰은 론스키가 처음이었다.

"그리고 레이건 씨의 검색 기록을 확인한 후, 무려 2006년부터 줄곧 레이건 씨를 스토킹한 사람이 고든이 맞을 수도 있겠다고 결론 내렸습니다." 론스키가 말했다. "보고서에는 모순되는 기록들이 있었고, 고든의 이름이 수사관으로 너무 자주 등장하더군요. 하지만 그는 2012년에 부적절한 행동으로 해임되었습니다. 비슷한 혐의들인데, 정확히 밝혀진 바는 없습니다."

'지금은 경찰이 아니라고?' 인터넷에 검색해도 별다른 정보가 나오지 않았었다. 일반 시민으로 돌아갔어도 경찰관 시절 습관을 그대로 유지했던 것이 틀림없다.

"그런데 말입니다…" 론스키가 말했다. "고든 퍼디는 4년 전에 다원으로 이사를 했습니다."

레이건이 지친 한숨을 내쉬었다. "그러면 고든은—"

"죽었습니다, 레이건 씨." 론스키는 이 말을 하려고 계속 기다렸던 것이 분명했다.

이해가 되지 않았다. "죽었다고요?"

노가 끄덕였다. "작년에 로열 다윈 병원에서 뇌졸중으로 사망했습니다. 진료 기록도 확인했고요." 노의 얼굴에 그녀가 얼마나 혼란스러울지 알겠다는 듯 안타까운 표정이 잠시 스쳤다.

"하지만 저희 집에 왔었는데…."

"그와 비슷한 사람을 보셨거나, 아니면—" 론스키가 탁자에 손을 올리며 초조함이 묻어나는 목소리로 말했다. "누군가를 숨겨주려고 거짓말을 하고 계신 거겠죠."

고든이 죽었다면, 브라이스에게는 대체 무슨 일이 있었던 것일까? 그리고 문 앞에 있던 선물 포장된 브라 세트는 대체 어디서 나타난 것일까?

'제 남자친구가 실종됐어요.' 레이건은 입을 열어 브라이스 이야기를 꺼내려 했다. 그러지 않을 이유가 없었다. 고든은 이제 위협이 되지 않는다.

그러나 그녀는 말을 삼켰다. 뭔가 아주 잘못되었고, 그게 뭔지 알기 전까지 섣불리 말을 할 수 없었다. '무엇을 놓치고 있는 거지?' 브라이스가 어제 아침 뉴스에서 고프로 영상을 보고 그녀를 알아봤을 수도 있다. 하지만 그러자마자 바로 휴대폰 번호를 해지하고 친구한테 부탁해서 자기가 그 집에 살지 않는 것처럼 꾸며 냈다고? 단 몇 시간 만에?

협박 메일, 딥페이크 영상, 동결된 계좌, 아파트에 있던 속옷까지, 누군가 모든 일을 계획했고, 그 누군가가 브라이스를 해쳤을 것이다.

'테리?' 테리라면 딥페이크 동영상을 만들 수 있었을 것이다. 그리고 그녀의 이메일까지 해킹해서 주소록에 있는 사람들에게 영상을 보냈을지도 모른다. 하지만 과연 신시아에게까지 보낼 이유가 있었을까? 자신에 대한 의심을 피하려고?

그녀는 조각을 하나하나 맞춰보았다. 테리는 이런 짓을 할 이유가 없었다. 그는 그저 이를 너무 자주 핥는 무뚝뚝하고 나이 많은 남자일 뿐이었다.

노크 소리에 대화가 끊겼다. 노가 일어나서 아까 그 네모난 얼굴의 경찰에게 두 번째 파일 상자를 받아 의자 옆 바닥에 내려놓았다. "고마워, 터너."

론스키는 질문을 반복하고 있었지만, 레이건은 집중할 수 없었다. 특수 거울은 잊은 지 오래였다. 고든이 죽었다.

돌이켜 생각해보면, 이상한 일들은 전부 그날 아침 골목길 이후에 벌어졌다. 그리고 그로부터 이틀 뒤… 브라이스를 만났다.

그는 추돌 사고에도 놀라울 정도로 너그러웠고, 뒷좌석에는 릴리필리 화분이 있었다. 다음날에는 화원에 나타나 돈을 뿌리며 온라인 마케팅 이야기를 늘어놓았다. 레이건이 도움을 절실히 필요로 했던 딱 한 가지였다.

'설마….'

그녀는 브라이스에 대해 무엇을 알고 있지? 부모님은 은퇴해서 바이런 베이에 계시며, 형제자매가 없고, 시내에서 디지털 마케팅과 관련된 일을 하고 있다고 얘기했었다.

왓슨스 베이에 있는 아파트의 17호에 사는 것이 아니라면, 그녀는 실질적으로 그에 대해 아는 것이 하나도 없었다.

브라이스는 그녀에 대해 무엇을 알고 있지?

전부 다.

"다시 한번 해 봅시다, 레이건 씨." 론스키가 말했다. "1월 3일부터 시작합시다. 그날은 어디에 계셨나요?"

크리스탈이 시드니에 도착한 날이다. "출근했다가 집에 갔어요."

"다른 곳은 가지 않으셨나요?"

노가 두 번째 상자를 뒤져 증거물 봉투를 꺼냈다. 레이건의 집에서 수집한 것이었다.

"이게 도움이 될 것 같네요." 그가 봉투를 열어 레이건의 일기를 꺼냈다.

일기를 펼쳐보니 1월 중순이었고, 페이지는 대부분 비어 있었다. 1월 10일 아침에 치과 진료를 받은 것과 브라이스가 처음 릴리에 온 1월 19일에 술자리를 한 것이 적혀 있었다.

론스키는 질문을 던지고, 노는 작은 세부 사항 하나 놓치지 않겠다는 듯 메모를 하며 레이건이 그 주를 어떻게 보냈는지 꼼꼼히 살폈다.

"그러면 2월 10일 금요일은요? 그날은 어디 계셨나요?"

에린이 실종된 날이다. "일하러요."

"다른 곳은 가지 않으셨고요?"

그들은 토요일과 일요일에 대해서도 같은 질문을 했고, 레이건은 같은 대답을 했다. 2월 11일 토요일은 저녁에 브라이스와 정식으로 첫 데이트를 한 날이자, 밤에 첫 협박 메일이 오면서 모든 일이 엉망이 된 날이었다. 하지만 브라이스에 관해서는 말하지 않왔다. 얘기가 복잡해지기만 할 것 같았고, 안 그래도 머릿속은 이미 복잡했다.

"2월 13일 월요일 아침은 어떻습니까?"

브라이스와 점심을 먹으며 관계를 회복한 날이었다. "제가 어디 갔었는지 아시잖아요." 그녀가 에린이 발견된 곳 근처 오션뷰 애비뉴에서 찍힌 사진들을 손끝으로 치며 말했다.

"그전에는요?"

"그전이요? 뭐, 아침 8시 전이요? 집에서 자고 있었죠."

"확인해 주실 분 있으십니까?"

"아니요."

"3월 5일 일요일은 어떻습니까?"

윌로우다.

그들은 일요일에 그녀가 무엇을 했는지 확인했고, 레이건은 민과 쿠지 버짓 호스텔에 갔던 일에 대해 질문을 받으리라 생각했다. 하지만 그들은 묻지 않았고, 그녀도 굳이 언급하지 않았다. 론스키는 이미 그녀가 사건에 지나치게 관심을 갖고 있다고 여기고 있었다. 그들은 윌로우가 시드니에 머물렀던 날짜를 거슬러 올라가며 이야기를 나눴다. 윌로우는 수요일 저녁에 호스텔에 체크인하고 3일치 숙박비를 지불했다. 그러나 목요일 이후로 그녀를 본 사람이 없었으며, 휴대폰 사용 기록도 그날 오후에 끊겼다.

레이건은 집중을 거의 하지 못하고 있었다. 그녀는 대학을 마치고 해외에서 일할 수 있는 영어 교사 자리에 지원하기 시작했었다. 여행을 해본 적도 없었고, 여행에 대해 아는 것도 없었다. 하지만 그녀는 십여 개 학교에 지원서를 냈고, 그중 하나는 아무 경력도 요구하지 않는, 그리스 섬에 있는 학교였다. 그 학교는 가장 먼저 빠르게 회신을 보내왔고, 레이건은 일몰을 바라보며 지중해에서 수영하는 상상을 하며 답신을 열었다. 그녀의 이력서에 감명을 받았으며, 별도의 면접 없이 다가오는 학기부터 근무하길 바란다고 적혀있었다. 그리고 이어지는 내용은 학교에 도착하기 전에 유니폼을 미리 맞춰두어야 하니 신체 치수와 함께 정면과 측면에서 찍은 나체 사진을 세 장만 보내달라는 것이었다.

그녀는 엄마에게 사기를 당할 뻔했다고 말하지 않았다. 집을 떠날 생각을 한 것이 얼마나 이기적인지에 대해 일장 연설을 하며 엄마가 가장 좋아하는 말로 마무리할 것이 뻔했다. '믿어지지 않을 만큼 너무나 좋은 일을 덥석 믿는 것은 멍청이들이나 하는 짓이다.'

그리고 브라이스는 너무, 너무 좋은 일처럼 느껴졌다.

그의 집에는 식물이 없었지만 그뿐만이 아니었다. 사진이 없었다. 화장실에도 처방약이 없었다. 마치 이케아 전시장처럼 개인적인 물품이라곤 단 하나도 없었다. 혹시 그때 서랍을 몰래 열어보았더라면, 키가 크고 스타일이 좋은 직장 여성이 입을 법한 옷을 발견할 수 있었을까? 그 여자는 여행이나 출장 중이었던 그의 아내였을까? 레이건이 사고를 냈을 때, 그때 브라이스는 가짜 이름을 써서 바람을 피워야겠다고 생각했던 걸까?

만약 그렇다면, 그는 외도를 위해 그녀의 온라인 마케팅까지 도우며 정말 많은 일을 한 셈이다. 하지만 더 쉽고 간단하게 바람을 피울 방법도 많다. 아니면 혹시 17호에 있던 여자는 아직까지 집 열쇠를 가지고 있는 정신 나간 전 아내이고, 그리고…

"그때 어디 계셨냐니까요?" 론스키가 물었다.

레이건이 움찔했다. "뭐라고요?"

론스키가 탁자를 톡톡 두드렸다. "레이건 씨, 듣고 계십니까?"

"잠깐 쉬었다 할까요?" 노가 물었다. "커피 한 잔 더 드시겠습니까?"

"사실 그게…" 브라이스에 대해 말해야 했다. 그들은 그를 찾도록 도와줄 것이다.

"말씀하십시오." 론스키가 집중하며 몸을 앞으로 기울였다.

브라이스의 번호는 통화가 되지 않았다. 왓슨스 베이에 있는 그의 집에서 나온 여자는 브라이스의 존재를 부인했다. 레이건이 경찰에 말할 수 있는 정보가 있기는 할까?

그녀는 이미 수사를 방해하려 한다는 혐의를 받고 있었다. 브라이스의 이름만 알뿐 사진 한 장도 없이 전화번호나 확실한 주소, 일하는 곳도 모른다고 하면 미친 소리처럼 들릴 것이다.

그녀가 이야기를 꾸며낸다고 생각할 것이다.

레이건은 눈을 비비며 크리스탈의 사진을 슥 밀었다. "그냥 생각을 좀 했어요. 크리스탈이 코멧이라는 슈나우저를 키웠다는 거 아시나요? 코멧은 크리스탈이 돌아오길 기다리며 부모님 집 현관에서 잔대요."

벽시계가 째깍거렸다. 레이건은 탁자 위에 팔을 기대 자세를 똑바로 앉았다. 그들은 다시 질문을 시작했고, 론스키와 노는 각각의 피해자들이 사라진 날짜에 그녀가 무엇을 했는지 상세히 조사했다.

레이건은 대답이 무의미하게 느껴졌다. 그들은 살인 사건에 관해 이야기하고 있었지만, 그녀는 온 신경이 브라이스에게 쏠려 있었다. 왓슨스 베이에 사는 것이 아니라면 그를 어떻게 찾을 수 있을까? 그녀는 구체적인 정보를 기억해내려고 애썼다. 아버지가 10년 전에 운영하셨다는 철물점, 혼다 차를 수리한 정비공 친구, 요트를 갖고 있다는 시드니에 사는 사촌까지 이름을 들은 것이 하나도 없었다.

좁고 답답한 방에서 6시간 가까이 지나자, 레이건은 배가 고파 생각을 제대로 할 수가 없었다. 베이컨과 에그롤이 있다고 했을 때 먹겠다고 할 걸 후회가 되었다. 지금 딱 소스 추가해서—

'갈릭 소스 추가.' 브라이스가 주문했던 그 엄청나게 큰 샌드위치가 뭐였더라?

'레몬 치킨에 통밀빵, 갈릭 소스 추가.' 그때 말하는 투는 처음 주문하는 것이 아니었다. 늘 똑같은 메뉴를 먹는 것 같았다.

"그리고 2월 21일은요?" 노가 물었다. "그날은 언제 출근하셨습니까?"

그 샌드위치 가게 이름이 뭐였지? 그녀는 시드니 골목 한 구석에 위치한 가게 문밖까지 줄이 늘어서 있고, 머리망을 쓴 직원들이 계산대 뒤 좁은 공간에서 분주히 일하고 있던 모습을 떠올렸다.

'레몬 치킨에 통밀빵, 갈릭 소스 추가.'

이곳에서 나가기만 하면 브라이스를 찾아낼 것이다. 누군가 그녀를 표적으로 삼았다. 누군가 어제 그녀의 집 앞에 선물 포장된 브라 세트를 두고 갔다.

브라이스가 그녀의 삶에 갑자기 나타난 것도 불가능한 우연처럼 느껴지기 시작했다.

36

오전 10시 46분, 문이 열리는 소리가 들렸다. 자리를 비웠던 론스키가 여전히 전문가적인 가면으로 표정을 숨긴 채 취조실로 돌아왔다. 레이건은 그 얼굴에 감정을 때려 넣어주고 싶었다. 밖에 나가 살인범을 찾아다녀도 모자랄 시간에 론스키는 내내 그녀에게 시간을 낭비하고 있었다.

"가셔도 좋습니다." 론스키가 팔짱을 끼고 한쪽 어깨를 문기둥에 기댔다. "레이건 씨는 이 사건에서 요주의 인물로 간주됩니다. 거처를 옮길 생각을 하신다면 재고하시는 편이 좋을 겁니다. 그다지 좋아 보이지 않을 테니까요."

레이건은 이곳을 걸어 나갈 수 있다는 사실이 아직 완전히 믿겨지지 않아 웅얼거리며 알겠다고 대답했다. 함정은 아닐까?

그녀는 비틀거리며 의자에서 일어나 복도를 따라 내려갔다.

서늘한 취조실에서 몇 시간을 보낸 뒤라 뜨거운 햇살이 반갑게 느껴져 눈을 깜박이며 중천에 뜬 해를 잠시 바라보았다. 집에 가서 샤워를 해야 했지만, 경찰이 문을 부수고 들어온 이후로 집이 지금 어떤 상태인지 알 수 없었다. 그녀가 가진 핸드백에는 열쇠와 SPF15 립밤, 교통카드, 20달러짜리 지폐 몇 장, 약간의 잔돈이 들어있었다.

그들은 은행 계좌에 대해서는 묻지 않았다. 레이건은 카페에 들러 설탕 두 스푼을 더한 플랫 화이트를 사고 카드 결제를 시도해보았다. 여전히 되지 않았다. 민이나 다른 대부분의 요즘 사람들과 달리 지갑에 현금을 가지고 다니기를 고집했던 것이 다행스럽게 여겨졌다.

가장 먼저 떠오른 생각은 ANZ 타워 앞에서 기다리는 것이었지만, 그곳은 수천 명이 일하는 고층 건물이었고, 출입구도 여러 군데 있었다. 브라이스가 애초에 그곳에서 일하지 않을 수도 있다는 본능적인 생각이 들었다. 결국 그가 점심을 먹으러 시내에 오는 것은 맞는지, 갈릭 소스를 추가한 레몬 치킨 샌드위치를 얼마나 자주 시키는지는 아무도 모를 일이었다.

그러나 그녀에게는 다른 선택지가 없었다.

레이건은 샌드위치 가게를 운 좋게 발견할 수 있기를 바라며 그 일대를 돌아다녀 보기로 했다. 하지만 조지 가에서 반짝이는 애플 스토어 앞을 지나치다 더 좋은 생각이 떠올랐다.

애플 스토어 안은 한낮의 더위를 피하러 들어온 관광객들과 점심 휴식 중인 직장인들, 파란 셔츠를 입고 그들 사이를 빠르게 오가는 직원들로 붐볐다. 그녀는 비어 있는 맥북을 찾아 사파리를 열었다. 그녀의 손가락이 키보드 위를 미끄러지듯 움직여 '거대 샌드위치 시드니 중심 업무 지구 레몬 치킨'을 검색했다.

그녀가 찾던 곳이 맨 위에 바로 나왔다. 하이드 공원 근처에 있는 '빅 샌드위치'라는 가게였다. 머리망을 쓴 중년 여자 직원들이 비좁은 가게 안 카운터 뒤에 모여 있는 사진들이 보였다. 경찰서 취조실보다도 클까말까 한 곳이었다.

브라우저를 닫으려던 차에 레이건은 누군가가 그녀를 가리키는 것을 보았다. 조금 떨어진 곳에서 휴대폰을 높이 든 두 사람이 휴대폰 화면을 들여다보고 이어서 그녀를 흘긋거리며 바라보았다. 20대 초반으로 보였고, 여자는 가닥가닥 민트색으로 염색한 머리에 은색 코걸이를 하고 남자는 크롭 탑을 입고 있었다. 그들은 휴대폰에서 레이건, 그리고 다시 휴대폰으로 시선을 옮겼다.

레이건은 뱃속이 뒤틀리는 것 같아 불안하게 몸을 들썩였다. 경찰이 언론에 그녀의 이름을 흘렸을 수도 있지 않을까? 그들은 수사에 진전이 있는 것처럼 보이는데 필사적이었으며, 달리아 사건과 연관된 누군가를 조사했다는 사실은 중대한 소식이 될 것이다.

민트 머리 여자가 휴대폰을 내리고 여전히 그녀를 흘끔거리며 들리지 않는 작은 소리로 무언가 이야기했다. 레이건은 잠시 출입문으로 도망칠까 생각했다.

하지만 가게 안의 다른 사람들은 아무도 그녀를 신경 쓰지 않는 듯했다. 그녀는 맥북으로 돌아섰다. 그리고 마음을 굳게 먹고 브라우저를 다시 열어 '시드니 달리아 뉴스'를 검색했다.

뉴사우스웨일스 경찰은 시드니 달리아 살인 사건과 관련하여 요주의 인물을 조사했다. 이름이 밝혀지지 않은 이 여성은 지난 1월 크리스탈 알메이다의 시신이 발견된 지점 근처에서 자전거 타던 사람이 촬영한 고프로 영상에서 확인된 인물이다.

이 여성은 오늘 새벽 4시경 뉴사우스웨일스 경찰 특공대가 이너웨스트의 한 아파트로 출동한 뒤 연행되었다. 총격이 있었다는 다수의 신고를 접수한 경찰은 체스터 가에 있는 아파트 건물로 강제 진입했다.

경찰은 해당 신고 내용이 비상사태를 허위로 신고하여 경찰 병력의 대응을 유도하는 행위를 가리키는 '스와팅'이라고 확인했다. 이러한 유형의 범죄적 괴롭힘 수법은 주로 미국에서 흔히 발생하며, 톰 크루즈와 리한나도 스와팅 피해를 입은 것으로 알려졌다.

"건물 내 총기가 발견되지 않았으며, 인근에서 총격이 있었다는 증거 또한 찾을 수 없었습니다." 뉴사우스웨일스 경찰 대변인 알요나 소로카는 이날 아침 열린 기자회견에서 이렇게 밝혔다. "당국은 이미 해당 지역을 폭넓게 조사했습니다. 만약 이것이 스와팅이었다면 고도로 조직화된 범죄 행위였음이 분명합니다. 단 몇 분 내에 수 건의 신고가 접수되었기 때문입니다."

소로카는 스와팅 사건과 시드니 달리아 살인 사건 수사 간 연관성에 대한 질문에는 답변하지 않았으며, 조사를 받은 인물의 이름 역시 공개하지 않았다.

레이건은 비슷한 기사를 몇 개 더 훑어보고, 과감히 자기 이름을 검색해 보았다. 아무것도 나오지 않았다.

채널 6은 그녀의 아파트 주차장에서 촬영된 경찰 작전 영상을 공개했다. 그때 블라인드 주위로 빛이 새어들고 있었는데, 경찰이 창문으로 거대한 조명을 비추었던 탓이었다. 조명이 켜지자 헬멧을 쓰고 무거운 조끼를 입은 경찰관 십여 명이 아파트 현관으로 우르르 들어갔고, 가장 앞에 있는 경찰은 문을 부술 때 쓰는 금속 기둥을 들고 있었다. 영상은 짧게 편집되어 두 번 재생되었다.

TV 촬영팀은 어떻게 그렇게 빨리 그녀의 집 앞까지 올 수 있었을까? 어쩌면 경찰이 정보를 미리 주었을 수도 있다.

"실례합니다."

레이건이 고개를 홱 돌려보니 민트 머리 여자가 있었다.

"혹시 여기서 발생한 살인 사건들에 대해 들어보신 적 있으세요? 그쪽이 피해자들과 무척 닮으셔서—"

"아, 네…." 레이건은 브라우저 검색 기록을 삭제하고 자리를 떴다.

빅 샌드위치는 하이드 공원 반대편에 있었다. 레이건은 지갑에 든 현금에 다시 한번 감사하며 약국에 들러 커다란 선글라스와 해바라기 무늬의 챙이 넓은 모자를 샀다. 그리 대단한 위장은 아니지만, 브라이스가 그녀를 먼저 발견하지 못하도록 막아줄지도 모른다.

신선한 빵과 구운 닭고기 냄새가 나는 샌드위치 가게 골목에서 배고픔을 참기는 어려웠다. 주문을 위한 줄이 문 밖까지 이어지고, 시끌시끌한 무리의 사람들이 저마다 휴대폰에 고개를 처박고 음식을 기다리며 주변을 서성이고 있었다. 레이건도 줄을 서서 호밀 빵에 콘비프를 얹은 미국 스타일의 루벤 샌드위치를 주문했다. 그녀는 다른 손님들 뒤에 자리를 잡고 벽에 기대어 앉아 음식을 먹으며, 오가는 사람들을 유심히 지켜보았다. 선글라스와 모자를 쓴 그녀를 눈여겨보는 사람은 없었다. 그래도 그녀는 약속 시간에 아주 늦은 친구를 기다리는 것처럼 1분에 한 번씩 손목시계를 힐끔거렸다.

한 시간이 지나자, 발과 종아리에서 통증이 다시 느껴지고 경찰

심문으로 인한 후유증이 더해지기 시작했다. 헛된 시간 낭비에 바보 같은 생각이었다. 삶이 무너져 내리고 있는데 할 수 있는 일이라곤 샌드위치 가게에 죽치고 앉아 딱 한 번 그곳에서 점심을 먹은 것이었을지도 모르는 남자와 우연히 다시 마주치길 기대하는 것밖에 없었다. 어제 아침, 일하러 가야 한다며 그녀의 집을 나선 때가 브라이스를 마지막으로 본 것이라는 사실이 믿기 힘들었다.

레이건은 마지막으로 주변을 둘러본 뒤 고개를 숙인 채 골목길을 빠져나왔다. 콘비프가 뱃속에서 요동치는 것 같았다. 이제 아무 생각도 나지 않았다. 화원으로 돌아가 식물들을 돌보는 것 외에는 할 일이 떠오르지 않았다.

길 건너편에서 어떤 남자가 잔디 깎는 기계에 올라타 작은 공원을 가로지르고 있었다. 식물은 물이 부족할 때만 소리를 지르는 것이 아니다. 과학자들은 잔디가 전기 잔디 깎기로 잘릴 때 날카로운 비명을 지른다는 사실을 발견했다. 연구에 따르면 잔디는 인간의 청각 범위를 훌쩍 벗어나는 85,000헤르츠의 소리를 낸다. 그것이 잔디가 고통을 느끼는 것을 의미하는지는 아직 밝혀지지 않았지만 과학자들은 막 손질을 마친 잔디밭에서 나는 달콤한 여름 향기가 사실 식물이 느끼는 두려움의 냄새라고 말하기도 했다.

그 향기가 바람에 실려 그녀에게 풍겨왔다. 레이건은 잔디가 내는 비명소리가 궁금해져 잔디 깎기가 공원을 빙 도는 것을 바라보며 발걸음을 늦추었다.

그리고 그때 브라이스가 곁을 스쳐 지나갔다.

그녀는 헉하고 숨을 들이켰지만, 그는 휴대폰에 무언가를 입력하는 데 열중하며 고개를 숙이고 있었다.

적어도 그 남자는 브라이스처럼 보였다. 그러나 평균 키와 체격, 평범한 머리 모양에 눈에 띄지 않는 옷차림을 한 브라이스와 닮은 사람은 많았다. 그는 문신이나 특이한 흉터도 없었으며, 머리를 특별히 짧게 깎거나 길게 기르지도 않았다. 남자는 일자 청바지와 무늬가 없는 검은 티셔츠를 입고 있었다. 누구라도 그냥 지나칠 흔한 인상이었다. 레이건도 바로 옆으로 지나가지 않았다면 그를 눈여겨보지 않았을 것이다.

그는 달링허스트 방향으로 거리를 따라 올라갔다. 잠시 망설이던 레이건은 뒤를 따라갔다. 시계는 1시 43분을 가리켰다.

두 블록, 다섯 블록을 지나며 남자를 계속 쫓아가면서 레이건은 점점 자신이 없어졌다. 아무 이유 없이 낯선 사람을 따라가고 있는 것 같았다. 그가 건널목에 멈춰 신호가 바뀌는 것을 기다리자, 그녀는 휜 유칼립투스 나무 뒤에 몸을 반쯤 숨기고 물러서서 핸드백을 뒤적거리는 척했다. 남자는 한 번씩 신호등을 흘낏 확인하며 줄곧 머리를 숙이고 휴대폰에 몰두했다.

민의 말이 맞을지도 몰랐다. 어쩌면 신경쇠약일 수도 있다. 하지만 브라 세트도 그녀의 상상이었을까? 정신병동에 제 발로 걸어 들어가는 게 나을지도 모른다. 그러면 론스키가 그녀를 살인 방조 혐의로 기소하더라도 정신이상을 근거로 변론을 해볼 수 있을 것이다.

녹색불이 켜지며 횡단보도 신호에서 기계적인 음성 안내가 흘러나왔다. 보행자 몇 명이 차도로 내려가다 끼익하는 브레이크 소리를 듣고 흠칫하며 얼어붙거나 깜짝 놀라 뒤로 물러났다.

남자가 휴대폰에서 시선을 거두며 고개를 돌려 소리가 나는 곳을 올려다보았다.

분명 브라이스였다.

그를 찾았다.

37

　레이건은 달링허스트까지 브라이스를 따라갔다. 그는 멀쩡했다. 살해당하거나 납치되지도 않았고, 초가을 햇살 아래 돌아다니고 있을 뿐이었다. 화요일 오후에는 왜 화원에 오지 않았을까? 출근은 왜 안 했을까? 왜 그녀를 찾지 않았을까? 레이건은 그의 어깨를 잡아 흔들며 얼굴에 대고 소리를 지르고 싶었다. 어떻게 그럴 수 있었을까. 정말 어떻게 지극히 평범한 사람처럼 한낮에 길을 걸어 다닐 수 있었을까.

　브라이스는 휴대폰을 주머니에 넣었고, 레이건이 뒤따르는 내내 한 번도 돌아보지 않았다. 누군가가, 더군다나 해바라기 무늬의 챙 넓은 모자를 쓴 여자가 자신을 따라오고 있다고 의심할 이유가 어디 있겠는가?

　그녀는 걸음을 늦추고 자동차 두어 대만큼의 거리를 유지한 채 브라이스의 뒤를 쫓으며 눈에 띄는 모자를 벗어 청회색 안감이 바깥쪽으로 오도록 뒤집었다. 그리고 모자를 다시 써서 곱슬머리가 보이지 않게 가렸다.

브라이스는 주머니에서 열쇠를 꺼내며 적갈색 벽돌로 지어진 아파트로 향했다. 그녀가 벽돌로 포장된 산책로에 다다랐을 때, 그는 빠른 걸음으로 현관 출입구 계단 세 칸을 올라가 유리문을 밀고 들어갔다. 레이건은 마치 그곳에 사는 것처럼 머리를 숙이고 열쇠를 찾는 척 핸드백을 뒤지며 걸었다.

현관 계단 앞에 도착한 그녀는 위험을 감수하고 고개를 들어 현관 안을 힐끗 봤다. 금속으로 된 엘리베이터 문이 스르륵 닫히고 있었다. 검은 바탕에 빨간 숫자가 적힌 엘리베이터 층 표시등이 1층에서 2층으로 바뀌었다.

몇 초가 지났다. 표시등은 여전히 2층에 머물렀다.

레이건은 쇠로 된 현관 출입문 손잡이를 당겨봤지만 열리지 않았다. 하지만 들어갈 수 있다 한들 그다음엔 어떻게 해야 할까? 브라이스를 찾을 때까지 2층에 있는 모든 집을 다니며 문을 두드려야 할까?

아파트는 길모퉁이에 위치해 있었다. 각 층마다 여섯 가구가 있고, 세 집은 앞쪽에, 세 집은 뒤쪽에 있는 간단한 구조였다. 건물은 경사면에 지어져 앞쪽 1층이 뒤쪽 지하층과 비슷한 높이였다. 즉 앞쪽 2층은 뒤쪽 1층보다 약간 올라와 있는 정도였다. 집집마다 바비큐와 의자 몇 개를 놓을 수 있을만한 크기의 좁은 발코니가 있었다.

아파트 뒤쪽은 다른 주택가 도로와 맞닿아 있었다. 레이건은 모자를 벗어도 될지 고민하며 버스 정류장 벤치에 앉아 있었다. 하지만 결국 모자는 그대로 두었다. 이목을 끌지 않고 얼마나 오랫동안 버스를 기다리는 척 앉아 있을 수 있을까?

아파트 발코니에 나와 있는 사람은 아무도 없었다. 꽃기린 선인장 화분이 있는 한 곳에만 식물이 보였다. 레이건은 그곳이 브라이스의 집이 아닐 것이라고 확신했다. 그가 다른 사람과 사는 것이 아니라면 식물을 기를 리 없었다. 물론 여자친구나 아내가 있을 수도 있다. 심지어 아이들도 있을지 모른다.

그녀는 여기까지 브라이스를 뒤쫓아 왔다는 것에 뿌듯하면서도 이제 무엇을 해야 할지 감이 잡히지 않아 서성거렸다. 그의 집이 아파트 앞쪽에 있을 수도 있다. 버스가 한 대 와서 운전기사가 그녀를 태우기 위해 멈춰 섰다.

레이건은 미안하다는 표시로 손을 흔들어 버스를 보냈다. 오후의 태양이 하늘을 가로지르며 뻗어 있었다. 시계는 5시 1분을 가리켰다. 7시가 지나야 해가 질 것이다.

그녀는 길을 따라 올라가 약국을 찾아서 가위를 샀다. 그리고 한 블록 떨어진 곳에 있는 케밥 집에 들어가 양고기 지로 샌드위치를 주문하고 화장실로 갔다. 새로 산 가위는 머리카락을 자르는 데 적합하지 않았고, 그녀는 무딘 날에 답답해하며 굵은 곱슬머리를 힘겹게 잘라냈다. 자른 머리카락 한 줌 한 줌은 그대로 쓰레기통에 버렸다. 거울을 보고 엘리자베스 쇼트를 떠올리는 것이 지겨웠다.

그녀는 아무렇게나 잘려 엉망진창인, 목선이 드러난 짧은 머리가 되었다.

해가 떠있는 동안에는 브라이스의 아파트가 보이는 곳에 너무 오래 있지 않도록 조심하기 위해 레이건은 계산대에서 샌드위치를 받아들고 공원에 가서 먹었다.

해가 지면 사람들은 불을 켤 것이다. 그리고 블라인드를 너무 빨리 내리지 않는다면 집안을 곧바로 들여다 볼 수 있을 것이다.

레이건은 달링허스트를 배회하며 시간을 때웠다. 그녀는 헌책방에서 책 귀퉁이가 접힌 애니 프루의 소설 《바크스킨》을 화원에 놓을 소품으로 샀다.

옆 블록에 가니 카페와 주류 판매점 사이에서 꽃집 광고판을 앞뒤로 달고 거리를 돌아다니는 사람이 있었다. 레이건은 걸음을 천천히 하고 작은 꽃집을 구경했다. 왈라비 머리나 웜뱃 등에서 식물이 자라는 것처럼 보이는 호주 토종 동물 모양 화분에 심긴 다양한 다육식물이 진열장을 채우고 있었다. 그녀는 현금이 얼마나 있는지 확인하고, 가게 안으로 들어갔다가 잠시 후 구매한 것들을 핸드백에 넣고 나왔다.

오후 5시 45분, 레이건은 선글라스를 벗고 펼쳐진 책에 코를 박은 채 버스 정류장에 앉아 있었다.

아파트 오른쪽 구석에 있는 선인장을 기르는 집은 이미 블라인드를 내리고 있었다. 그 집에 사는 사람들은 길 건너편에서 창문 안을 들여다볼 수 있다는 것을 아는 모양이었다.

오후 6시 12분, 아파트 가운데에 불이 들어왔다. 누군가 움직이는 것이 보였다. 실루엣을 보니 여자 두 명 같았다. 그들도 곧 블라인드를 내렸다.

몇 분 후, 가장 왼쪽에 있는 집에서도 불을 탁 켰다. 블라인드는 열려 있었다. 레이건이 서 있는 곳에서는 주방 윗부분까지 보였고, 냉장고와 열려 있는 찬장 하나가 눈에 띄었다.

엷은 갈색 머리에 검은 티셔츠를 입은 어떤 사람이 시야에 들어왔다. 브라이스일 수도 있지만, 이 각도에서 보면 비슷한 체격의

남자나 머리가 짧은 여자를 착각한 것일 수도 있었다. 그는 멀어
졌다 다시 냉장고로 돌아온 뒤 다시 사라졌다.

레이건은 분노가 차올랐다. 그녀는 브라이스를 삶에 받아들이
도록 스스로를 밀어붙였었다. 더 주의 깊게 관찰하고 더 경계했어
야 했다. 눈치채지 못한 수상한 낌새가 분명 있었을 것이다.

그녀는 하마터면 가장 왼쪽 집에서 누군가 발코니로 나오는 것
을 못 볼 뻔했다. 움직임을 포착하고 위를 올려다보았다.

그였다.

브라이스는 네모난 칼라가 달린 비싸 보이는 짙은 회색 가디건
을 입고 있었다. 집에서 편안하게 쉬면서 입을 만한 옷은 아니었다.

그는 블라인드를 반쯤 내렸다. 불이 꺼졌다.

레이건은 책을 벤치에 두고 아파트 건물 앞쪽 구석으로 급히 달
려갔다. 잠시 후 브라이스가 한가로이 문을 열고 나왔다. 그날 오
후에 신었던 운동화가 아니라 스웨이드 정장 구두를 신고 있었다.

데이트하러 가는 걸까?

데이트가 아니라면 수요일 저녁에 이렇게 차려입을 이유가 없
지 않은가? 그는 벌써 새로운 사람을 만난 것 같았다.

아니면 그녀를 만나는 동안에도 다른 사람과 계속 사귀고 있었
을지 모른다. 배신을 당했다는 괴로움이 밀려왔다. 레이건은 그와
함께하는 미래를 상상했었다. 하지만 정작 그가 어떤 사람인지도
알지 못했다.

그녀는 브라이스가 다가오면 몸을 숙이고 길을 뛰어 올라가 숨
을 준비를 했다. 그러나 그는 반대 방향으로 돌아서 반 블록 떨어
진 곳에 주차한 혼다를 향해 걸어갔다.

그의 자동차 번호판, 그것이라면 그의 진짜 신원을 확인할 수 있다. 그와 처음 사귀기 시작했을 때 왜 차량번호를 기록해둘 생각을 못 했을까? 그랬다면 민의 형사 친구를 통해 차량번호 조회가 가능한지 물어볼 수 있었을 것이다.

'그러면 피해망상인 것처럼 보였겠지.'

브라이스의 차가 너무 멀리 있어 당장은 번호판을 알아볼 수 없었지만 중요하지 않았다. 그녀는 더 좋은 계획이 있었다.

레이건은 아파트 건물 뒤쪽으로 돌아와 기다렸다. 브라이스의 집은 여전히 어두웠다. 그 아랫집도 마찬가지로 불이 켜져 있지 않았고, 조용했다. 드문드문 창문에 빛이 비치는 집들도 있었지만, 아무도 바비큐에 불을 붙이거나 선선한 3월 공기와 반짝이는 도시 야경을 감상하러 발코니에 나와 있지 않았다.

근처에 있는 빨간 뚜껑이 있고 옆에 바퀴가 달린 네모난 쓰레기통에서 쓰레기 썩는 냄새가 진동했다. 레이건은 그것을 끌어다 발코니 가까이 붙였다. 쓰레기통 높이가 1미터가 넘었기 때문에, 그 위에 올라설 수만 있으면 조금만 뛰어도 발코니로 올라갈 수 있을 것 같았다.

하늘이 어둑어둑해지며 귀뚜라미 우는 소리가 울려 퍼졌고, 오후 8시 19분을 가리키고 있는 레이건의 손목시계 화면이 어둠 속에서 빛났다. 그녀는 모자를 벗어 바닥에 툭 내려놓았다.

브라이스의 집에 들어갈 수만 있다면 그의 진짜 이름을 알 수 있을 것이다. 여권, 임대 계약서, 우편물, 무엇이든 찾으면 된다.

그리고 본명을 알게 되면 그 즉시 경찰서로 당당히 들어가 론스키의 손에 그의 이름을 쥐어 줄 수 있을 것이다. 협박 메일과 딥페이크 영상, 속옷에 관해서도 설명할 수 있다. 총성이 들렸다

는 허위 신고도 아마 브라이스의 짓일 것이다. '하지만 대체 왜?'

나중에 알아내면 된다. 지금은 서둘러 움직여야 했다.

레이건은 쓰레기통과 한참 씨름했다. 아무리 자리를 옮기고 방향을 틀어도 울퉁불퉁한 인도 위에 놓여 흔들거리며 중심을 잡지 못했다. 쓰레기통을 최대한 평평하게 놓고 양손으로 윗부분을 잡은 뒤 한쪽 무릎을 뚜껑 위에 올린 후, 이어서 다른 쪽 무릎도 올렸다. 그러자 무게를 이기지 못해 뚜껑이 찌그러지기 시작했다. 그녀가 옆으로 멘 핸드백을 달랑이며 건물 벽을 손으로 짚고 휘청거리며 한쪽 다리를 펴서 한 발로 뚜껑을 밟고 일어서려고 애쓰자 쓰레기통이 넘어질 듯 불안정하게 흔들렸다. 마치 시드니로 돌아온 첫 해 여름에 민이 그녀를 설득해 데려갔던 서핑 스쿨에 다시 온 것 같았다.

레이건은 몸을 조금 더 일으켜 왼발로 쓰레기통 위를 디뎠다. 꼴사납게 웅크린 자세가 된 그녀는 천천히 일어나려 했지만, 생각보다 훨씬 어려웠고 훨씬 느리게 움직여야 했다. 금방이라도 거리를 따라 내려가는 자동차가 헤드라이트를 비추어 그녀를 발견할 것만 같았다.

한 손이 간신히 발코니 난간에 닿았다. 그러나 이내 쓰레기통이 흔들리며 균형을 잃었고, 체중이 너무 빠르게 이동되는 바람에 쓰레기통이 뒤집어졌다. 레이건은 가까스로 비명을 억눌렀다. 다리가 공중에서 달랑거렸고, 난간을 잡으려 다른 쪽 손을 버둥거려 보았지만 끝내 잡지 못했다.

그녀는 아래로 떨어졌다.

등이 넘어진 쓰레기통 옆면에 부딪혔고, 끈적이는 테이크아웃 용기, 닭 뼈, 구겨진 휴지가 쏟아진 쓰레기 더미 속을 허우적댔다.

그녀는 구역질이 나는 것을 참으며 벌떡 일어서서 작게 욕을 했다. 그리고 건물 옆 그림자 진 곳에 서서 핸드백에서 떨어진 물건이 없는지 확인했다.

누군가는 그 소란스러운 소리를 들었을 것이다. 몇 분이 지났지만 아무도 나타나지 않았다. 곤경에 처하기 전에 얼른 자리를 떠야 했다.

하지만 그녀는 브라이스가 다른 여자의 환심을 사는 장면을 머릿속에서 떨칠 수 없었다. 대체 그는 누구이며 그녀에게 무슨 짓을 한 걸까?

레이건은 넘어진 쓰레기통을 다시 세우고 넘어지지 않게 아파트 벽 사이에 끼웠다. 그리고 다시 한번 뚜껑을 밟고 위로 올라서서 발코니 난간을 잡았다. 그녀는 품위라고는 찾아볼 수 없는 모습으로 몇 차례 발길질해가며 몸을 발코니 쪽으로 힘겹게 끌어올렸다. 마지막 몸부림에 바퀴 달린 쓰레기통이 또다시 옆으로 쓰러졌다.

그녀는 기어이 난간을 넘어 브라이스의 집 발코니에 섰다. '할 수 있어.' 섹스 동영상이 메일로 뿌려진 이후 패배감과 절망감이 깊숙이 스며들었지만, 지금은—

"이봐요!"

한 줄기 빛이 그녀의 얼굴에 닿아 앞이 잘 보이지 않았다. 레이건은 손을 들어 눈을 가렸다.

옆 발코니에서 누군가 손전등으로 그녀를 비추고 있었다.

38

"타쉬, 여기 밖에 누가 있어!" 손전등 뒤로 여자의 목소리가 들렸다.

"신경 쓰이게 해드려서 정말 죄송해요." 몸에서 나는 쓰레기 냄새가 옆 발코니까지 닿지 않길 바라며 레이건이 황급히 말했다. "저녁을 사러 나갔다가 문이 잠겨서요. 제 남자친구 집인데, 이웃들이신가 봐요."

레이건이 이렇게 체포된다면 론스키가 정말 좋아할 것 같았다. 아마 유치장에 가두고 쓰레기 악취 속에서 뒹굴도록 내버려 둘 것이다. 그리고 무단 침입 혐의로 기소한 뒤 그녀를 달리아 사건의 공범으로 재판에 세울 수 있을 때까지 감옥에 가둘 것이다.

손전등을 들고 있는 여자 뒤로 또 다른 사람이 나타났다. "무슨 일이야?"

"이 사람이 쥐새끼처럼 아담 집에 몰래 들어가려고 하잖아."

'아담?' 집을 잘못 찾은 건가?

그럴 리 없다. 창문에 있던 것은 분명 브라이스였고, 길을 내려가 파란빛이 도는 회색의 혼다에 올라탄 것도 분명 브라이스였다.

"자기 이름이 아담이라고 하던가요?" 레이건은 친절한 투를 버리고 분노에 찬 목소리로 말했다. "솔직히 말씀드리면, 제가 이 재수 없는 놈이랑 자버리는 실수를 저질러서요, 저한테는 브라이스라는 이름을 썼는데, 저 몰래 섹스 영상을 찍어놓고 삭제를 안 하겠다고 해요. 그래서 그놈이 인터넷에 올리기 전에 저도 어떻게든 약점을 찾으러 온 거예요."

쓰레기통 위에 서 있을 때처럼 불안정한 정적이 잠시 흘렀다.

손전등이 꺼졌다. "미친." 여자가 말했다. "진짜 나쁜 새끼네요."

"행운을 빌어요." 타쉬가 덧붙였다.

그들은 안으로 들어갔다.

레이건은 떨고 있었다. 다른 이웃들도 보고 있을지 모른다. 이미 경찰에 신고했을 수도 있다.

발코니 미닫이문이 열려 있기를 바랐지만, 손잡이를 당겨 봐도 꿈쩍도 하지 않았다. 유리는 두꺼웠고, 깨뜨릴 만한 무언가를 찾을 수 있다고 해도 소리가 너무 커서 많은 주의를 끌 것 같았다.

방법은 하나뿐이었다. 레이건은 작은 발코니 가장자리에 서서 반투명한 창문을 덮고 있는 방충망에 손을 뻗었고, 금속 프레임에 붙어 있는 한 귀퉁이를 찢는 데 성공했다. 창문이 살짝 열려 있었다. 그녀는 발끝으로 아슬아슬하게 서서 몸을 기울여 창문을 힘껏 밀었다. 묵직한 창문이 슥 열리면서 크림색 타일을 깐 욕실이 보였다.

그때 누군가 지켜보는 듯한 느낌이 들어 주변을 둘러보았지만,

아무도 없었다.

'고든은 죽었어. 진즉에 죽었다고.' 그가 없다는 사실에 익숙해지려면 시간이 걸릴 것이다.

'집중하자, 서둘러야해.' 창문 아래 인도로 떨어지면 적어도 4미터였다. 죽지는 않겠지만 다시 발코니로 기어 올라갈 상태는 아닐 것이다. 그녀는 최대한 자연스럽게 난간 너머로 몸을 숙여 열린 창문의 크기를 가늠해보았다. 딱 맞을 것 같았다. 어쩌면 지나치게 딱 맞을지도 모른다.

그대로 계획을 포기하고 다시 난간을 넘어 몸을 낮추고 길 위로 내려설 수도 있다.

하지만 그다음에는? 딥페이크 영상 속 여자의 신음이 머릿속을 채웠다.

레이건은 핸드백을 다시 어깨 위로 추어올리고 발코니 난간을 잡았다. 오른발을 난간 위로 올리고, 잠시 머뭇거리다 펄쩍 뛰어 왼발도 올렸다. 창문은 불안할 만큼 멀었다. 그녀는 숨을 깊이 들이마신 뒤 얇은 창틀을 향해 손을 멀리 뻗으며 힘껏 점프했다.

몸이 반쯤 샤워실 안에 걸쳐지고, 다리는 공중에 떠 있었다. 버둥버둥 움직일 때마다 창틀이 갈비뼈를 파고들었고, 그녀는 물방울이 맺힌 욕조 가장자리를 붙잡아 몸을 앞으로 끌어당겨 마침내 물이 고인 바닥으로 철퍼덕 떨어졌다.

지나가는 사람이 있었다면 그녀의 모습은 꽤나 볼썽사나웠을 것이다. '빨리, 빨리, 빨리.' 레이건은 허우적거리다 미끄러질 뻔했다가 나지막이 욕을 중얼거리며 욕실용 매트를 밟고 일어섰다. 그러고는 아까 꽃집에서 산 저렴한 정원 장갑을 꺼내서 끼고 지문이 남았을지 모르는 창틀을 문질러 닦았다.

'이름, 이름을 찾아야 해.' 운전면허증이 든 지갑을 찾아낼 수 있다면 최고의 시나리오가 될 것이다. 물론 지갑을 두고 외출했을 가능성은 낮았지만, 어딘가에 출생증명서나 은행 서류가 있을 것이다.

아파트 안은 퀴퀴한 냄새가 났다. 어둠 속을 노려보던 레이건이 전등 스위치를 켜니 그녀의 집보다도 작은 공간이 드러났고, 노르스름한 바닥에 비슷한 색깔의 싸구려 사무실 카펫을 깔아 거실과 부엌을 구분한 것이 보였다. 그녀는 창문 블라인드를 바닥까지 내리고 집안을 꼼꼼히 수색하기 시작했다. 거실에는 스티로폼 완충재 한 조각이 카펫 위에 떨어져 있고, 현관문 옆에 배달 음식 상자가 깔끔하게 정돈되어 쌓여있었다. 밀봉된 컵라면들이 조리대 위에 늘어서 있는 것도 보였다. 침실에는 바닥에 매트리스 하나가 있고 그 위에 침대 시트와 얇은 이불들이 헝클어져 있었다. 브라이스, 아담, 진짜 이름이 뭐든지 간에 그는 옷을 잘 정리하고 신발도 옷장 안 신발장에 보관해두었다. 왓슨스 베이에 있던 집처럼 사진이 하나도 없었다. 벽에도 아무것도 걸려 있지 않았다. 옷과 세면대 끝에 놓인 칫솔을 제외하면 개인적인 흔적이 하나도 없었다.

그리고 바로 그곳에, 휴지통 속에, 잎이 노랗게 변하고 꽃잎이 쪼글쪼글해지면서 작은 얼굴 모양들이 뒤틀리고 일그러진 레이건의 아름다운 원숭이 난초가 있었다.

그것만으로도 그는 사형 선고를 받아 마땅했다.

아늑함이 전혀 없는 대신, 컴퓨터 장비가 가득했다. 거실에 있는 큰 테이블 위에는 노트북 컴퓨터 한 대와 연결된 모니터가 세대 있었다. 침실에도 낮은 책상 위에 모니터 두 대와 또 다른 노트북 컴퓨터가 놓여 있었다.

배달 음식 상자, 주문 정보에 그의 이름이 있을 것이다. 레이건은 달려가 상자 하나를 집었다. 라벨에 'JJ 스미스'라고 쓰여 있었다. 나머지도 모두 같은 이름으로 주문한 것이었다.

복도에서 문 쪽으로 걸어오는 발소리가 들렸다. 그녀는 가슴이 조여와 주먹을 꽉 쥐었다. 숨을 곳이 없었다.

멀리 떨어진 곳에서 문이 삐걱거리며 열리고, 복도에서 친구들이 서로 반갑게 인사를 나누는 소리가 들려왔다.

시간이 없다. 부엌 서랍장을 뒤져봤지만, 고무줄, 볼펜 하나, 서로 어울리지 않는 식기들만 나왔다.

침실에 가서 매트리스를 모퉁이마다 들어 올려보고, 그런 다음 영화에서 스파이가 지퍼백에 서류를 넣어 변기 수조 안에 숨기는 장면을 본 것이 떠올라 화장실로 가서 변기 수조 뚜껑까지 열어보았다.

아무것도 없었다.

'젠장.' 브라이스가 언제 돌아올지 모르는 상황에 시간만 낭비하고 있었다.

'아니면 혹시…' 요즘 사람들은 자기 의사와 관계없이 정보를 모두 어디다 보관하더라? 레이건은 케이블을 뽑고 노트북 두 개를 와락 움켜잡았다. 일단 이곳을 나가서 어떻게 처리할지 생각해보면 될 것이다.

가기 전에 할 일이 한 가지 더 있었다. 그녀는 침대 위에 서서 아까 구입한 물건을 핸드백에서 조심스럽게 꺼냈다.

호주에 자생하는 짐피짐피라는 관목 식물은 오래 지속되는 극심한 고통을 일으키는 가시가 있어 닿은 사람들이 괴로움을 못

이겨 자살한다는 소문이 있다. 잔털 같은 가시가 잎을 덮고 있으며, 각각의 가시에 강력한 신경독이 묻어있어 식물이 죽은 후에도 만지면 독소가 전달된다. 상처는 처음에는 말벌에 쏘인 것 같다가 하얗게 부풀어 오르며, 진물이 흐르기도 한다. 통증은 몇 달 동안 사라지지 않을 수 있다. 레이건이 짐피짐피를 찾을 수 있었다면, 브라이스의 침대 시트에 따끔거리는 털을 한가득 뿌려 놓았을 것이다. 전혀 생각지 못한 곳에서 고문을 가하는 것, 사실 고든에게 하고 싶었던 일이었다.

오늘 밤은 차선책을 준비했다. 꽃집에서 산 물건을 비닐봉지에 담고 윗부분을 묶어달라고 했었다. 그녀는 장갑을 끼고 핸드백에서 비닐봉지를 꺼내 묶인 부분을 풀었다. 쓰레기통에서 떨어졌을 때 봉지 안에서 흙이 쏟아진 듯했지만, 다행히 식물과 화분은 손상되지 않았다.

레이건은 브라이스의 이불을 끌어당겨 치워두고 붉은 토끼 귀 선인장을 들어 올렸다. 그리고 침대 위 여기저기에서 장갑 낀 손가락으로 선인장의 가느다란 가시를 부드럽게 쓸었다. 베이지색 시트 위에 떨어진 털 같은 가시들은 눈에 보이지 않았다.

그녀는 베개에도 몇 초간 꼼꼼하게 가시를 뿌렸다. 이것이 브라이스를 자살로 몰아넣지는 않겠지만, 아무리 씻어도 없어지지 않는다는 것을 알게 되면 특히 더 고통스러울 것이다. 가시들은 미세한 유리 조각처럼 피부 아래로 파고들 것이다. 그리고 잘하면 눈에도.

레이건은 절반쯤 벗겨진 선인장을 침실용 탁자 위에 두고 갈지 잠시 고민했다. 하지만 이내 생각을 바꿔 화분을 다시 비닐봉지에 싸고 노트북 두 개와 함께 핸드백에 넣은 뒤 현관문을 빠져나왔다.

브라이스가 정확히 뭔지는 몰라도 무슨 짓을 하긴 했다면, 경찰에 도난 신고를 할 리가 없었다. 경찰에 허위로 총격 신고를 한 것은 범죄일 것이다. 딥페이크 영상을 그녀의 고객들에게 보낸 것도 범죄 같았다. 노트북에 무엇이 들어있는지는 몰라도 분명 그를 체포할 만한 증거가 나올 거라는 확신이 들었다. 컴퓨터 전문가를 찾아가면 브라이스가 딥페이크 영상을 만들고, 그녀에게 협박 메일을 보내고, 어쩌면 계좌 동결에 관여했다는 것을 증명할 수 있을지도 모른다.

정말 그가 그 모든 짓을 했을까? 대체 그는 누구였을까? 그리고 왜 하필 그녀였을까?

레이건은 허리께에 노트북 두 대가 든 핸드백을 덜렁이며 서둘러 중심가로 돌아와 엘리자베스 가에서 택시를 타고 엔모어로 갔다. 집에 도착하니 문틀에는 합판이 느슨하게 못으로 박혀 있었고, 그 위에 범죄 현장 테이프가 붙어 있었다. 그녀는 합판 가장자리 아래 손가락을 넣고 힘주어 문틀에서 떼어냈다.

집안에는 지문채취를 위한 검은 분말이 문손잡이와 창틀, 의자와 식탁 위를 덮고 있었다. 책장은 텅 비었고, 모든 물건이 사방에 흩어져 있었다. 경찰이 그녀가 부순 휴대폰도 가져가 액정 조각만이 주방 바닥에 군데군데 남아있었다.

그녀는 샤워로 쓰레기 냄새를 씻어내고 깨끗한 옷으로 갈아입었다. 매트리스가 비뚤어져 있고 시트는 바닥에 구겨져 있었다. 침대가 엉망인데도 유혹적으로 느껴졌다. 눈과 근육, 뼛속까지 온몸이 쑤시듯 아팠고, 피로로 몸이 부들부들 떨렸다.

몇 센티 남지 않은 머리카락은 5살짜리 아이가 아무렇게나 자른 것처럼 보였다. 그녀는 간단히 스타일링 크림을 발라 머리를 매끈하게 뒤로 넘겼다. 머리카락이 없어지니 풍파를 겪은 듯한 단단한 인상이 되어 마치 다른 사람 같아 보였다.

레이건은 가방에서 노트북 두 대를 꺼내 열었다. 둘 다 비밀번호 창이 떴다. '비밀번호', '관리자', '나는 멍청이'를 입력해 보았지만 모두 실패했다.

시간이 없었다. 노트북을 다시 가방에 넣고 두 달 전 일요일, 골목길에서 시체를 발견했다는 신고 전화를 끝내 하지 못한 그 공중전화로 걸어갔다.

그녀는 깊게 숨을 들이마시고 전화기를 들어 번호를 눌렀다.

레이건은 거리를 바라보며 서 있었다. 밤 10시, 차 몇 대가 엔모어 로드를 따라 올라갔다. 멀지 않은 곳에서 개가 높은 소리로 계속해서 짖었다. 연결음이 다섯 번 울린 뒤 상대가 전화를 받았다. "민 리 샤스입니다."

"민, 나—"

"하루 종일 널 얼마나 찾았는지 알아! 터너, 그, 내 경찰 친구가 너는 점심 전에 풀려났다고 했는데. 대체 어떻게 된 일이야?"

'터너.' 아침에 다른 형사 하나가 문 앞에 나타났을 때 노가 그 이름을 불렀었다. 민이 부탁해서 그녀를 확인하러 왔던 것이 틀림없다.

"경찰에 내 이름 알려줬어?"

"그때 얘기했던 것처럼 일단 기다렸어. 사실 오늘 아침에 가려고 했는데 오웬이 말렸거든. 그런데 경찰이 이미 널 데려가서 이야기 중이라는 걸 알게 된 거야." 전화기 너머에서 자동차 문이 쾅 닫히는 소리가 들렸다. "그리고 네가 묻기 전에 하는 말인데,

난 누가 네 이름을 경찰에 말했는지 몰라. 터너도 모른대. 아니면 나한테 말할 수 없거나."

그 말이 진실인지 알 방법은 없지만, 민이 그녀나 다른 누구에게도 거짓말하는 것을 본 적은 없었다. "너한테 할 말이 있어."

"할 말 너무 많지, 그리고—"

"경찰이었어, 민."

민이 말을 멈췄다.

레이건은 고든이 경찰이라는 사실을 어떻게 알게 되었는지 간략하게 말해주었다. "아마 잘은 모르지만 내가 주의를 끌려고 한다거나, 말을 만들어 낸다거나 한다는 식으로 신고 접수 보고서를 썼겠지. 경찰서에서 고든을 보고 난 뒤로 다시는 그곳에 가지 않았어."

"그런 널 피해망상이라고 했다니. 정말 미안해, 레이건. 변명이 될 순 없지만 너무 답답하기도 했고 전날 밤도 새웠었어."

레이건은 생각보다 민이 쉽게 용서되어 내심 놀랐다. "내가 모든 사실을 털어놓았더라면 네가 더 잘 이해했을 수도 있지. 근데 난 고든이 계속 경찰 일을 하고 있을 줄 알았는데, 작년에 죽었다더라."

"작년에? 진짜?" 깜짝 놀란 목소리였다. "그래서, 넌 괜찮아? 터너한테 스와팅 사건으로 수사팀이 널 조사하고 있다는 걸 알게 되어서 확인 좀 해달라고 부탁했었거든."

갑자기 민이 브라이스에 대한 일을 아무것도 모른다는 사실이 떠올랐다.

"은행 계좌에 대해서도 물어봤어." 민이 말을 이었다, "터너가 기밀이라고 하면서 알려줬는데, 경찰이 은행에 요청해서 계좌가 동결된 거래. 그런데 살펴봤더니 경찰에는 계좌 동결에 관련된 정보가 하나도 없었다는 거야."

"그게 무슨 뜻이야?"

"일반적으로 경찰은 그런 요청과 관련해 공개수사를 진행하고, 계좌를 동결하려면 영장이 필요해. 터너 말로는 은행은 분명 영장을 받았다는데 자기가 보니까 경찰에서 온 영장이 아니었대. 그래서 더 자세히 알아봤더니 영장이 가짜였다는 거지."

그것은 중요하지 않았다. 시간이 계속 흘러가고 있었다.

"민, 내 말 들어봐. 계좌 동결이나 딥페이크 영상, 브라이스랑 뭔가 연관이 있을 것 같아. 그리고 내가 방금 그 사람 노트북을 훔쳐 왔어."

39

　레이건은 민을 기다리느라 아파트 입구를 초조하게 서성거렸다. 옆집 정원에 있는 식물들은 잎이 갈색으로 변하고 줄기가 구부러져 시들시들했다. 기다리는 시간이 길어질수록 죽어가는 식물들을 보고만 있기가 점점 힘들어졌다. 그녀는 결국 참지 못하고 건물 밖으로 나가서 옆집 정원으로 들어가 호스를 잡았다.

　민이 차를 세웠을 때, 레이건은 여전히 물을 주고 있었다. 그녀는 노트북 두 대가 든 핸드백을 힘겹게 들고 급히 민의 렉서스에 올라탔다.

　"세상에." 민이 말했다. "머리는 왜 그래?"

　레이건이 곱슬머리를 잘라내고 삐죽삐죽하게 남은 머리칼을 손으로 쓸며 대답했다. "그냥."

　민이 팔걸이 너머로 그녀를 안아주려 팔을 뻗었다. 레이건은 순간 움찔했지만, 이내 긴장을 풀고 어색하게 포옹을 했다.

"터너 말이, 론스키가 완전 너한테 꽂혔대. 경찰에서 사건 현장과 실제로 연결점이 있는 사람을 찾아낸 건 네가 유일하고, 그래서 네가 뭔가를 알 거라 확신하고 있대."

"그래, 그 여자랑 6시간을 조사실에 갇혀 있었더니 그건 꽤 분명해 보이더라."

민은 운전석 좌석을 뒤로 밀고 레이건을 향해 몸을 돌렸다. "그래서 브라이스 노트북은 왜 훔쳤는데?"

모든 일이 눈 깜짝할 새 벌어졌었다.

"브라이스를 마지막으로 본 건 어제 아침 엔모어에서 널 만나기 전이야. 오후에 화원에 오기로 했는데 나타나지 않았고, 전화를 했더니 번호도 없어진 상태였어. 그래서 집에 찾아갔더니…" 이야기가 술술 나왔다. "브라이스도 본명이 아닌 것 같아."

민은 휴대폰을 꺼내 레이건이 말하는 것을 빠르게 메모를 하며 듣고 있었다. "맙소사, 레이건, 정말 너무 미안해. 난 네가 무슨 신경쇠약이라도 일으킨 줄 알았어."

레이건은 손을 내저었다. 더 중요한 일에 집중해야 했다.

"이럴 시간 없어. 브라이스가 지금도 어디선가 다른 여자랑 있을 것 같은데, 사실 모르겠어, 아니, 뭐 하는 놈인지도 모르겠어. 하지만 그 여자도 엿 먹이고 있으면 어떻게 해?" 더 나쁜 상상이 마음 한구석에서 맴돌았지만, 말로 하지는 않았다. 레이건은 노트북 두 대가 들어있는 자산의 핸드백을 두드렸다. "여기 나한테 한 짓에 대한 증거가 들어있을 거야."

민의 얼굴에 떠오른 불신이 목소리에도 느껴졌다. "네가 화가 난 건 알겠어, 나도 이해해. 그런데 노트북을 훔치는 게 과연 최선이었을까? 거기 뭐가 있는지도 모르잖아. 그리고 뭐가 진짜 나오더라도, 재판에서 증거로 인정받지 못할 수도 있어."

"늦었어. 이미 가져왔는걸. 난 어떤 놈인지 낱낱이 알아야겠어. 브라이스는 내 사업을 망쳤고, 경찰 습격 때문에 아파트에서도 쫓겨날 지경이야."

민은 운전대 쪽으로 몸을 움직여 시동을 걸었다. "터너한테 전화해서 경찰서에서 만나자고 할게."

"뭐?" 레이건이 그녀의 팔을 잡았다. "노트북에 뭐가 들어있는지 먼저 알아내야지. 본명도 찾고."

"잠재적 증거에 손을 대는 건 좋지 않아. 노트북에서 유죄를 입증할만한 증거가 나온다면 재판에 갔을 때 판사가 채택해줄 수도 있으니까. 판사는 재량권이 많거든."

"터너한테는 뭐라고 말하게?" 레이건은 조급한 마음을 억누르려 애쓰며 말했다. "내가 어떤 사람 집에 몰래 침입해서 컴퓨터를 훔쳐 나왔고, 그 안에 뭐가 있는지는 전혀 모르지만 어쨌든 경찰에서 살펴봐야 한다고?"

민은 운전대를 놓고 다시 시동을 껐다. "네 이름을 댈 생각은 없었어. 근데 네 말이 맞아. 지금까지 있었던 일을 전부 진술할 용의가 있다 해도 터너가 노트북을 최우선으로 둘지는 모르겠어. 아예 몇 주 동안 거들떠보지도 않을 수도 있고."

"그래서 너한테 전화한 거야." 레이건이 말했다. "너라면 노트북을 해킹해서 브라이스를 경찰에 넘길 만한 확실한 증거를 찾아봐줄 수 있는 사람을 알고 있을 테니까."

민이 소매로 휴대폰 화면을 문질러 닦았다. "전에 내가 아동 성착취 관련해서 조사했던 것 기억나?"

"내가 자세히 듣고 싶지 않아 했던 그거?"

"응 맞아." 희미한 불빛이 얼굴을 비춘 민은 이미 휴대폰 잠금을 해제해 손가락을 빠르게 움직이고 있었다. "그 조사를 할 때 화이트 해커랑 일했거든."

레이건은 그게 무슨 뜻인지 몰랐지만, 민은 자신이 있어 보였다. 그녀는 눈을 감으며 머리를 등받이에 기댔다.

"근데 문제가 하나 있어. 그 사람은 스웨덴에 있어."

휴대폰이 진동했다. 화면에 새로운 메시지들이 떴고, 민은 계속 타이핑을 했다.

"대신 노스 파라마타에 우리 목숨까지 믿고 맡길 정도로 진짜 실력 좋은 사람이 있대." 민이 다소 냉소적으로 웃었다. "연결해줄까 물어보네."

레이건은 정신이 번쩍 들어 몸이 뻣뻣해졌다. "전혀 모르는 사람이랑? 경찰에 신고하면 어떻게 해. 아니면… 아니면 역으로 우리를 해킹할 수도 있잖아."

민이 노트북을 가리키며 말했다. "선택지는 둘뿐이야, 레이건. 이거 아니면 경찰."

40

노스 파라마타까지는 차로 30분이 걸렸다. 민은 깔끔한 관목으로 둘러싸인 낮은 아파트 건물 앞에 주차했다. 노랗게 시들어가는 잔디밭이 가로등 아래 빛나고 있었다.

"여기야?" 시계가 오후 10시 37분을 가리켰다. 낯선 사람의 집에 불쑥 찾아가기에 그리 좋은 시간은 아니었다.

"이 주소 맞아." 민이 문자를 보내자 답이 바로 왔다. "5호 호출하면 된대, 문 열어줄 거라네."

레이건은 가방을 낑낑대며 들고 갔고, 그들은 아파트 안으로 들어가 서둘러 계단을 올랐다. 5호 앞에 도착하기도 전에 문이 홱 열리더니 어두운 머리칼에 숱이 많은 턱수염, 레이건이 지금까지 본 가장 두꺼운 눈썹을 한 20대 중반의 남자가 나타났다. 그가 들어오라고 손짓했다.

"가모?" 민이 물었다.

"네, 저요." 그는 미소의 흔적조차 찾아볼 수 없는 표정과 낮고 살짝 긴장한 듯한 목소리에 러시아 쪽 같은 억양으로 대답했다. "목소리 낮춰주세요. 같이 사는 친구가 자고 있어서요."

그들은 가모를 따라 거실로 들어갔다. 유일하게 식물 비슷한 것이라곤 천장에 생긴 곰팡이 얼룩뿐이었으며, 엄밀히 말하면 그것도 살아있는 것이기는 했다. 작업실이 된 침실에는 책상 두 개를 붙여 거대한 모니터 세 대를 올려놓았고, 천장 한가운데 과하게 밝은 조명 기구가 켜져 있고 구석에는 구겨진 검정 소파가 보였다. 반대편 벽에는 가로줄 무늬가 빨강, 파랑, 주황색으로 된 삼색기가 압정으로 고정되어 있고, 책상 위에 놓인 그릇에는 딱딱해진 마카로니 조각이 흩어져 있었다. 냉동 건조한 칠리맛 브로콜리 봉지가 뜯어져 있고 다 마신 맥주병 두 개가 널브러져 있는 모습까지 어우러져 묘하게 한 폭의 정물화 같은 느낌이었다.

가모가 레이건의 가방을 가리키며 물었다. "그게 센이 말한 노트북이에요?"

"네, 제가—"

"어떻게 손에 넣었는지는 말 안 해도 되고, 그냥 뭐가 필요한지만 얘기해요. 잠깐만 기다려 봐요." 가모는 나가서 양손에 식탁 의자를 하나씩 들고 왔다. "앉아요."

레이건은 불안한 마음의 표시로 민을 흘끔 쳐다보았다. 이 남자는 수요일 밤을 방해받은 것이 썩 달갑지 않아 보였다. 민이 반응을 보이지 않아 레이건은 하는 수 없이 등받이가 딱딱한 의자에 자리를 잡고 앉았다. 잠이 부족해 몸은 피로했지만, 신경은 곤두서있었다.

"무슨 상황이에요?" 가모가 노트북을 향해 손을 뻗었다. 레이건은 망설였다. 점점 어리석은 짓을 하는 것처럼 느껴지고 있었다.

"시간이 없으시면 저흰 그냥…" 민이 그녀를 째려보았다.

가모가 검은색 가죽으로 된 사무실 의자에 털썩 주저앉아 길고 가는 다리를 메뚜기처럼 구부린 채 팔을 달랑이며 말했다. "저기요, 제가 센한테 빚진 게 있어서요."

그는 레이건에게 말했지만, 이내 시선이 먼 곳을 향하며 입을 굳게 다물었다. 레이건은 이곳을 나가 차 안으로 민을 밀어 넣고 계획을 다시 세우고 싶은 마음이 굴뚝같았다.

"센 말로는 가모가 시드니 최고랬어." 민이 그녀의 생각을 읽은 것처럼 말했다.

가모가 의자를 민 쪽으로 돌렸다. "애들레이드에서 있었던 아동 착취 사건 기사 썼죠?"

"그때 그놈들을 추적하는 걸 센이 도와줬어요."

가모가 존경심 같은 것이 드는 듯 표정이 풀어지며 고개를 끄덕였다.

레이건은 결국 노트북을 넘겼다. 그는 책상을 향해 의자를 돌려 서랍에서 케이블을 잔뜩 꺼내더니 노트북 두 대에 아주 복잡한 순서로 차례차례 연결하기 시작했다.

"본명부터 시작해서 이 사람이 대체 누군지 알아내야 해요. 혹시 얼마나 걸릴—"

"몰라요." 가모는 이미 화면을 바라보며 무언가를 입력하고 있었다. 그가 표정을 찡그릴수록 레이건은 비관적인 생각이 들었다. "제가 정확히 뭘 찾아야 하는지 알면 도움이 될 텐데요."

"제 얼굴로 딥페이크 영상을 만들어서 제 계정에서 사람들한테 보낸 것 같아요."

"좀 걸리겠네." 가모가 그들에게 하는 말인지 혼잣말인지 모르게 말했다. "이 노트북들, 보안이 엄청나게 걸려 있어요."

가모의 방에 주전자와 미니 냉장고가 있었기 때문에 민은 차를 두 잔 만들어 레이건과 함께 소파에 앉아 그가 작업을 마치길 기다렸다. 가모는 세 번째 맥주를 들이켰다.

"괜찮아?" 민이 레이건에게 세일러문 머그잔을 건네며 속삭였다.

레이건은 어떻게 답해야 할지 알 수 없었다. 브라이스가 집에 돌아와 노트북이 사라졌다는 것을 알면 어떻게 반응할까?

차가 차갑게 식었을 무렵 가모가 말했다, "예감이 맞았네요. 이놈 뭔가 있어요."

손목시계가 오전 1시 47분을 가리켰다. 평화로운 단잠에 잠깐 빠졌던 레이건은 낯선 목소리와 익숙지 않은 공간에 금세 긴장 상태로 돌아왔다.

민이 벌떡 일어나 식탁 의자를 책상 가까이 끌어다 붙이며 물었다. "뭐 찾았어요?"

"나쁜 소식부터 들을래요, 아니면 진짜 나쁜 소식부터 들을래요?" 가모가 말했다.

"뭔데요?" 레이건은 자리에서 일어나 민 뒤에서 서성거렸다.

"아직 잘 모르겠지만, 이거 한번 읽어봐요." 그의 목소리는 심각했다. "이놈 다크웹 커뮤니티를 운영하고 있어요. 여기요."

그가 노트북 하나를 민 앞에 가져다 놓았다. 레이건도 화면 쪽으로 몸을 숙였다. 사진이나 그림 하나 없이 검은 화면에 흰 글씨가 적혀 있는 처음 보는 사이트였다.

http://sanct626kufc4mhn92bb03.onion

생텀 공개 게시글
2017년 1월 11일 오후 9시 12분
타깃 9호 – 사전 조사 단계
8호가 시시해져 가고 있었음. 요즘 페모들 존나 뻔해서 적당한 타깃을 찾는 게 쉽지 않음. 분위기를 좀 바꿔보고 싶었음.

9호는 작년에 발견했음. 사진 올려둔 것처럼 머리는 존나 새집 같은 흑발 곱슬이고 몸은 뼈밖에 없는 백인 페모년임.

이년이 시드니 서부 힙스터 마을에서 무슨 병신 같은 화원 사업을 하고 있길래 일단 이메일부터 해킹해봄. 그냥 특별한 것 없는 사업 메일들, 송장, 배송 어쩌고저쩌고, 연체 내역도 많고 (망하는 게 당연한 거 아님? 사업은 원래 남자가 하는 거임).

재밌는 건 여기부터임. 아무리 찾아도 개인 이메일 주소가 없었음. 이 페모년은 그냥 자기 이메일이 없는 거임. 씨발 혼자 무슨 1800년대에 사나 봄. 더 흥미로운 건 9호가 표층웹을 애초에 거의 안 쓰는 것 같았음. 소셜 미디어 계정도 없고, 사진도 아무 데도 없었음. 정말 아무 데도. 이 페모년은 다른 사람들처럼 더러운 인터넷 세상에 발 담그기엔 자기가 너무 고귀하다고 생각하는 듯. 그런고로 이년은 벌 받아 마땅하며, 발가벗겨 흙탕물에 처박아 죽여 버려야 함.

보통 페모들은 인터넷에 자기 집, 가족, 취미, 아침으로 뭘 먹었는지까지 그냥 인생 전부를 사진으로 올림. 만나기도 전에 모르는 게 없을 정도임. 그런데 이 타깃은 완전 미스터리 그 자체임. 화원을 운영한다는 것 말고는 대체 뭐 하는 년인지 모르겠음.

직접 알아낼 수밖에.

드디어 진짜 도전해볼만한 년을 찾은 것 같음.

몇 주 동안 따라다녀 봤는데 메트로놈처럼 똑같은 곳만 왔다 갔다 함. 존나 똑딱똑딱임.

─ 댓글 107개 ─

여자응징함: 씨발 이거지!

베타킹: 8호도 재미 좋았는데, 이년은 진짜 제대로인 듯

워리어맨: 옛날식으로 가야겠네, 거만한 년은 완전히 부숴버려야죠

88_애국자: 왕이 강림하셨다!

41

레이건은 갑자기 잠이 싹 달아났다. 노트북을 박살내고 브라이스의 집으로 달려가 그의 고막이 터질 때까지 소리를 지르고 싶었다. 그의 손이 닿았던 기억이 옷 아래로 지네가 꿈틀거리는 것처럼 느껴졌다. 그녀는 토하지 않으려고 손바닥을 배에 대고 눌렀다. 어떻게 이럴 수 있을까? 브라이스는 정말… 평범해 보였었다.

"이럴 수가." 민도 구역질이 날 것 같았다. 레이건은 그녀가 이렇게 얼굴이 창백해져 눈을 휘둥그레 뜨고 동요하는 모습을 본 적이 없었다. 민은 노트북 화면을 돌렸다. "그만 읽어."

"찾는 게 이 사람이에요?" 가모가 물었다.

"네, 저 사람이 말하는 게 저—" 레이건은 입이 바짝 말랐다.

"잠깐만, 글에 나온 여자가 당신이라고요? 화원 운영하는?" 가모가 고약한 냄새라도 맡은 것처럼 질겁하며 뒤로 물러났다. "젠장, 맞군요. 그러면 더 안 읽는 게 나을 것 같아요."

"얼마나 더 있어요?"

가모가 같은 웹사이트를 다른 화면에 띄웠다.

"이건 무슨 사이트예요?" 민이 물었다. "이 사람이 누군지 찾을 수 있어요?"

"다크웹이에요. URL의 '닷 어니언'에서 알 수 있죠. 그리고 이 게시글을 쓴 사람이 관리자예요. 사이트를 운영하는 사람 같은 거요. 지금 백엔드로 접속을 시도하고 있어요. 동시에 게시글들도 다운받는 중이고요."

레이건이 노트북을 잡아채 화면이 보이게 돌렸다.

"레이건, 읽지 마. 너 지금 얼굴이 무슨, 잿빛이라고." 민이 노트북을 빼앗으려 했지만, 그녀는 굳게 잡고 놓지 않았다.

"전부 다 알아야겠어."

생텀 공개 게시글

2017년 1월 18일 오후 11시 45분

타깃 9호 - 접근 단계

요즘 페모년들은 다른 년들이 올리는 병신 같은 팟캐스트나 인스타그램 영상 때문에 애정 공세 작전은 다 앎. 그런 건 초보자들이나 쓰는 방법임. 페모들이 안전하다고 착각하게 하려면 제일 잘 먹히는 건 그년들 인생에 정말 무해한 느낌으로 자연스럽게 스며들면서 그쪽에서 먼저 안달 나게 살짝씩 흘려주는 거임. (그래서 사전 조사가 중요함)

보통은 페모를 직접 만나기 전에 미리 약점을 다 파악함. 휴대폰도 해킹하고 웹캠으로 집안도 들여다보고, 자기들이 지웠다고 생각하는 나체 사진도 봄. 아무도 못 보는 줄 알고 문자나 메일로 비밀을 마구 얘기하기도 함. 그래서 직접 만나면 실망스러운 경우가 많음. 지난번 타깃은 보기도 전부터 지루했음.

하지만 9호는 그런 게 전혀 없었음. 사전 조사 결과 이년은 편집증 수준으로 모든 일에 조심스러웠음. 심지어 스마트폰도 안 씀. 존나 1998년에 썼을 것 같은 폴더 폰임. 이년 사는 게 어찌나 가짜 같은지, 함정수사를 하는 경찰 같은 건 아닐까 의심했을 정도임. 하지만 그랬으면 적어도 좆같은 페이스북 계정 하나는 만들어놨을 거임. 9호는 너무 말도 안 돼서 오히려 진짜 같았음.

몇 주 동안 9호를 관찰하고 나서 지금까지 중 가장 독창적인 계획을 실행하기로 함. 지난 타깃들은 온라인 데이팅 프로필로만 만나고 내가 좀 게으르긴 했음. 틴더 계정만 해킹할 수 있으면 페모년들이 누구랑 매칭됐는지도 보고 채팅도 읽을 수 있어서 존나 쉬움. 여러분은 이런 년들 만나기에 아까움.

이년한테 최대한 통제감을 주려면 먼저 나서게 해야 했음. 그래서 9호를 취약한 상황으로 몰아넣고 흥분시켜야겠다고 생각함. 페모년들이 다 그렇듯이 이년도 운전을 존나 못함. 하지만 이년 잘못처럼 보이는 사고를 낸다? 그게 관건이었음.

가장 간단한 방법은 이년 차 앞으로 뛰쳐나가는 거겠지만, 그러면 진짜 다칠 위험이 너무 컸음. 내 차를 치게 하는 건 더 까다로운 작업이었음. 지난주에도 몇 번 시도해 봤는데 다 아슬아슬하게 실패함.

솔직히 재밌었음.

비가 오면서 드디어 완벽한 기회가 생김. 이년은 편지 배달하는 비둘기 마냥 매번 똑같은 길로 출퇴근하는데 거기서 딱 알맞은 곳을 찾아냄. 그래서 이년 앞을 가다가 브레이크를 밟았더니 쾅! 운전은 무슨 씨발 멍청한 페모들.

9호는 정확히 내 생각대로 한심한 년이었음. 얼굴은 존나 못생겼는데 그래도 몸매는 그나마 봐줄 만해서 따먹고 나서 토할 필요는 없을 듯.

작년에 이년이 하는 좆만한 화원에 몇 번 가서 손님들이랑 얘기하는 걸 보고 왔음. 그래서 자기가 사고를 내면 당황하면서 보험 정보를 말해줄 거라고 예상했음. 나는 별거 아니라고 하면서 도와줄 친구가 있다고 함. 그때 이년이 내 차 안에 있던 식물을 봄.

당연히 식물을 갖다 놔야 하는 거 아님? 페모들이 지 얘기를 하고 병신 같은 지 관심사 얘기를 하게 해서 니 존나 똑똑하다 해주고 니가 개같이 지껄이는 걸 듣게 된 게 너무 즐겁고 감사한 척해줘야 함. 특히 이년 같은 통제광은 남자가 계집애같이 사근거려야 긴장을 좀 풀 것 같아서 나는 아주 가식 없고 다정하게 굴어 줌. 전에도 말했고 앞으로도 천 번쯤 강조할 것 같은데, 이 정도 난이도 있는 페모년을 속이려면 개빡센 연기력이 필요함.

함정 세팅 완료. 이제 이년이 걸어 들어오기만 하면 됨.

생텀 공개 게시글

2017년 1월 20일 오전 1시 7분

타깃 9호 - 접근 단계

쉬운 타깃이었다면 차 사고 이후 바로 '브라이스'와 데이트를 나갔을 거임. 하지만 9호는 겁이 많음. 동기가 더 필요했음. 그리고 알다시피 난 항상 계획이 있음.

그래서 병신 같은 식물 가게에 갔음. 9호가 뭔 같잖은 꽃 얘기를 끊임없이 늘어놓고 (이것도 중요, 성인군자 수준의 참을성이 있어야 함) 나는 계속 고개를 끄덕이고 미소 지으면서 몸매가 좋다는 것 대신 아는 게 많다고 칭찬해주고 (페모년들은 남자가 '칭찬해도 되는' 것에 대해 점점 더 멍청하게 굴고 있음, 우리가 어떻게 해도 만족하지 못하는 것처럼 더 많은 걸 요구하며 개고생을 시킴) 그러면서 내가 그 병신 같은 사업을 온라인에서 홍보하는 걸 얼마나 잘 도와줄 수 있는지 넌지시 알려줌.

여러분은 타깃 9호 때문에 내가 쓸데없는 마케팅 개소리를 얼마나 많이 공부해야 했는지 들으면 못 믿을 거임. 이번에 만든 캐릭터는 간단함. '브라이스'는 마케팅 쪽에서 일하는 느긋한 친구고, 시드니에서 나고 자람 (물론 사실과 전혀 다름).

당연히 이년은 완전히 속음. 씨발 페모들은 어쩔 수 없음. 인정과 애정에 어찌나 굶주렸는지, 장난감처럼 갖고 노는 건 일도 아님. 그리고 자기들이 주도하고 있다고 생각하는 걸 좋아함. 물리적으로도 그렇지만 심리적으로도 나약하기 짝이 없음. (우리 사회는 계집년들의 욕구를 채우고 말도 안 되는 건강 상태나 감정 변화에 맞춰주느라 돈을 너무 낭비함, 언젠가 더 열린 사회가 오면 열등한 년들은 도태시키고 유전적으로 우수한 년들만 번식용으로 남겨둘 필요성을 인식하게 될 거임. 양계업에서는 수컷 병아리들은 알을 깨고 나오자마자 분쇄기로 던져짐. 새끼 페모년들도 같은 방식으로 처리해야 한다고 봄.)

9호가 술 한 잔 하자고 함. 자고 싶어서 씨발 침 질질 흘리고 있는 게 눈에 보임. 이 병신 같은 년은 내가 하라고 했으면 술집에서도 그 자리에서 빨아줬을 거임.

우리 생텀 뉴비들은 이 부분을 꼭 알아두길 바람. 타깃과 첫 만남에서 지켜야 할 법칙은 무관심하게 행동하는 거임. 조금이라도 관심을 보이면 타깃은 그것을 감지하고 자기가 우월하다고 결론 내림. 어이없지만 그년들의 뇌는 그렇게밖에 작동하지 않음. 예의를 지키면서도 감정을 드러내지 않으면 그년들은 자존심에 상처를 입고 우리에게 매달리게 됨.

9호는 술을 마시고 싶어 안달이 나 있었음. 당연함. 유일하게 그나마 자신감을 느낄 때일 테니까. 그래서 내내 같이 술집에 있었고, 이년은 계속 떠들어댐. (왜 아직도 페모용 입마개가 안 나온 거임?) 나는 페모년들이 환장하는 무슨 병신 쓰레기 같은 책을 몇 권 읽은 척하면서 헛소리를 함.

그래서 9호와 같이 앉아 술을 마시면서 이년이 얼마나 더 불필요하게 까다롭게 굴까 생각하고 있는데, 드디어 이년이 저녁을 먹자고 해서 이제 다 됐다는 걸 느낌.

접근 단계를 더 강화할 때가 옴.

– 댓글 183개 –

제너럴메이헴: 늘 그렇듯 존나 개천재심 와

88_애국자: 감탄스럽습니다 형님 이래서 여기를 끊을 수가 없음!

베타킹: 맞음 경찰에서 모범시민상 받으셔야할 듯. 트럼프가 페모들 대하는 거 보셈 그리고 이제 대통령까지 올라감

여자응징함: 표 받겠다고 페모년들한테 굽실거리지 않고 드디어 진짜 상남자처럼 말할 수 있는 용자가 나타나서 기쁨. 혹시 미국에서는 활동 안 하심까? 지금까지는 호주/뉴질랜드에서만 작업하신 것 같은데??

'얼굴은 존나 못생겼는데'라는 구절에서 레이건은 소리죽여 비명을 질렀다. 그는 이 일에 몇 주, 어쩌면 몇 달 이상 시간을 들였다. 이렇게 꼬인 사람이 어떻게 평범한 사람인 척 그녀를 속일 수 있었을까? 게다가 어떻게 호감까지 살 수 있었을까? 그녀는 브라이스가 잘생겼다고 생각했었다. 하지만 이제 기억 속 그는 가장 못난 부분이 강조되어 코는 들창코에 얼굴은 비대칭인 모습으로 떠올랐다.

"미친놈인 거 몰랐어요?" 가모가 다른 모니터 두 대로 번갈아 작업하며 물었다.

"저는—"

"이놈은 사기꾼이니까." 민이 냉철한 목소리로 그녀의 말을 잘랐다. "그리고 사이코패스이기도 하고. 네가 눈치챌 수 있었을 리 없지, 레이건. 이건 정말 미쳤어."

레이건이 화면을 가리켰다. "이 사람들이 계속 '페모'라는 단어를 쓰는데요."

"'페미'와 '휴머노이드'를 합친 '페모노이드'의 줄임말이에요. 여성들을 인간 이하의 기계적인 존재로 비하하는 말이죠." 가모가 말했다. "남성 인권 커뮤니티에서 나온 거예요. 아시죠, '자신만의 길을 가는 남자들, PUA, 인셀' 같은 거요."

"저는 전혀 모르는…" 레이건의 목소리가 흔들렸다. 다크웹은 막연히 마약을 사거나 청부 살인을 의뢰하는 곳이라 생각했다.

"알아서 좋을 것도 없긴 하죠. '자신만의 길을 가는 남자들'은 여자 없이 살겠다고 주장하지만 온종일 여자 얘기만 해요. '인셀'은 비자발적 독신주의자들이고요. 그놈들은 여자가 남자에게 섹스를 빚졌다고 생각하고 세상이 어떻게 돌아가는지를 이상하게 이해하고 있어요. 'PUA'는 픽업 아티스트예요. 얼핏 듣기엔 문제가 없어 보이지만, 사실상 남자들에게 여자를 학대하라 가르치면서 그걸 유혹이라 불러요."

레이건은 지금껏 온갖 유해의 온상인 인터넷과 완전히 차단된 삶을 살려고 노력해왔으나, 인터넷의 폭력성은 이미 세상에 속속들이 스며들어 곪아 터지고 있었다. 자신이 노력하면 이를 피하고 스스로 보호할 수 있다고 생각했다. 그 옛날 경찰이 그녀에게 말했던 것처럼 조심하며 살려고 했다.

"이런 놈들은 다 말도 안 되는 혐오 발언만 지껄여." 민이 말했다. "그리고 다크웹이 아니라 누구나 쉽게 접근할 수 있는 표층웹에서 버젓이 활동하지. 네 생각보다 규모가 크다는 거야." 그녀가 가모에게 돌아섰다. "이 사이트는 몇 명이나 이용하는지 알 수 있어요?"

"규모는 작아 보여요. 대충 백 명 이하? 댓글을 훑어보면 같은 닉네임들이 반복되고 있어요. 그런데 사이트에 매일 로그인해서 댓글도 엄청나게 올리고, 굉장히 활발하게 활동하는 것 같네요."

가모가 민에게 손짓했다. "거기에 뭔가 쓸모 있는 정보가 있는지 한 번 봐요. 전 관리자 계정에 접속하려고 시도 중이니까. 이 새끼가 누군지 찾을 수 있나 봅시다."

생텀 공개 게시글

2017년 2월 1일 오전 2시 33분

타깃 9호 - 접근 단계

우리가 제일 잘하는 일을 할 시간임! 이년 한 번 파보고 뭐가 나오는지 봐야겠음. 도움 환영!

레이건 카슨, 생년월일 1990년 5월 22일, 현주소 엔모어 체스터 가 52번지 17호, 과거 주소…

"이 사람은 저에 대한 이 모든 정보를 대체 어디서 얻은 거죠?"

경악을 금치 못한 레이건이 갈라지는 목소리로 물었다.

"해커일 거예요." 가모가 말했다. "그리고 이놈들 아주 조직적으로 움직이는 것 같아요. 대부분이 숙련된 해커들이겠죠."

생텀 공개 게시글

2017년 2월 4일 오전 1시 17분

타깃 9호 - 접근 단계

가장 최근에 합류한 형제인 베타킹님이 크게 한 건 하심! 씨발 현직 경찰이라니!! 그리고 우리를 위해 레이건 카슨을 무려 종이 문서로 된 옛날 뉴사우스웨일스 경찰 파일에서 찾아봐 주셨고, 거기서 뭘 알아냈냐면… 기대하시라… 웬 스토커가 있었다는 거임!

첨부한 파일을 읽어보면 알겠지만, 요약하면 9호가 16살 때 인터넷에 신상이 털려서 어떤 놈이 집까지 쫓아와 놓고 아무 짓도 안 함. 그래서 그날 이후로 이년 인생이 완전 씹창나서 누구 그림자만 봐도 경찰에 달려가다가 어느 날 갑자기 신고를 그만둠. 어쨌든 이년이 왜 정신 나간 미친년인지 알겠음.

이 스토커 놈이 다시 돌아온 것처럼 해서 이걸 좀 재밌게 활용해볼 수 있을 것 같음. 그놈이 무슨 짓을 했는지 파일에 다 남아 있음. 일단 이년이 너무 빨리 도망가면 안 되니까 약간 애매한 이메일부터 몇 개 보내보고, 거기서부터 시작하면 될 듯. 페모 망가뜨리기 가보자고.

'그는 알고 있었다. 전부 알고 있었던 것이다.'
"세상에, 이놈들 중에 경찰도 있다고?" 민이 말했다. "가모, 이 댓글 쓴 사람들 다 누군지 찾을 수 없어요? 특히 이놈은 꼭 찾아내야 할 것 같은데."
"아마 될 거에요. 자기들 흔적을 얼마나 잘 감춰놨는지에 달려 있긴 하죠."
누가 자신을 지켜보고 있었는지 정확히 알 수조차 없다는 사실에 소름이 끼쳤다. 주소와 전화번호가 인터넷상에서 떠돌아다니고, 모르는 남자가 문 앞에 나타나고, 낯선 사람이 쳐다보는 눈빛이 모두 위협적으로 느껴졌던 16살로 돌아간 것 같았다.

생텀 공개 게시글
2017년 2월 10일 오전 1시 17분

타깃 9호 – 접근 단계

이제 까딱 잘못하면 틀어지기 쉬운 가장 까다로운 단계임. 최소한 9호는 보통 페모들처럼 데이팅 앱에서 마음대로 휘두를 다른 남자들을 대기시켜 놓지는 않았음.

그리고 대박인 게!! 9호가 '브라이스'와 연락하려고 거금을 들여 새 스마트폰을 장만함. 병신같이 크기만 큰 물고기처럼 제대로 낚임.

어떤 면에서는 실망스럽기도 함. 너무 쉬워져 버려서.

쇼는 호주 동부 서머타임 기준으로 내일 저녁 7시에 시작함. 재방송은 없으니 라이브 시청 필수.

"재방송이 없다는 게 무슨 뜻이에요?" 레이건이 물었다. 그녀는 바싹 친 머리를 손으로 쓸었다. 거의 잡히지도 않을 정도로 짧았다.
"이놈 혹시 안경 썼나요?" 가모의 목소리에 왠지 오싹한 느낌이 들었다.
함께 잠자리에 들기 전 브라이스가 침대 옆 탁자에 안경을 벗어 내려놓던 모습을 떠올리며 그녀가 고개를 끄덕였다.
"당신과 함께 있을 때 인터넷으로 중계할 수 있게 거기 카메라를 달아 놓았던 것 같네요."
'우리 데이트를 저런 미친 사이트에 중계했다니….' 레이건은 차마 그 말을 입 밖으로 낼 수 없었다. 누군지도 모르는 사람들이 그녀를 보고 있었다. 기름진 양고기 지로 샌드위치가 뱃속에서 부글거리는 느낌이 들었고, 메스꺼움을 없앨 수 있다면 구역질이라도 하고 싶었다. 사라지지 않는 역겨운 기분이 그녀를 짓눌렀다.

그리고 왓슨스 베이 아파트를 처음 방문했던 날 밤에 처음 받았던 메일을 캡처한 화면이 눈에 들어왔다.

생텀 공개 게시글

2017년 2월 12일 오전 3시 38분

타깃 9호 - 접근 단계

실시간 방송에서 보셨듯 타깃 9호는 브라이스에게 완전히 푹 빠짐. 길거리에서 내 옷을 찢어서 벗길 기세였음. 아이스크림 가게 뒷골목에서 따먹을 수도 있었지만, 계집년들은 좀 더 애태우게 하는 게 좋음.

요즘엔 새로운 방법을 쓰고 있는데, 자기 잘난 맛에 연애를 안 한다는 직장 페모년들과 원나잇을 하는 거임. 그년들 집에 들어갔을 때 실내 디지털 감시 장치 기본적인 것 하나만 설치해두면 그년들이 집을 비울 때마다 마음대로 쓸 수 있음 (그 주소로 가짜 신분증을 만들고, 열쇠공한테 문 열어달라고 해서 여분 열쇠 찾아서 복사하고 어쩌고저쩌고, 쉽진 않지만 에어비앤비보다 훨씬 재밌음). 왓슨스 베이에 사는 그년은 한 달 동안 다뉴브강으로 크루즈 여행인가 뭔가를 갔음. 그래서 그년 사진이나 페모 쓰레기들을 상자에 넣어 옷장 속에 치워두고 타깃 9호를 거기 데려감. 이년은 무슨 '좋은 집 사는 돈 많은 남자네, 이제 딱 붙어서 거머리처럼 쪽쪽 빨아먹으면 되겠다' 라고 생각하면서 복권에라도 당첨된 것처럼 신나서 들어옴. 그리고 거의 문을 닫기도 전에 내 옷을 벗기려고 달려듦.

이메일 발송 예약을 오늘 오후에 설정했었기 때문에, 나는 그 메일이 언제 올지 정확히 알고 있었음. 하지만 그게 '브라이스'의 집에 돌아와 이년이 내 바지 속으로 손을 집어넣고 있을 때가 될 것이라는 건 몰랐음. 타이밍 미쳤음! 휴대폰을 냅다 집어 던지는데 그걸 보고도 안 웃은 나는 오스카상 받아야 함. 이년 정말 귀신한테 뺨이라도 맞은 것 같은 표정이었음.

이메일을 보고 나서 나는 타깃 9호가 심장마비라도 일으키는 줄 알았음. 심리적으로 문제가 존나 많음. 그래서 망가뜨리는 게 더 재밌음.

생텀 공개 게시글
2017년 2월 13일 오후 9시 39분
타깃 9호 – 접근 단계
어쩌면 이번 일로 이년이 돌아오지 않을 수도 있겠다는 생각이 들면서 실망스러운 결말로 뛰어넘어야 할지를 고민하고 있던 차였는데, 역시 소외불안 전략은 먹히지 않을 때가 없음. 페모들은 다른 애가 갖고 있다는 이유만으로 장난감을 사달라고 조르는, 콧물 질질 흘리는 애새끼들이나 마찬가지임. 그년들이 얼마나 예측 가능할 정도로 한심한지 (그리고 한심할 정도로 예측 가능한지)에 대한 또 다른 증거임. 그래서 지난 토요일 밤에 있었던 멘붕 이후, 나는 이년이 보내는 처절한 메시지에 답장하지 않았음. 페모는 개처럼 대해줘야 함. 먼저 손을 내밀 게 아니라 그쪽에서 다가오길 기다려야 함.

이년은 무슨 황금 올리브 가지라도 바치듯 자기 집 주소를 알려 주면서 다시 만나자고 애원함. 그 집 감시하고 있던 게 벌써 몇 주 전인데! 타깃 9호 다시 작업 시작! 분명 실망하게 할 일 없을 거임.

생텀 공개 게시글

2017년 2월 27일 오후 2시 13분

타깃 9호 – 접근 단계

이제 곧 다음 단계로 진입할 때가 머지않았다는 느낌이 듦. 물론 이번 페모년은 재밌는 만큼 종종 예측할 수 없게 굴 때가 있으니 누가 알겠음. 하하 절대 놓치지 마시길!

생텀 공개 게시글

2017년 3월 3일 오전 11시 58분

타깃 9호 – 완전 삽입

씨발 이년이 이메일 오는 얘기를 지껄이는데 얼굴 보고 웃음 참기가 존나 힘들었음. 포인트는 입 다물고 그 헛소리를 들어주는 척하면서 가끔 한 번씩 '세상에 얼마나 괴로웠을꺄'하는 목소리로 질문 몇 개 해주면 페모들은 그냥 무너진다는 거임. 이년도 몇 년 동안 그 새끼가 남자답게 들어와서 자길 강간해주는 상상을 했을 텐데 그 새끼는 결국 우리의 기대를 저버렸음.

어쨌든, 카메라 설치 완료!! 이제 이년은 여러분의 것이니 마음껏 즐기시길.

– 댓글 87개 –

제너럴메이헴: 어떻게 참으시는지 모르겠음. 저라면 이빨이 머리 뒤로 튀어나올 만큼 그 나불거리는 주둥이를 세게 한 대 갈겨줬을 듯

88_애국자: 그 길옆에서 발견된 페모년처럼 조져 주시면 좋겠음

게시글 아래에는 레이건의 집을 찍은 사진 세 장이 화면을 채웠다. 침실과 거실, 부엌을 천장에서 촬영한 것처럼 높은 각도에서 보여주는 사진이었다.

레이건은 눈을 가늘게 뜨며 몸을 기울여 사진을 자세히 보았다. 각 이미지 아래쪽 구석에 현재 시간이 0.001초 단위까지 나와 있었다. 그리고 초가 증가하며 시간이 흐르고 있었다.

"가모, 이거 실시간 비디오 피드에요?" 민이 물었다.

가모가 의자를 굴려 가까이 다가왔다. "그런 것 같은데요. 집에 카메라를 설치했나 봐요."

"그게 어떻게 가능한 거죠?" 레이건의 목소리에 공포가 번졌다. "천장에 설치했다면 제가 봤을 텐데요."

"카메라가 있을만한 위치에 형광등이나 조명 기구가 있나요?"

"이런 젠장." 민이 말했다. "와이파이를 지원하는 감시 카메라 겸용 백열전구가 있어."

가모가 손으로 턱을 문지르며 말했다. "저도 그 생각 중이었어요. 이놈 한두 번 해본 솜씨가 아니네요."

"전구를 교체했다고?" 레이건이 말했다. '언제지?' 그때 그가 그녀의 집에서 자고 간 몇 안 되는 날 가운데 한밤중에 자지 않고 부엌에서 남은 음식을 먹고 있던 것을 발견한 날이 떠올랐다. 나무로 나무를 긁는 것 같은 소리가 그녀를 깨웠다. 원목 의자를 나무 바닥 위로 끌고 가는 소리 같았다.

화면 속 부엌 전자레인지에 표시된 시간이 2시 37분에서 2시 38분으로 바뀌었다. 그녀가 자는 동안 브라이스가 침실 전구를 갈았을 수는 없을 것이다. 하지만… 샤워하는 동안 그가 무엇을 했는지는 모를 일이었다.

생텀 공개 게시글

2017년 3월 4일 오후 10시 33분

타깃 9호 - 완전 삽입

오늘은 이년 구슬리느라 정말 진땀 뺐음. 멍청한 페모가 무슨 병신 같은 파티에 나를 초대해서 '당연히 같이 가야지 아이고 이런 지금 가야 하는데 아파서 못 가겠네' 작전을 씀.

그랬더니 이년이 문 앞에 나타남.

당연히 우리 집 앞이 아니라, 위장용 집 앞이었음. 덕분에 의심을 피하려고 그리로 급하게 가서 이년을 만나야 했음. 이 페모년은 지 좋은 일이라면 너무 설침.

"이런 미친." 민이 중얼거렸다. "개쓰레기."

생텀 공개 게시글

2017년 3월 5일 오전 1시 1분

타깃 9호 – 완전 삽입

새로 오신 회원님들 몇 명이 타깃을 죽여 뉴스에 나온 년들처럼 썰어버리는 얘기를 하는 걸 봄. 여기서 명확하게 정리하자면, 누군가를 사랑에 빠지게 한 뒤 정신적으로 파괴하는 것만큼 깊은 영향을 미치는 일이 없음. 살인은 보통 지루하고, 이미 죽은 페모는 고통 받지 않음. 페모들은 깨지기 쉬움. 그들의 정신은 아주 연약함. 머리카락처럼 미세한 균열에도 산산이 부서짐. 한 달만 갖고 놀면 수년 동안 PTSD를 겪다가 불안이 심해져 결국에는 정신과 의사 앞에서 울고 짜면서 돈을 전부 갖다 바치게 됨. 페모가 다시는 안전함을 느끼지 못하도록 완전히 부숴버리는 것보다 즐거운 일은 없을 거임.

생텀 공개 게시글
2017년 3월 6일 오전 10시 40분
타깃 9호 - 완전 붕괴, 1부
즐거운 여정이었지만, 이제 최종 단계로 들어갈 때가 옴. '상상 속 예전 스토커로부터 날 보호해줘' 이 지랄이 더할 나위 없이 재밌기도 했고, 이번 타깃이 경찰을 전혀 믿질 않아서 원하는 만큼 괴롭힐 수 있었기 때문에 평소보다 더 오래 갖고 놀았음. 그리고 더 해달라고 잠자리에서 애원하는 꼴이 창녀가 따로 없었는데, 이제 완전히 무너뜨려야 한다는 게 안타까울 정도임.

하지만 위장 아파트에 원래 살던 년이 유럽에서 몸 굴리다 돌아왔고, 새로운 타깃, 타깃 10호가 대기 중임! 그러니까 이년은 그만 보내주자고.

딥페이크 완성함! 얼굴 이미지랑 목소리는 방송에서 추출함. 이전 타깃들처럼 몰래 촬영해서 내 얼굴만 흐리게 처리하는 게 훨씬 쉽긴 하지만, 내가 누구임. 어려운 도전일수록 좋아함. 더군다나 이렇게 하면 이년이 그 못된 스토커 새끼 짓인 줄 알고 더 미쳐 날뛸 거임.

그리고 이 좆같은 케이크에 크림 아이싱까지 두툼하게 얹어보자면, 타깃이 오늘 오후에 부모 집에 간다고 함. 이게 씨발 메일함에 도착할 때 제발 다 함께 있었으면 좋겠음. 얼마나 가족끼리 화목한 시간이 될지. 그 집에 온라인 보안 시스템만 있었어도 해킹해서 반응을 볼 텐데, 아직 세상이 별로 무섭지 않은가 봄.

– 댓글 219개 –

Ry291: 함께하게 되어 영광입니다. 어떻게 진행될지 기대되네요

생텀 공개 게시글

2017년 3월 7일 오전 10시 11분

타깃 9호 – 완전 붕괴, 2부

드디어 오늘 밤임! 은행을 해킹해서 계좌를 동결시키게 도와주신 레전드님들께 감사하며, 여러분 없이는 여기까지 못 왔을 거임. 원래 계좌 동결이 계좌 조작보다 쉬움. 사법 기관에서 온 것처럼 보이는 특정 메시지만 하나 있으면 됨. 은행은 며칠에서 어떨 땐 몇 주는 지나야 뭔가 잘못됐다는 것을 깨달음. 효율 존나 좋아서 최소한의 노력으로 최대한 좆되게 만드는 게!

그리고 이 타깃 우리도 모르고 있던 비밀이 있는 것 같음. 레전드 한 분이 1월에 있었던 범죄 현장에서 어떤 년이 뛰쳐나오는 영상을 공개한 뉴스를 보내주셨는데 이거 이년처럼 보이지 않음?

보너스로 오늘 이따가 라이브 방송 틀어서 세상에서 제일 허접한 스토커께서 제공해주신 선물을 이년한테 전달할 거니까 꼭 보시도록.

오늘 밤에는 새벽 3시 45분에 경찰 통신 시스템으로 SWAT 메시지를 보낼 거임. 언론에 정보 흘릴 수 있게 대기 중이신 분들도 있는데, 뉴스 한 번 크게 가보자고! 오늘 참여하기로 하신 분들은 잘 준비하고 계시고,

다른 분들도 라이브로 꼭 지켜보시길.

그리고 타깃 10호도 곧 시작하니 개봉 박두!

"제가 본 것 중에 가장 역대급 지저분한 내용인 것 같네요." 가모가 말했다. "정말 지저분한 것들을 이것저것 많이 봐 왔는데도요."

"레이건, 정말 무슨 말을 해야 할지 모르겠다." 민이 속삭였다.

브라이스는 그녀를 신경 쓰는 척하면서 이 모든 짓을 벌였다. 그리고 그녀는 완전히 속아 넘어갔다. 정말 어처구니없을 정도로 바보 같았다. 레이건은 손가락 마디에서 통증이 느껴질 때까지 엄지를 주먹 안으로 꽉 쥐었다. 흐느끼고 울부짖고 싶었고, 브라이스를 찾아 불태우고 싶었다. 지금 이 순간에도 다른 여자와 시간을 보내고 있을지도 모른다. '타깃 10호.'

민이 그녀의 어깨를 힘주어 잡았다. "좀 어때?"

레이건은 코로 숨을 크게 내쉬었다. "끔찍해. 나는 대체—" 그녀는 욱신거리는 손으로 화면을 가리켰다.

가모가 이쪽 모니터에서 저쪽 모니터로 움직이면서 사무실 의자가 삐걱거렸다. "이놈이 타깃으로 삼았던 다른 여자들 여덟 명에 대한 게시글들을 좀 살펴봤어요. 멜버른. 오클랜드, 퍼스까지 계속 이동했던데요. 당신한테 했던 것처럼 신상털기를 하고 다른 놈들한테 정보를 더 파내라고 선동했어요."

레이건이 묻기도 전에 민이 말했다. "신상털기는 주소, 이메일, 전화번호 같은 개인 정보를 인터넷에 함부로 공개하는 걸 얘기해."

"이 노트북들 아직도 살펴볼 파일이나 자료가 산더미예요." 가모가 말했다. "계속 찾아볼게요."

레이건은 민의 손길을 뿌리치고 싶다는 생각, 창밖으로 몸을 던져 달아나고 싶다는 생각을 하며 가만히 서 있었다.

"이해가 안 돼요. 자기가 저지른 범죄를 저기서 자백하고 있는 것이나 다름없잖아요." 그녀가 말했다. "잡힐 걱정은 전혀 안 하는 건가요?"

"대부분 다크웹에서 이루어지는 일들은 추적이 불가능하다고 생각해요. 꼭 그렇지는 않은데 말이죠. 물론 당신이 노트북을 가져오지 않았더라면, 이놈은 훨씬 더 오랫동안 이런 짓거리를 하고 다닐 수도 있었겠죠. 특히 사용자 기반을 그렇게 작게 유지하고 있었으니까요. 바보는 아니에요. 잠깐, 잠깐만요." 가모가 얘기하다 말고 민에게 말했다. "젠장, 민, 이것 좀 봐."

가모가 그녀에게 잘 보이도록 노트북을 옮기자 민은 그의 어깨 너머로 몸을 숙여 화면을 쳐다보았다.

"저거 뉴스에 계속 나오던 사진 같지 않나요?" 그가 물었다.

레이건은 그의 어조가 심상치 않다고 느꼈다. "뭔데요?"

"이게 무슨— 이거 어디서 찾았어요?" 민이 말했다.

"그냥 아무 의미 없는 파일 사이에 있었어요."

"뭐냐니까요?" 레이건이 그들 뒤로 가며 반복해서 물었다.

화면 속에서 크리스탈이 머리를 카메라 반대편으로 축 늘어뜨리고 금속 탁자 위에 누워있었다. 머리에 난 상처에서 피가 새어나와 머리카락에서 바닥으로 뚝뚝 떨어지고 있었다.

사진 위쪽으로는 파일 이름 '02-1024x685hax.jpg'가 보였다.

"분명 언론에 공개된 사진은 아니네요. 그 사진들은 다른 쪽에서 찍혀서 머리의 상처를 볼 수 없었어요." 민이 말했다. "그리고 폴라로이드 사진이었죠. 근데 이건—"

"디지털 사진인 것 같아요." 가모가 말했다.

"더 있을까요?"

"찾아보고 있어요."

"그게 무슨 말이야?" 이미 답을 알고 있다는 끔찍한 예감이 들면서도 레이건이 물었다. "무슨 얘길 하는 거야?"

"그러니까…" 민이 심호흡을 했다. "레이건, 브라이스가 달리아 살인범일 수도 있어."

42

"꽤 확실한 단서지만, 증거는 아니야." 민이 말했다. 그녀가 잠금을 해제하자 헤드라이트가 깜빡였다. 레이건은 노트북을 가슴에 안고 있었고, 그들은 차 안으로 들어갔다. 새벽 4시, 주머니쥐우는 소리가 이따금 밤공기를 가를 때를 제외하면 온 세상이 고요했다. 둥근 보름달이 으스스한 그림자를 드리웠다.

"그게 무슨 소리야?" 레이건이 물었다. "딥페이크 얘기도 하고 있고, 경찰에 허위 신고를 했다는 것까지 전부 다 털어놓고 있잖아. 그리고 오늘 아침에 론스키랑 노와 있으면서 살인 사건 세 건과 관련된 날짜들을 열 번씩은 짚어봤어. 브라이스는 분명히 그때마다 기회가 있었을 거야."

가모는 백엔드로 다크웹에 접속하지 못했다. "며칠만 시간을 더 주면 아마 할 수 있을 거예요." 그가 말했다. 하지만 브라이스가 정말 달리아 살인범이라면 시간이 없었다.

민이 레이건을 돌아보며 차 키를 꽉 쥐었다. "그놈이 너한테 한 짓이 아무것도 아니라는 건 절대 아니지만, 국제 뉴스로 나갈 정도는 아니야. 그리고 크리스탈의 사진 말고는 브라이스를 달리아 살인 사건과 연관 지을 수 있는 부분이 없어. 사진 올린 걸 보면 타깃으로 삼았던 다른 여자들 여덟 명 중에 너랑 닮은 사람도 없었고. 게다가 살인 사건들이 한창 벌어지고 있을 때는 너에 대해 게시글을 작성하고 있었잖아. 피해자들을 유일하게 언급했을 때는 살인에 반대한다는 의견을 내기 위해서였고."

"그 말을 믿어? 그 인간은 여자를 혐오하는 것도 분명하고 범죄를 저지르는 것에 대해 아무런 죄책감이 없는데? 혹시 잡힐까 봐 걱정되니까 떠벌리지 않은 거겠지." 레이건이 말했다. "내 말은, 경찰이 달리아 살인 사건 때문에 FBI 자문까지 구하고 있잖아. 살인에 관해 자세히 쓰면 너무 위험할지도 모른다고 생각했을 거야."

"그럴 수도 있지." 민이 얼굴을 찌푸리며 머리를 긁었다.

"그러니까 얼른 가자."

"계획이 어떻게 되는데, 레이건?"

"네가 지금까지 계속 말한 대로 해야지. 경찰에 가서 노트북을 넘겨줄 거야."

민이 차 키로 운전대를 톡톡 쳤다. "별로 좋은 생각이 아니야."

"론스키한테 내가 수사를 방해할 의도가 없다는 걸 알려줘야 해. 이거면 내가 도우려 한다는 걸 보여줄 수 있다고."

"뭐라고 할 건데?"

레이건은 차 키를 낚아채 시동을 걸고 싶었다. "론스키한테 다 얘기할 거야."

"브라이스의 집에 무단으로 침입했던 것까지? 안 돼. 그럴 순 없어."

"왜? 노트북을 훔쳐서?"

"훔친 물건인 건 중요하지 않아, 경찰은 증거로 쓸 수 있으니까. 중요한 건 경찰이 증거를 불법으로 확보하지만 않았으면 돼."

"좋아, 그럼 가자."

"노트북을 내가 가져가는 게 좋을 것 같아. 익명의 출처한테서 얻었다고 할게. 그런 다음 크리스탈의 사진을 보여주고 달링허스트 주소를 넘기는 거야."

"그러면 론스키한테 내가 정보를 숨기고 있지 않다는 건 어떻게 보여줘?"

"그건 내가 처리할게." 민이 차 키를 내밀었다. "자, 네가 운전해. 나는 터너한테 경찰서에서 만날 수 있냐고 연락해볼게."

한 시간 뒤, 레이건은 시드니 경찰서 앞에 주차하고 차 안에서 팔짱을 낀 채 초조하게 민을 기다렸다. 다 먹은 과자 봉지가 바람에 날려 앞 유리를 스쳐 갔다.

민은 론스키에게 바로 가기로 했다. 터너와 연락을 주고받고 있다는 것을 알리고 싶지 않았기 때문이다.

"론스키한테 생명의 위협을 느끼는 기밀 출처로부터 노트북을 받았다고 할 거야." 경찰서로 향하는 길에 민이 말했다. "아마 파일에서 네 이름을 발견하고 조사를 위해 너를 또 불러들일 확률이 높아. 그래도 너 대신 초점을 맞출 다른 그럴듯한 용의자를 제시하는 거니까."

조수석으로 돌아간 레이건은 무릎을 세워 가슴에 바짝 끌어안았다. 전날 저녁 민에게 전화한 이후 처음으로 혼자 남겨진 것이었다.

344

'몸은 뼈밖에 없는 백인 폐모년. 병신 같은 화원 사업. 머리는 존나 새집 같음. 얼굴이 존나 못생김. 창녀가 따로 없음. 병신같이 크기만 큰 물고기처럼 제대로 낚임.'

쓰레기 수거 트럭이 괴성을 지르는 것처럼 시끄러운 엔진 소리를 내며 덜컹거리고 지나갔다. 민이 바삐 길을 걸어왔다.

"체포한대?" 레이건은 그녀가 차에 타기도 전에 말을 시작했다. "론스키한테 주소는 알려줬어? 뭐가 더 필요하대? 영장? 그건 얼마나 걸려?"

민은 시동을 걸고 창문을 열었다. 시원한 공기가 밀려 들어왔다. "벌써 다른 여자를 노리고 있을 거라고 확실히 말해뒀어."

민의 애매모호한 반응을 눈치챈 레이건이 재빨리 말했다. "근데 들은 척도 안 했구나?"

"아니야, 들어줬어."

"그런데 아무것도 안 하고 있잖아."

"지금 새벽 4시 30분이야, 레이건. 자리에 있었던 게 놀라울 정도라고. 몇 시간만 기다려 보자."

민은 발모랄에 있는 자기 집으로 함께 가자고 했지만, 레이건은 경찰이 브라이스를 체포하기 전에는 민의 집이나 가족들 근처에 있고 싶지 않았다. 그들은 달링 하버 소피텔 28층에 방을 잡았다. 레이건은 너무 피곤해 민이 돈을 내는 것을 말리지도 못했다. 어차피 그럴 돈도 없었을 것이다.

"여기서 너랑 몇 시간 쉬다 갈게." 민이 그녀에게 방 열쇠를 건네며 엘리베이터 쪽을 가리켰다. "오웬한테 말해야겠다. 굳이 집까지 운전해 가서 다 깨울 필요는 없으니까."

레이건은 민이 문자를 다 보내기도 전에 이불 위에서 잠이 들었다.

레이건은 이불 시트에서 나는 낯선 라벤더 향과 에어컨의 백색
소음, 조명처럼 그녀를 환히 비추는 햇빛에 깜짝 놀라며 잠에서
깨어났다. 민이 던져준 것이 분명한 담요에서 빠져나와 팔로 몸을
일으켰다. 바닥부터 천장까지 이어지는 창문을 통해 강렬한 아침
햇살이 쏟아졌다.

항구 너머로 도시의 고층 빌딩들이 무리 지어 서 있었고, 사무
실 건물과 아파트, 호텔에 달린 창문들이 마치 그녀를 지켜보는
수백만 개의 눈처럼 보였다.

물기가 남은 머리칼을 꽉 올려 묶은 민이 휴대폰을 손에 쥐고
나타났다. 아침 7시 30분. 썩 유쾌한 표정은 아니었지만, 민은 이
미 잠에서 완전히 깨서 일어나 샤워까지 한 모양이었다. 그녀는
네스프레소 머신 앞에 서서 커피 캡슐을 만지작거렸다.

"새로운 소식은 없어?" 레이건이 햇빛을 등지고 일어나 앉으며
물었다. 손으로 머리를 쓸어내리니 짧막한 머리가 아직도 어색했
다. "누구더라, 터너? 그 사람한테 얘기는 해봤어?"

커피의 헤이즐넛 향이 은은하게 방 안을 감돌았다.

"브라이스를 오늘 바로 체포하진 않을 거야." 민이 말했다.

"무슨 소리야?"

"수사팀 아침 브리핑도 아직이야. 어쨌든 터너가 론스키랑 얘기
는 했어. 크리스탈의 사진에 대해서도. 일단 노트북을 분석할 시
간이 필요하다고 하더라. 사진에 메타데이터도 없고—"

"뭐가 없다고?"

"보통 디지털 사진에는 어떤 카메라에서 찍혔는지 같은 정보가 들

어 있거든. 근데 그런 데이터가 없다는 거야." 민이 레이건에게 커피가 담긴 머그잔을 건네주었다. "또 사진이 조작은 아닌지도 확인하고 있어. 사실… 그럴 수도 있으니까. 어젯밤엔 그 생각을 못 했어."

"다른 것들은? 지금까지 한 짓들이 게시글에 다 있는데? 우리 집에 설치한 카메라는?"

"그런 것들은 달리아 살인 사건과는 상관이 없잖아. 그래서 수사팀에서 우선순위로 두지 않아. 물론 그 게시글들을 바탕으로 기소할 수 있는 혐의는 정말 많아. 사적인 장소에서 동의 없이 녹음이나 촬영을 하는 것도 불법이고, 너한테 스와팅을 했다는 것도 인정한 셈이니까. 수사팀에서 곧 사건을 다른 형사들한테 넘기면 사실을 검토해보고 체포가 이루어질 거야. 너도 조사받게 될 거고. 근데 문제가 또 하나 있어." 민이 머그잔을 손에서 빙글빙글 돌렸다. "가모가 브라이스의 게시글을 찾은 다크웹 사이트 있잖아, 사라졌어."

"사라졌다고?"

"아마 삭제된 것 같아. 가모가 페이지 사본을 다운로드해 둬서 그 USB를 경찰에 넘겼어. 하지만 사이트 자체는 사라졌고, 다크웹은 아무런 흔적을 남기지 않아."

"잘 된 건가?" 사이트가 사라졌다는 것은 그녀에 관한 게시글이나 영상, 댓글들도 모두 없어졌다는 뜻이다. "이제 다른 사람한테는 이런 짓을 못 하게 된 거 아냐?"

민이 마치 펑크난 타이어처럼 한숨을 내쉬었다. "이런 사이트들은 보통 URL만 바꿔서 다시 나타나. 아동 착취 사이트도 그래. 당국이 하나를 폐쇄하면 며칠 내에 다른 이름을 달고 다시 생겨있지."

복도에서 사람들이 여행 가방을 끌면서 이야기를 나누고 있었다. 여자가 웃는 소리가 들렸다. 사람들은 일상을 보내고 있었지만 레이건은 오늘이 무슨 요일인지도 알 수 없었다. 현실이 불안정하게 느껴지고, 인생이 통째로 바다에 내던져진 것만 같았다. 떠밀려가는 인생을 간신히 붙잡으면 또 다른 물결이 그녀를 휩쓸고 지나가는 듯했다.

"경찰한테 브라이스가 어젯밤에도 누군가를 만나러 나갔다는 얘기도 했어?"

민이 천천히 고개를 끄덕였다. 지친 눈과 굳은 표정, 아무런 감정도 보이지 않는 목소리에서 패배감이 느껴졌다. 레이건은 민의 이런 모습을 처음 보았다.

"그러면 우린 어떡해?" 웹페이지가 없어졌다는 것은 브라이스가 집에 돌아와 노트북이 사라진 것을 알게 됐고, 어떻게 했는지 몰라도 사이트를 삭제했다는 것을 의미했다. 또한 아파트를 버리고 다시 돌아오지 않을 수도 있었다. 물건 몇 가지만 싸 들고 미꾸라지처럼 빠져나가는 데는 한 시간도 채 걸리지 않을 것이다.

민은 커피를 한 잔 더 내리고 머그잔을 양손으로 단단히 감싸쥐며 레이건의 침대에 앉았다. "들어봐, 내가 생각한 게 있는데, 넌 아마 싫어할 거야."

43

경찰은 브라이스가 레이건에게 무슨 짓을 했는지 제대로 살펴보기만 하면 즉시 그를 체포할 것이다. 그리고 그가 구금되면 시간이 얼마나 걸리든 시드니 달리아 살인 사건에 대해서도 필요한 만큼 조사할 수 있을 것이다.

"그러니까 우린 경찰이 브라이스를 체포하도록 압박을 가해야 해." 민이 말했다.

"지금 나보고 경찰서에 앉아서 그 끔찍한 게시글들을 같이 읽으라는 소리야?" 레이건은 숨이 막혀왔다. "애초에 내 말을 들어줄 리가 없어. 이미 내가 달리아 살인범을 보호하고 있는 정신병자라고 생각하는걸."

"꺼지라고 해. 내가 채널 6에 친구가 있다고 했잖아. 독점 인터뷰를 해서 오늘 밤에 방송으로 내보내는 거야. 아직 시간이 이르니까 7시 뉴스 전까지 녹화하고 홍보할 시간은 충분해."

"나보고 뉴스에 나가라고?"

민이 진정하라며 손을 들어 올렸다.

"여기서 더 창피를 당하라고?" 레이건의 목소리는 그녀의 귀에도 날카롭게 들렸다. "전 국민이 보는 앞에서 내가 사귀던 남자가 완전 사기꾼이었는데도 전혀 몰랐을 만큼 멍청했고, 그 남자가 내가 아는 모든 사람에게 가짜 섹스 동영상까지 보냈다고 말하라는 거야?"

"효과가 없을 것 같았으면 너한테 말도 꺼내지 않았을 거야."

레이건은 자리에서 일어나 민으로부터 최대한 멀리 떨어지려고 창문 쪽으로 물러섰다.

"우린 브라이스한테 똑같은 짓을 당한 여자들 여덟 명의 이름도 알고 있어." 민이 덧붙였다. 그가 이전 타깃에 관해 올린 게시글에는 그들의 이름, 생년월일, 주소가 있었고 몇 명은 소셜 미디어 프로필까지 있었다. "난 이제 집에 돌아가서 피해자들한테 연락해볼 거야. 한 명이라도 자기가 겪은 일을 나서서 공유해준다면 그 게시글이 진짜라는 걸 증명하는 데 도움이 되겠지. 그러면 브라이스를 체포하라는 대중의 압력이 어마어마하게 커질 거야."

'경찰이 찾을 수 있기나 할까.' "그러면 그 사람들한테 인터뷰해달라고 하면 되지."

"지금 바로 준비를 시작해야 해, 레이건. 당장은 너밖에 없다고."

그녀는 이미 인터넷 어딘가에 있는 음침한 밑바닥에 인생이 낱낱이 공개되었다. 그리고 민은 그녀에게 텔레비전 방송에 나가 한 번 더 모든 것을 드러내라고 말하고 있었다.

"얼마나 하기 싫을지는 이해해." 민이 논리적인 해결책은 이것뿐이라는 듯 차분하게 말했다. "하지만 브라이스가 게시글에 썼던 헛소리나 너에게 했던 짓 전부 정말 끔찍했어. 그러니까 넌 그 놈을 꼭 감옥에 처넣어서 대가를 치르게 해야지."

레이건은 TV로 방송될 뿐 아니라 인터넷에도 널리 퍼져 유튜브에 영원히 박제될 뉴스 프로그램에 출연해 카메라 앞에 서서 이야기하는 자신을 상상해보려고 했다.

"크리스탈을 돕고 싶지?" 민이 말했다. "이게 바로 그 방법이야."

레이건은 몸을 돌려 창밖 풍경이 보이지 않도록 커튼을 쳤다. "다른 피해자를 찾아."

민이 떠난 후, 레이건은 샤워를 하고 룸서비스로 아보카도 토스트와 달걀을 시켰다. 주문한 메뉴가 도착하자 그녀는 음식을 깨작거렸다. 커튼 틈새로 밤색을 띤 황금빛 햇살이 새어들었다.

한국에서 작은 마을에 살 때는 그녀를 모르는 사람이 없었다. 유일한 백인이었던 그녀는 어디서나 쉽게 눈에 띄었고 언제나 호기심의 대상이었다. 레이건은 사생활을 포기해야 하는데도 유명해지고 싶어 하는 사람들이 이해되지 않았다. 집이나 아이들, 침실 사진을 온라인에 올리는 사람들도 이해되지 않았지만, 요즘엔 그러지 않는 사람이 오히려 드문 것 같았다.

레이건은 베개를 끌어안고 호텔 침대에 웅크린 채 TV를 켰다. 윌로우, 에린 그리고 크리스탈의 사진이 화면을 가득 채웠다. 세상에 다른 일이라고는 없는 것처럼 달리아 살인 사건에 관한 또 다른 뉴스가 이어졌다. 채널을 돌리기 위해 리모컨을 들었지만, 크리스탈의 눈이 그녀를 똑바로 바라보는 것만 같았다. 크리스탈의 슈나우저는 다시 돌아오지 못할 주인을 하염없이 기다리며 문 앞에 서 있을 것이다.

그녀는 식물 하나 없이 차갑고 불편한 교도소 감방을 떠올렸다. 그곳에 자신이 아닌 브라이스가 앉아 있는 모습.

호텔 전화기를 들었다.

민은 '여보세요'라는 말도 하지 않았다. "네가 마음을 바꿀 줄 알았어."

세 시간 뒤, 스타일리스트가 레이건 옆에 서서 볼에 파운데이션을 바르고 있었다. 그는 레이건이 화원에서 쓰는 것과 비슷한 공구벨트를 차고 있었지만, 그 벨트는 흙투성이도 아니었고 가느다란 메이크업 브러시들과 속눈썹 뷰러가 꽂혀있었다.

레이건이 아무렇게나 자른 머리를 본 스타일리스트는 눈이 휘둥그레지더니 다소 어색하게 가발을 쓰는 것이 어떨지 제안했다. 하지만 바로 구할 수 있는 가발이 없었고, 시간도 이미 부족한 상황이었다.

민은 촬영을 릴리에서 진행하도록 채널 6에 미리 말해두었다. 레이건은 민과 함께 호텔을 나와 브라이스가 나타나지는 않았는지 주변을 살피며 함께 화원으로 향했다. 며칠 동안 신경을 쓰지 못했지만, 식물들은 대부분 살아 있었다. 프로듀서는 온실로 가서 레이건을 작은 나팔처럼 생긴 연보라색 꽃망울을 피운 골무꽃 앞에 앉혔다.

"이 방법이 맞는 건지 잘 모르겠어, 민." 레이건은 호피 무늬 안감이 있는 민의 블레이저를 걸치고 마찬가지로 민이 빌려준 검은색 시프트 드레스를 입고 있었다. "다른 여자들이랑 얘기는 해봤어?"

"브라이스가 말한 이전 피해자들 몇 명을 찾아냈어. 어떤 사람들은 아예 온라인 활동을 안 하는 것 같더라, 당연하긴 하지만. 찾은 사람들한테는 메시지를 남겨뒀어. 아직 시간이 이르기도 하잖아. 그리고 왓슨스 베이 아파트에도 집주인 여자를 찾아보라고 사람을 보냈어. 아마 그 집에도 아직 카메라가 있을 것 같아서."

TV 인터뷰 진행자인 올리버 맥브라이드가 프로듀서와 뭐라고 소곤거리다 대화를 뚝 끊고 그들에게 다가왔다. 키가 크고 관자놀이가 희끗희끗했으며, 코는 아주 길고 넥타이 없이 하늘색 셔츠와 남색 정장을 입고 있었다. 그는 자기소개를 하며 레이건과 악수를 했다. 그녀는 그의 눈빛에서 어딘지 단호함이 느껴져 잠시 경계했으나, 이번 일로 배운 것이 하나 있다면 자신이 사람을 보는 눈이 없다는 것이었다.

"보내주신 게시글들 읽어봤어요, 민." 올리버의 목소리에서 민이 끔찍한 범죄 이야기를 할 때 은근히 내비치는 흥분이 느껴졌다.

일이 걷잡을 수 없이 빠르게 진행되었다. 레이건은 도망치고 싶었지만 갈 곳이 없었다.

"정말 대단한 이야기더군요." 그녀의 불안함을 무시하는 건지 모르는 건지, 올리버는 말을 멈추지 않았다. "거기서 언급된 다른 여성들에게도 연락을 취하는 중이에요. 사이트가 삭제된 건 유감이지만, 연결해 주신 해커분한테 정보를 충분히 받았거든요. 그분과도 짧게 인터뷰를 시도하려 하고 있어요. 또 경찰에도 사이트 관리자에 대한 조사를 신속히 진행해달라고 얘기했고요."

레이건은 그가 무엇을 기대하는 것인지 알 수 없었다. 감사 인사라도 바라는 걸까? 브라이스가 운영하는 역겨운 인터넷 커뮤니티나 가모가 말한 다른 모임에서 활동하는 회원들은 어떤 남자들일까? 과연 이 사람은 그중 하나가 아니라고 확신할 수 있을까?

"SWAT팀이 급습했을 때 거실과 침실에서 찍힌 영상을 먼저 내보낼 거예요. 물론 레이건 씨는 모자이크 처리할 거고요. 그리고 딥페이크 영상도 모자이크해서 스틸 컷으로 내보내려고 해요."

'제가 아는 사람들은 이미 다 봤어요.' 스타일리스트가 손가락 두 개로 레이건의 턱을 살짝 짚어 얼굴을 반대편으로 돌렸다. 그녀는 그의 손길을 피하고 싶은 충동을 참기 위해 양손을 허벅지 밑에 깔고 앉았다.

프로듀서는 키가 180센티쯤 되어 보이는데도 높은 구두를 신은 20대 여자였다. 그녀는 카메라맨 옆에 있다가 올리버에게 불쑥 다가와 한 마디 덧붙였다. "그리고 주의할 점, 이 남자를 달리아 살인범으로 의심하고 있다는 얘기는 법적인 이유로 언급할 수 없어요."

레이건이 스타일리스트로부터 고개를 휙 돌려 민을 쳐다보았다. "그게 인터뷰를 하는 이유 아니었나요?"

프로듀서가 한 손을 들었다. "그래도 노트북에서 발견하신 사진에 관해서는 얘기할 수 있어요, 첫 번째 달리아 희생자였던—"

"크리스탈 알메이다요."

"맞아요." 그녀는 레이건이 수학 문제에 답하기라도 한 것처럼 말했다. "그러면 시청자들은 자연스럽게 결론에 도달할 겁니다."

"거기서 압박이 생기는 거야." 민이 말했다. "나머지는 이미 브라이스가 게시글에 자세히 적었고, 경찰도 복사본을 갖고 있어. 너한테 한 짓들을 스스로 자백한 것이나 다름없지. 그러니까 일단 그 부분에 집중해야 해."

스타일리스트가 메이크업 퍼프로 레이건의 볼을 백 번쯤 두들겼을 무렵, 갑자기 사람들이 바삐 움직이기 시작했다. 환한 조명이 눈을 찔렀다. 프로듀서가 레이건의 맞은편에 의자를 펼쳐 놓자, 올리버가 그 자리에 앉아 마이크를 만지작거렸다. 그가 카메라에 대고 뭐라고 먼저 운을 뗐다. 레이건은 집중이 되지 않았다. 시야가 흐려졌다.

"맨 처음부터 시작해봅시다." 올리버가 말했다. "브라이스 스튜어트는 어떻게 만났나요?"

얼음장처럼 차가운 공포가 밀려왔다. 그녀의 얼굴과 이름이 텔레비전과 인터넷을 돌아다닐 것이다. 온 사방에 알려질 것이다. 고든은 사라졌지만, 이제 전 세계가 인터넷을 통해 그녀의 삶을 제 것인 양 들여다볼 수 있었다. 그에 비하면 고든에게서 받았던 위협은 별것 아니었던 것처럼 느껴질 지경이었다.

조명 때문에 앞도 잘 보이지 않았다. "음, 그, 그게 언제였냐면—"

"좀 더 크게 말씀해주세요!" 누군가 날카롭게 외쳤다.

그녀는 혼다를 들이받았던 일과 그가 릴리를 방문해 그녀가 술집에 함께 가자고 했던 일을 더듬거리며 설명했다. 그는 처음부터 모든 것을 교묘하게 조작했다. '내가 데이트를 신청하지 않았다면 어떻게 됐을까?'

그녀가 알던 브라이스가 아닌 악랄하고 혐오적인 게시글을 쓴 그 브라이스라면 쉽게 포기하지 않았을 것이다.

올리버는 그들이 했던 데이트나 왓슨스 베이의 아파트, 브라이스를 그녀의 집에 초대했던 일 등에 대해 계속해서 질문을 던졌다. 다른 사람에게 일어났던 일이라 생각하며 이야기하는 편이 차라리 쉬웠다. "만난 지 한 달 정도 지났을 때쯤, 자고 가라고 얘기했어요." 레이건은 이렇게 대답하면서 속으로 크리스탈이나 에린이나 윌로우를 떠올렸고, 그러면 말이 더 술술 나왔다. 그 여자들에게 연민을 느끼고 있었다.

곧 마무리할 때가 된 것 같았다. 이미 이야기를 모두 털어놓았고, 론스키와 노가 그랬던 것처럼 올리버도 같은 질문을 말만 바꿔가며 묻기 시작했다. 두꺼운 화장이 조명에 녹아 피부가 가려웠다.

올리버가 노트를 흘끔 보며 얼굴을 찡그리더니 잠시 말을 멈췄다. "레이건 씨," 그가 무거운 침묵을 뒤로하고 말을 이었다. "브라이스 같은 사람이 당신을 노리게 된 이유가 뭐라고 생각하세요?"

'노리게 된 이유…?' 무슨 말이 하고 싶은 거지? 레이건은 민을 찾았지만, 조명에 가려 보이지 않았다.

"그 사람은 타인에게 상처를 주고 그 경험을 남들과 나누면서 기쁨을 느껴요. 현실에서는 타인과 전혀 어울리지 못하는 자신과 비슷한 부류의 사디스트들 말이에요."

"만약 지금 알고 계신 것들을 미리 알았더라면 어떻게 하셨을까요?"

"제가 어떻게 했겠냐고요?"

그도 신시아와 다를 바 없이 그녀를 나무라고, 비난하며, 탓하고 있었다. '난 하나도 잘못한 게 없어.' 레이건은 지금껏 믿어본 적이 없었지만, 갑자기 진실로 와 닿은 그 말이 조명보다도 눈부시게 느껴졌다.

"이게 제가 잘못한 건가요? 이건 치밀하게 계획된 조직적인 사기였어요. 저보고 어떻게 하라는 건가요. 만나는 사람마다 신원조사라도 할까요? 같이 술 한잔하는 남자마다 사설탐정이라도 붙일까요? 이 남자는 제게 범죄를 저질렀고 그 사실을 다크웹에서 자길 떠받들어주는 쓰레기들한테 자랑스럽게 떠벌렸는데, 결론은 제가 신중했어야 한다는 건가요? 제가 다르게 행동했다면 그런 피해를 입지 않았을 거라고 생각하신다면, 먹잇감을 찾는 상어처럼 번뜩이는 그 눈에 띈 다음번 여자가 또 같은 일을 당할 수 있다는 사실을 완전히 무시하시는 거예요. 이 남자는 저 이전에도 여덟 명을 상대로 이 짓을 했었고, 벌써 또 다른 곳에서 똑같이 누군가를 괴롭히고 있을지도 모른다고요." 속에서 불이 난 것처럼 그녀의 목소리가 점점 커졌다. 올리버가 프로듀서 쪽을 돌아보았다. 레이건은 그의 멱살을 잡아 얼굴에 대고 고래고래 소리를 지르고 싶었다. "저는 인터넷만 안 쓰면 저 자신을 안전하게 보호할 수 있다고 생각했어요. 인터넷에서 벌어지는 일들은 저와 아무 관계가 없다고 생각했고요. 삶에 어떤 문제가 생기면 무조건 여자들 탓으로 돌리도록 사람들을 세뇌하는 여성 혐오 커뮤니티들이 그 안에 존재한다는 것조차 이번에 처음 알았어요. 하지만 이런 커뮤니티에서 내세우는 폭력성은 현실 세계에도 영향을 끼쳐요. 우리 모두에게 영향을 미치는 거죠."

올리버가 멍한 표정을 지었다. 온실에 정적이 퍼졌다.

"여기서 이만 마치도록 하겠습니다." 그가 말했다.

44

　뉴스 촬영팀이 장비를 정리하는 동안 레이건은 화원의 작은 화장실에 들어가 화장을 문질러 닦아냈다. 금이 간 거울에 비친 얼굴이 반으로 갈라진 것처럼 보였다. 얇은 벽을 통해 민의 목소리가 웅웅거리며 들렸다.

　문에서 노크 소리가 났다. "다들 갔어." 민이 그녀를 불렀다.

　레이건은 문을 열었다. "잘 안 지워져."

　"기다려봐." 민이 핸드백을 뒤적거리더니 클렌징 티슈를 꺼냈다. "올리버한테 마지막 질문들에 대해 어떻게 생각했는지 얘기했어."

　"그래?"

　"그리고 네가 한 말을 편집 없이 다 내보내라고도 했지."

　레이건은 자신도 모르게 갑자기 눈물이 울컥 차올라 변기 뚜껑 위에 무너지듯 주저앉았다. 민이 세면대 옆을 비집고 들어오자 그녀는 친구의 허리를 팔로 감고 품에 얼굴을 파묻으며 울음을 터뜨렸다.

민은 온실에서 레이건이 식물에 물을 주는 걸 도와주며 당장 필요한 일에 집중하자고 말했다. "지금 여기 계속 있을 필요 없잖아."

레이건이 허리케인 선인장 화분의 흙을 손가락으로 눌러보며 대답했다. "언제 다시 올 수 있을지 모르니까."

"레이건, 물 주는 건 오웬한테 부탁해도 돼. 네 곁엔 우리가 있잖아."

레이건은 푹신한 소피텔 침대에 웅크리고 누워 오후 내내 잤다. 민은 나가서 새 잠옷과 다음날 입을 옷, 그리고 레이건이 가장 좋아하는 바비큐 소스와 할라페뇨 아이올리를 곁들인 치킨 머쉬룸 피자를 사 왔다.

민이 미니바에서 피노 그리 와인 한 병을 꺼냈다. "와인 마실래?"

"브라이스가 어떻게든 우릴 찾아낼 수도 있으니까 맨정신으로 있을래."

인터뷰 방송이 시작되었을 무렵, 그들은 마지막 피자 한 조각을 남겨놓고 있었다. 민은 이전 피해자들 중 추적이 가능했던 네 명에게 여러 차례 메시지를 보냈지만, 아무도 응답하지 않았다. 그들은 침대에 베개를 산처럼 쌓아서 등 뒤에 받치고 앉아 함께 인터뷰를 보았다. 레이건은 화면 속 자신이 입을 열 때마다 민망함에 어쩔 줄 몰랐다.

인터뷰가 막바지에 접어들었을 때, 올리버의 등 뒤에서 그의 어깨너머로 레이건의 얼굴이 보이도록 촬영 각도가 바뀌더니 그가 "마지막으로 하실 말씀 있으신가요?"라고 묻는 장면이 나왔다.

레이건이 멈칫했다. "저런 질문은 한 적 없는데?"

"목소리만 입힌 거지." 민이 말했다. 방송에서는 레이건이 마지막에 했던 답변 중 브라이스가 상어 같다고 했던 부분만 짧게 잘라서 내보냈다. "겁쟁이."

엔딩 크레딧이 나오자 민이 TV 소리를 껐다. "옳은 일을 한 거야."

레이건이 얼굴을 문질렀다. 눈이 따끔거리고 부어있었다. "아직도 힘들어."

민은 자고 가겠다고 했지만, 레이건은 집에 가라고 설득했다. "너희 애들이 나 때문에 분리 불안이 생기게 둘 수는 없지. 네 남편도."

민이 레이건을 꽉 안아주자, 레이건도 그녀를 껴안으며 내심 팔을 풀고 싶지 않다는 생각을 했다.

방에 혼자 남겨진 레이건은 커튼 한쪽을 살짝 열었다. 도시 곳곳에서 수백만 개의 창문이 깜깜한 하늘 아래 반짝이고 있었다. 얼마나 많은 집과 사무실에서 사람들이 인터넷에 모여 폭력을 쓰도록 서로를 부추기고, 여성을 비하하고 모욕하며, 타인의 고통에 즐거워하고 있을까?

고든 퍼디가 그녀의 집에 들이닥쳤을 때, 그는 남자들이 별짓을 다 할 수 있다는 것을 알려주었다.

그리고 브라이스는 그런 남자들을 아무리 피하려고 애써도 그들은 그녀를 찾아낼 수 있다는 것을 알려주었다.

호텔의 포근한 흰 가운으로 갈아입은 레이건은 밤하늘이 보이지 않도록 커튼을 굳게 쳤다. 값비싼 로션 덕에 몸에서는 시클라멘과 루바브 향이 났다. 공허하고 무감각한 기분이 밀려왔다. 모든 게 너무, 너무, 너무나 고통스러웠다. 특히 그 인터뷰는 론스키와 노 형사를 똑바로 바라보는 것보다 더 괴로웠을 만큼 지금까지 겪은 일 중에서 가장 힘들었다. 차라리 이렇게 무감각한 게 나을지도 모른다.

그녀는 전화기를 들어 외우고 있는 번호를 눌렀다. 테리가 전화를 받았다.

"테리, 엄마 좀 바꿔줄래요?"

"레이건." 테리의 목소리가 무거워졌다. "지금은 엄마가 별로 얘기하고 싶지 않은 것 같구나."

그들도 인터뷰를 본 것이다. 당연히 봤을 것이다. TV에서 인터뷰 예고를 본 신시아의 친구들이 그녀에게 알려주었을 것이다. 아니면 그녀가 직접 보았거나.

"아." 레이건은 어떻게 대꾸해야 할지 확신이 서지 않았다. "제가 휴대폰이 없어져서요. 그리고 당분간 집이나 화원에도 안 갈 거예요."

이 말을 하려고 전화한 것은 아니었다. 그녀는 신시아에게 2006년에 해야 했던 말을 할 계획이었다.

"화원에 대해서 말인데." 테리가 말했다.

'이런…'

"저, 테리, 지금은 돈을 갚기가—"

"뉴스를 보고 무척 놀랐다. 그런 일이 있었다고 우리에게 말했어야지."

그의 단조로운 말투 때문에 레이건은 그 말에 담긴 의도를 파악할 수 없었다. '이렇게 평판이 나빠질 거라고 미리 경고해야 했다는 건가?'

"당장은 화원을 운영하기 어려울 테니 필요한 만큼 시간을 두고 나중에 가능할 때 갚으렴, 레이건. 어차피 언젠가는 네 돈이 될 것이기도 하니까."

수화기에서 나는 잡음만이 조용히 흘렀다. 그녀는 머릿속에서 그의 말을 곱씹으며 입을 열었다가 다시 닫았다. 지금껏 테리가 신시아와 반대되는 말을 하는 것을 본 적이 한 번도 없었다.

"그리고 혹시 도움이 필요하면 나한테 와라. 네 엄마는 조금… 엄하잖니."

의심이 고개를 들면서 방어 기제가 작동했다.

하지만 그를 믿지 못할 타당한 이유는 없었다. 테리는 어쩌면 이유는 알 수 없지만 공교롭게도 그녀의 까다로운 어머니를 사랑하게 된 착한 사람일 수도 있다.

"음, 고마워요, 테리. 정말로요."

"내 휴대폰 번호 알지?"

번호를 적어둔 그녀의 다이어리는 여전히 경찰서에 있는 증거물 봉투 안에 있었다. 테리가 번호를 불렀고, 레이건은 호텔 메모지에 받아 적었다.

"네 엄마랑은 내가 얘기해보마. 그리고 진심이야. 필요한 게 있으면 전화하렴."

다음 날 아침 6시 15분에 전화벨이 울렸을 때 레이건은 깊은 잠에 빠져 있었다. 민이었다. 그녀의 목소리는 기쁨이 느껴지면서도 다급했다.

"잡았어." 민이 말했다. "경찰이 브라이스를 체포했어."

45

2017년 3월 10일 금요일

40분 후, 민은 소피텔에서 레이건을 태워 골번 가에 있는 경찰서 건물에 도착했다.

레이건의 인터뷰가 방송되고 몇 시간 뒤 경찰은 브라이스를 체포했다. 인터뷰에 대한 예고가 나오자 압박을 느낀 경찰이 브라이스의 노트북을 조사했고, 다수의 혐의로 그를 기소할 증거를 충분히 발견했다. 민의 생각이 딱 들어맞은 것이다. 수요일 저녁 집에 돌아와 노트북이 없어진 것을 알게 된 그는 짐을 챙기고 자신의 지문을 말끔히 지웠다. 목요일 오후 늦게 경찰이 그를 체포하러 들이닥쳤을 때는 이미 아파트가 텅 비어 있었다. 옆집 커플이 아니었다면 브라이스는 잡히지 않았을지도 모른다. 그들은 발코니에서 레이건을 만난 다음 날 아침, 그가 자동차에 짐을 싸는 것을 보고 번호판을 찍어둬야겠다고 생각했다. 뉴사우스웨일스 경찰은 해안을 따라 600킬로미터 떨어진 그래프턴의 한 모텔에서 그를 체포했다.

브라이스를 체포한 경관들은 밤새 그를 시드니로 이송했고, 이제 곧 경찰서에 도착할 예정이었다.

"진짜 이름은 엘리아스 와일러래." 민이 말했다. "인터넷에서 검색을 해봤는데, 아무것도 나오지 않았어. 유령처럼."

엘리아스. 어울리지 않는 이름이었다. 사실 그에 대해 제대로 아는 게 없으니 어울리는 이름일지도 몰랐다.

민이 화물차 전용 주차장에 차를 세웠다.

"이래도 될까?"

"토요일 아침 7시인데 뭐, 어쩔 거야? 견인이라도 하겠어?"

"아니, 내 말은―"

민이 그녀의 어깨를 힘주어 잡았다. "설마 이 나쁜 놈 수갑 찬 모습을 안 보고 싶다는 건 아니지?"

레이건은 눈을 가릴 정도로 모자를 깊게 눌러 썼다. 그리고 민의 큰 보폭을 따라잡으려고 애쓰며 서둘러 길을 올라갔다.

사람들이 모여 있었다. 뉴스 촬영팀도 케이블을 풀고 카메라를 삼각대 위에 올리고 있었다. 경찰은 당연히 기자들이 오길 바랐을 것이다. 민과 레이건은 건물 옆을 따라 제복을 입은 경관들이 지키고 있는 큰 유리문 가까이 다가갔다. 레이건은 계속 머리를 숙이고 있었다.

경찰 호송차가 진입로로 들어와 유리문 바로 앞에 멈추자 삼사십 명쯤 되는 사람들이 주춤거리며 물러나 길을 비켰다. 경찰관들이 차에서 우르르 내리면서 시야가 잠시 가려지더니 이내 뒷문에서 그를 끌어내 사람들이 있는 쪽으로 데리고 왔다.

레이건은 브라이스든 엘리아스든 굳이 그의 눈에 띄고 싶지 않아 고개를 숙이고 있으려 했다. 하지만 팔이 뒤로 묶인 그를 경찰관들이 양쪽에서 붙잡고 앞으로 나오자, 시선이 절로 그에게 꽂혔다.

"엘리아스 씨, 피해자들을 왜 살해했습니까?" 기자들이 마이크를 내밀며 외쳤다.

레이건이 그를 마지막으로 본 것은 레몬 머틀 나뭇가지 사이로 쏟아지는 아침 햇살 속에서 오색앵무들이 지저귀는 소리를 들으며 프렌치 프레스로 진하고 따뜻한 커피를 내리고 있을 때였다. 그는 그녀에게 키스하며 그날 오후에 이메일을 해킹해 딥페이크 영상을 보낸 사람이 누군지 알아보러 화원에 들르겠다고 말했었다.

레이건은 그가 지쳤거나 걱정스러운 표정을 짓고 있으리라 생각했다. 하지만 그의 얼굴은 주인 없는 플라스틱 가면처럼 공허했다. 그는 기자들이 외치는 질문이나 카메라 플래시 세례에 아무런 반응을 보이지 않았다. 입고 있는 회색 리넨 셔츠는 언젠가 그녀가 벗겨내 자기 옷가지들과 함께 그의 침실, 아니 어떤 낯선 이의 침실 바닥에 뒤엉켜 놓았던 것이었다.

그가 고개를 돌려 그녀에게 시선을 고정하자 레이건의 얼굴이 상기되었다. 그의 인상이 순식간에 딴 사람처럼 바뀌며 얼굴에 히죽거리는 표정이 떠올랐다.

"내가 남긴 선인장 가시는 마음에 들어?" 레이건이 자신도 놀랄 만큼 적개심을 드러내며 말하자 그의 얼굴에서 웃음기가 싹 가셨다. "이 씨발 쓸모없는 년—" 엘리아스가 발끈하자 경찰관들이 그를 더 꽉 붙잡았고, 한 명은 그에게 입을 다물라고 쏘아붙였다.

"넌 내가 감옥에 보내는 거야." 레이건이 말했다.

경찰관들이 브라이스를 유리문 안으로 끌고 들어갔다. 그는 그렇게 눈앞에서 사라졌다.

46

2017년 3월 12일 일요일

"네가 왜 이러는지 이해가 안 가, 레이건. 채널 6 프로듀서가 그러는데 널 도와주고 싶다는 문의가 하루에도 수백 개씩 들어오고 있대."

아기 띠로 대시엘을 품에 안은 민이 온실에 있는 화분들을 차로 옮겨 싣는 레이건을 따라가며 말했다.

"하루 종일 카운터 뒤에 서서 가게 문을 열고 들어오는 사람들이 또 어떻게 나를 노릴지 두려워하면서 보낼 순 없어." 레이건은 민을 돌아보지도 않고 기계처럼 움직이며 비닐 시트를 펼쳐 자동차 뒷좌석에 넓게 깔았다. 지난 며칠은 너무도 벅찬 하루하루의 연속이었다. 물론 그녀도 일상이 쓰나미가 휩쓸고 간 것처럼 남김없이 무너지고 이제 화원마저 비워야 한다는 것이 탐탁지 않았다. "아니면 내 딥페이크 영상을 봤는지도."

"그래서 지금 도망가는 거구나."

"마음대로 생각해."

민은 대시엘의 얇고 검은 머리칼을 손으로 쓸며 차에 엉덩이를 기대고 서 있었다. "브라이스는 감옥에 있어. 풀려날 일은 없을 거야."

브라이스가 금요일에 체포된 후 경찰은 기자회견을 열어 조사가 아직 진행 중이지만, 그가 달리아 살인 사건과 관련이 있다는 증거를 발견했다고 밝혔다. 레이건은 그날 하루 대부분을 노나 터너가 아닌 처음 보는 형사를 데리고 들어온 론스키와 조사실에서 보냈다. 그녀는 차를 들이받았던 날부터 시작해 엘리아스 와 일러와의 관계를 낱낱이 떠올려야 했다. 다만 이번에는 민이 고용하고 비용을 낸 형사전문변호사도 함께였다. 론스키의 목소리는 이전과 크게 다르지 않았다. 론스키에게 있어 레이건은 여전히 용의자였다. 하지만 전처럼 필사적으로 매달리는 느낌은 없었고, 8시간에 걸친 조사는 향후 체포하겠다는 위협 없이 무사히 마무리되었다.

"우리 집에 와 있으라니까." 레이건의 뒤를 따라 온실로 들어가는 민의 목소리에 답답함이 묻어났다. 그녀가 한 발짝씩 내디딜 때마다 품에 매달린 대시엘의 다리가 달랑거렸다. "너무 성급하게 그러지 말고."

"방해만 될 거야." 레이건의 자동차는 움직이는 정글처럼 보였다. 식물이 트렁크부터 뒷좌석, 조수석까지 가득 들어차 있었고, 비스듬히 눕혀진 화분 몇 개는 창문 밖으로 삐져나와 있었다. 차에 자리가 없어질수록 어떤 것을 챙길지 결정하기 어려웠다. 그녀는 벌집생강 화분 두 개를 고르고는 세 번째 화분을 가리키며 물었다. "너도 몇 개 가져갈래? 어머니가 정원에 심어주실 수 있지 않을까?"

"우리 집에 있으면서 애들 돌보는 걸 도와주면 되잖아." 민이 말했다. "엄마도 몇 시간은 메이지 안 보고 쉬면 좋고."

"흠. 오웬은?"

"오웬은 너 있는 거 좋아해. 그냥 우리 집으로 가자. 식물도 다 가져와." 민이 아직 차에 싣지 못한 화분과 묘목들을 가리켰다.

그들은 같은 얘기를 열 번째 하고 있었다. 레이건이 아무리 모자와 어두운 선글라스를 써도 소피텔 로비를 걸어가면 사람들이 그녀를 알아보고 손가락으로 가리키며 말을 걸려고 했다. 기자들이 엘리베이터 문을 막아 호텔 경비원의 도움을 받아 겨우 지나갈 수 있었던 적도 두 번이나 있었다. 테리가 전화해 아는 사람이 릴리에 있는 식물들을 대량으로 구매하고 싶어 한다고 했을 때, 그녀는 고작 한 시간 만에 그 제안에 동의했다. 테리가 말한 부부는 그날 아침 트레일러 두 대를 끌고 왔다.

기울어지는 해가 드리운 그림자도 어둠 속으로 사라져가고 있었다. 론스키에 따르면, 그녀의 은행 계좌는 아마도 월요일쯤부터 정상적으로 이용이 가능할 것이라고 했다. 민이 변호사 수임료와 더불어 소피텔 투숙비까지 계속 내고 있었기 때문에 빚이 점점 쌓여갔다.

밖에서는 주차장에 떨어진 나뭇잎들이 불어오는 시원한 바람에 흩날리고 있었다. 여름이 저물고 가을이 코앞으로 다가왔다. 레이건은 트레이에 담긴 백일홍 화분들을 차 안으로 밀어 넣었다. "떠나야 해."

민은 더 이상 밝은 목소리로 말하지 않았다. "펄 비치에 간다고 사람들 눈에 띄지 않을 수 있을 것 같아? 오히려 거긴 너무 한적한 곳이라 주민들이 금방 널 알아보고 기자들도 찾아올 거야. 조용히 지낼 수 있을지는 모르지만 그렇다고 사람들을 막을 순 없을 걸."

레이건의 한숨 소리는 의도한 것보다 더 크고 절망적으로 터져 나왔다.

"그리고 거기 가서 혼자 뭘 하려고?" 민이 계속 말했다. "여기 있어. 내가 심리 치료사 찾아줄게."

그간 쌓인 피로가 여전히 풀리지 않은 레이건이 눈을 비볐다. "사업도 접었고 앞으로 어떻게 살아야 할지 모르겠어. 이런 상황에서 너희 가족들과 시간을 보내고 싶지 않아서 정말 미안하네."

"레이건, 좀 진지해져 봐. 나한테 너랑 인터뷰하고 싶다는 요청이 얼마나 많이 들어오는데. 처음에 운이 나빠서 거지같은 패가 들어왔지만, 이제 그 카드로 돈을 벌 수 있게 된 거야." 민의 목소리에 다시 생기가 돌았다. "내 에이전트한테 이걸로 다음 책을 쓰고 싶다고 했더니 굉장히 관심을 많이 보였어. 우리 같이 쓰자. 네가 시드니 달리아 연쇄살인 사건을 해결한 거잖아, 대단한 일이라고."

"그놈이 날 노렸으니까 가능했던 거지." 레이건이 신랄하게 말했다. "전혀 신날 일이 아니야."

대시엘이 작은 두 주먹을 버둥거리며 몸부림을 치기 시작했고, 이내 빽빽 악을 썼다. 민은 자기 렉서스 차 키를 레이건에게 맡기고 기저귀를 갈러 갔다. 그녀는 남은 식물들을 트렁크에 실었다.

민이 눈물로 얼룩진 얼굴로 심술 난 표정을 짓고 있는 대시엘을 안고 돌아왔을 때 레이건은 이미 홀덴 옆에서 기다리고 있었다.

"오늘 밤에 떠날 거야. 호텔 숙박비는 계좌 문제가 해결되면 바로 보낼게."

민이 실망한 표정으로 고개를 갸웃했다. 그녀는 일이 뜻대로 되지 않는 것에 익숙하지 않았다.

민이 주머니에서 선홍색 포장지로 싼 성냥갑만 한 상자를 꺼냈다. "자, 이건 새로운 시작을 기념하는 의미로 뭔가 주고 싶어서."

레이건의 얼굴에 불편한 기색이 스쳤다. "너는 매번 이래, 민. 나는 매번 너한테 줄 게 없고."

상자 안에는 검은 진주 귀걸이가 들어 있었다.

"비싼 거 아니니까 걱정하지 마. 그냥 네 새로운 머리 스타일에 어울릴 것 같아서 산 거야."

레이건이 귀걸이 상자를 주머니에 넣었다. "고마워."

"에이, 왜 이래 레이건, 한번 해 봐."

레이건은 실랑이할 기운도 없었다. 그녀는 홀덴 지붕 위에 상자를 올려놓고 사이드미러를 보면서 귀걸이를 했다.

"깔끔하면서도 우아하지." 민이 말했다.

"고마워." 레이건이 손가락으로 허벅지를 톡톡 쳤다. "아, 잠시만."

그녀는 열쇠를 딸랑거리며 조수석 문을 열고는 식물들 사이를 헤집어 꽃잎 끝부분은 흰색이고 피처럼 붉은빛을 띠는 털 방울 모양의 꽃이 여섯 송이 핀 달리아 화분 하나를 꺼냈다.

"체커스 달리아야." 레이건이 화분을 민에게 건넸다. "어쩌면 이게, 모르겠다, 글 쓰는 데 영감을 주거나 할 수도 있으니까."

"달리아는 다 팔려서 구할 수 없는 줄 알았는데?"

"이건 내 것으로 남겨뒀어. 근데 너한테 더 어울리는 거 같아서. 어쨌든, 언제 주말에 애들 데리고 놀러 와." 그녀가 달리아를 가리키며 한 마디 덧붙였다. "그리고 물 주는 건 꼭 어머니께 부탁하고."

47

2017년 3월 14일 화요일

도심에서 북쪽으로 90분 정도 운전해가야 하는 펄 비치는 완전히 다른 세상처럼 느껴졌다. 테리와 신시아의 별장은 '바닷가 별장'이라고 하기에는 해변에서 떨어져 있었지만, 별장과 도로 사이에 서 있는 시드니 레드검 나무와 골든 와틀 나무들 틈으로 브로큰 만의 풍경이 조금 보였다. 테리가 말한 대로 열쇠는 쪽문 옆에 있는 돌 밑에 있었다. 레이건은 혼자 별장을 쓰게 되었다. 신시아가 모은 자질구레한 장식품들이 사방에 어수선하게 널려 있었다. 그녀는 빈방을 돌아다니며 쿠카부라 도자기 인형, 조개 모양 장식 비누, 색 모래가 들어있는 유리병, 일본에서 산 행운의 고양이 기념품 등을 긁어모아 서랍 속에 아무렇게나 처박았다.

해가 뜰 무렵, 그녀는 얼굴을 가리는 챙이 넓은 모자를 쓰고 가파른 해변을 내려갔다. 사실 모자는 필요 없었다. 개를 산책시키거나 조깅을 하는 몇 안 되는 사람들은 남에게 관심을 보이거나

서로 어울리지 않았다. 레이건은 인도 옆에 슬리퍼를 벗어두고 녹이 슨 것처럼 노르스름하고 거친 모래알을 맨발로 밟았다. 태양이 바다 위로 분홍빛과 주홍빛 햇살을 비췄고, 돌고래 한 무리가 서핑을 하듯 파도를 가로지르며 헤엄치고 있었다.

"괜찮아." 레이건이 자신에게, 그리고 돌고래들에게 큰 소리로 말했다. "다 괜찮을 거야."

그녀는 나중에 자동차 가득 구조해온 식물들을 풀이 제멋대로 자란 별장 정원에 옮겨 놓으면서 또 한 번 괜찮다는 말을 혼자 되뇌었다. 테리는 신시아와 결혼한 후 얼마 지나지 않아 이 별장을 샀지만, 거의 이용하지 않았다. "있고 싶은 만큼 있으렴." 테리는 평소와 같은 단조로운 목소리로 말했다. 그녀도 정원 조경 작업을 해주는 대가로 그렇게 하겠다고 동의했다. "정원은 네가 좋다고 생각하는 대로 꾸며도 돼. 네 엄마가 보면 깜짝 놀라겠구나."

특히 신시아가 대화를 거부하고 있는 상황에서, 테리가 그녀를 도울 것이라고는 예상하지 못했다. 신시아는 레이건이 마지막으로 통화할 때 자신에게 소리를 질렀던 것에 대해 사과하기를 기다리고 있었다. 그리고 딥페이크 영상에 대해서도. 그리고 멋대로 텔레비전에 나와 그녀를 곤란하게 한 것도. 그리고, 그리고, 그리고.

레이건은 처음으로 엄마와 관계없이 자신의 삶을 사는 것은 어떨지 상상하기 시작했다.

아무와도 대화를 나누지 않고, 뉴스도 인터넷도 없이 이틀을 보내자 머릿속에서 날카롭게 울리던 소리가 낮게 웅웅대는 소리로 잦아들었다. 티베트 승려들은 프랑스 알프스 지역에서 침묵 명상에 매진하는 기간을 '3년, 3개월, 3일 수행'이라 부른다. 레이건은 어떻게 사람이 그렇게 오랜 시간 동안 타인에게서 스스로

격리되어 지낼 수 있는지 궁금했다. 하지만 이제는 그 이유가 이해되기 시작했다.

화요일 오후 늦게 그녀가 부엌에서 샤워 도우에 베지마이트 잼을 바르고 있는데 전화벨이 울렸다. 별장 유선전화는 아무 곳에도 번호가 등록되어 있지 않았다. 그리고 레이건은 딱 두 명에게만 그 번호를 알려주었다.

"레이건 씨." 론스키가 말했다. 그녀의 걸걸한 목소리에 레이건은 수화기를 꽉 쥐었다. "본론만 얘기하겠습니다. 컴퓨터에 있던 사진 몇 장을 제외하고 엘리아스 와일러가 살인 사건과 직접적으로 연관되어 있다는 증거를 발견할 수 없었습니다. 세 건 중 두 건에 대해서 해당 시간대에 확실한 알리바이가 있고요."

브로큰 만에 도착한 이후 많이 줄어들었던 스트레스가 그녀를 강타했다. 그녀는 수화기를 들지 않은 쪽 손으로 검정 귀걸이를 비틀며 귓불을 만지작거렸다. "그게 무슨 말이죠? 그 사람이 풀려나는 건가요?"

"물론 그건 아닙니다." 론스키가 말했다. "여러 사기 혐의는 물론 다른 중범죄 혐의로 기소할 증거가 충분합니다. 주로 랜섬웨어를 활용한 온라인 사기 행위 다수를 통해 수입을 얻고 있었던 것으로 보입니다. 조사는 계속 진행 중이고, 보석도 기각되었습니다."

"그러면…" 레이건은 브라이스가 어떤 사람인지에 대한 이해를 두 번째로 무너뜨리고 다시 세우느라 분투했다. "달리아 살인범이 누군지 모르신다는 말씀이네요."

"그래서 전화 드린 겁니다. 사건과 관련해 세간의 이목을 끌고 계신 것을 생각하면, 지금 단계에서 범인이 레이건 씨를 표적으로 삼을 가능성은 크지 않다고 보고 있습니다. 하지만 조심해서 나

뺄 것은 없으니까요. 지금 계신 곳은 안전하다고 느끼십니까?"

창밖으로 뾰족하게 뻗은 육지 너머에서 바다가 소용돌이치는 것이 보였다. "제가 있는 곳은 형사님과 새아버지 그리고 민 리샤스밖에 몰라요."

론스키가 순찰차를 보내겠다고 했지만, 레이건은 거절했다.

그녀는 가방을 하나만 가져왔고, 짐도 거의 풀지 않았다. '테리는 곧바로 바닷가 별장에 가 있으라고 했지. 수상할 정도로 반응이 빨랐어.'

그리고 만약 테리가 아무런 관련이 없다고 해도, 인터넷에서 그녀의 엄마를 찾아내고 부동산 기록을 확인하는 것은 그리 어려울 것 같지 않았다.

레이건은 집안을 빠르게 돌아다니며 옷가지와 책 한 권, 칫솔을 집어 들었다. 가방을 트렁크에 넣고 차 키를 손에 쥔 채 차 옆에 섰다. 당장 운전대를 잡고 바이런이나 브리즈번으로 가서 공항밖에 차를 버리고 나미비아행 비행기를 탈 수도 있을 것이다. 인생은 난장판이 되겠지만, 신용카드만 다시 쓸 수 있게 되면 최소한 1500년 된 웰위치아 앞에 서 볼 기회가 생길 것이다.

막 떠나려던 차에 정원을 언뜻 쳐다보니 그녀가 작은 묘목부터 지금까지 키워 온 식물들이 눈에 들어왔다. 릴리에서 유일하게 남은 식물들이었다. 그대로 두면 화분 속에서 점점 뜨거워지다가 며칠 안에 바짝 말라 죽을 것이다. 하지만 땅에 옮겨 심고 물을 충분히 주면 살아남을 수도 있다.

몇 시간이면 끝날 일이었다. 어두워지기 전에는 고속도로를 달리고 있을 것이다.

레이건은 릴리가 처음 문을 열기 전날, 가게와 온실을 정리하는 데 걸리는 시간을 너무 적게 잡아 아주 급하게 일해야 했던 때보다 더 빠르게 움직였다. 그런데도 그녀가 정원 장갑과 원예 도구들을 손수레에 던져 넣고 울퉁불퉁한 풀밭에서 걸어 나왔을 무렵에는 이미 달조차 없는 캄캄한 밤하늘이 어스름히 내려앉은 땅거미를 흔적도 없이 집어삼킨 뒤였다.

적어도 30분 전에 그만두었어야 했다. 물건을 창고 안에 다시 집어넣기엔 주변이 너무 어두워 손수레를 문 옆에 끌어다 놓고, 불을 하나라도 켜 두었길 바라며 별장으로 향했다. 빨리 샤워하고 나와서 북쪽, 아마도 코프스 쪽으로 운전해 갈 생각이었다. 아니면 내륙으로 틀어 아미데일에 가도 된다.

"레이건!" 별장 근처에서 목소리가 들렸다. "레이건, 거기 있어요?"

남자였고, 분명 들어본 적 있는 목소리였지만 어둠 속이라 갈피를 잡을 수 없었던 레이건은 누구인지 생각나지 않았다. "죄송한데 누구시죠?"

"민이 병원에 있어요. 당신을 찾아요." 오웬이 거칠게 숨을 헐떡이며 말했다. 차에서부터 달려온 것 같았다.

"네? 무슨 일 있었어요?" 끔찍한 상상들이 순식간에 머릿속을 스쳤다. "설마 살인범이 그랬어요?"

"가면서 설명할게요." 오웬이 그녀의 팔 위쪽을 꽉 잡았고 함께 별장 앞쪽으로 급히 걸어가다가 레이건이 나무뿌리에 발이 걸려 비틀거렸다.

"휴대폰에 손전등 기능 있어요?" 레이건이 물었다. "앞이 안보여서—"

"민한테 알려주신 번호로 전화했었는데, 아무도 안 받더라고요."

"민은 괜찮나요?" 후회가 무수한 파편처럼 가슴에 박혔다. 레이건은 민에게 자신이 그녀를 얼마나 많이 사랑하는지, 자신의 인생에서 그녀가 얼마나 중요한 사람인지 말해주지 못했다. 그녀가 안을 때마다, 따뜻한 손길로 위로할 때마다 어색함에 뻣뻣하게 굴었던 것이 다였다.

"왜 민 옆에 있지 않고 여기까지 왔어요? 병원에는 어머니가 함께 계신가요?"

레이건이 빨리 걸으려다 또 발을 헛디디자 오웬은 그녀가 넘어지지 않도록 손에 더 힘을 주었다.

별장 앞에 도착했다. 레이건의 홀덴이 차고 옆에 주차되어 있었다. 그리고 그 뒤에는 누가 봐도 렉서스가 아닌 검은 차가 있었다.

"차는 어딨어요?" 머릿속 깊은 곳에서 본능적으로 경고가 울렸다. 처음 보는 차였다. 그녀는 발걸음을 늦추며 자신의 팔을 더욱 꽉 잡는 그의 손을 뿌리치려 했다. "오웬?"

"내 차를 왜 타겠어요?" 그가 차가운 목소리로 말했다.

레이건은 혼란스러웠고, 공포에 사로잡혔다. 민에게 가서 그녀를 도와야 했지만, 오웬의 이해할 수 없는 말과 이상하게 행동에 생각이 정리되지 않았다.

"이거 놔요, 아파요—"

무언가가 순식간에 그녀를 공격했다. 움찔했지만 피할 수 없었다. 엄청난 충격이 전해지면서 그녀가 앞으로 고꾸라졌다. 몸이 아래로 힘없이 쓰러지는 것을 마지막 기억으로 그녀는 정신을 잃었다.

48

레이건은 머리가 깨질 듯한 두통을 느끼며 깨어났다. 그녀는 등을 대고 누운 채로 올록볼록한 노란색 방음 폼으로 덮인 천장에 일렬로 늘어선 하얀 조명을 올려다보고 있었다. 딱딱한 바닥이 어깨뼈와 엉덩이를 짓눌렀다.

그녀는 일어나 앉으려고 했지만 팔다리가 말을 듣지 않았다. 아니, 그게 아니었다. 몸에 양팔을 딱 붙인 채로 어깨와 엉덩이, 종아리가 단단한 가죽끈으로 고정되어 있었다.

먹먹한 귀에는 소리가 파도처럼 밀려났다 밀려오듯 들렸다. 공기 중에 화학 약품처럼 톡 쏘는 냄새가 났고, 입에서는 피 맛이 났다. 비릿한 맛이 냄새와 섞이자 메스꺼워졌다.

한쪽 귀에서 무슨 소리가 들렸다. 누군가가 그녀와 같은 방 안에서 중얼거리며 돌아다니고 있었다.

"…만약에 그 사람이 입을 열면, 다 밝히려고 하면…"

'오웬?' 레이건은 말을 하려고 했지만, 혀가 무겁게 느껴졌다. 그녀는 고개를 돌렸다. 머리를 움직이자 관자놀이부터 엄청난 고통이 찌르르 번졌다.

거대한 금속 캐비닛이 흰 벽 한 면을 가득 메웠다. 그녀는 이곳이 어디인지 알 수 없었다. 오웬이 서랍을 당겨 열고 있었지만, 민의 집에서 이런 방을 본 적은 없었다.

삼각대 위에 큰 검정 카메라가 있고, 그 뒤로 시드니 달리아 피해자들의 사진이 미술관처럼 벽을 덮고 있었다. 어떤 사진에는 가장자리에 턱이 있는 스테인리스 탁자 위에 여자들이 묶여 있고, 그 아래에 양동이가 놓여 있었다.

레이건은 손가락을 최대한 멀리 뻗어보았다. 아래의 매끄러운 금속 표면이 갑자기 위로 꺾였다. 그녀가 묶인 탁자에도 턱이 있었다. 액체가 쏟아지지 않도록 막는 용도인 것 같았다.

손가락에는 아무것도 잡히지 않았다. 그녀는 캑캑거리며 고개를 들어보려 했지만 잠깐 들린 머리는 다시 탁자 위로 떨어졌다. 오웬이 보이지 않았다.

"오웬?" 레이건이 꺽꺽대는 소리로 그를 불렀다.

"이제야 일어난 건가?" 그의 목소리에 혐오의 빛이 담겨 있었다.

그녀의 눈꺼풀이 푹 가라앉아 앞이 보이지 않았다. 눈꺼풀이 이토록 무겁게 느껴진 것은 처음이었다.

셔츠를 당기는 느낌과 함께 날카로운 가위 날이 쓱 다가왔다. 레이건은 힘겹게 눈을 뜨고 가까스로 탁자에서 머리를 살짝 들어 올렸다. 오웬이 그녀의 청바지를 잘라내고 있었다.

"대체…?"

"넌 여기 수다나 떨러 온 게 아니야."

"지금 무슨 말을…" 목이 잠겨 쉰 소리가 나왔다. 혀가 붓고 입에서 피가 흐르고 있었다. 바닷가 별장에서 맞았을 때 혀를 깨문 것이 분명했다.

그녀가 부상을 입어서 오웬이 도와주는 것이다. 가죽끈은 그녀가 더 다치지 않도록 매어 놓은 것이다. 레이건은 명백한 현실을 외면하며 다른 설명을 찾으려고 애썼다.

그가 잘라낸 청바지 조각을 치웠다. 다리에 찬 공기가 닿자 더욱 정신이 들었다.

오웬은 그녀를 돕는 것이 아니었다.

그는 청바지의 다른 쪽 다리를 가르고 셔츠까지 잘랐다. 먼지 하나 없는 콘크리트 바닥에 가위를 쨍그랑하고 던진 뒤 너덜너덜해진 셔츠를 손으로 뜯자, 소름 끼치는 소리와 함께 셔츠가 찢어져 나갔다. 그는 눈을 이리저리 굴리며 방안을 둘러보면서 셔츠를 완전히 벗기려고 소매를 세게 잡아당겼고, 찢어진 천이 그녀의 팔을 벨 것처럼 파고들었다.

오웬이 이럴 리 없었다. 그는 행복한 결혼 생활을 하고 있었으며, 예쁜 아이들과 좋은 직장이 있었다.

그녀는 몸을 굽혀 일어나려고 안간힘을 썼지만 가죽끈은 풀리지 않았다.

"가만히 있어!" 오웬이 재빨리 팔을 뒤로 뺐다. 짧은 칼날이 번득이더니 어느새 그녀에게 달려들어 어깨에 깊숙이 박혔다. 세게 얻어맞은 것 같은 충격에 이어 타는 듯한 통증이 느껴졌다. 숨이 턱 막혔다.

오웬이 칼날을 비틀며 몸을 숙여 얼굴을 그녀에게 가까이 가져다 댔다.

"네가 다 망쳤어."

레이건이 얼굴을 돌리려 했지만, 그는 그녀의 턱을 잡아 엄지손가락과 다른 손가락들로 꽉 눌렀다. 그리고 칼을 뽑아 바닥에 떨어뜨리고는 그녀의 얼굴을 놓아주고 머리를 쓰다듬었다. 오웬이 어깨의 상처 주변을 손가락 끝으로 둥글게 문지르며 피를 묻혔다. 그러더니 갑자기 손가락을 상처 속으로 집어넣어 후벼 팠다.

그녀가 날카로운 비명을 질렀다.

"넌 너무 위험해서 활용할 수가 없어." 그는 손끝으로 어깨 살갗을 더 깊숙이 파고들었다. 레이건의 시야가 흐릿해졌다. "펄 비치에서 네 내장을 꺼내 거기 두고 올까 생각도 했지."

그때 끔찍한 깨달음이 온몸을 휩쌌다.

민. 바닷가 별장 주소를 민에게 알려 줬었다.

그리고 오웬이 이러고 있다는 것은… 민은 이미 죽었을지도 모른다. 그는 민을 먼저 죽였을 것이다. 그녀를 살려두는 것은 너무 큰 위험이었다. 너무 똑똑하니까. 가장 친한 친구가 죽었다고 생각하니 어깨에서 느껴지는 통증이 더 나았다고 느껴질 만큼 고통스러웠다. 눈물이 눈을 찔렀다.

하지만 오웬이 달리아 살인범일 수는 없었다. 마지막으로 그를 봤을 때, 그는 대시엘의 생일 파티에서 메이지와 놀아주고 있었다.

"아, 나였어. 엘리아스한테 네 이름을 넘긴 게 나야."

상처가 점점 고통스러워지면서 생각에 집중할 수 없었고, 이내 괴로움이 모든 것을 압도하며 귀에서 울리는 소리만 커졌다 작아졌다 했다. 잘못 들은 건가? 엘리아스라면… 브라이스? 오웬이 브라이스와 무슨 상관이지?

아이들은 어떻게 됐으며, 현숙은 어떻게 됐을까? 오웬이 정말 민을 살해했다면… 민이 아무렇지 않게 사용하던 끔찍한 표현 중 그 같은 경우를 가리키는 말이 있었다. '가족 학살범'.

"나는 '브라이스'가 널 좀 괴롭혀주길 바랐어. 사실 작년에 그랬으면 했지. 타이밍이 썩 이상적였던 건 아니었지만, 그래도 꽤 만족스럽더군. 네가 그렇게 정신 나간 사이코가 될 줄은 몰랐거든."

오웬은 그녀의 어깨에서 피투성이가 된 손가락을 뽑아내 그녀의 볼에 문질러 닦았다. 레이건이 고개를 돌려 그의 손가락 끝을 깨물려고 했지만, 피에 미끄러지면서 딱 하고 이가 부딪치는 소리만 났다.

그가 그녀의 뺨을 철썩 때리자, 그 충격으로 고개가 휙 돌아갔다. 귀걸이 침이 피부에 상처를 내면서 그 작은 순간의 통증이 다른 고통을 잠시나마 잊게 했다.

"넌 정말 그 여자랑 똑같이 생겼어." 오웬은 묘한 불안감을 담은 눈으로 그녀를 뚫어지게 응시했다.

'그 여자? 누굴 얘기하는 거지?'

그때 오웬 뒤에 있는 벽에 붙어 있는 것이 레이건의 눈에 들어왔다. 바로 엘리자베스 쇼트의 사진이었다. 블랙 달리아였다.

"나는 그 여자한테 완전히 사로잡혀서 몇 년 동안 계속 그 여자 생각만 했어. 그런데 네가 나타났고, 그녀가 내 삶 속으로 들어온 것 같았지. 그때 깨달았어. 내가 해야만 한다는 걸 깨달은 거야."

금속의 차가운 느낌이 레이건의 배꼽에 닿았다.

"나는 정말 원했는데, 내가 원하는 만큼 오히려 널 사용하지 못했어. 넌 너무 가까웠으니까. 위험이 너무 컸어."

어깨의 고통이 최고조로 치솟았다. 그녀는 소리를 내지 않으려

이를 악물고 참았다. 그가 하는 말도 귀에 들어오지 않았다.

"그래서 대신 첫 번째 걸 네가 볼 수 있는 곳에 남겨뒀지. 네가 그 골목길로 지나갈 걸 알았거든. 난 너에 대해 모르는 게 없어." 오웬은 수술용 칼처럼 생긴 것을 집어 들고 그녀 위에 서 있었다. "네 대장을 통째로 들어내는 동안 널 계속 살려둘 수도 있어. 그렇게 어렵지도 않아. 돼지한테 해봤거든."

'난 여기서 죽는 건가.'

"분명히 말해두는데 난 그런 취미는 없어. 그런 걸로 흥분하는 스타일은 아니라서. 하지만 네가 스스로 존나 똑똑한 년이라 생각하는 것 같으니, 너한테만 예외를 둘까 해."

'나도 누군가에게 시체로 발견되겠지.'

"네가 자초한 거야. 엘리아스를 노출시키고, 그 사람이 일구어 낸 모든 걸 파괴했으니. 엘리아스는 정말 대단한 사람이었는데 너 때문에 감옥에 갇힌 신세가 됐다고."

필리핀 정글에 사는 육식식물은 개구리나 작은 생쥐부터 큰 쥐까지 유인할 수 있는 달콤한 꿀과 같은 액체를 분비한다. 먹잇감들은 맛있는 간식을 기대하며 액체로 가득한 항아리 모양의 잎 안으로 미끄러져 들어갔다가 미끌미끌한 벽을 기어 올라가지 못해 몸부림치게 된다. 그러나 그때는 늦었다. 산성 액체가 이미 그들을 산채로 분해하기 시작했기 때문이다.

레이건은 이 네펜데스 아텐보로이에 관해 여러 번 읽어봤다. 하지만 자신이 쥐의 처지가 될 거라고는 한 번도 생각해본 적 없었다.

"그리고 이제 난 아무도 찾지 못할 곳에 널 처리해야 해. 쓰레기장이 어떨까 싶은데. 잘게 썰어서 나무통에 넣고 콘크리트를 부어 뚜껑을 닫는 거지. 맞아, 그렇게 해서 집 아래에 그대로 둬도 되겠군. 널 여기로 찾으러 오는 사람은 없을 테니까. 존나 아까워. 너라면 정말 훌륭한 캔버스가 됐을 텐데."

처음 만났을 때부터, 레이건은 오웬을 볼 때마다 본능적인 경고가 느껴져서 묘하게 마음이 불편했다. 하지만 그저 그가 민의 가치를 충분히 알아보지 못해서 그런 것으로 생각했었다. 이런 일은 상상조차 하지 못했다.

"오웬?" 멀리서 문 경첩이 끼익하고 열리는 소리와 함께 익숙한 다정한 목소리가 들려왔다. "레이건?"

그녀는 발소리가 들리는 쪽으로 힘겹게 머리를 돌렸다.

민이었다. 민이 살아 있었다. 빛이 반사되어 반짝이는 로즈골드 색 핸드백을 들고 방에 들어오는 그녀의 모습이 저 멀리 또렷이 보였다. 이제 민이 도와줄 것이다. 민이—

그때 끔찍한 생각이 머릿속을 관통했다.

민이 오웬에게 그녀가 있는 곳을 알려준 거라면?

민은 그녀를 구하러 온 게 아니다.

민도 한패였다.

49

민을 보았을 때 레이건이 느낀 고통은 이전과 차원이 달랐다.

그녀는 민을 믿었다. 그러나 민은 가학적인 살인마에게 그녀의 위치를 알려 주었다.

민이 수사 진행 상황을 궁금해 하고, 사건 내용을 책으로 쓰고 싶어 했던 것도 당연했다. 그녀는 오웬을 보호하고 있던 것이다. 심지어 그를 돕고 있었을지도 모른다.

도버 하이츠 범죄 현장에서 민이 흥분을 애써 감추려고 했던 것도 모두 알고 있었기 때문이었다. 그녀는 그 순간을 기다리고 있었다. 레이건에게 발모랄에서 그들과 함께 지내자고 끈질기게 설득한 것도 이런 이유에서였을까? 민은 내내 계획을 세우고 있었던 것이다.

레이건의 귀에서 울리는 소리가 점점 커졌고, 머리가 지끈거렸다. 저항하려는 의지도 사그라들었다. 그녀는 질척거리는 검은 수

령으로 가라앉고 있었다. 방안의 불빛이 어두워졌다. 누가 불을 껐을 수도 있다.

타는 듯한 엄청난 통증의 파도가 몰아쳤다가 서서히 물러갔다. 지금의 고통에 이르기까지 끊임없이 이어졌던 일련의 괴로웠던 순간들이 차례로 떠올랐다. 시작은 어린 시절 가장 친했던 친구 브룩의 배신, 그리고 그녀를 비웃던 브룩의 눈빛이었다. '어린애처럼 굴지 마. 네가 너무 겁쟁이라 주소를 그에게 말하지 못하는 것 같길래 내가 대신 말해준 것뿐이야.' 그녀를 비난하던 신시아의 잔뜩 화가 난 표정도 생각났다. '네 아빠가 돌아가신 후로 난 널 먹여 살리려고 뼈가 가루가 되도록 일했는데, 네가 무슨 짓을 저질렀는지 좀 봐!' 경찰의 지겨워하는 표정도 있었다. '그냥 앞으로 인터넷을 쓰지 않으면 됩니다.' 레이건은 사과를 받아야 했지만, 아무 말도 못 하고 그들의 비난을 받아들였다.

그리고 민. 민은 레이건의 신뢰를 얻기 위해 열심히 노력했다. 신뢰를 많이 쌓은 사람일수록 상대에게 더 큰 고통을 줄 수 있다. 브라이스가 그녀의 삶에 끼어들어 그녀에게 없어서는 안 될 존재가 되고자 했던 것도 그 때문이었다. 힘든 상황에서 자연스레 그의 도움을 바라고, 그와의 관계에 빠져들면서 그녀는 브라이스를 사랑한다고 생각했고, 그는 그녀에게 더 깊은 상처를 남길 수 있었다.

오웬은 잔혹하고 칼을 들었지만, 육체적 고통밖에 줄 수 없었다. 그런 면에서 오웬은 약했다. 브라이스보다도 약하고, 그녀의 가슴을 뚫고 영혼까지 파고드는 강렬한 고통을 준 민보다 훨씬 약했다.

'이제 그만 끝내줘.'

아무리 숨고 피해도 결국 믿었던 사람들이 그녀를 배신하는 잔인한 세상에서 더 살 이유가 없었다.

휙휙 몸을 움직이는 소리가 그녀를 깨웠다. 레이건은 강한 조명 아래 억지로 눈을 뜨고 고개를 돌렸다. 민과 오웬이 끌어안고 있었다. 아니면 춤을 추는 건가? 시야가 너무 흐릿해서 알 수 없었다.

귀가 울리고 생각이 어지러웠다. 그 둘은 레이건의 죽음을 축하하고 있었다.

민이 주저앉았다. 추상 예술 작품처럼 그녀 뒤의 벽에 붉은 얼룩이 튀었다. 오웬이 그녀를 바라보며 우뚝 서 있었다.

'잠깐.'

오웬이 민을 공격했나? 민도 배신한 건가?

레이건은 민을 부르려고 했지만, 혀가 움직이지 않았고, 입도 떨어지지 않았다. 그녀의 귀에서 울리는 소리는 이제 귀청이 떨어질 것 같이 크게 들렸다.

어쩌면 세상의 진리는 우리가 어떤 행동을 했는지, 상대에게 어떤 존재였는지와 관계없이 결국 모두에게 배신당하게 된다는 것일지도 모른다.

캄캄한 어둠이 덮쳐왔고, 레이건은 암흑 속으로 흘러 들어가도록 몸을 맡겼다. 고통의 가장자리가 무뎌졌다.

크리스탈에게 일어난 일이 바로 이것이었다. 그녀도 정확히 여기, 이 탁자 위에 있었다. 레이건이 그녀의 시체를 발견했듯, 누군가가 레이건의 시체를 발견할 것이다. 레이건은 그 사람이 옆에서 따오기들을 쫓아내고 개들이 오지 못하게 막아주길 바랐다. 그녀가 크리스탈과 함께 있어 줬어야 했던 것처럼.

무언가 탁자에 탕 부딪혔다. 레이건은 아드레날린이 솟구쳤다.

귀에서 울림이 사라지고 방에서 나는 소리가 점점 분명하게 들렸다. 방이 빛나는 것처럼 느껴질 정도로 조명이 밝았지만 눈의 초점을 잡으려고 애썼다.

민이 바닥에 쓰러져 있었다.

분노가 끓어오른 표정의 오웬이 레이건 위에 섰다. 그녀는 한껏 힘을 주어 몸을 일으키려고 했다. 가죽끈이 당겨지며 탁자가 흔들렸다. 민은 머리와 다리를 어색한 각도로 뻗고 이상한 자세로 누워있었다.

무언가 잘못됐다.

스위치가 딸각하고 켜진 것처럼 레이건은 고통에 휩싸였다. 그녀는 온몸으로 분노를 느꼈다.

오웬이 그녀를 향해 몸을 숙였다. 그녀는 아드레날린이 팔다리 끝까지 타올라 내면에 감추고 있던 짐승이 풀려난 것처럼 안간힘을 쓰며 묶인 끈을 풀려고 발버둥 쳤다.

"다 네 잘못이야!" 오웬이 고함을 치자 그녀는 더욱 거세게 몸부림쳤다. 탁자가 움직이는 것이 느껴졌다. 레이건이 기세를 몰아 몸을 크게 들썩이자 순간 세상이 뒤집히는 느낌이 들면서 그녀와 탁자가 바닥으로 쾅하고 넘어졌다.

손이 닿을만한 거리에 피 묻은 칼이 떨어져 있었고, 그녀는 단단한 칼 손잡이를 움켜쥐었다. 끈을 자르려고 버둥거려 보았지만, 각도가 맞지 않았다.

오웬은 알아들을 수 없는 욕설을 퍼부으며 그녀의 팔을 발로 찼다.

발로 차이는 것은 아무것도 아닌 것처럼 느껴졌다. 그녀는 무방비하게 가만히 서 있는 그의 다른 쪽 발에 집중했다. 그리고 손을 뻗어 캔버스 신발 위로 칼을 꽂아 넣었다.

그가 소리를 지르며 털썩 무릎을 꿇었다.

레이건이 칼을 뽑자 오웬이 그녀의 손에서 칼을 낚아채려 했지만, 그는 레이건에게 너무 가까이 몸을 기울인 것을 간과했다. 종아리를 벨 수 있을 만큼 거리가 좁혀지자, 그녀는 쥐고 있던 칼로 그의 바지를 찢으며 발목 부분을 찌른 뒤 다리 근육을 따라 쭉 끌어당겼고, 그의 다리를 가르던 칼날은 바지 천에 걸려서 멈췄다. 그녀의 귓가에 피가 폭풍처럼 쏟아졌다.

오웬이 그녀의 손목을 잡고 힘이 빠질 때까지 꽉 쥐어서 인대가 끊어지거나 뼈가 부러진 것 같았다. 그러나 그녀는 아픔을 참으며 칼을 더 깊숙이 밀어 넣었다. 그가 소리를 지르며 양손으로 그녀의 손목을 잡았다. 칼을 잡은 손에 어찌나 힘을 주었던지 마침내 그가 레이건의 팔을 떼어냈을 때 그녀의 손가락이 저릴 정도였다.

오웬이 다리에서 칼을 비틀어 뽑았다. 선명한 피가 솟구치며 그의 바지를 적셨다. 그가 벌떡 일어나 그녀를 다시 발로 찼지만, 이내 다리의 고통을 이기지 못해 무릎을 꿇으며 떨리는 손으로 그녀에게 칼을 겨누었다.

"씨발 이 쓸모없는 년이." 그가 쉭쉭거리며 말했다. 오웬이 피로 물든 칼을 그녀에게 휘둘렀다.

레이건은 몸을 움츠리려 했지만 탁자가 덜컹 흔들릴 뿐이었다.

칼을 피할 방법이 없었다.

'여기까진가…'

눈앞에 닥친 현실이 사무치게 와 닿았다. 마지막 숨을 쉬고 마지막 생각을 하면, 그다음은 어둠마저 없는 공허, 모든 것의 공허

밖에 남지 않을 것이다.

문득 엄마와 엄마의 두려움이 떠올랐다. 신시아의 삶은 모든 것이 두려움과 사소한 것들에서 비롯되었다. 이제 마지막으로 숨을 들이쉬고 있다고 믿는 이 순간, 엄마가 그저 자신과 자신의 아이를 무자비하게 끓고 있는 세상으로부터 보호하고 싶었던 흠 많고 상처 입은 존재였으며, 첫 남편을 잃은 슬픔 때문에 작아져 아이를 미처 충분히 돌보지 못한 존재였을 뿐이라는 생각이 들었다.

그녀는 입에 피가 가득 차서 콘크리트 바닥 위에 놓인 금속 탁자에 묶인 채 속옷 차림으로 죽을 것이다. 그녀는 엄마를 용서할 수 있었다. 그리고 브라이스를 믿은 자신을 용서할 수 있었다.

칼이 그녀를 향해 다가왔다.

50

레이건이 눈을 뜨자 뒤에서 누군가 움직이는 것이 흐릿하게 보였다.

손에 칼을 쥔 오웬이 신음하며 바닥에 쿵 쓰러졌다.

흐리게 보이던 것은 크고 무거워 보이는 금속 조각을 휘두르는 민이었다. 그녀는 오웬을 한 번 더 내리쳤고 그는 의식을 잃었다. 그의 다리에서 스며 나온 피가 레이건 쪽으로 흘렀다. 레이건은 몸을 꿈지럭거렸지만, 가죽끈은 여전히 뒤집힌 탁자에 단단히 묶여 풀리지 않았다.

"이런 미친, 레이건." 민의 이마에 베인 상처에서 피가 흘러내리고 있었다. 얼굴은 반쯤 부어오르고, 입술이 터져 있었으며, 눈을 크게 뜨고 입을 벌린 채 충격으로 멍한 표정을 지었다.

만약 이것이 연기라면 더할 나위 없이 훌륭했다.

"일어나게 도와줘." 레이건이 말했다.

민이 절뚝거리며 다가왔다.

그녀는 탁자를 다시 세우려고 애썼지만, 한쪽으로 기울어 있는데다 무거웠다. 민이 탁자를 넘어가 레이건의 손을 묶은 끈을 잡아당겼다. "젠장, 버클이 이 아래 껴 있어."

"나 움직일 수가 없어, 끈이 너무 꽉 조여."

"잠시만, 기다려봐. 됐다."

레이건의 손이 풀려났다. 피가 다시 돌면서 손가락이 저렸다.

"다른 버클은 못 풀겠어." 민이 어쩔 줄 모르는 목소리로 말했다. "탁자에 완전 깔려 있어."

"민, 여기, 여기 너희 집 아니지?"

"오웬 어머니 집이야. 크로이던에 있는. 작년에 돌아가셨나?" 민은 마치 '기억나지?'하고 묻는 것 같은 억양으로 말했다. 레이건은 민이 장례식에서 신을 신발을 함께 사러 가서 그녀가 검정 펌프스 구두를 신어보는 동안 대시엘의 유모차를 흔들어 주었었다.

'크로이던⋯.' 레이건이 손가락을 쫙 펴자 저리는 느낌과 함께 감각이 더 돌아왔다. 가슴과 다리는 여전히 탁자에 묶여 있어 허리 부분이 축 늘어졌다. 오웬이 짓눌렀던 오른쪽 손목이 끊어지듯 아팠다. 그녀는 왼손을 뻗어 그를 벴던 칼을 집었다.

"오웬은 나를 어떻게 찾은 거야?"

"널 찾았다고?"

"바닷가 별장에서." 피가 목구멍으로 넘어가 숨이 막힌 레이건이 격렬하게 기침했다.

"나는 그냥 네가 해안가에 있는 새아버지 집에서 머문다고만 했어." 민은 아직도 숨을 몰아쉬며 가죽끈을 잡아당기고 있었다. "어떻게 찾았는지는 모르겠어. 미안해. 이해가 잘 안 되는데, 정말 오웬이 거기 갔다고?"

레이건은 세부사항들이 흐려져 가는 느낌 속에서 생각을 정리하려고 애썼다. "근데 넌 여기서 뭐하는 거야? 어쩌다—""이해가 잘 안 되는데—"민이 같은 말을 반복했다.

"오웬이 같이 가자고 했어, 네가 병원에 있다면서."

"뭐?"

"크로이던…"갑자기 크로이던이라는 단어가 뇌리를 떠나지 않는 이유가 떠올랐다. 크로이던은 하버 브리지 너머 발모랄에 있는 민의 집과는 멀리 떨어진 이너웨스트 지역이었다. "넌 여기 어떻게 왔어? 왜…"

"씨발 지금 뭐하는 거야?"오웬이 한 손을 머리에 대며 자리에서 일어났다.

"오웬, 앉아 있어, 저쪽에. 다쳤잖아. 내가 도움을 청해 볼게."민이 말했다. 레이건은 탁자에 가려 그녀가 보이지 않았다. 민도 일어선 것 같았다.

'민은 대체 무슨 생각이지? 젠장!' 레이건은 칼을 들어 어깨를 고정하고 있는 끈을 자르려고 했다. 하지만 피로 미끄러운 손잡이를 잡기조차 힘들었고, 두꺼운 가죽에 칼날이 잘 들지 않았다.

"날 도왔어야지!"오웬이 그들을 향해 쏜살같이 다가왔다. 민이 탁자 위로 넘어지면서 발버둥을 치다가 맨발로 레이건의 턱을 찼다.

오웬이 그녀의 머리채를 붙잡았다. "넌 날 도왔어야지!"

레이건은 머리가 지끈거리고 방안이 빙빙 도는 것 같았다. 대체 무슨 말을 하는 거지?

민이 오웬과 한통속이었다면, 왜 그녀를 풀어주려 했겠는가? 자기 흔적을 덮으려고 했을 수도 있다. 민은 경찰을 속일 방법을 알고 있으니까.

그렇다면 왜 레이건을 그냥 죽이지 않았을까?

그녀는 칼날이 미끄러지고 손가락 마디에 상처가 나면서도 맹렬한 기세로 톱질하듯 끈을 베었다. 가죽이 점점 찢어지기 시작하더니 그녀의 무게를 이기지 못하고 끊어지며 상반신이 풀려났다.

"같이 해결할 수 있어." 오웬은 거친 목소리로 말했다. "아무도 알 필요 없잖아. 나무통 몇 개 가져다가 저 여자를 오늘 처리하면 돼. 엘리아스는 똑똑하니까 입만 잘 다물고 있어 주면 내가 연관될 일도 없어."

그는 아직도 민의 머리채를 잡고 있었고, 민은 발끝으로 서서 오웬의 손을 할퀴며 몸을 뒤틀고 있었다. "이거 놔! 그만! 그만해!" 한 마디 한 마디에 공포가 느껴졌다.

레이건은 몸을 옆으로 돌려 무릎 아래를 묶은 끈을 향해 달려들었다. 그때 오웬이 민을 레이건 쪽으로 끌고 와 피가 뚝뚝 흐르는 다리로 핏방울을 튀기며 그녀의 손을 찼다. 손에 들고 있던 칼이 멀리 튕겨 나갔다.

"민, 이 여자가 지금 뭐하는지 보이지? 우리 가족을 망치려 하고 있잖아. 니가 이년을 우리 삶에 끌어들인 걸 내가 바로잡으려고 하는 거야!"

다리를 풀어야 했다. 끈이 꽉 조여 종아리가 탁자에 눌렸지만, 다리를 조금씩 들썩이며 이리저리 돌릴 수 있었다. 레이건은 다리를 힘껏 들어 올렸다.

끈 아래에서 다리가 움직였다.

"병원부터 가자고!"

"그만 저항하라고 했지!"

그들이 서로 악을 쓰던 중 쿵 소리가 났다. 레이건이 발을 빼낸 그 순간, 오웬이 민의 머리를 벽에 찧었고 민은 바닥으로 쓰러졌다.

오웬이 알 수 없는 소리를 지르며 아직 일어나지 못한 레이건에게 돌진했다. 민은 머리가 이상한 각도로 기울어진 채 바닥에 축 늘어져 있었다. '설마 목이…' 오웬이 황소처럼 그녀를 들이받았다.

레이건은 눈을 감고 후회를 느끼며 몸을 축 늘어뜨렸다. 때론 거슬릴 때도 있었지만, 민은 자신만의 방식으로 진심 어린 사랑을 주었다. 하지만 레이건은 벽을 치고 그녀를 밀어냈다. 심지어 그녀가 자신을 배신했다고 생각했다.

레이건을 배신한 것은 그렇게 믿었던 자신이었다.

오웬이 그녀 위에 올라타 얼굴을 마구 때리자 고통에 정신을 차릴 수 없었다. 그는 지나치게 자신만만해서 방심하고 있었다. 자신은 가망이 없어도 민이 깨어나서 방을 나갈 정도의 시간을 벌어줄 수 있다면, 그래서 도움을 요청할 수 있다면….

그의 주먹이 잦아들었다. '그래.'

그가 그녀 위에서 내려가려고 몸을 일으켰다. '조금만 더.'

칼은 레이건의 손 아래 있었고, 그녀는 재빨리 그것을 쥐었다. 오웬은 여전히 무릎을 꿇은 자세로 자리에서 일어나는 중이었다. 그는 칼이 다가오는 것을 보지 못했다.

칼날이 그의 갈비뼈 아래로 손잡이까지 깊숙이 박혔다. 그 충격으로 몸이 옆으로 쓰러지며 거친 비명을 질렀다.

레이건은 빠르게 일어나 바닥에 흥건한 피에 미끄러지면서도 민을 향해 뛰어갔다. 핏물이 바닥의 배수구 쪽으로 흘렀다.

"민, 일어나!" 숨은 쉬고 있는 걸까? "네 휴대폰 어디 있어? 휴대폰!"

레이건의 눈에 오웬이 비틀거리며 일어나려고 하는 모습이 보였다.

민이 눈꺼풀을 파르르 떨며 알아들을 수 없는 소리를 냈다. 레이건은 한 손으로 그녀의 어깨를 잡고 흔들었다. 다른 손으로는 민의 주머니를 만져보려 했지만, 손목이 힘없이 흔들거렸다. '빌어먹을 휴대폰은 대체 어디 있는 거냐고?'

"일어나, 일어나 어서!" 그녀가 소리치자 민이 번쩍 눈을 떴다. 민은 급히 몸을 일으켰지만, 비틀거리며 다시 벽에 기댔고, 레이건이 그녀를 붙들었다. 레이건의 손이 민의 블레이저 주머니 안에 있어서 둘 다 중심을 잡기 어려웠다.

오웬이 소리를 질렀다. 그의 입에서는 피가 튀었다.

그는 칼을 들고 있었다. 옆구리에 박힌 날이 짧은 것이 아니라 빛을 받아 반짝이는 훨씬 크고 깨끗한 것이었다.

그는 빠르게 다가왔고, 이제 네 걸음 정도 남았다. 레이건이 어찌할 바를 몰라 공포에 질려 민을 붙잡았다.

오웬이 다리의 상처에서 계속 스며 나오고 있던 자신의 피로 미끄러지는 바닥을 밟자, 다리가 앞으로 쭉 미끄러지면서 두 팔이 들리고 칼이 날아갔다. 몸이 공중에서 휘어지며 순식간에 뒤집혔다.

금속 탁자의 튀어나온 모서리에 그의 뒤통수가 부딪히면서 마치 큰 식칼로 고기를 내려치는 것 같은 소리가 났다.

정적이 흐르며 천장 위 조명에서 나는 윙윙거리는 소리만이 침묵을 깨고 있었다. 레이건과 민은 어안이 벙벙해서 몸이 굳은 채 가만히 서 있었다. 오웬은 한쪽 팔을 머리 위로 들어 탁자에 걸치고 다리를 넓게 벌린 자세로 누운 채로 미동도 하지 않았다.

"민, 네 휴대폰—"

민이 먼저 몸을 움직여 오웬에게 달려가 무릎을 꿇고 그의 얼굴을 손으로 잡았다. "대체 무슨 짓을 한 거야?" 마지막은 거의 울부짖는 것처럼 들렸다. 그녀는 허리를 숙여 그의 가슴에 얼굴을 묻었다.

아드레날린이 사그라지면서 레이건의 어깨에서 타는 듯한 통증이 느껴졌다. 그녀는 몸을 떨며 숨을 헐떡이기 시작했고, 메스꺼움이 올라와 몸을 구부렸다. 통증은 갈비뼈를 통해 목과 팔로 퍼져 나갔다. 상처에서 피가 마르지 않고 계속해서 조금씩 흘러나왔다. 그녀는 바닥에 떨어져 있던 찢어진 셔츠를 뭉쳐 베인 어깨를 눌렀다.

탁자는 옆으로 쓰러져 있고, 구겨지고 끊어진 가죽끈 주변으로 피가 웅덩이를 이루고 있었다. 하얀 벽은 온통 핏자국이었고, 의자 위에는 폴라로이드 카메라가 놓여 있었다.

민이 흐느끼는 소리가 점차 진정되었고, 레이건은 이를 악물고 아픔을 참으며 절뚝절뚝 그녀를 향해 걸어갔다. 오웬이 다시 일어나지 않을까 경계하며 레이건이 민의 이름을 조용히 불렀다.

그녀가 왼손을 민의 어깨에 올렸다. 오른손은 힘이 들어가지 않고 감각이 없었다.

"휴대폰 어디 있어?"

"세 놓는다고 했어. 나한테 세를 놓는다고 했다고." 민이 천장을 가리키며 횡설수설 말을 쏟아냈다. "이 방을 방음 처리했었어. 어머니가 돌아가셨을 때, 임대하려면 공사를 해야 한다고 했거든. 다 계획하고 있었던 거야, 대체 어떻게 그러지? 어떻게 이런 일을 할 수 있냐고? 대시엘이 태어났을 때였는데. 그럴 리가 없어. 그리고 나는, 나는 못 봤는데…"

맞다. 오웬의 어머니는 대시엘이 태어나고 몇 주 지나지 않아 폐렴으로 돌아가셨다. 레이건은 민의 결혼식에서만 한 번 뵌 적 있었다.

그녀는 민이 자신을 어떻게 찾았으며, 어떻게 딱 맞춰 도착했는지 묻고 싶었다. 그러나 민은 충격에 빠져 입을 벌리고 벽에 피가 튀지 않은 부분을 멍하니 바라보고 있었다. 한쪽 눈이 부어서 떠지지 않았고, 보라색으로 부풀어 오른 얼굴도 점점 상태가 심해지고 있었다.

레이건은 마음을 굳게 먹고 오웬의 펼쳐진 팔로 손을 뻗어 손가락을 그의 손목에 댔다. 맥박이 없었다.

민은 그의 손을 양손으로 잡고 흔들었다. 그의 결혼반지에 피가 묻어 있었다.

"이제—" 통증이 밀려들며 레이건이 말을 하다말고 신음했다. "우리 이제 구급차 불러야 할 것 같아."

민이 방 한 구석을 응시하며 고개를 끄덕였다. 그녀는 오웬의 팔을 접어 손을 가슴 위에 올려두고 힘겹게 자리에서 일어났다. 신발 한 짝이 없었다. 레이건이 찾아보았지만 어디로 갔는지 알 수 없었다.

"계단 올라갈 수 있겠어?"

"계단?" 민이 물었다.

레이건은 그들이 지하에 있다고 생각했다. 블랙 달리아, 엘리자베스 쇼트는 거의 확실히 호델의 집 지하에서 살해당했을 것이다.

민이 다리를 절며 방을 가로질러 문을 열었다. 문 가장자리는 밀폐 처리가 되어 있었다. 통로 가운데 조명이 하나 달려 있고, 주방과 거실로 이어졌다. "여긴 침실이야."

레이건은 인상을 쓰고 벽에 피를 묻혀가며 몸을 기댔다. 뭔가 작은 물체가 팅 하고 마른 콘크리트 바닥에 떨어지는 소리가 났다. 검은 귀걸이 한쪽이 귀에서 떨어졌다. 귀걸이를 집어 든 그녀는 뒤 마개가 그대로 붙어 있는 것을 보았다. 귀걸이가 귓불을 찢은 것이다.

민이 몇 발짝 내딛다 혼란스러워하며 반쯤 돌아서며 머뭇거렸다. "이런, 레이건, 그 귀걸이 버려."

"뭐?" 레이건이 다른 쪽 귓불에 손을 올리며 긴장했다. 겨우 귀걸이를 뺐다. "죽은 여자 중 한 명이 갖고 있던 건 아니지?"

민은 겁에 질린 표정이었다. 그녀는 문 안쪽에 놓여 핸드백을 집어 안을 뒤적이며 조금 차분해진 목소리로 말했다. "네가 멀리 떠나있겠다고 했을 때 가모한테 사달라고 부탁한 거야. 그 안에 추적 장치가 들어있어. 진짜 비싼 거야."

레이건이 손가락으로 귀걸이를 어루만졌다.

"네가 너무 걱정됐고, 물론 과한 행동이었다는 건 알지만, 네 이름이 뉴스에 도배됐고, 근데 그것도 내 탓이고… 네가 귀걸이를 하지 않을 수도 있지만, 달리 뭘 해야 할지 모르겠어서."

민이 자신의 위치를 알고 있었다는 것에 말로 표현할 수 없는 안도감이 밀려와 레이건이 갑자기 울음을 터뜨렸다. 그녀는 민이 자신을 알고 있는 것이 좋았다.

그녀가 손목으로 코를 쓱 닦았다. "그래서 여기에…"

"네가 떠난 후로 계속 앱을 확인하고 있었어. 오늘 밤에 시드니로 다시 돌아오는 걸 보고 놀랐고. 그런데 이 주소에 있다고 나와서… 혹시 오웬이랑 바람이라도 피우고 있는 건가 하는 생각에…" 민은 어깨를 부들부들 떨며 손을 무릎 위에 올려놓고 말했다. "내 말은, 그건 아니지만, 오웬도 연락이 안 되고 예감이 안 좋았어."

레이건이 민의 어깨에 손을 얹은 채 말했다. "네가 날 구했어." 고요한 집안이 마치 집 밖의 세상은 모두 사라진 것처럼 불안하게 느껴졌다.

민이 숨을 몰아쉬며 몸을 격렬하게 떨기 시작했다. "오웬이 그랬을 리 없어, 그럴 수 없다고, 우리 결혼기념일도 다음 주인데, 부활절에는 피지에 가기로 했는데." 그녀가 한 손을 벽에 짚고 털썩 주저앉았다.

"민." 레이건이 목소리를 떨지 않으려 애쓰며 말했다. "우리 구급차 불러야 해."

"내 휴대폰…" 그녀가 레이건 쪽으로 핸드백을 밀었다. "난 못 찾겠어."

어깨의 벌어진 상처를 셔츠로 누르고 있던 팔로 레이건이 가방을 바닥에 뒤엎었다. 휴대폰이 튕겨 나오며 뒤집힌 채로 바닥에 떨어졌다.

뉴사우스웨일스 경찰 증거 JY2872901-2호
엘리아스 토마스 와일러(가명 브라이스 스튜어트, 아담 헐)와 오웬 샤스의 다이렉트 메시지에서 발췌.
오웬 샤스의 컴퓨터 하드 드라이브 포렌식 검사에서 복원함.

http://sanct626kufc4mhn92bb03.onion/DMs

2015년 5월 10일 [발신자 오웬]

생텀에 초대해주셔서 감사합니다. 남성들을 위한 집회 커뮤니티에서 늘 그 이상을 바라고 있었는데, 제 게시글들이 운영자님의 눈에 띄어 기쁩니다. 진행하시는 프로젝트가 놀랍더군요. 총을 들고 아무나 쏘는 남자들에 대해 하신 말씀에도 공감했습니다. 야만적이기만 하고 아무것도 이뤄내는 게 없죠. 운영자님이 여자들의 사회 장악을 저지하기 위해 벌이는 심리 전쟁이 훨씬 전략적이죠. 그리고 훨씬 흥미롭기도 하고요.

그런데 혹시 조지 호델에 대해 들어보신 적은 있으십니까?

2015년 5월 10일 [발신자 엘리아스]

저도 함께하게 되어 기쁩니다. 방금 호델에 관해 찾아봤습니다. 그래서 이 사람이 LA와 시카고에서 여자를 여럿 죽이고 샌프란시스코로 건너가서 조디악 킬러가 됐다는 건가요? 사실이라면 꽤 인상적이네요.

2015년 5월 11일 [발신자 오웬]

바로 그 점이 호델에 대해 가장 놀라운 부분입니다. 절대 잡히지 않았고, 적어도 공개적으로는 공을 인정받지도 않았어요. LA 경찰이 수사망을 좁혀오기 시작했을 때는 아마 뇌물을 주었던 것 같습니다. (당시엔 남자들만 경찰이 될 수 있었으니, 그들도 호델을 돕고 싶었겠죠.) 하지만 호델은 초반에 들였던 노력에서 교훈을 얻고 그 이후로는 자유롭게 활동했습니다. 한 번도 감옥에 가지 않았고, 풍요로운 삶을 살며 노년기까지 활동에 전념했습니다. 뜻을 품었던 것이죠.

2015년 9월 7일 [발신자 오웬]

타깃 6호 작업을 축하드립니다. 운영자님의 독창성은 보기만 해도 감탄스럽습니다. 여기서 조직하신 커뮤니티는 말할 것도 없고요. 다른 사이트들처럼 거품 물고 분노만 쏟아낼 줄 아는 미성숙한 모습은 찾아볼 수 없죠.

그리고 저도 제 나름의 작업을 진행 중이라는 말씀을 드릴 때가 된 것 같습니다. 준비 과정은 오래 걸리지만, 일을 할 때는 제대로 하는 걸 좋아해서요. 제가 다른 성향을 갖고 있었다면, 운영자님께서 하신 것처럼 뜻을 함께하는 사람들을 모아 커뮤니티를 만들고 성공을 나누었겠죠. 하지만 대신 저는 운영자님께서 유일한 목격자가 되어주셨으면 합니다.

2015년 9월 7일 [발신자 엘리아스]
관심이 가는 군요.

2015년 9월 7일 [발신자 오웬]
데니스 레이더에 대해서는 잘 알고 계십니까? 스스로 BTK라는 별명을 지은 건 다소 감상적이고 과장적이었지만, 흥미로운 사례라고 생각합니다. 그는 가족에 헌신하는 남편이자 아버지로 이중생활을 하면서 수십 년에 걸쳐 10명을 죽였습니다. 그가 몰락한 것은 명성을 떨치려 하다가 결국 잡혔기 때문이죠. 하지만 저는 그에게 자신의 작업을 공유할 곳이 있었다면 상황은 달랐을 거라 생각합니다.

여기서 아이러니는 그가 잡히지 않았다면 우리는 그의 가정생활에 대해 알 수 없었을 것이라는 점입니다. 그처럼 가족과 교회를 통해 효과적으로 본모습을 숨기고 활동하는 살인자들이 얼마나 많을까요?

레이더 이야기라면 몇 시간이고 할 수 있지만, 죽은 돼지를 해부해야 해서요. 돼지의 척추가 해부학적으로 인간의 척추와 매우 유사하다는 사실 알고 계신가요?

2015년 9월 8일 [발신자 엘리아스]

설마 '결혼'하실 생각이신 건 아니죠? 전 어떤 년이 제 뒤꽁무니를 졸졸 따라다니며 감시할 생각을 하면 견딜 수조차 없습니다. 그나마 제가 견딜 수 있는 유일한 가정생활은 하렘일 것 같네요, 페모년들 한 무리를 가둬 놓고 애나 낳게 하면서 가끔 생각날 때 두세 명씩 침대로 부르는 거죠.

2015년 9월 8일 [발신자 오웬]

제 비밀을 알려드리겠습니다. 전 이미 결혼을 했습니다. 결혼하지 않은 여자들은 창녀가 되죠. 사회가 선을 넘지 않도록 제 역할을 해야 합니다. 우리 아들들을 위해 더 나은 세상을 만들기 위한 노력의 일환이니까요.

2015년 9월 9일 [발신자 엘리아스]

애까지 있다고요? 세상에, 여자한테 세뇌당해 기저귀나 갈면서 남자 구실 못하는 병신 같은 새끼 중 하나는 아니시겠죠.

2015년 9월 10일 [발신자 오웬]

10차원 체스를 하다 말고 기저귀를 갈러 달려갈 순 없죠. 게다가 결혼 도 잘했습니다. 기저귀 가는 일의 가치를 아는 장모가 있거든요. 그리고 제 일을 할 수 있도록 저를 내버려 두고요.

제 궁극적인 환상은 호델의 아들이 그랬던 것처럼 제 아들이 제가 남긴 유산을 세상에 선보여주는 겁니다. 호델이 아들이 형사가 되도록 유도했을지, 아니면 그저 삶에서 일어나는 아름다운 우연이었을지 궁금하네요.

2015년 9월 10일 [발신자 엘리아스]
이제 쓸데없는 얘기는 그만하고! 아직 무슨 계획인지 말씀 안 해주셨는데요.

2015년 9월 10일 [발신자 오웬]
때가 되면 알게 되실 겁니다.

2016년 4월 30일 [발신자 오웬]
혹시 타깃 추천도 받으십니까? 운영자님께 흥미로운 도전이 될 만한 사람이 있는데, 마음에 들어 하실 것 같아서요. 제가 직접 사용하고 싶은 마음도 있지만, 저와는 연결고리가 너무 가깝네요. 그 여자는 시드니에 있습니다.

2016년 5월 1일 [발신자 엘리아스]
요청을 받아서 해본 적은 없지만, 일단 정보를 보내 봐요. 한번 보겠습니다. 도전이라면 기꺼이 응하겠습니다. 너무 쉬워지고 있어요. 빌어먹을 페모년들이 인생 전부를 인터넷에 올리면서 존나 식은 죽 먹기가 됐어요.

2016년 5월 1일 [발신자 오웬]
이름은 레이건 카슨입니다. 시드니 이너웨스트에서 화원을 운영하고 있어요. 재미있는 점은 사업에 관련해서만 인터넷을 사용한다는 겁니다. 스마트폰도 없어요. 친구들이 문자를 보내면 무려 전화로 대답합니다. 팔로 목을 감아 머리를 벽에 박아 주고 싶습니다.

사진입니다.
RC.jpg

2016년 5월 1일 [발신자 엘리아스]
제 잘난 줄 아는 년인 것 같네요! 미혼에 아이 없는 것 맞죠?

2016년 5월 1일 [발신자 오웬]
조건에 모두 부합합니다. 누가 결혼해주겠습니까?

2016년 5월 1일 [발신자 엘리아스]
이런 창년들이 투표권을 갖고 있다는 것부터 말도 안 되는 일입니다. 애를 낳을 때나 유일하게 쓸모가 있는 건데, 이년은 그마저도 안 하는 거죠. 이 좆같은 화원을 빼면 정말 온라인에 정보가 하나도 안 나오던데요. 정말 물건이네요 이년!

2017년 1월 4일 [발신자 오웬]
당신이 찰스 잉이라면 제가 레너드 레이크인 셈이죠. 아마 이들의 이름과 지금 하시는 일을 연관 지어 생각해본 적이 없으실 수도 있지만, 저는 적절한 비유라고 생각합니다. 물론 운영자님께서 하시는 방식이 여러 측면에서 더 악랄하다고 여겨집니다.

2017년 1월 4일 [발신자 엘리아스]
레이크와 잉이라니, 진짜 미친놈들이었죠. 설마 레이크처럼 벙커를 짓고 있는 건 아니겠죠? 하하. 아직도 무슨 일을 하려는 건지 알려주시길 고대하고 있습니다.

아, 그리고 요청하신 타깃 작업 진행 중입니다. 얼른 좆되게 해주고 싶네요.

2017년 1월 15일 [발신자 오웬]
몇 년 동안의 계획을 거쳐, 드디어 이 날이 왔습니다. 지금쯤이면 뉴스를 보셨겠죠. 세부적인 부분을 자세히 설명해서 감동을 드릴 수도 있겠지만, 저희는 늘 시각 자료를 선호하니까요.

02-1024x685hax.jpg
07-830x719hax.jpg
11-577x900hax.jpg

여기서 끝이 아닙니다.

2017년 1월 15일 [발신자 엘리아스]
와, 장난이 아니셨구먼! 모르긴 몰라도 배짱 하나만큼은 존나 두둑하신 것 같은데, 그런 건 관심을 너무 많이 끌지 않습니까. 제가 타깃으로 삼았던 페모년들은 경찰에 신고하면 자기들이 어마어마한 병신처럼 보일 테니 대부분 가만히 있거든요. 그러면 감옥에 갈 일이 없죠.

2017년 1월 16일 [발신자 오웬]
감상평이 그게 답니까? 제가 잡힐 거라고 생각해요? 저를 아마추어로 보시는 모양인데, 아닙니다.

2017년 1월 16일 [발신자 엘리아스]
타깃 9호가 그 첫 번째 시체를 버리신 곳에서 존나 가까운 곳에 살던 데요. 엄청난 우연이어야 할 겁니다.

2017년 1월 17일 [발신자 오웬]
제가 작은 부분 하나라도 우연에 맡기겠습니까? 직접 사용하지 못한 다고 해도 그 여자에게 꼭 두려움을 안겨주고 싶었습니다. 저희 작업이 아무도 모르게 연결되어 있다는 점을 재미있게 생각하실 줄 알았는데요.

2017년 1월 18일 [발신자 엘리아스]
그년 이름을 넘겨줄 때 씨발 미리 경고해줄 수도 있었잖아요! 이 나라 모든 경찰이 그쪽을 찾고 있다고요.

2017년 1월 19일 [발신자 오웬]
징징거리지 좀 맙시다. '브라이스씨'. 이름은 1년 전에 알려줬잖아요. 작전 개시까지 이렇게 오래 걸리실 줄은 몰랐죠. 애초에 완벽한 타깃을 일정에 맞출 수 있을 때까지 설렁설렁 기다리고 있을 생각도 없었습니다.

2017년 2월 23일 [발신자 엘리아스]
이봐요, 뭐 하자는 겁니까! 사진을 찍어서 나한테 보내는 것도 모자라 방송국에 보내고, 또 어디에 보냈을지 누가 알아요! 1947년이 아니라고 요. DNA도 있고 CSI 어쩌고도 있는데. 그 사람들 다 뇌물 먹이려면 만만 치 않을 겁니다.

2017년 2월 25일 [발신자 오웬]

경찰이 FBI에 도움을 요청했습니다. 제가 호델의 비전을 충실히 재현해 내는 데 성공했다는 뜻으로 받아들이고 있습니다.

너무나 많은 남성들이 온라인에서 불만을 늘어놓는 것 이상의 행동을 취하지 않아요. 진정으로 세상에 변화를 가져오려면 진지하고 심오한 선 언이 필요한데 말이죠. 그것이 바로 호델이 남긴 것입니다. 호델은 변형되 기를 기다리는 날것의 재료로서의 여성들을 있는 그대로 바라보았습니 다. 남성이 그들을 예술의 경지로 끌어올리기로 선택하는 경우에만 비로 소 그들은 성적 만족을 제공하고 출산을 하는 것 이상으로 삶의 의미를 지니게 되죠. 물론 그렇다고 해도 어떤 찰흙 한 덩이가 다른 덩이보다 특 별한 가치를 지니는 것은 아닙니다.

당연하게도 여성의 뇌는 남성보다 작고 기능이 떨어져서 그 사실을 인 식하지 못합니다.

호델이 더욱 위대한 이유는 숭고한 작품을 만들었음에도 명성을 탐하 지 않았다는 겁니다. 그는 작품만을 남겨두고 홀연히 떠나가 작품을 그 자체로서 선보였죠. 피카소처럼 항상 자신을 재창조했고요. 그러나 단 한 번도 작업에 대한 공적을 인정받으려 하지 않았어요. 실로 최고의 남성 이라 하지 않을 수 없습니다.

게다가 그의 작품은 그의 선언을 더욱 분명하게 드러냅니다. 그는 고귀 한 무덤에 자신의 비밀과 함께 묻혔지만, 그가 남긴 것을 해독할 수 있도록 우리에게 충분한 단서를 선물하고 갔죠. 요가 스튜디오에 총을 난사하거나 무작위로 보행자들을 차로 들이받는 것이 아니라 인류가 지금껏 상상조차 하지 못한 가장 수준 높은 형태의 예술을 통해 진정한 공포를 창조하여 자신이 가진 힘을 보여준 겁니다.

이것이야말로 사회 속 여성들의 적법한 위치에 대한 선언이며 큰 반향을 불러일으킬 선언이고, 계획과 실행이 층을 이룬 정제되면서도 장엄한 선언, 바로 진정한 선언입니다.

2017년 2월 25일 [발신자 엘리아스]
멋들어진 성명을 발표하고 싶으면 얼마든지 해도 되지만 대신 DNA든 뭐든 호델은 전혀 걱정할 필요가 없었던 것 때문에 잡히면 괜히 나 물고 늘어지지 말고 당신이 싼 똥은 직접 치우는 겁니다.

타깃 9호에 정말 많은 공을 들였고, 침을 질질 흘리며 나만 기다리는 관객들도 만족시켜줘야 하지만, 더 큰 것을 잃기 전에 이제 슬슬 손 떼고 시드니에서 존나 튈 생각이에요. 당신이 너무 많은 주목을 받고 있어요. 또 무슨 좆같은 계획이 있죠?

2017년 2월 25일 [발신자 오웬]
이제 없습니다. 침잠하는 시기를 가질까 하거든요. 레이건과의 작은 놀이는 끝내세요. 당신이라면 그녀에게 걸맞을 거라 생각했습니다. 보통 이렇게 틀리는 경우가 잘 없었는데 말이죠.

FBI는 오래된 블랙 달리아 사건 파일을 들춰보는 것 외에는 별다른 일을 하고 있지 않습니다. 그리고 뉴사우스웨일스 경찰을 두려워하실 필요도 없을 것 같고요.

제가 무엇을 이루어냈는지 보세요. 국제 뉴스의 헤드라인을 장식했습니다. 페모노이드들도 혼자 외출하기를 무서워합니다. 남성의 우월성과 이 세상에서 남성이 맡은 역할에 관해 확실한 선언을 한 겁니다.

2017년 3월 5일 [발신자 엘리아스]
아니, 이게 당신이 말하는 침잠입니까? 세 번째 시체요?!? 정신 나간 놈이네, 씨발. 내 사이트, 나랑 주고받은 메시지들, 전부 다 흔적도 없이 싹 지워요. 당신이 사람들을 썰고 다니는 것 때문에 나까지 감옥에 갈 생각은 전혀 없으니까.

2017년 3월 7일 [발신자 엘리아스]
이년이 그 망할 시체를 발견하는 영상이 있어요? 내가 왜 이런 좆같은 일을 빌어먹을 뉴스에서 알아야 하냐고요!

2017년 3월 7일 [발신자 오웬]
그건 나도 몰랐던 일입니다. 왜요, 내가 시체를 놔뒀다는 얘기, 여자친구가 안 해줬나요? 당신 생각만큼 그녀를 잘 파악하고 있는 건 아닌가 보네요.

2017년 3월 7일 [발신자 엘리아스]
당신을 내 손으로 경찰에 넘기고 싶지만 존나 못 믿을 새끼라 지 살겠다고 내가 무슨 작업을 하는지 술술 불어버릴까 봐 못 하겠네. 당신 밤길

조심해야 할 겁니다.

2017년 3월 8일 [발신자 오웬]
정말 모르겠어요?! 당신이 제 야망을 실현하게 한 겁니다. 당신을 넘기느니 제가 한 일을 경찰에 자백할 거라고요. 제가 한 일은 모두 우리의 사명을 위해서였습니다. 당신을 위해서요.

[대화 종료]

51

2017년 3월 17일 금요일

3일 후, 레이건이 깁스를 해서 미친 듯이 가려운 손목을 참으며 퇴원했을 때 그녀를 데리러 온 것은 담배 냄새와 머리 아픈 향수 냄새를 폴폴 풍기는 론스키였다. 그녀는 이미 론스키와 노가 병원 침대 옆에 앉아 메모장을 들고 녹음기를 켠 앞에서 진술을 마쳤다.

"그 집 차고에서 자동차 번호판이 가득 들어있는 상자를 찾았습니다." 론스키가 여전히 냉랭한 목소리로 말했다. 수사팀이 번호를 조회해보니, 오웬의 돌아가신 어머니 소유였던 검은 토요타 코롤라가 각 범죄 현장마다 서로 다른 번호판을 달고 근처에 있었던 것으로 나타났다.

차창 오른쪽으로는 중심 업무 지구 건물들이, 왼쪽으로는 달링 하버의 반짝이는 하늘빛이 빠르게 지나가는 것이 보였다.

"그리고 민 리 샤스를 용의선상에서 제외했습니다." 론스키가 말했다. "문제의 시간대에 확실한 알리바이가 있어요. 오웬이 올해 초에 직장을 그만두었다는 사실을 듣자 깜짝 놀라더군요. 재무제표가 이야기를 뒷받침해주길 다행이었습니다." 민과 오웬은 각기 다른 은행과 거래하며 계좌를 따로 관리했고, 생활비는 공동 계좌에 넣어 사용했다. 약혼할 때부터 서로 경제적인 부분은 관여하지 않기로 약속했었기 때문이다. 민은 그 얘기를 자주 하며 무척 자랑스러워했었다.

"저한테 설명하시지 않아도 돼요." 레이건이 말했다. "민이 아무런 관련이 없다는 건 알고 있었으니까요."

"대중들은 그렇게 생각하지 않을 겁니다. '어떻게 모를 수가 있었겠어?'라며 마음대로 추측하고 개소리를 하겠죠."

'내가 알던 론스키는 감정 같은 건 없었는데.'

몇 블록 앞쪽에 있는 차들까지 빨간 브레이크 등이 켜지며 길이 꽉 막혔다. 레이건은 가만히 앉아 깁스 가장자리 아래로 손목을 긁으려 애썼다. 어깨를 꿰맨 곳이 타는 것처럼 아팠다. 또 한바탕 진통제를 먹을 시간이었다.

"저도 용의선상에서 벗어난 거 맞죠?" 레이건이 반쯤 농담으로 말했다.

론스키의 목소리에는 전혀 웃음기가 없었다. "가능한 범위 내에서는, 네, 맞습니다."

"사과를 받는 것도 나쁘지 않을 것 같은데요." 그녀는 여전히 농담을 던지며 분위기를 누그러뜨리려 했다. "아시잖아요, 조사도 그렇고. 새벽 4시에 저희 집을 부수고 들어오신 것도 있고요."

차가 조금도 움직이지 못하고 신호등이 녹색에서 빨간색으로 바뀌었다. 론스키가 도로에서 시선을 돌리지 않은 채 말했다. "제 일을 한 것에 대해 사과드리지는 않을 겁니다."

'그럼 그렇지.'

기자들이 포시즌스 호텔 로비에 모여 있었다. 론스키는 직원용 출입구로 그들을 마중 나온 매니저에게 레이건을 33층으로 안내하도록 했다.

머리가 젖고 헝클어진 민이 하얀 호텔 가운을 입고 프리지아와 일랑일랑 향을 풍기며 문을 열었다. 얼굴은 핼쑥했고, 터진 입술은 붓기가 조금 가라앉았지만 여전히 아파 보였다. 자주색으로 물든 한쪽 눈은 완전히 떠지지 않았다. 팔은 기운 없이 축 늘어져 있었다. 병원에서는 그녀를 24시간 동안 지켜보며 뇌진탕이나 감염의 징후가 없는지 검사했다. 다음날 그녀는 종일 경찰에게 알고 있는 내용을 자세히 진술했다.

한낮이었지만 민은 커튼을 닫고 노란빛의 램프를 켜 두었다.

"론스키한테 잠시 차를 세워달라고 해서 오리 카레를 사 왔어." 레이건이 봉투를 들어 보였다.

"배 안 고파."

민은 그녀와 현숙, 아이들이 함께 지낼 수 있도록 스위트룸을 예약해 놓았다. 경찰이 그들의 집을 헤집으며 증거를 찾고 있었다.

"어머니는 외출하셨어?"

"애들을 수영장에 데려갔어. 메이지가 계속 아빠 얘기를 물어." 민이 단조롭고 조용한 목소리로 말했다. "아빠, 아빠, 아빠 타령. 잠시 어디 갔다고 했어."

레이건은 그 말에 뭐라고 대답해야 할지 알 수 없었다.

복도에서 목소리가 들려오자, 그들은 얼어붙은 채로 소리가 멀어져서 더는 들리지 않을 때까지 문을 바라봤다. 레이건이 식탁에 앉아 오리 카레를 열자 풍부한 향이 방을 가득 채웠다. 그녀는 봉투에서 젓가락을 꺼내 리치 하나를 집었다. 눈알처럼 생긴 과일이었다.

"어제 너한테 전화하려고 했어. 론스키 말이 네가 휴대폰을 꺼뒀다고 하더라."

"내 동료들이 다 언론에 있잖아, 그러니까 얼마나…" 민이 소파 하나에 몸을 접어 앉아서 손으로 얼굴을 쓸어내리며 말했다. 그녀의 머리빗이 작은 테이블 위에 놓여 있었다. 민은 그것을 집어 들고 어떤 용도로 쓰는 물건인지 기억나지 않는 것처럼 빤히 쳐다봤다.

"많은 사람들이 너에 대해 물었어. 기자회견에서."

민이 빗을 뒤집었다. "어제 동료한테 집에 가서 애들 물건 좀 챙겨다 달라고 부탁했어. 근데 갖다 주러 왔을 때 걔 표정이…"

민이 할 말을 잃은 것 같았다. "네 친구랑은 얘기해봤어? 터너 형사랬나?" 레이건이 물었다.

"아." 민의 얼굴에 전과 같은 생기가 잠시 스쳤다. "이건 말하면 안 되는 건데, 누가 널 알아봤는지 알았어. 그 고프로 영상에서."

"누군데?"

"에드 드러커라는 놈이래. 포상금이 있는지 알고 싶어했다던데."

거래처 직원인 그 에드였다. 레이건의 몸을 얼마나 많이 훑어보았는지 영상에서도 금세 알아본 모양이었다.

레이건은 카레를 집으며 말을 삼키려고 했지만 결국 참지 못하고 물었다. "얘기 좀 해봐, 민. 오웬이 어떻게 이런 짓을 할 수 있었던 거지?"

"나도 이해가 안 가. 오웬은 너무… 평범한 사람이었는데."

"브라이스도 마찬가지였어."

414

"브라이스는 두 달 만났던 사람이잖아. 난 오웬과 망할 5년이나 함께했다고. 이젠 아무것도 믿을 수 없어. 어머니와 관련해서도…"

"뭐?" 레이건이 놀라서 물었다. "어머니를 살해한 거야?"

"심한 독감에 걸리셔서 한동안 앓으셨어. 근데 누가 알겠어? 론스키가 병원 측에 확인하고 있긴 하지만, 당연히 부검은 없었고 그대로 화장되셨거든." 민의 불안감이 어느새 분노로 바뀌었다. "오웬이 자기 어머니가 나를 '아시아인'이라 싫어한다고 했던 거 기억나? 처음 만났을 때부터 거짓말을 하고 있었던 것 같아. 내가 어머니랑 친하게 지내면 자기가 설정한 이야기를 들킬 수도 있으니까."

레이건은 소름이 돋았다.

"경찰이 하드 드라이브를 살펴보는 중이야." 민이 말했다. 그녀가 책상 위에 있는 종이 다발을 가리켰다. "오웬도 브라이스가 운영하던 다크웹 커뮤니티 회원이었다는 얘기 들었어? 오웬이 브라이스한테 메시지로 살인에 대해 자랑을 했더라고. 다크웹이 너무 안전해서 절대 자기 메시지가 유출될 일이 없을 거라고 생각했나 봐."

레이건은 그녀가 하는 말을 따라가기 어려웠다. "경찰이 여자들의 척추가 절단된 방식을 봤을 때 살인범이 외과 훈련을 받았을 거라고 하지 않았어?"

"돼지에 연습하고 있었더라."

'나는 네 대장을 통째로 들어내는 동안 널 계속 살려둘 수도 있어.' 그때의 기억이 그녀를 엄습했다.

"어머니 집 지하에 뒷다리를 매단 돼지들이 가득한 커다란 냉동고가 있어." 민이 계속 말했다. "경찰은 그가 크리스탈을 살해하고 거기에 보관했을 것으로 보고 있어. DNA를 확인하는 중이야."

복도에서 쾅 소리가 울려 퍼졌다. 민과 레이건이 동시에 움찔했다. 작은 발로 뛰어다니는 소리가 문 앞을 지나갔고, 아이들이 웃는 소리도 들렸다.

레이건은 심장이 진정되길 기다렸다. "그래서 왜… 왜 그런 짓을…?"

"오웬이 쓴 것들, 론스키가 보여준 증거 몇 개를 읽어봤는데, 다 변명일 뿐이야."

"그런데 왜 그렇게 엘리자베스 쇼트 살인 사건에 집착했을까?"

"그 얘기는 한 번도 한 적이 없었고, 심지어 크리스탈에 대한 뉴스가 터졌을 때도 딱히 관심을 보이지 않았어. 하지만 어머니 집에서 스티브 호델이 쓴 책을 비롯해서 블랙 달리아에 관한 책들을 엄청나게 많이 모아놓은 책장이 발견됐대… 그리고 이미 죽은 사람한테 물어볼 수도 없잖아. 나한텐 이제 없는 사람이나 다름없어. 우리가 모르는 것도 너무 많을 거고." 민의 손이 그녀가 말하는 동안 쉬지 않고 움직였다. "오웬이 자기중심적이며 자아도취에 빠져 있었고 폭력적인 데다가 그걸 수년 동안 숨길만큼 통제력이 있던 건 확실해. 나는 그래도 내 직업적인 욕심을 존중해준다고 생각했어. 그런데 그냥 내가 일에 치이고 육아에 빠져서 자기 비밀 생활을 눈치채지 못하길 바랐던 거야."

"그러면 오웬이… 자기 감정도 속였다는 거야?"

"나는 살인범이 죄의식을 느끼거나 남의 감정을 이해할 수 없고, 자기 즐거움을 위해서만 행동한다고 생각했어. 하지만 오웬은 분명 아이들을 정말 사랑했어. 그게 가짜라고 느꼈던 적은 없어. 혹시 어떤 징후가 있지는 않았는지 계속 생각해보려 했는데, 폭력성을 보였다거나 하는… 근데 유일하게 생각난 건 메이지를 낳은 후 둘째가 아들이기를 굉장히 원했다는 거야. 하지만 그건 나도 마찬가지로 딸 하나 아들 하나를 원했어."

"그게 가능해? 아이들을 사랑한다는 게?"

"어떤 살인범들은 가정생활과 폭력성을 분리해." 민이 탁자 주변을 서성거리며 말을 이었다. "데니스 레이더는 캔자스에서 10명을 살해했지만, 결혼해서 아이가 있었고 아주 좋은 아빠이기도 했어. 교회 장로이자 이글 스카우트 단장이었지. 오웬이 항상 얘기했던 것처럼 평범한 어린 시절을 보내기도 했어. 존 에드워드 로빈슨은 여자 8명을 잔인하게 살해하고 시체를 통에 넣어 자기 집에 숨겼는데 자식들과 손자들은 그가 살인 혐의로 기소됐다는 사실을 믿지 못했어. 평소에 아이들을 잘 돌봐주고 어린이 야구팀 코치까지 했대. 그리고 키스 제스퍼슨도 있어. 살인을 저지를 당시 남편이자 아빠였고, 피해자는 7명인가 8명, 모두 여자였어. 그런데 자기 생활을 완벽하게 분리하지는 못했어. 딸이 보는 앞에서 새끼 고양이들을 죽였거든."

"메이지랑 대시엘이 나이가 어려서 이런 일이 있었다는 사실을 기억하지 못한다는 게 천만 다행이네" 레이건이 이런 상황에서조차 긍정적인 면을 보고 싶은 마음에 애써 말했다.

"하지만 영원히 안고 가야 할 부분인걸. 그리고 뭐라고 말해야 해?" 민이 갑자기 말을 멈추며 손으로 얼굴을 가렸다. "이런 일이 너한테, 애들한테 일어난 건 모두 내 탓이야. 내가 알아봤어야 했는데—"

"어우. 그만해." 레이건이 민의 팔을 잡아 소파에 부드럽게 앉혔다.

"다신 그 집에 돌아갈 수 없을 것 같아. 경찰이 일을 마쳐도, 모르겠어. 나는, 난 아기 사진도 보고 싶지 않아. 가족사진에 그가 없는 것이 없어." 눈물이 뺨을 타고 흘렀다. "내가 다 죽인 것 같아."

"애들은 무사해!"

"아니, 여자들 말이야. 크리스탈이랑 에린이랑 윌로우. 난 그 여자들을 죽인 살인범과 살면서 살인사건에 대한 기사를 쓰고 있었던 거잖아. 왜 몰랐을까? 멈추게 할 수도 있었는데. 나는 매일같이 살인 얘기를 했고, 오웬은 그냥 끄덕이기만 했어."

레이건은 그녀의 손을 꼭 쥐었다. 민은 레이건이 주저하고 불안해하는 모습을 통해 그녀를 꿰뚫어볼 수 있었다. 하지만 오웬을 알아보지는 못했다.

"여기 와 있는 것 같아." 그녀가 말했다. "세 명 모두. 어떻게 모를 수 있었냐고 나한테 묻는 것 같아. 오웬은 아이들에게 정말 잘했어. 메이지를 항상 웃게 해줬다고. 대체 어떻게 그런—"

민이 몸을 숙이고 목 놓아 울었다. 레이건은 온몸을 들썩이며 우는 민의 어깨를 팔로 감쌌다.

레이건은 전처럼 그녀를 밀어내고 싶은 마음이 들지 않았다. 친구와 나란히 앉아 밤이 저물 때까지, 다음 날까지, 그리고 언제까지나 함께 있을 수 있을 것 같았다. 이상한 느낌이었다.

민이 레이건의 가디건 소매를 붙들었다. 레이건의 뱃속이 차가워졌다. 펄 비치로 돌아가 그녀의 팔을 꽉 붙잡고 있는 오웬과 나란히 어둠 속을 달려가는 것 같았다.

그때 민이 한 번, 두 번 코를 들이마셨다. 레이건은 자신의 몸에 닿아있는 친구의 온기가 느껴졌고, 호화로운 호텔 샴푸 향기와 오리 카레의 냄새를 맡았다. 레이건은 그늘진 곳을 볼 때마다, 작은 소리가 날 때마다 소스라치게 놀랐고, 병원에서는 불을 모두 켠 채 TV 소리를 크게 틀어두어야만 잠을 잘 수 있었다.

하지만 그녀는 무사했다.

그녀는 민을 더 세게 안았다.

https://www.anewplaceformen.com

Ry291님의 새 게시글

2018년 3월 1일 오전 11시 29분

이 게시글은 21세기 남성 인권의 가장 위대한 순교자 중 하나인 엘리아스 와일러를 대신하여 올린 것입니다. 저는 롱 베이 교도소에 있는 그분을 방문했고, 비록 그분은 인터넷 사용이 불가능한 상황이지만 저를 통해 소통을 이어갈 것입니다.

우리는 엘리아스가 감옥에 가야만 했던 이유를 압니다. 그분은 모든 남성이 고통 받길 원하는 거짓말쟁이 쌍년, 레이건 카슨의 표적이 되었습니다.

이 음탕한 입을 가진 개년은 우리 삶의 모든 문제를 대표하며, 우리가 남성으로서 가장 큰 잠재력을 실현할 수 없도록 방해하는 모든 장애물을 상징합니다. 막아야 합니다.

이년의 주소를 찾고, 모든 정보를 수집해서 수없이 많은 메시지를 쏟아 부읍시다. 우리가 오고 있다는 것을 알게 합시다.
우리는 반드시 이년을 파멸시켜야 합니다.

– 댓글 3,729개 –

옮긴이 배효진

서울대학교 영어교육과를 졸업했다. 바른번역의 글밥아카데미 영어 출판번역과정
수료하고 번역가로 활동 중이다.

도플갱어 ♣ 살인사건

초판 2024년 1월 17일 1쇄
저자 애슐리 칼라지언 블런트
옮긴이 배효진
디자인 전여원
ISBN 979-11-93324-10-3   03840

출판사 북플라자
주소 서울시 강남구 논현동 118-13 5층
홈페이지 www.bookplaza.co.kr

영화 판권, 오탈자 제보 등 기타 문의사항은 book.plaza@hanmail.net으로 보내주세요.
잘못된 책은 구입하신 서점에서 교환해 드립니다.